HEYNE <

W0358831

KATE KOWALSKI

DIE GEFLOHENE GESCHICHTE

Roman

WILHELM HEYNE VERLAG
MÜNCHEN

Sollte diese Publikation Links auf Webseiten Dritter enthalten,
so übernehmen wir für deren Inhalte keine Haftung,
da wir uns diese nicht zu eigen machen, sondern lediglich auf
deren Stand zum Zeitpunkt der Erstveröffentlichung verweisen.

Der Roman wurde mit Geldern aus dem Stipendienprogramm 2021
der VG WORT im Rahmen von NEUSTART KULTUR gefördert.

FSC
www.fsc.org
MIX
Papier | Fördert
gute Waldnutzung
FSC® C083411

Penguin Random House Verlagsgruppe FSC® N001967

Originalausgabe 01/2023
Redaktion: Wera Riegler
Copyright © 2023 Kate Kowalski
Copyright © 2023 dieser Ausgabe
by Wilhelm Heyne Verlag, München,
in der Penguin Random House Verlagsgruppe GmbH,
Neumarkter Straße 28, 81673 München
Printed in the EU
Umschlaggestaltung: Das Illustrat GbR, München
Satz: Schaber Datentechnik, Austria
Druck und Bindung: CPI books GmbH, Leck

ISBN: 978-3-453-32216-5

VERANTWORTUNGSGESETZ

– allgemeiner Teil –

(1) Die Verantwortlichkeit für den Übertritt der Figur liegt beim Autor und wird mit einer Geldstrafe von mindestens sieben und maximal dreihundertsechzig Tagessätzen geahndet.

(2) Die Höhe eines Tagessatzes bestimmt das Gericht unter Berücksichtigung der persönlichen und wirtschaftlichen Verhältnisse des Autors.

(3) Auf Figuren werden dieselben Gesetze angewendet wie auf die Bürger des Staates.

(4) Aufgrund der Verantwortlichkeit des Autors für seine Figuren wird er anteilig an der Strafe beteiligt. Die Höhe des Anteils richtet sich nach der Schwere des Verbrechens.

(5) Gelten schuldmindernde Umstände für den durch die Figur verursachten Schaden, liegt die Verantwortlichkeit dafür anteilig beim Autor. Die Höhe des Anteils bestimmt das Gericht nach Prüfung der Intentionen des Autors während der Erschaffung der Figur.

(6) Die Verhandlung über den Schuldanteil des Autors hat zeitnah im Anschluss des Straf- und Zivilrechtsprozesses gegen seine Figur stattzufinden.

VORWORT DER AUTORIN

Die Geschichte Kapitolos begann vor Tausenden von Jahren mit der ersten geflüsterten Erzählung am Feuer einer Kreatur, die bereits beinahe ein Mensch war.

Viele Generationen später erhob sich die Stadt auf den Überresten eines Dorfes, das auf den Grundmauern einer Siedlung errichtet worden war. Und das Flüstern am Feuer wurde eingefangen auf Pergament und Papier und zwischen die Seiten eines Buches gepresst. Die Stadt erhielt einen Namen und wuchs Jahr um Jahr und mit ihr die Wunder, die ihre Mauern beherbergten.

Kapitolo – die Stadt der Figuren.

Es heißt, wer nach Kapitolo kommt, dem ist es bestimmt, hier zu sein. Doch für niemanden ist die Stadt gleich. Manche sehen nur die breiten Alleen mit den zerfallenden Prunkhäusern und den vom Grünspan überzogenen Statuen auf den öffentlichen Plätzen. Andere wiederum spiegeln sich unentwegt mit den Wolken in den gläsernen Fassaden der Hochhäuser im Müntzviertel.

Selbst das Wetter ist für jeden anders. Regnet es in der einen Straße, bleibt es trocken in der nächsten. Hagelt es hühnereigroße Eisklumpen auf die Dächer von Autos und Booten drüben am Hafen, wirbeln weiche Schneeflocken zwischen den Windmühlenflügeln am westlichen Rand der Stadt.

Nur die Sonne brennt im Sommer für alle gleich und verpasst den Bewohnern gerötete Nasen.

Ich war zwölf, als ich die erste Figur sah, und sechzehn, als ich mit einer sprach. Den ersten Vertrag für ein Buch erhielt ich mit einundzwanzig. Natürlich war das nicht der erste Roman, den ich geschrieben habe, nur der erste, der seinen Weg aus meiner Schublade hinaus zu einer Agentur und anschließend zu einem Verlag gefunden hat.

Nach seinem Erscheinen nannte mich die wichtigste Tageszeitung der Stadt das *Wunderkind der Literatur*, nur um mein zweites Buch – eine Sammlung von Kurzgeschichten –, das genau ein Jahr später erschien, als *Enttäuschung auf ganzer Linie* zu bezeichnen. Ich solle mir mehr Zeit für das Schreiben nehmen, riet mir die Kritikerin.

Doch genau die besaß ich nicht. Immerhin musste ich das Eisen schmieden, solange es heiß war, das begriff ich bereits damals, so jung ich auch war. Die nächste fotogene Debütantin stand schon in den Startlöchern, um meinen Platz im Rampenlicht einzunehmen. Ich wollte Geld verdienen und allen beweisen, dass ich mit meiner Kunst auf eigenen Beinen stehen konnte, schließlich hatte ich das Studium dafür aufgegeben. Nach dem Erfolg des ersten Romans bildete ich mir ein, dass es nun ewig so weitergehen würde, ein Voranschreiten ohne Täler und Rückschläge. Ich war naiv und geschmeichelt – eine Kombination, die oft die Grundlage für Katastrophen bildet.

Es kam, wie es kommen musste: Mir rann das Geld nur so zwischen den Fingern hindurch, weil die Verkäufe leider nicht mit dem Kritikerlob mithalten konnten und sich das zweite Buch deutlich schlechter verkaufte. Also schrieb ich zunehmend schneller und verfasste zwei, manchmal sogar drei Romane pro Jahr, wechselte in beliebtere Genres, lieferte Kurzgeschichten für Magazine und Anthologien, um im Gespräch zu bleiben, und behauptete in jedem Interview, dass ich wenig Schlaf bräuchte.

Das stimmte natürlich nicht. Im Grunde befand ich mich während meiner Zwanziger in einem Zustand dauerhafter Erschöpfung, weil ich die meisten Nächte auf Partys und mit Schreiben verbrachte. Manchmal war ich so müde und verkatert, dass ich vergaß, an welchem Roman ich gerade arbeitete, und mit jedem Jahr wurde mein Stil schlampiger und die Anmerkungen meiner Lektorin länger.

Mit der Zeit bediente ich mich einer Reihe Pseudonyme, um gleichzeitig bei mehreren Verlagen zu veröffentlichen. *Kate Winter* schrieb fantastische Unterhaltungsromane für jedermann, *Kate Raven* verfasste Liebesromane zum Wegträumen und *Kaden Andersson* knallharte Krimis. Es fiel mir nicht schwer, zwischen den jeweiligen Autorenpersönlichkeiten hin und her zu wechseln. Während Kate Raven auf Lesungen stets süß und humorvoll auftrat, damit sie bloß niemandem auf die Füße trat, gab Kaden Andersson bärbeißige schriftliche Interviews (ich hatte einen Ex-Freund dafür bezahlt, dass er mir ein unscharfes Bild von sich als Autorenfoto zur Verfügung stellte), in denen er der Welt mehr Schlechtes als Rechtes unterstellte – und Kate Kowalski lag irgendwo dazwischen, doch auch ihre Interviews ließen ihr Leben deutlich interessanter erscheinen, als es in Wirklichkeit war.

Alles in allem war es jedoch ein einfacherer Job, als zum Beispiel jeden Tag schwere Möbel von einem Lkw herunterzuhieven, um sie anschließend in die vierte Etage zu tragen, das war mir schon bewusst. Mit anderen Worten: Ich kam zurecht. Mit einunddreißig war ich ein alter Hase und das Schreiben längst zur Routine geworden. Es diente dazu, Geld zu verdienen, von Kunst war schon lange keine Rede mehr, im Gegenteil. Wenn andere Autoren davon sprachen, dass Literatur nicht zu bloßem Handwerk verkommen dürfe, ärgerte ich mich darüber, wie geringschätzig auf meine Arbeit geblickt wurde, und hielt sie für hochnäsig und dünkelhaft. Tauchte in der Szene mal wieder ein sogenanntes Wunderkind auf, konnte ich nur noch nachsichtig lächeln. Ich hielt mich für abgeklärt. Fragte mich jemand, was ich beruflich tat, antwortete ich stets knapp und fügte hinzu:

»Keine Angst, meine Figuren sind noch nie übergetreten, diese Art von Autorin bin ich nicht.«

Denn seien wir ehrlich, das ist es doch, was die meisten von Ihnen von uns Autoren glauben, deren Figuren nach Kapitolo kommen: dass wir die Kontrolle verloren haben, den Bezug zur Realität. Dass die Grenze zu unserer Fantasie durchlässig geworden ist, und diese Grenze, das wissen wir alle, muss unter allen Umständen aufrechterhalten werden. *So tun, als ob* ist nur in Ordnung, wenn wir Kinder sind. Tagträume sind gestattet, solange wir sie der Realität nicht vorziehen. Und was sind diese nach Kapitolo gelangten Figuren anderes als Ergebnisse eines Als-ob-Spiels, das wir mit uns und den Lesern spielen? Tagträume, die mit der Realität konkurrieren? Das ist es doch, was Sie denken, oder etwa nicht?

Sie nehmen an, dass wir einen Schritt zu weit gegangen sind und die Großzügigkeit der Öffentlichkeit, die es uns ermöglicht, vom Schreiben zu leben, damit entlohnen, sie durch unsere Figuren in Gefahr zu bringen. Sie sehen den Verdacht bestätigt, der von Anfang an auf uns liegt.

Dieses Misstrauen, das gebe ich zu, ist nicht ganz von der Hand zu weisen, immerhin machen wir etwas zu unserem Beruf, das uns in dieser Stadt stets an den Rand der Legalität führt. Dabei könnten wir an jedem anderen Ort der Welt schreiben, ohne die Konsequenzen des Übertritts zu befürchten. Trotzdem bleiben wir hier. Immer wieder werden wir daher gefragt, warum wir Kapitolo nicht verlassen – und immer wieder geben wir dieselben Antworten: *Wir haben Familie hier. Wir haben schon immer hier gelebt. Hier gibt es die meisten Verlage, die meisten Messen und Veranstaltungen, das beste Publikum, die stärkste Kulturförderung, die besten Stipendien, überhaupt von allem das Beste!* Und diese Antworten sind alle auf ihre Weise wahr, aber sie treffen nie den Kern. Die ehrlichste Antwort ist viel einfacher – und viel komplizierter, wie das immer mit solchen Dingen ist.

Sie lautet: Wir können uns dem Bann, den diese Stadt auf uns ausübt, einfach nicht entziehen; er bindet uns an ihre Straßen, Hügel und Plätze, wie Kinder an den Rockschoß ihrer Mutter, und gern nehmen wir das Risiko in Kauf, mit dem Gesetz in Konflikt zu geraten und die Missbilligung der Menschen auf uns zu ziehen. Denn das hier ist Kapitolo, die Stadt der Figuren! Wo sollten wir sonst leben?

Nur hier ist der Quell der Kreativität unerschöpflich. Schreibblockaden gibt es nicht, an jeder Ecke finden sich Dutzende Ideen, wenn man nur hinschaut. Die Stadt ist ein reich gefülltes Büfett der Sinne, das dazu einlädt, sich zu bedienen; für jeden Geschmack ist etwas dabei, kein Geist bleibt hungrig. Nur hier gibt es etwas, das außer uns niemand kann, weder Maler noch Bildhauer, weder Schauspieler noch Sänger. In jeder Figur steckt das Potenzial, in unserer Welt zu erscheinen, und wir können uns dem Reiz des Verbotenen nicht gänzlich entziehen. *Schreibenden kann man nicht trauen,* hat schon mein Professor an der Universität im Anfängerkurs für Kreatives Schreiben immer behauptet und damit nur ausgesprochen, was vermutlich wahr ist.

Denn wer möchte nicht etwas Besonderes sein? Seien Sie ehrlich, könnten Sie der Versuchung widerstehen?

Nirgendwo auf der Welt ist die Grenze zwischen Realität und Fantasie so durchlässig wie in Kapitolo. Dafür wurde die Stadt berühmt; das ist es, was Touristen anzieht und Einheimische nicht mehr groß überrascht. Jeder begegnet irgendwann einmal einer lebendig gewordenen Figur, wenn er nur lange genug hier lebt.

Doch jeder weiß auch, dass sie nicht hierhergehören. Figuren gehören in die Fantasie. Verlassen sie die Seiten eines Buchs, werden sie zum Problem.

Dies ist die Geschichte *meines* Problems.

Es wurde viel darüber geschrieben und berichtet, die Zeitungen waren voll damit, es gab Sondersendungen und mehrseitige

Artikel – und über alles, was danach geschah und mit mir nur noch sehr wenig zu tun hatte. Doch kaum etwas davon kam der Wahrheit auch nur nahe. Mein Name wird auf ewig damit verbunden sein, und deshalb wird es Zeit, die Geschichte einmal so zu erzählen, wie sie wirklich passiert ist.

Ich tue also, was ich immer getan habe: Ich schreibe sie auf …

ERSTER TEIL

1

Wie alles begann:

Ich kam an dem Tag in die Stadt, als der weiße Wal vor dem *Kaufhaus der Wünsche* starb.

Als ich das Tier durch die Autoscheibe erblickte, wusste ich sofort, dass der Wal nicht von dieser Welt war. Es ging ein Zittern von ihm aus, das sich auf jeden übertrug, der ihn ansah.

Bei seinem Anblick erfasste mich das Grauen wie zuletzt Jahre zuvor, als die Bäume vor meinem Fenster im Licht der Straßenlaternen Schatten an die Wand warfen. Jedes Kind kennt diese Angst, die mit den flackernden Schatten einhergeht. Weil aus ihnen Monster erwachsen können, die uns bis in unsere Träume verfolgen.

Der Gestank des sterbenden Wals zog durch die Straßen, und die Leute schlossen Fenster und Türen. Sie hielten sich Tücher und Ärmel vor die Nasen und rannten hastig an dem verendenden Tier vorbei, das ausgerechnet auf dem grauen Asphalt übergetreten war statt im Wasser des Uferlosen Flusses, der die Stadt in der Mitte teilte.

An jenem Tag war mein dreizehnter Geburtstag nur noch eine knappe Woche entfernt, und ich zog in eine Stadt, die ich nicht kannte. Meine Mutter trat eine neue Stelle in Kapitolo an, weshalb die ganze Familie ihre Sachen packte und in die legendäre Stadt der Figuren zog. Dabei hatte es Tränen auf meiner Seite und lautstarke Diskussionen aufseiten meiner Eltern gegeben, weil mein Vater zwar stets behauptet hatte, er könne als freiberuflicher Genealoge überall arbeiten, damit im Grunde jedoch nur meinte, dass er seinen Laptop in den Urlaub mitnehmen wollte. Ich war wütend darüber, dass ich mein vertrautes Umfeld und meine Freunde verlassen sollte, doch am Ende der Sommerferien waren die Kisten verstaut, und wir fuhren dem Umzugstransporter auf überfüllten Autobahnen voraus.

Nichts daran macht diese Geschichte bereits zu einer besonderen, sie ereignet sich so oder so ähnlich jeden Tag tausendfach in diesem Land.

Als meine Eltern und ich jedoch sechs Stunden später im Schritttempo an der Absperrung vor dem *Kaufhaus der Wünsche* vorbeifuhren, spiegelte ich mich für einen kurzen Moment im Auge des sterbenden Wals – und auf einmal schien die Welt stehen zu bleiben. Als hätte mich etwas aus der Zeit gerissen.

In der trüber werdenden Iris sah ich ein dünnes Mädchen mit langen Fingern, die über dem aufgerissenen Mund und der rechten Wange lagen. Meine Hand roch nach Schweiß und Gummibärchen, die ich kurz vorher gegessen hatte. Die leere Tüte lag noch zu meinen Füßen. Mein langes blondes Haar war vom Lehnen gegen die Scheibe zerzaust, und in meinem viel zu ernsten Blick lag damals noch so vieles – Angst, Neugier und ein seltsamer Hunger auf Abenteuer.

In diesem Moment wusste ich, dass es mein Spiegelbild war, gleichzeitig jedoch erschien mir das Mädchen wie eine Fremde. Zum ersten Mal fragte ich mich, ob mein Ebenbild in der Fantasiewelt genauso aussehen würde wie dieses Mädchen vor mir, mit den leicht abstehenden Ohren, die ich stets unter dem langen Haar verbarg. Seit einem halben Jahr schrieb ich regelmäßig Tagebuch, und meine Mutter hatte mich gewarnt, dass alles, was ich nach unserem Umzug nach Kapitolo verfasste, die Gefahr barg, in die reale Welt überzutreten. Das war die Natur dieser Stadt.

»Ach …«, sagte sie nun auf dem Beifahrersitz und seufzte, während sie sich mit einem Erfrischungstuch über die Hände rieb, dessen Zitronenduft den Gestank von draußen vertreiben sollte. »Ich mochte das Buch nicht besonders, aber das ist doch eine Schande. Das arme Tier.«

Mein Vater nickte und versuchte, einen anderen Wagen zu überholen, damit wir schneller an der Absperrung vorbeikamen. Aber die Autos fuhren alle nur Schritttempo. Der Kadaver des Wals war viel zu faszinierend, jeder wollte einen Blick darauf erhaschen. Beim Anblick der aufplatzenden, austrocknenden Haut wurde mir übel.

Als sich meine Mutter zu mir umdrehte, glänzte der Schweiß des viel zu heißen Sommers auf ihrer sommersprossigen Nase. »Alles in Ordnung da hinten, Kate?«, fragte sie, und ich nickte.

»Mir geht's gut«, gab ich die typischste aller Teenagerantworten, wenn genau das Gegenteil der Fall ist. Der Anblick des Wals und meines Spiegelbilds in seinem Auge hatte etwas in mir in Aufruhr versetzt. Mir zitterten die Hände.

»Willkommen in Kapitolo«, erwiderte mein Vater trocken und bog endlich in eine Seitenstraße ab.

Ich verrenkte mir den Hals, um aus dem Rückfenster zu sehen, aber der Wal war längst hinter der Häuserecke verschwunden. Nur sein Geruch begleitete uns noch bis zu dem vierstöckigen Gebäude, das die nächsten Jahre über unser Zuhause sein sollte.

Fünf Tage später, zu meinem dreizehnten Geburtstag, schenkten mir meine Großeltern eine Schmuckausgabe von *Moby Dick*, damit ich mich immer an den Tag erinnern würde, an dem ich das erste Mal in die Stadt der Figuren gekommen war.

Meine Mutter hielt es für ein geschmackloses Geschenk, aber mein Vater klopfte mir auf die Schulter und erwiderte: »Willst du ihr ab jetzt etwa alle Bücher verbieten, Schatz? Es wird nicht das letzte Mal sein, dass sie einer Figur begegnet.«

Damit sollte er recht behalten.

Aber der sterbende weiße Wal war meine erste, und ich frage mich manchmal, ob meine eigene Geschichte nicht anders verlaufen wäre, wenn ich ihm an jenem Tag nicht ins Auge geblickt hätte.

2

Achtzehn Jahre später – wie es eigentlich begann:

Das Klingeln an der Tür riss mich aus dem Tiefschlaf, als ich gerade von Kindern träumte, die mit Elefanten in steinernen Wasserbecken schwammen. Es dauerte eine Weile, bis ich begriff, dass das Geräusch nicht zu meinem Traum gehörte. Stöhnend quälte ich mich aus der Bettwärme. Durch die efeuumrankten Küchenfenster fiel schwaches Licht in den Flur und beleuchtete den Weg zur Wohnungstür.

Ich nahm an, dass es einer der Nachbarn war, der den Schlüssel vergessen oder verloren hatte und wenigstens ins Haus hineinwollte, um dort auf den Schlüsseldienst zu warten. Am Abend hatte es geschneit, und draußen lag knöchelhoch Pulverschnee über dem seit Tagen alles überziehenden Eis. Es waren die kältesten Tage des Winters, und in der Nacht gefror einem der Speichel schon auf den Lippen, wenn man keinen Schal über dem Gesicht trug.

Auch die Wohnung kühlte nachts herunter, ich konnte die unangenehme Kälte bereits an den Knöcheln spüren und wollte so schnell wie möglich ins Bett zurück. Als ich am Badezimmer vorüberging, griff ich mir den weißen Bademantel, der an einem Haken hinter der Tür hing. Ich war ein bisschen genervt und hundemüde, weil ich wieder einmal zu spät ins Bett gegangen war.

Als ich die Kamera einschaltete, die den Eingangsbereich des Hauses zeigte, sah ich jedoch keinen Nachbarn, sondern ein halbes Dutzend Polizisten auf den Stufen vor dem Haus stehen. Sie trugen kompakte schwarze Wintermontur, die ihnen das Aussehen riesiger Actionfiguren verlieh. Auf den Ärmeln ihrer Uniformen war der stilisierte Schwarze Tempel eingestickt, das Emblem der Abteilung *Verbrechen durch Figuren* – kurz VdF.

Augenblicklich überfiel mich Panik. Jeder Schreibende kennt die VdF und ihren Ruf. Niemand will mit ihr zu tun haben, denn wenn sie bei einem auftaucht, hat man ein Problem.

Und nun stand sie vor meiner Tür. Schlagartig war ich wach.

Jemand hielt einen Ausweis in die Kamera. Er sah echt aus. »Wir sind hier, um Sie zu einer Befragung aufs Präsidium zu begleiten.«

»Worum geht es denn?«, fragte ich nervös in die Gegensprechanlage.

»Das würden wir Ihnen gern persönlich mitteilen.«

Wie hypnotisiert drückte ich auf den Türöffner, und keine Minute später standen sie im Flur und forderten mich auf, mir etwas anzuziehen. Die Polizisten sprachen nur das Nötigste, ihre Mienen blieben starr, die Bewegungen weder zu aggressiv noch zu vertraulich. Ein Mann reichte mir einige Papiere, ein zweiter teilte mir mit, dass ein weiteres Team mit einem Durchsuchungsbefehl auf dem Weg war. Ob ich damit einverstanden sei, dass sie meine Rechner und Unterlagen beschlagnahmten und die Wohnung durchsuchten? Meine Kooperation würde das ganze Prozedere für alle Beteiligten wesentlich vereinfachen und mir später positiv angerechnet werden.

Ich brachte kaum ein Nicken zustande. Das Wort *später* jagte mir eine Heidenangst ein. Ich hatte das Gefühl, als würde mich jemand an den Schultern unter Wasser drücken. Auf die Idee, einen Anwalt anzurufen, kam ich gar nicht, in meinem Kopf herrschte ein einziges Durcheinander. Ich dachte an all die Dinge, von denen ich nicht wollte, dass sie ein Fremder sah: alte Liebesbriefe, Dessous, peinliche Filme und kitschige Platten, die nur für mich und einsame Nächte bestimmt waren und von denen nie jemand hatte erfahren sollen. Und ich dachte auch an meine Tagebücher in ihrem Versteck auf der Dachterrasse.

Trotz der Kälte begann ich zu schwitzen, mein Brustkorb fühlte sich eng an, und das Atmen fiel mir schwer. Der Mann sprach in sein Funkgerät, mehr Leute fluteten die Wohnung. Kurz darauf stand ich im Wintermantel im Flur, doch ich trug noch immer Pantoffeln. Eine Polizistin stellte mir die Stiefel vor die Füße, und diese Geste rührte mich sehr. Beim Schließen des Reißverschlusses zitterten mir die Finger, eine nervöse Reaktion, die sich seit meiner Jugendzeit immer dann zeigte, wenn ich aufgeregt oder aufgewühlt war. Vor allem beim Signieren von Büchern war das eine lästige Sache, die mir oft peinlich war.

Anschließend führte mich jemand am Ellbogen die Treppe hinunter und hinaus auf die Straße zum Einsatzwagen. In mir sträubte sich alles dagegen, Fremden meine Wohnung zu überlassen, es war ein kaum zu ertragender Eingriff in meine Privatsphäre, aber ich war viel zu überrumpelt, um mich dagegen zu wehren. Mir lagen Fragen auf der Zunge, ich wollte wissen, wer die Wohnung am Ende abschließen würde. Wann ich meine Sachen wiederbekommen würde, und ob sie wirklich alles aus den Schubladen herauszerren würden, wie man das in Filmen sah, oder ob das Ganze ordentlicher ablief. Hatten die Polizisten schon Schlimmeres gesehen als die Unordnung, die in meiner Küche herrschte, weil ich wieder einmal zu faul zum Abspülen gewesen war? Auf dem Herd standen noch die Reste der Spinatpasta vom Abend, und eine geöffnete Packung Kekse samt Krümeln lag auf der Anrichte daneben. Mir fiel ein, dass sich im Bad unter dem Waschbecken ein Berg Handwäsche stapelte, den ich am nächsten Tag hatte waschen wollen, auch das war mir peinlich.

Aber ändern konnte ich daran nichts mehr. Mit einem Knall fiel die Wagentür hinter mir zu, und ich verspürte den Impuls, schreiend dagegenzuhämmern und meine Freilassung zu fordern. Doch auch das tat ich nicht. Stattdessen saß ich wie erstarrt zwischen zwei Beamten der VdF, deren Knie meine rechts und links einkeilten und die auf jede meiner Fragen einsilbig antworteten, bis ich es schließlich aufgab. Alles, was ich von ihnen erfuhr, war, dass offenbar eine meiner Figuren nach Kapitolo gekommen war und man ihre Fingerabdrücke am Fundort einer Leiche gesichert hatte.

Die Polizei ging von Mord aus.

3

Die Einheimischen nennen das Polizeipräsidium den *Palast der Schneekönigin*. Dabei gibt es weder eine Schneekönigin noch einen Palast. Nur zwei moderne, sich in die Höhe schraubende Gebäudeflügel mit Milchglasfassade, die durch einen Backsteinoriginalbau verbunden sind. Dieser duckt sich zwischen die beiden hell strahlenden Anbauten, als schäme er sich für seine dunkle Vergangenheit.

Den Mauern dieses Mittelteils sieht man das Alter an; die unzähligen Jahre voller Tragödien, Anschuldigungen, geflüsterter Berichte, Geständnisse und vergossener Tränen. Von den strahlenden Fassaden des Schneepalasts prallt all dies ab. Und je länger ich dem Beamten Driessen in seinem Büro gegenübersaß, desto mehr kroch mir die Kälte trotz der Winterstiefel von den Füßen langsam nach oben in die Schultern, als wären die weiß gestrichenen Wände tatsächlich aus Eis. Ich versuchte zu begreifen, was geschehen war, aber es wollte mir nicht recht gelingen. Nie im Leben hätte ich damit gerechnet, dass eine meiner Figuren nach Kapitolo kommen würde. Ich hielt mein Schreiben für unbedenklich und ungefährlich, genau wie mich.

Bei der VdF sah man das offenbar anders. Peer Driessen hatte den Fall wenige Stunden zuvor übertragen bekommen ebenso wie die Koordination mit den zuständigen Beamten der Mordkommission. Er war ein hohes Tier innerhalb der VdF, sein Foto fand sich häufig in Zeitungen und seine Stellungnahmen in

Fernsehsendungen. Obwohl erst Ende vierzig, war er bereits seit über zehn Jahren das öffentliche Gesicht der VdF und galt als Hardliner, was die Bestrafung von Autoren und Figuren betraf. Er war tadellos höflich, dabei jedoch keineswegs freundlich. Über der dunklen Hose trug er ein Hemd ohne Schlips, die Ärmel waren nachlässig hochgekrempelt. Doch die Arbeit hatte Spuren hinterlassen. Er besaß tiefe Falten, die sich von den Augenwinkeln über die Wangen bis unter die Ohren zogen, und sah aus wie jemand, der dringend Urlaub benötigte.

Das Licht einer schlichten weißen Deckenlampe bot gerade genug Helligkeit, um Papiere lesen zu können, während es um jeden Gegenstand einen Schattenkragen legte. Hinter dem Schreibtisch hing ein schmales Regal, auf dem zahlreiche gerahmte Fotos standen. Sie zeigten Driessen dabei, wie er entflohene Figuren in Gewahrsam nahm und sie ihrer Strafe zuführte, es waren Ausschnitte seiner anhaltenden erfolgreichen Karriere.

Ich erkannte nicht alle Figuren, die darauf abgebildet waren, nur ein paar. Oskar Matzerath. Sancho Panza. Alexej Wronskij. Das waren spektakuläre Fälle gewesen, weil ihre Autoren bereits verstorben waren und somit nicht zur Rechenschaft gezogen werden konnten. Die Zeitungen hatten seitenweise darüber berichtet. Mein Blick glitt über die Gesichter, während sich das Zittern meiner Hände verstärkte. Schließlich blieb er an einem Bild hängen, das sich vor vielen Jahren tief in mein Gedächtnis eingegraben hatte.

Driessen hatte einen jungen Mann am Oberarm gepackt, die andere Hand auf seinen Kopf gelegt, während er ihn auf die Rückbank eines Polizeiwagens schob. Der Blick der Figur war der eines eingesperrten Tiers, ihr Name *Holden Caulfield*. Es hatte sich um einen der wenigen Fälle gehandelt, in denen Leute gegen die Verurteilung einer Figur protestiert hatten, weil sie nicht glauben konnten, dass ausgerechnet Salingers beliebter Protagonist Enten in einem Park abgeschossen haben sollte. Salinger war zu einer hohen Geldstrafe verurteilt worden und danach aus Kapitolo fort- und wieder in seine Heimat gezogen.

Bei Holdens Rückführung in die Fantasiewelt, die im Fernsehen übertragen worden war, hatte ich keinerlei Befriedigung empfunden. Diese Figur war ein Held meiner Jugend gewesen – und zu sehen, wie sie in Handschellen die Stufen des Schwarzen Tempels hinaufgeführt wurde, hatte mich erschüttert. Es kam mir damals so grundlegend falsch vor, dass jemand, der doch für so viele von uns ein Symbol der Freiheit gewesen war, alle Gewalt über sich verlor. Holden hatte sich nicht gewehrt, und als sich die großen, schweren Flügeltüren aus Diamantnuss hinter ihm schlossen, hatte ich still geweint.

Auch jetzt schnürte mir der Anblick dieses Fotos wieder die Kehle zu. Dieses Mal jedoch aus Angst. Denn die Fotos auf dem Regal bezeugten vor allem eines: Hier war jemand, der keine Gnade walten ließ; wer gegen die Regeln verstieß, musste dafür bezahlen, selbst wenn es sich um Jane Austens Emma gehandelt hätte.

Eine instinktive Furcht vor Driessen erfasste mich, obwohl er augenscheinlich nichts tat, was mir hätte Angst bereiten müssen. Trotzdem wurde mein Mund trocken, als er mir sachlich erklärte, weshalb ich hier war, und mir versicherte, dass es sich lediglich um eine erste Befragung handelte und ich jederzeit gehen könne. Auf dem Tisch zwischen uns lagen Papiere und Fotos, die das Verbrechen dokumentierten.

Gegen Mittag war die Polizei zu einer Wohnung in Mitte-West gerufen worden, in der sie die Leiche der 33-jährigen Damla Abbas fand. Sie war mit einem stumpfen Gegenstand erschlagen worden und musste bereits einige Stunden tot sein. Bei der Untersuchung des Tatorts hatte die Spurensicherung unter anderem die Fingerabdrücke einer Figur entdeckt – meiner Figur.

Driessen schob ein Foto zu mir herüber. Aus der Aufnahme starrte mir eine Tote blind entgegen. Unter ihrem dunklen Haar breitete sich ein Blutfächer wie ein altmodischer Stehkragen aus dem 16. Jahrhundert aus.

»Sind Sie sicher?«, fragte ich, während ich die Finger zwischen die Knie steckte, um das Zittern zu verbergen.

Er nickte, und die Falten erzeugten unruhige Schatten in seinem Gesicht. »Die Fingerabdrücke am Tatort stimmen mit Ihren überein. Das steht zweifelsfrei fest. Natürlich ist es immer möglich, dass jemand bei der Auswertung der Datenbank einen Fehler gemacht hatte, aber die Wahrscheinlichkeit ist doch gering.«

Da Figuren die spiegelverkehrten Fingerabdrücke ihrer Schöpfer besitzen, muss ein jeder Bewohner in Kapitolo bereits zur Einschulung seine Fingerabdrücke registrieren lassen. Immerhin wird einem in der Schule das Schreiben beigebracht – und Worte besitzen Macht, das weiß in Kapitolo jedes Kind. Mit ihnen erschafft man Figuren, Helden und *Monster.*

Auf diese Weise ist jeder Bürger registriert, ob er nun eine Lizenz zum Schreiben vom Amt für Literatur und Artverwandtes besitzt oder nicht. Wer später in die Stadt zieht, so wie meine Familie, muss sich nachträglich erfassen lassen. Das macht es der VdF so leicht, Figuren ihrem Schöpfer zuzuordnen.

»Sie wissen sicher, dass gegen Sie auf jeden Fall eine Anzeige wegen Übertretung einer Figur im Sinne des Verantwortungsgesetzes gestellt wird.«

Ich nickte. Bei dem Gedanken daran, was mir blühen könnte, sollte sich herausstellen, dass meine Figur einen Menschen getötet hatte, wurde mir übel.

»Haben Sie eine Figurenhaftpflichtversicherung?«

Erneut nickte ich.

»Dann dürfte die Begleichung der Tagessätze kein Problem sein. Allerdings gelten Sie anschließend als vorbestraft, das ist nicht mehr zu ändern.«

Mich überkam das Bedürfnis, mich zusammenzurollen. Ich kannte einige Autoren, die aus demselben Grund vorbestraft waren, manche von ihnen hatten im Anschluss die Stadt verlassen, um an anderen Orten weiterzuschreiben. Die, die hiergeblieben waren, beklagten sich oft darüber, wie beschwerlich es war, die jährliche Verlängerung ihrer Schreiblizenz zu erhalten. Es war jedes Mal ein Kampf mit dem Amt.

Wieder huschte mein Blick über die Fotos auf dem Tisch, die Driessen für mich ausgebreitet hatte. War das, was ich dort sah, wirklich in irgendeiner Weise meine Schuld? Hatte ich eine Figur erfunden, die in die Realität eingedrungen und zum Mörder geworden war? Oder war sie nur zur falschen Zeit am falschen Ort gewesen und hatte gar nichts mit dem Verbrechen zu tun?

Ich schluckte und wischte mir die schweißnassen Hände an den Oberschenkeln ab, während mir das Herz rasend gegen den Brustkorb schlug. Alles war möglich, und ich ahnte nicht im Geringsten, um welche Figur es sich handeln könnte, doch genau das wollte Driessen in diesem Augenblick von mir wissen.

»Versuchen Sie, ruhig zu bleiben«, sagte er, erreichte damit aber nur das Gegenteil. »Wollen Sie einen Kaffee?«

Wieder einmal nickte ich, und Driessen verließ den Raum, der mir auf einmal noch kälter erschien. Für einen kurzen Moment spielte ich mit dem Gedanken, tatsächlich einfach aufzustehen und zu gehen, doch ich hatte zu viel Angst, dass mir eine Verweigerung in einer möglichen späteren Verhandlung als unkooperativ ausgelegt werden würde. Mir zuckten die Muskeln in Armen und Beinen, weil ich mich so verkrampfte.

Wie hypnotisiert starrte ich zu den Fotos auf dem Wandregal. Ich erkannte nun auch T. H. Whites Protagonisten Wart, der sich nach seinem Übertritt als Brandstifter entpuppt hatte und vor seiner Rückführung zu zehn Jahren Gefängnis verurteilt worden war. White selbst erhielt zwei Jahre auf Bewährung, weshalb er sich bekanntermaßen auf die Kanalinsel Alderney zurückzog. Würde ich ebenfalls die Stadt verlassen müssen? Das konnte und wollte ich mir nicht vorstellen. Meine engsten Freunde lebten hier, ich hatte alle meine Bücher in Kapitolo geschrieben, und tief in mir saß der Zweifel, ob ich überhaupt in der Lage war, an einem anderen Ort etwas zu Papier zu bringen.

Der Gedanke daran weckte in mir das Gefühl, als würde sich eine unsichtbare Schlinge um meinen Hals zuziehen. Fieberhaft ließ ich das Personal meiner Romane vor dem geistigen Auge Revue passieren. Natürlich dachte ich als Erstes an meine Kriminalromane und ihre Mörder: den schillernden Lee mit seinem Fuchs als Haustier; Deborah in ihren roten Kleidern, die so gern Zitronentarte backte; und Rocco, der farbenblind war und durch eine Anzeige wegen Fahrens bei Rot überführt wurde. Sie schienen mir die offensichtlichsten Kandidaten für einen Mord, immerhin hatten sie bereits mindestens einen begangen. Vielleicht war das aber auch zu offensichtlich gedacht?

Ich überlegte also weiter und versuchte, mich an andere Hauptfiguren und ihre Gegenspieler zu erinnern. Ebenso wie an die beliebtesten Nebenfiguren, die heimlichen Helden aus der zweiten Reihe.

Da war Lola, die nie still sitzen konnte und ein Mundwerk besaß, so groß wie ein Findelstein. Kapitän Moor, dessen Sarkasmus mir eimerweise begeisterte Leserbriefe beschert hatte und der stets mit einem Totenschädel mit Goldzahn sprach. Ich dachte auch an die Figuren, für die ich Verrisse kassiert und zu denen ich deshalb ein zwiespältiges Verhältnis hatte. Die Leser mochten weder die kaltschnäuzige Krankenschwester Ines mit dem Glasauge noch den Gedichte zitierenden Hausmeister Jorge. Doch keine dieser Figuren erschien mir spektakulär genug, um nach Kapitolo zu kommen.

Natürlich ist es bis heute nicht restlos geklärt, was im Detail dazu führt, dass eine Figur in die Wirklichkeit übertritt, einig ist sich die Fachwelt lediglich darin, dass die Autoren die Hauptschuld daran tragen. Die Beliebtheit einer Figur kann eine Rolle bei ihrem Übertritt spielen, ist letzten Endes aber nicht entscheidend, sonst wären Christian Grey und Lolita längst in Kapitolo gesichtet worden. Wie wir jedoch wissen, handelt es sich bei den erscheinenden Figuren aber nicht nur um die Populärsten des Literaturkanons. Es gibt jede Menge Theorien zu diesem Thema, ganze Bibliotheken voll damit, wirklich *bewiesen* ist allerdings kaum eine. In einer ansonsten magielosen Welt ist die Magie des Übertritts eine Anomalie, mit der sich die Leute nie wirklich angefreundet haben, weil ihnen die Kontrolle darüber fehlt.

Ich muss zugeben, dass ich in jenem Moment Schwierigkeiten hatte, mich an alle Protagonisten meiner Bücher zu erinnern. Ich hatte so viele Romane in so kurzer Zeit geschrieben, dass mir längst der Überblick fehlte. Es waren einfach zu viele, und manche ähnelten sich in ihren Grundzügen auch. Eine Mutter mag alle ihre Kinder lieben (wenn auch nicht immer auf dieselbe Weise), aber ich liebte nicht alle meine Bücher.

Vielleicht hätte ich diese Geschichte schneller durchschaut, wenn ich es getan hätte.

Während ich auf Driessens Rückkehr wartete, beunruhigte mich die Frage, was die Polizei in meiner Wohnung finden würde. Konnten mir gedankenlos dahingekritzelte Notizen zum Verhängnis werden? Wie würden sie die Bücher anderer Autoren bewerten, die in meinen Regalen standen? Sprachen Thomas Harris, Cody McFadyen und Stieg Larsson gegen mich, weil sie brutale Verbrechen beschrieben? Oder eher Elena Ferrante und Dan Brown? Was war mit Terry Pratchett und Isabel Allende? Hatte das Lesen einiger dieser Autoren den Übertritt meiner Figur befördert? Würden sie Urteile über Schund und Anspruch fällen, wenn sie sich die Bücher ansahen? Und die entscheidende Frage: Hatte die VdF die Tagebücher aus meiner Zeit mit Rosalie auf dem Dach gefunden?

Würde etwa jeden Moment jemand hereingestürmt kommen und mich deshalb zur Rede stellen? Driessen hatte mir versichert, dass er diesem Mord auf den Grund gehen würde, koste es, was es wolle. Genau das waren seine Worte gewesen, und ich zweifelte nicht daran.

Als er schließlich nach einigen Minuten zurückkehrte, war ich schweißgebadet und hatte mir die Haare vor Nervosität mehrmals zu einem Knoten hochgebunden und den Haargummi wieder gelöst. Driessen stellte einen braunen Plastikbecher vor mich hin, und der Dampf schlängelte sich in einer Spirale nach oben bis zur Zimmerdecke. In dem Becher befand sich Automatenkaffee für lange Nächte und Magenschmerzen, aber fahrig griff ich danach und verbrannte mir sofort die Zunge.

»Und Sie sind sicher, dass Sie das Opfer nicht kennen?«, fragte Driessen derweil, als hätte es nie eine Pause in unserem Gespräch gegeben.

Vehement schüttelte ich den Kopf. »Der Name sagt mir gar nichts.«

Das war die Wahrheit. Ich kannte Damla Abbas nicht. Das Gesicht löste in mir keinerlei Erinnerung aus. Außerdem sehen Menschen im Tod nicht aus wie zu Lebzeiten. Die Frau hatte dichtes braunes Haar und von zu viel Sonne gefleckte Haut, aber diese Beschreibung traf auf viele Menschen in Kapitolo zu. Wie sollte ich nur im vom Leid verzerrten Gesicht dieser Toten irgendjemanden erkennen, den ich möglicherweise irgendwann einmal getroffen hatte? Es schien mir absurd. Das alles schien mir absurd.

Vorsichtig nahm ich noch einen Schluck Kaffee.

»Es muss eine Verbindung geben«, drängte Driessen, und das Stirnrunzeln zog wieder tiefe Gräben in sein Gesicht. »Sonst wäre Ihre Figur doch nicht in dieser Wohnung gewesen. Möglicherweise war das sogar der Ort, an dem sie nach Kapitolo übergetreten ist. Wäre das möglich?«

»Ich sehe aber keine Verbindung«, erwiderte ich. »Kann es denn ... kann es denn nicht ein Zufall gewesen sein? Dass sie«, ich deutete auf das Foto des Opfers, »nur zur falschen Zeit am falschen Ort war?«

Das Stirnrunzeln vertiefte sich.

»Oder dass das Ganze ein Missverständnis ist?«, fügte ich hastig hinzu. »Leute machen Fehler. Vielleicht ...«

»Welches Missverständnis denn? Ein Mensch ist tot, und Ihre Figur war am Tatort.« Mit verschränkten Armen lehnte er sich zurück.

Ich schwieg. Sollte ich jemanden anrufen? Aber wen? Ich hatte keinen Anwalt, der auf Abruf bereitstand, so etwas konnte ich mir nicht leisten. Warum war ausgerechnet jetzt eine Figur von mir übergetreten und nicht schon vor Jahren? Das Grübeln bereitete mir Kopfschmerzen.

»Ist Ihnen in letzter Zeit vielleicht etwas aufgefallen? Seltsame Begegnungen? Anrufe, Briefe? Möglicherweise hat die Figur versucht, mit Ihnen Kontakt aufzunehmen, das kommt häufig vor. Die Figuren suchen die Nähe ihrer Schöpfer. Auf diese Weise werden die meisten von ihnen erwischt.«

Ich schüttelte den Kopf, und nachdenklich rieb sich Driessen das Kinn. Dann klopfte er mit der Hand sanft auf die Stuhllehne. »Sie besitzen eine Sonderlizenz für Kriminalromane, in denen Sie Morde beschreiben dürfen, nicht wahr?«, fragte er.

»Ja, aber meine Mörder enden immer hinter Gittern.« Etwas in mir sträubte sich, eine Schuld einzugestehen. Ich schrieb doch keinen Horror! Dafür benötigt man eine weitere Sondergenehmigung des Amts für Literatur und Artverwandtes, und die hatte ich nie beantragt.

Driessen schlug eine Mappe auf, sein Blick huschte über die darin abgehefteten Papiere. »Wir haben das überprüft. Im Moment sehen wir keine Überschneidungen von Ihnen mit dem Opfer. Ihre Wohnorte lagen auch in der Vergangenheit weit auseinander, Sie haben andere Schulen besucht, eine andere Ausbildung abgeschlossen, andere Jobs ausgeübt. Waren Sie je in einem Sportverein?«

»Ich gehe joggen.«

Er machte sich eine Notiz. »Die Tote ist ungefähr so alt wie Sie.«

»Das sind viele Menschen in dieser Stadt.« Ich meinte es nicht schnippisch, es war nur ein Fakt.

»Wir benötigen von Ihnen eine Liste mit Figuren, die Ihnen als infrage kommend erscheinen, und dazu passende Beschreibungen. Wenn Sie Vorlagen für die äußere Erscheinung verwendet haben, brauchen wir auch diese.«

»Könnte es nicht sein, dass ... Es gibt doch Theorien, dass Fan-Fiction-Figuren genauso übertreten können. Ist es nicht möglich, dass es gar nicht meine Figur ist, sondern sie meiner nur ähnelt?« Ich mochte nicht so viele Leser haben wie J. K. Rowling oder Haruki Murakami, aber auch ich besaß einige sehr treue Leser, die jedes meiner Bücher kauften, mir Fanbriefe schrieben und sich über die Jahre an der einen oder anderen Fanfiction versucht hatten.

»Ich glaube, ich hatte mal vor Jahren mit einem solchen Fall zu tun«, erwiderte Driessen. »Die Fingerabdrücke waren das reinste Durcheinander.« Er winkte ab. »Glauben Sie mir, das ist hier nicht der Fall. Manchmal wirken die Fingerabdrücke etwas verwischt, wenn Lektoren und Übersetzer ihren Anteil an der Formung haben, aber meistens kann man den Urheber trotzdem einwandfrei ermitteln.« Er tippte noch einmal auf die Fotos. »Die Tote arbeitete als Journalistin für ein bekanntes Newsportal, das als autorenkritisch gilt.«

»Oh ...«

»Sie haben nie davon gehört?«

»Solche Sachen interessieren mich nicht«, gab ich zu. »Es gibt vielleicht Leute, die meine Bücher nicht mögen, aber die Texte machen auch niemanden wütend, wenn Sie verstehen, was ich meine. Ich bin nicht politisch engagiert oder so. Es sind harmlose Romane, Unterhaltung.« Ich zuckte mit den Schultern und hob die Hände. »Niemand stört sich an ihrer Existenz.«

Schweigend betrachtete er mich einen Moment lang, bevor er sich erschöpft über die Augen rieb. Mir fielen die Knitter in seinem Hemd auf, als hätte er es nur oberflächlich gebügelt. Wann hatte er wohl das letzte Mal ausreichend Schlaf bekommen?

»Haben Sie eine Ahnung, womit wir hier die meiste Zeit verbringen?«, fragte er unvermittelt.

Ich schüttelte den Kopf.

»Mit einer endlosen Schleife der immer gleichen Figuren.« Er klang frustriert. »Mindestens einmal im Jahr verfolgen wir ein Rotkäppchen im kurzen Kleid und roten Mantel. Der dazugehörige Wolf kommt sogar noch öfter vorbei. Manchmal als Mensch-Tier-Hybrid, manchmal als behaarter Sexprotz mit langem ... na, Sie wissen schon. Und wer wird gerufen, wenn eine solche Bestie mal wieder in der Nacht einen Imbiss überfällt und fast den armen Kerl hinter der Theke auffrisst, weil sie hungrig ist? Wir!« Er legte sich die Hand auf die Brust. »Die VdF. Dann haben wir alle Hände voll damit zu tun, das kann ich Ihnen sagen. Jedes Jahr der gleiche Mist zu Weihnachten, wenn verwirrte alte Männer mit weißen Bärten durch die Stadt rennen, und hören Sie mir bloß auf mit Halloween! Da rücken wir stündlich aus. Und alles nur, weil mal wieder neue Anthologien erschienen sind.«

Augenblicklich fühlte ich mich schuldig. Natürlich hatte ich selbst schon an Weihnachts- und Halloween- und Sonst-was-Anthologien teilgenommen. Feiertage und Jubiläen gehen immer gut, das mögen Leser und Verleger.

Driessen schob mir weitere Fotos über den Tisch, die nicht zu meinem Fall gehörten. Es waren Aufnahmen anderer Tatorte, deren Anblick mir Galle aufsteigen ließ.

»Warum zeigen Sie mir das?«, fragte ich empört.

»Weil das auch einer Ihrer Kollegen zu verantworten hatte. Eine nette kleine Geschichte über einen Monsteralligator in der Kanalisation. Hat acht Jahre dafür gekriegt, der Herr Kollege. Hing mit seiner Scheidung zusammen, fragen Sie mich nicht.«

Wir starrten uns an wie Cowboys bei einem Showdown am Mittag, wenn die Schatten am kürzesten sind. Wollte er mir ein schlechtes Gewissen einreden? Sollte ich etwas gestehen? Wusste er vielleicht doch von der Sache mit Rosalie, und das alles hier war nur ein Vorwand, um mich aus der Reserve zu locken?

»Wissen Sie, wie viel es die Stadt jährlich kostet, die Schäden zu beseitigen, die frei laufende Figuren anrichten? 53 Millionen. Und das sind nur die Sachschäden. Dazu kommen noch die Kosten, die für die allgemeine Sicherheit entstehen. Zur *Verhinderung* der Schäden. Und es werden mehr. Schaut man sich die Statistiken an, kann man sehen, wie der Graph nach oben geht. Es werden immer mehr Figuren, Jahr um Jahr.« Eindringlich blickte er mich an, als wüsste ich den Grund dafür. Dann lehnte er sich auf dem Stuhl wieder zurück. »Aber Ihnen ist das natürlich egal, nicht wahr? Sie schreiben, was Sie wollen, und welche Gefahr davon für die Stadt und ihre Bewohner ausgeht, interessiert Sie nicht, oder welche Figur hier vielleicht herüberkommt. Hauptsache, die Geschichte ist spannend.«

»So ist das nicht!«

»Ich denke, es ist genau so.«

Ich hatte das Gefühl, dass der Fall für Driessen bereits geklärt war. Meine Figur hatte sich am Tatort aufgehalten, also musste sie auch der Täter sein. Konnte ich von ihm wirklich erwarten, dass er seine Mitarbeiter dazu bringen würde, in alle Richtungen zu ermitteln?

»Es werden doch nicht alle Figuren, die nach Kapitolo kommen, straffällig«, wandte ich ein.

»Nein, aber ein Großteil. Weil sie durch den Übertritt verwirrt sind, traumatisiert oder sich einfach nicht mit unseren Regeln auskennen. Ich meine, Sie können von Conan dem Barbaren nicht erwarten, dass er Ihnen die Tür aufhält und seinen Müll trennt. Und das sind vergleichsweise harmlose Dinge. Von einer übergetretenen Figur geht stets eine latente Gefahr aus, weil sie unberechenbar ist, das können Sie mir glauben. Ich habe im Laufe meiner Karriere genug gesehen, um davon überzeugt zu sein, dass es besser wäre, wir würden die ganze Sache mit dem Schreiben von Geschichten einfach lassen.«

Ich wusste nicht, ob er die letzte Äußerung tatsächlich ernst meinte oder nur der Frust aus ihm sprach. Doch bevor ich etwas erwidern konnte, wechselte er abrupt das Thema.

»Wie wäre es, wenn ich Ihnen noch einen Kaffee hole?«

»Danke, ich möchte nichts mehr.«

»Er wird Ihnen guttun.«

»Ich ...«

Driessen erhob sich. »Ich bin gleich zurück.«

Ein zweites Mal fiel die Tür hinter ihm ins Schloss, und ein zweites Mal blieb ich regungslos auf dem Stuhl sitzen. Was meine Leser wohl dazu sagen würden, wenn sie mich so sehen könnten? Wie würden sie reagieren, wenn sie von dieser Sache erfuhren?

Es kam oft vor, dass wütende Leser ihre Bücher in die Buchhandlungen zurückbrachten, wenn die VdF einen Fall öffentlich machte. Allerdings kannte ich auch Autoren, die von ihren Lesern in einer solchen Krisenzeit unterstützt worden waren. Manchmal zeigten die Leute Verständnis für schwierige Umstände, in denen sich Autoren wiederfanden. Ehrliche Reue wurde anerkannt, vor allem, wenn die Autorin oder der Autor sehr beliebt waren. Aber würden sie mir auch verzeihen, wenn meine Figur einen Menschen umgebracht hatte?

Auf einmal wurde die Tür aufgestoßen, und mir rutschte vor Schreck fast das Herz in die Hose. Eine kleine drahtige Frau stürmte in den Raum, ihr schwarzes Haar war zu Cornrows geflochten, sie trug schwarze Jeans, ein schwarzes T-Shirt, ein schwarzes Jackett und ein schweres silbernes Kreuz auf der Brust.

»Kommen Sie«, rief sie und winkte mich ungeduldig zu sich.

»Wie bitte?«

»Kommen Sie!«

Zögerlich erhob ich mich, der Stuhl schabte übers Linoleum.

»So kommen Sie doch endlich«, forderte sie mich ein drittes Mal auf, während sie einen Blick über die Schulter den Gang hinunterwarf. Als ich nah genug bei ihr war, packte sie mich am Oberarm und schob mich hinaus in den Flur.

»Wer sind Sie?«

»Jasmin Hensen. Abteilung VaF.«

Die VaF war die kleine Schwester der VdF – und der mittlere Buchstabe der entscheidende Unterschied. Es war die Abteilung Verbrechen *an* Figuren.

4

Immer wieder gab es Berichte darüber, wie Figuren zur Belustigung der Massen ausgestellt wurden, bis die Polizei sie einkassierte. Hin und wieder tauchten Zeitungsartikel auf, in denen Fälle von Figurenmissbrauch erwähnt wurden. Es kursierten auch Gerüchte über Guerillagruppen für Figuren, von denen die meisten Leute jedoch annahmen, dass es sich um Urban Legends handelte. Und natürlich munkelte so mancher hinter vorgehaltener Hand darüber, dass es in Kapitolo viel mehr Figuren gab, als in der Öffentlichkeit bekannt war, aber die meisten Menschen taten das als typische Verschwörungstheorie ab.

Jetzt fielen mir diese Berichte wieder ein.

Die VaF erhielt viel weniger Presse als Driessen und die VdF; ihre Arbeit war in den Augen der Öffentlichkeit nicht unwesentlich, aber doch von geringerer Bedeutung. Hensens Gesicht hatte ich jedenfalls noch nie in einem Leitartikel gesehen.

Während sie mich weiter den Gang hinunterdrängte, fragte ich mich, was hier nur vor sich ging. Ihre dunkle Silhouette war der Cursor, der mich durch die weißen Gänge führte. Hastig hatte ich mir den Mantel umgehängt, meinen Schal jedoch in Driessens Büro vergessen. Ich schlug den Kragen hoch, denn durch die Gänge zog ein kühler Luftzug.

»Die VdF hat ihre Büros hier oben. Wir hingegen ...« Sie deutete auf den Fußboden.

Widerspruchslos folgte ich ihr über eine Treppe nach unten und einen weiteren Gang hinunter, anschließend die nächste Treppe in ein noch tiefer gelegenes Stockwerk, deren Stufen ebenfalls aus Milchglas bestanden, und so ging es eine ganze Weile weiter. Doch mit jedem Treppenabsatz, den wir erreichten, wurden die Stufen dunkler, bis aus dem Glas schließlich Beton und am Ende Ziegelsteine wurden.

»Abteilung Verbrechen an Figuren.« Sie zeigte auf das schlichte weiße Plastikschild, wie es sich in vielen Behörden neben den Bürotüren finden lässt.

Ich versuchte, mich zu konzentrieren, während meine Augen die Schatten begrüßten, die sich an den Wänden entlangschoben. Es war weniger grell hier unten, und ich ahnte, dass wir uns im alten Mittelteil des Gebäudes befanden. »Ich wollte nicht …«, brach es unvermittelt aus mir heraus, und sie blieb stehen.

»Was wollten Sie nicht? Dass jemand stirbt?«

Unglücklich nickte ich.

Ihr Blick huschte beinahe ein bisschen gemein über mich hinweg. »Vielleicht, vielleicht nicht. Die entscheidende Frage ist doch zunächst einmal, ob Ihre Figur diese Tat überhaupt begangen hat, oder? Schließlich wissen wir noch gar nicht, wie es zu dem Verbrechen gekommen ist. Und das«, ihr Zeigefinger hob sich in meine Richtung, »ist des Pudels Kern.«

Sie lief weiter, während ich ihr schwankend hinterherstolperte. Ungeduldig wedelte sie mit der Hand in meine Richtung.

»Was ist mit Driessen?«, fragte ich, als sie mir eine Tür aufhielt und wir in einen weiteren Gang traten, von dem ein Dutzend gleich aussehende Türen abgingen.

»Was soll mit ihm sein? Sie sind doch noch nicht verhaftet. Alles, was er im Moment gegen Sie in der Hand hat, sind Fingerabdrücke am Tatort. Das reicht nicht für eine Untersuchungshaft. Die Anzeige wegen Übertritt einer Figur ist natürlich gestellt, aber dafür fahren Sie nicht ein. Also kann jeder von uns eine Runde mit Ihnen plaudern, und Sie können jederzeit gehen.«

Driessen hatte mit keinem Wort erwähnt, dass eine Figur zu Schaden gekommen war, daher gab es eigentlich keinen Grund, die VaF in den Fall zu involvieren. Was wollte Hensen also von mir?

Kurze Zeit später betraten wir ein Büro, das nicht viel größer war als ein Schuhkarton. Die unverputzten Backsteinwände waren lediglich weiß getüncht worden, es gab jede Menge Aktenschränke, und an den Fensterscheiben klebten Bilder von Schneemännern und Schneeflocken, die der Trostlosigkeit ein wenig die Schärfe nahmen.

»Kommissar Sanders«, stellte Hensen den jungen Mann vor, mit dem sie sich das Büro teilte; einen Naturrotschopf mit blassen Sommersprossen und wahrscheinlich von einer Katze zerkratzten Händen.

»Ist sie das?«, fragte er und richtete sich wie elektrisiert auf.

»Driessen hat wieder seine Nummer mit dem Kaffee abgezogen, die Minute habe ich genutzt.« Sie zog einen Stuhl neben ihren Schreibtisch und deutete darauf, damit ich mich setzte.

»Die Nummer mit dem Kaffee?«, fragte ich.

»Er bietet Ihnen Kaffee an, damit Sie ihn mitfühlend finden. Und natürlich, um Sie dort im Zimmer schmoren zu lassen.« Ächzend ließ sie sich auf ihren eigenen Stuhl fallen und rutschte müde in sich zusammen. Mit den Handballen rieb sie sich über die Augen, wie es bereits Driessen getan hatte. Die Arbeit im Palast der Schneekönigin schien für beide Abteilungen schlaflose Nächte mit sich zu bringen. »Na schön«, sagte sie, »wollen Sie jemanden anrufen? Einen Anwalt vielleicht?«

Es drängte mich, nach Hause zu kommen, um nach meiner Wohnung zu sehen. »Ich würde gern meine Lektorin anrufen.«

»Nur zu.«

Ich benötigte drei Versuche, bis Wera schließlich verschlafen ans Telefon ging. Mit knappen Sätzen bat ich sie, zum Präsidium zu kommen, und schilderte ihr, was in der Nacht vorgefallen war und in welchem Schlamassel ich steckte. Ihr entsetztes Schweigen am anderen Ende sprach Bände. Nach einem Moment des Zögerns stimmte sie jedoch zu, mich mit dem Wagen abzuholen, und ich nahm ihr das Versprechen ab, niemandem auch nur ein Sterbenswort davon zu erzählen. Anschließend beendete ich das Gespräch und sah die beiden Polizisten erwartungsvoll an; die Stuhllehne drückte mir unangenehm in den Rücken.

»Glauben Sie, es ist eine Figur aus den Kriminalromanen?«, fragte ich. »Sie haben doch Erfahrung mit solchen Fällen – denken Sie, dass meine Figur am Tatort war, weil sie eine Krimifigur ist und sich vielleicht von solchen Orten und Ereignissen angezogen fühlt?«

»Schon möglich, aber so etwas ist schwer zu sagen«, antwortete Hensen. »Haben Sie selbst denn eine besondere Verbindung zu einer Ihrer Krimifiguren oder Tatorten?«

Verzweifelt schüttelte ich den Kopf. Mir fiel einfach nichts ein. Auch zum Opfer konnte ich nichts sagen. In meinen Romanen fanden die Ermittler stets einen Hinweis, der sie dann auf die Spur des Täters brachte, doch ich war keine Ermittlerin, und falls es hier Hinweise gab, konnte ich sie nicht erkennen.

Nachdenklich betrachtete mich Hensen. »Figuren sind oft eigenständiger, als wir ihnen zugestehen. Vielleicht hat es gar nichts mit Ihnen zu tun.«

»Wie meinen Sie das?«

»Es gibt vieles, das wir noch immer nicht über die Figuren und die Welt, aus der sie kommen, wissen. Doch das wenige, das wir wissen, hat ausgereicht, um darauf basierend Gesetze zu erlassen, die sich seit hundert Jahren nicht geändert haben.« Sie klang verbittert, aber ich wusste nicht, wem der Ärger galt.

»Und was hat das mit diesem Fall und meiner Figur zu tun?«

»Vieles.« Sie deutete unbestimmt in den Raum. »Sehen Sie, wir sind hier eine kleine Abteilung, gerade einmal zwölf Leute. Wollen Sie wissen, wie viele Kollegen Driessen hat?« Sie wartete meine Antwort nicht ab. »Hundertvierundzwanzig. Daran können Sie erkennen, welcher Sache mehr Bedeutung beigemessen wird. In den Augen der meisten Leute in Kapitolo sind Figuren keine Menschen, also verdienen sie auch nicht die Aufmerksamkeit, die wir unserer eigenen Art angedeihen lassen. So einfach ist das.« Ihr Blick wurde herausfordernd. »Ich meine, es stimmt schon, sie sind etwas anderes, nicht wahr? Sie sind die Produkte unserer Fantasie. Dass sie genau wie Sie und ich einen Herzschlag besitzen und bluten, wenn man sie absticht, spielt für die Leute keine Rolle. Figuren genießen nicht denselben Schutz wie Menschen.«

Bevor ich etwas sagen konnte, fuhr Sanders fort. »Wir haben dreiunddreißig Gesetze, die sich mit den Rechten der übergetretenen Figuren beschäftigen. Zweihundertachtundsechzig für ihr Fehlverhalten. Fällt Ihnen etwas auf?«

Betreten schwieg ich. Das alles war mir nicht neu, ich hatte es nur verdrängt. Eine Zeit lang hatte ich versucht, so viel wie möglich über die Figuren in Kapitolo zu erfahren – damals, vor fünfzehn Jahren. Jedes Gerücht hatte ich aufgesogen wie ein Schwamm, aber die Beschäftigung mit dem Thema tat mir nicht gut, es war beinahe zur Obsession geworden. Daher hatte ich es fallen lassen.

Hensen deutete auf eine Pinnwand, die zwischen zwei Aktenschränken hing, und als ich ihrem Fingerzeig folgte, erkannte ich, dass daran vor allem Fotos angeheftet waren. Auch sie zeigten Figuren wie die Bilder in Driessens Büro. Ich stand auf und trat näher heran. Als ich jedoch erkannte, was hier abgebildet war, zuckte ich zurück wie bei der Verbrennung an einem zu heißen Ofen.

»Das rechts ist E. T. A. Hoffmanns Rabe. Ausgestopft für eine Faschingsparty. Gleich daneben sehen Sie Scheherazade, angekettet in einem dreckigen Keller, und dann ein Stück weiter links Sei Shōnagon. Da hatten wir sie zwei Tage vorher mit gebrochenen Rippen auf der Straße gefunden. Die Aufnahme stammt aus dem Krankenhaus.« Hensen verschränkte die Arme. »Das sind natürlich nur die Fälle, über die die Presse auch berichtet hat. Nicht auf der Titelseite, das ist klar, aber immerhin. Wir haben hier noch viel mehr davon.« Sie deutete auf den Aktenschrank.

Langsam setzte ich mich wieder.

»Die Leute wollen, dass Gerechtigkeit geübt wird«, sprach Hensen weiter. »Sie wollen diese Gerechtigkeit geübt sehen. Strafe muss schließlich sein. Und genau dafür ist Driessen da, das ist seine Aufgabe. Er wird alles dafür tun, dass Ihre Figur aus dem Verkehr gezogen wird. Auf die eine oder andere Weise.« Sie sah zu Sanders, der sofort das Sprechen für sie übernahm.

»Nun ist es aber so, dass die städtische Haftanstalt für Figuren auch das kleinste Gefängnis der Stadt ist«, fuhr er fort. »Obwohl die Zahl seiner Insassen weit unter dem Schnitt anderer Einrichtungen liegt, ist es bereits am Limit angekommen. Und vor der nächsten Wahl fließen natürlich keine Gelder mehr, um daran etwas zu ändern. Man gewinnt keine Wahl, wenn man den Leuten erzählt, dass man Geld in die Erweiterung eines Gefängnisses stecken will.« Er streckte mir die zerkratzten Hände entgegen, als wolle er, dass ich sie ergriff. »Wissen Sie, wie viele Verhaftungen von Figuren mit tödlichem Ausgang es in den letzten acht Jahren in Kapitolo gegeben hat?«

»Nein.«

»Zweiundzwanzig. Vierzehn davon allein in Driessens Abteilung. Die Zahl der Figuren, die nach ihrer Verhaftung medizinisch versorgt werden mussten, ist dreistellig.« Sanders stand auf und nahm einen abgegriffenen Zettel von der Pinnwand, auf dem sich eine handschriftliche Liste mit Namen befand. »Das sind Ihre Kollegen, die in den letzten zwölf Jahren wegen eines Tötungsdelikts mit der VdF zu tun hatten. Vier ihrer Figuren haben es gar nicht erst bis zur Verhandlung geschafft, sondern sind vorher verstorben. Drei haben angeblich während der Vernehmung Beamte der VdF angegriffen und mussten anschließend im Krankenhaus behandelt werden. Zwei haben während der Verhandlung ihre Geständnisse widerrufen, weil sie offenbar unter Zwang entstanden sind.« Er setzte sich wieder und verschränkte die Finger im Schoß. »Falls Sie sich fragen, was aus Ihren Kollegen geworden ist, da sieht die Bilanz auch nicht besonders gut aus. Fünf von ihnen sitzen ihren Anteil wegen Mord ab. Vier sind so hoch verschuldet, dass sie bis an ihr Lebensende Entschädigungen zahlen müssen, und drei sind zwar freigesprochen worden, davon haben allerdings zwei die Stadt verlassen, und einer hat sich das Leben genommen. Raten Sie mal, wie viele von denen«, er tippte auf das Papier, »noch aktiv schreiben und veröffentlichen.«

Aus diesem Stoff waren die Geschichten, die sich Autoren bei Stammtischen und Empfängen spät in der Nacht zuflüsterten wie Gruselmärchen, wenn sie zu viel getrunken und keine Lust hatten, schon aufs eigene Hotelzimmer zu gehen. Dann überfiel sie eine angenehme Gänsehaut, weil der Horror hinter diesen Erzählungen sie nicht betraf, schließlich waren sie in Sicherheit – und ihre Figuren weit weg.

Ich hatte an diesen Anekdoten nie Spaß gehabt, denn ich wusste bereits, wie es war, mitten in einer Horrorgeschichte zu stecken. Ich hatte nur nicht erwartet, dass es mir ein zweites Mal passieren würde. Das war die größte Naivität von allen gewesen, anzunehmen, dass einer Katastrophe keine zweite folgen könne.

Als ich nichts erwiderte, beantwortete Hensen die Frage ihres Kollegen. »Zero. Alle sechzehn haben es der VdF überlassen, sich um den Fall und ihre Figuren zu kümmern. Verstehen Sie mich nicht falsch, natürlich muss dieser tragische Todesfall aufgeklärt werden, die Angehörigen von Damla Abbas haben schließlich ein Recht darauf zu erfahren, warum ihr all das geschehen ist. Sie sollen und müssen den Täter bestraft sehen, ich habe dafür volles Verständnis. Aber«, sie beugte sich noch ein Stück nach vorn und stützte die Ellbogen auf den Knien ab, das Kreuz pendelte über ihren verschränkten Fingern, »es geht eben nicht *nur* darum. Es geht auch um die Art, *wie* dieses Recht ausgeübt wird.« Sie rieb sich den rechten Oberschenkel, als wäre sie ein alter Mann. »Die Leute glauben immer, dass Gerechtigkeit schwerer wiegt als Recht. Dass sie es sollte! Und sie sind wütend, wenn sie hinter dem Recht zurücktreten muss. Dabei übersehen sie, dass Gerechtigkeit ein großes Potenzial an Willkür birgt. Auch eine Figur, die sich strafbar gemacht hat, verfügt über Rechte. Zumindest sollte es so sein, wenn wir weiterhin als zivilisiert gelten wollen, oder etwa nicht?«

»Es fällt immer leichter, das Recht zu verteidigen, wenn man nicht auf Gerechtigkeit hofft«, erwiderte ich vorsichtig.

»Wenn man nicht selbst betroffen ist, meinen Sie?«

Ich nickte. »Sie haben mich doch aus einem bestimmten Grund hierhergebracht. Die VaF ist nicht an diesem Mordfall beteiligt, habe ich recht? Was wollen Sie also von mir?«

Erneut wechselte Hensen einen Blick mit ihrem Kollegen. »Unser Einfluss innerhalb der Polizei ist begrenzt, genauso wie unser Budget. Was wir hier betreiben, ist ein Kampf gegen Windmühlen. Wir beobachten bestimmte Entwicklungen, vor allem in der VdF und um Driessens Person. In den letzten Wochen hat die VdF ihre mediale Präsenz verstärkt, es wirkt beinahe wie eine Kampagne, in der die Angst der Leute vor den Figuren geschürt wird. Die Leute sollen eingestimmt werden.«

»Worauf?«

»Das wissen wir nicht. Aber wir sind uns sicher, dass Ihr Fall Driessen gerade recht kommt.«

Wenn ich darüber nachdachte, dann fielen mir die zahlreichen Artikel über straffällig gewordene Figuren in den vergangenen Monaten wieder ein. Ich hatte mir nichts dabei gedacht, doch jetzt, da mich jemand darauf aufmerksam gemacht hatte, wunderte ich mich.

»Wir können Ihnen nicht sagen, was Sie tun sollen, aber …«

»Aber?«

»Wir können Sie darauf hinweisen, dass Ihre Figur zwar im Zusammenhang mit einem Kapitalverbrechen gesucht wird und die VdF daher den Vernehmungsvorrang hat, dass eine Verhaftung allerdings durch jede andere Abteilung der Polizei erfolgen kann. Immerhin geht es erst einmal darum, die Figur festzusetzen. Sobald Kollegen einer anderen Abteilung in die Verhaftung involviert sind«, sie lehnte sich zurück und breitete die Arme aus, »sagen wir zum Beispiel der VaF, haben die natürlich auch ein gewisses Beobachtungsrecht, was den Fall und seinen weiteren Verlauf betrifft. Auf diese Weise könnten die involvierten Kollegen dafür sorgen, dass der Umgang mit der Figur während der Festnahme und den Verhören ordnungsgemäß stattfindet.« Sie streckte mir eine Visitenkarte entgegen. »Wenn Ihnen also auch nur der abwegigste Gedanke dazu kommt, wer Ihre Figur sein könnte und wo sie sich aufhält, möchte ich, dass Sie mich anrufen. Nicht Driessen, nicht irgendjemand anderen. Mich.«

Ich sah von der Visitenkarte hinüber zur Pinnwand.

»Sie können nur noch beeinflussen, wie die Geschichte für Sie und Ihre Figur endet«, sagte Hensen, »begonnen hat sie längst, daran können Sie nichts mehr ändern.« Sie nahm einen Notizzettel und schrieb einen Namen und eine Telefonnummer darauf. »Wenn Sie wollen, können Sie sich dort melden. Das ist ein Verein, der rechtlichen Beistand für Figuren und Autoren anbietet. Vielleicht kann Ihnen dort jemand helfen.«

Dankbar nahm ich den Zettel entgegen.

Sie erhob sich, ihre Knie knackten laut in dem kleinen Büro. »Im Grunde wollen wir doch alle, dass die Leute das kriegen, wonach sie verlangen. Gerechtigkeit. Manchmal muss man ihnen nur erklären, dass Gerechtigkeit für alle arbeitet, nicht nur für die, die uns sympathisch sind.«

Sanders erhob sich ebenfalls und steckte die Hände in die Hosentaschen, gemeinsam ragten sie zu beiden Seiten von mir auf. »Jeder von uns hat seine Gründe, warum er für die VaF arbeitet«, sagte er. »Manche freiwillig, manche als Strafe für Fehlverhalten in anderen Abteilungen. Aber eines kann ich Ihnen versichern, Kate, jeder, der länger als ein paar Monate bei uns bleibt, kommt irgendwann zu derselben Erkenntnis.«

»Dass das System ungerecht ist?«

»Dass Justitia auf einem Auge nicht so blind ist, wie alle immer annehmen.«

Hensen deutete zur Tür. »Und deshalb sollten Sie jetzt gehen, Sie haben sicher über eine Menge nachzudenken. Bleiben Sie in der Stadt und erreichbar. Wir werden uns zu gegebener Zeit bei Ihnen melden.«

Mit diesen Worten war ich entlassen. Wie vor den Kopf gestoßen verließ ich das Büro und lief den Weg zurück, den ich gekommen war. Es kam mir gar nicht in den Sinn, zurück zu Driessen zu gehen oder meinen Schal zu holen. Die fensterlosen Gänge waren leer, und ihr seltsames Kunstlicht verstärkte die sich anbahnenden Kopfschmerzen.

Ich dachte über das nach, was Hensen gesagt hatte, und fragte mich, wie ernst ich ihre Warnung nehmen sollte. War die Situation für meine Figur und mich wirklich so gefährlich, wie sie behauptete? Konnte ich ihr mehr vertrauen als Driessen? Sollte ich ihr dabei helfen, meine Figur zu finden, bevor er es tat?

Es war ihr immerhin gelungen, Zweifel in mir zu säen. Nach meiner eigenen Einschätzung von Driessen waren sie auf fruchtbaren Boden gefallen. Ich war mir nicht mehr sicher, ob meine

Figur und ich in Kapitolo einen fairen Prozess erhalten würden – und auf einmal leuchtete ein Gedanke wie ein Neonzeichen hinter meiner Stirn auf.

Was würde geschehen, wenn man meine Figur gar nicht erst finden würde?

Dann konnte sie niemand bei einer Verhaftung erschießen oder ein Geständnis aus ihr herauspressen! Sie müsste nur wieder in der Fantasiewelt verschwinden, ohne je vor ein Gericht zu treten. Auf diese Weise konnte auch keine Verhandlung stattfinden, und gegen mich bliebe nur die Strafanzeige wegen Figurenübertretung. Das war nicht schön, würde meine Karriere aber nicht ruinieren.

Eine merkwürdige Euphorie erfasste mich. Mit einem Mal sah ich Licht am Ende des Tunnels und einen Ausweg aus diesem Chaos. Ich beschloss, mich selbst auf die Suche zu machen!

Zu diesem Zeitpunkt stellte ich mir noch nicht die Frage, ob ich möglicherweise einem Mörder dazu verhalf, seiner Strafe zu entgehen – oder wieso Hensen überhaupt das Gefühl gehabt hatte, dass es mir nicht gleichgültig sei, wenn Driessen eine meiner Figuren erschoss. Alles, was ich auf dem Weg hinaus aus diesem Gewirr aus Gängen empfand, war Erleichterung, weil ich eine Lösung für mein Problem zu erkennen glaubte.

Doch wie konnte ich sichergehen, dass meine Figur wieder dorthin verschwand, woher sie gekommen war?

Zuerst einmal musste ich sie finden. Anschließend musste ich sie zum Schwarzen Tempel bringen, und zwar so, dass es niemand bemerkte. Mit seinen großen dunklen Flügeltüren, in die Szenen aus Ovids *Metamorphosen* geschnitzt sind, ist er eines der bekanntesten Wahrzeichen der Stadt und ein beliebtes Souvenirmotiv. Eine Figur kann zwar überall in Kapitolo auftauchen (meistens an einem Ort, der mit ihr in Zusammenhang steht), wird aber nur auf einem einzigen Weg in die Fantasiewelt zurückgeschickt: Man stürzt sie in den uralten gemauerten Brunnen an der hinteren Tempelwand, dessen Steine stets ein wenig feucht schimmern und dessen Boden niemand erkennen kann. Jeder Versuch, eine Kamera nach unten zu schicken, scheitert; jeder Mensch, der versucht hinabzuklettern, dreht nach wenigen Minuten um – erfüllt von einem Grauen, das seinesgleichen sucht. Daher ist der Schwarze Tempel auch das passende Symbol für jene Abteilung der Polizei, die sich darum kümmert, die Ordnung in Kapitolo und die Grenze zwischen Fantasie und Realität aufrechtzuerhalten.

Mir war zwar nicht klar, wie ich das anstellen sollte, aber irgendetwas würde mir schon einfallen, ich war schließlich Autorin. Ich verdiente mein Geld damit, für genau solche Probleme auf dem Papier eine Lösung zu finden. Jetzt musste ich es eben auch in der Wirklichkeit tun. Und wenn ich nicht weiterkam, würde mir Wera helfen. Das war schließlich ihr Job: Ich geriet in Panik, und sie sagte mir, dass alles gut werden würde.

Augenblicklich fühlte ich mich besser.

Als ich endlich den Ausgang erreichte, warf ich einen Blick über die Schulter, ob mich jemand aufhalten würde, aber niemand kümmerte sich um mich. Auch Driessen war weit und breit nicht zu sehen. Vielleicht nahm er an, ich sei nur auf die Toilette gegangen, und suchte mich nach wie vor in einem der neuen Gebäudeflügel. Sollte Hensen ihm doch erklären, wo ich verblieben war.

Draußen war es noch immer dunkel, der Sonnenaufgang ließ auf sich warten. Blinzelnd und frierend stolperte ich ins Freie, ohne Schal biss mir die Kälte sofort schmerzhaft in die Wangen. Eine Autotür schlug zu, und ich hörte jemanden meinen Namen rufen. Als ich mich umsah, erkannte ich Wera, die in einen dicken Mantel gehüllt neben ihrem zehn Jahre alten Wagen stand und mir zuwinkte.

Ich kämpfte mich durch den Schnee zu ihr, die Spitzen meiner Ohren, die durch die Haare lugten, reagierten empfindlich auf die Kälte, während sich hinter mir der Palast der Schneekönigin leuchtend gegen die Nacht erhob.

Im Märchen gefriert Kais Herz in dem Augenblick zu einem Eisklumpen, in dem die Schneekönigin ihn auf die Stirn küsst. Dieses Bild hat sich mir eingebrannt. Als Kind fand ich das Märchen nicht deshalb unheimlich, weil sie ihn entführt hat, sondern weil ich mir nicht vorstellen konnte, dass Kai je wieder der Alte sein würde – selbst nachdem Gerda ihn aus dem Palast hoch im Norden errettet. Ich konnte nicht daran glauben, dass man sich von einer solchen Begegnung jemals erholt. Etwas ändert sich für immer. Unheilbar. Davon war ich überzeugt.

Und genau so kam es mir in diesem Moment auch bei mir vor.

5

Sie werden auch zu dir kommen. Wenn du noch Notizen zu meinen Texten hast, musst du sie mir schicken, okay?« Meine Stimme überschlug sich fast, während ich Wera schilderte, wie es mir ergangen war. Wir fuhren durch die langsam erwachende Stadt, die ersten Pendler bevölkerten die Straßen, und die letzten Heimkehrer liefen mit schwankendem Gang nah an den Fassaden. Im Sekundentakt erhellten die Laternen Weras Gesicht.

Sie war keine besonders gute Fahrerin, das Auto besaß mehr Dellen als ein Wellblech, und der Fußboden war mit allerlei Kram übersät. Als ich eingestiegen war, hatte ich am Türöffner in etwas Klebriges gefasst, das ich vergeblich am Sitz abzuwischen versuchte. Es roch schwach nach Erbrochenem, weil sich Weras Tochter vor einigen Tagen auf der Fahrt zu den Großeltern übergeben hatte, und im Getränkehalter lagen Münzen, Haargummis und Bonbonpapier. Manchmal kam es mir vor, als wäre dieses Auto so etwas wie ihr ureigenstes Gemälde des Dorian Grey – während sie in jedem anderen Bereich ihres Lebens sorgsam und aufgeräumt schien, türmte sich in diesem alten Kombi der Müll. Bisher hatte mich diese Marotte nie gestört, dieses Mal jedoch beunruhigte mich der Anblick.

Erwartungsvoll sah ich sie an, während Wera den Blick starr auf die Straße richtete. Ihr volles dunkles Haar, das ihr sanftes Gesicht mit den braunen Augen umrahmte, war noch vom Schlaf zerzaust und der breite Mund sorgenvoll verzogen. Wie viele Lektorinnen, die ich kannte, trug sie eine Brille mit schwarzem Gestell, ohne die sie praktisch blind war. Als hätte die alte Mär vom Lesen bei schlechtem Licht ihr tatsächlich die Augen verdorben. Wera war einer der hilfsbereitesten und geduldigsten Menschen, die ich kannte. Die letzten vier Bücher hatte ich nicht mehr pünktlich abgegeben, und jedes Mal hatte sie andere Projekte so hin und her geschoben, dass am Ende noch zwei, drei Wochen mehr für mich herausgesprungen waren. Wenn ich mit einem Text nicht weiterkam, war sie es, die mit mir darüber sprach, damit der Knoten platzte. Ärgerte ich mich über schlechte Rezensionen, erinnerte sie mich an Erfolge, und wenn andere Autoren auf Nominierungslisten wichtiger Literaturpreise standen, tröstete sie mich damit, dass viele (meist erfolgreichere) Autoren auch nie Preise gewonnen hätten. Stets fand sie die richtigen Worte. Doch jetzt, da ich sie mehr brauchte als je zuvor, schienen sie ihr auf einmal zu fehlen.

»Und?«, fragte ich nach einem Moment der Stille. »Was denkst du, sollte ich tun?«

»Ich denke, du solltest dich ruhig verhalten und alles Weitere der Polizei überlassen«, sagte sie schließlich vorsichtig, und empört richtete ich mich auf. Dabei stieß ich mir den Ellbogen an der Tür.

»Das kann doch nicht dein Ernst sein!«, rief ich, während ich mir die schmerzende Stelle rieb.

»Die kennen sich mit so was am besten aus ...«

»Aber du hast die Geschichten doch auch gehört, Wera. Wer einmal von der VdF in die Mangel genommen wird, ist danach nie wieder auf die Füße gekommen. Soll es mir etwa genauso ergehen?«

»... auf die Beine gekommen ...«

»Was?«

»Du meinst, er ist danach nie wieder auf die *Beine* gekommen.« Ungeduldig winkte ich ab.

»Und wenn du nur noch alles schlimmer machst?« Wera seufzte. Dabei entstand eine steile Falte zwischen ihren Augenbrauen, die ich selbst im zuckenden Licht der Laternen erkennen konnte. »Hast du denn eine Ahnung, wer es sein könnte?«

Augenblicklich sackte ich wieder in mich zusammen. »Nein. Dazu müsste ich erst einmal etwas über das Opfer wissen. Oder über ein mögliches Motiv.« Grübelnd starrte ich durch die nur grob frei gekratzte Seitenscheibe, in der sich verschwommen mein Gesicht spiegelte und mich daran erinnerte, wie ich mich im Auge des weißen Wals vor so vielen Jahren gesehen hatte. Ich war nicht mehr das Mädchen von damals. Mein Gesicht war schmaler geworden, der Blick verschlossener. »Erinnerst du dich an Lee und Deborah, meine Hauptfiguren aus den Thrillern für Meier & Dorfmann? Die haben beide ein sehr spezielles Motiv, zu dem das Opfer hier gar nicht passt. Ich meine, das waren doch Rachegeschichten. Die beiden sind nicht einfach losgegangen und haben wahllos Leute umgebracht.«

»Und Rocco hatte auch einen ganz anderen Opfertyp«, ergänzte sie. Natürlich kannte sie noch immer die Namen meiner wichtigsten Protagonisten und ihrer Gegner. Schließlich hatte sie Wochen mit ihnen verbracht. Manchmal war sie sogar an der Stoffentwicklung beteiligt gewesen. Es gab wahrscheinlich niemanden, der mit meinem Werk so vertraut war wie sie.

»Eben. Das ergibt einfach alles keinen Sinn. Ich meine, wieso ausgerechnet jetzt? Wieso ich?«

»Hast du vielleicht an etwas Neuem gearbeitet?«

»Nein. Der vierte Band der Rosenfelder-Reihe ist ja nächsten Monat fällig, damit bin ich gut beschäftigt, glaub mir.« Plötzlich fiel mir siedend heiß etwas ein, und ich schlug auf das Armaturenbrett, von dem eine leere Packung Kekse fiel. »Diese Deadline können wir knicken. Ich kann mich jetzt überhaupt nicht mehr auf den Text konzentrieren und weiß doch gar nicht, was in den nächsten Tagen geschehen wird. Kannst du im Verlag anrufen und sagen, dass ich später abgebe?«

»Es wäre besser, wenn du das selbst machst.«

Ich schüttelte den Kopf. »Nein, dafür habe ich jetzt wirklich keine Nerven. Du weißt doch, wie unangenehm mir solche Sachen sind.«

Wieder seufzte sie, nickte jedoch schließlich ergeben, und erleichtert tätschelte ich ihr den Oberarm.

»Danke, du bist die Beste.«

Schlitternd fuhren wir über eine Kreuzung, das Eis verwandelte die Straßen in eine Rutschpartie.

»Wenn du mich fragst, glaube ich kaum, dass der Mörder ein Rosenkavalier ist«, knüpfte ich an meine Überlegungen an. »Das sind doch nur harmlose Liebesgeschichten. Da sterben Großmütter und entfernte Verwandte, die irgendwem ein verfallenes Erbe hinterlassen, aber diese Figuren bringen doch niemanden um die Ecke!«

Wera trommelte nervös mit den Fingern auf dem Lenkrad herum. »Was hast du jetzt vor?«

Ich wollte sie nicht anlügen, aber ich hatte das Gefühl, dass Wera meinen Plan, selbst nach der Figur zu suchen, nicht gutheißen würde. Daher antwortete ich ausweichend: »Keine Ahnung. Ich muss erst einmal begreifen, dass das überhaupt alles passiert. Ich habe doch nie im Leben damit gerechnet, dass eine Figur von mir hier auftaucht. Du etwa?«

»Nein«, gab sie zu. »Du hast schon so viele Texte geschrieben, dass ich davon ausgegangen bin, dass dieser Kelch an dir vorüberzieht.«

»Das ist wie bei einem Flugzeugabsturz: Du weißt, dass es passieren kann, aber wenn du ein Flugzeug besteigst, gehst du nicht davon aus, dass es diesmal dich und deinen Flug erwischt.« Ich rieb mir übers Gesicht. »Verdammt, Wera, ich kann das alles gar nicht begreifen. Spätestens morgen stehen die Reporter vor meiner Tür, und ich weiß wirklich nicht, ob ich für diesen ganzen Rummel geschaffen bin. Ich muss mein Gesicht nicht unbedingt im Fernsehen sehen.« Bei dem Gedanken an die nächsten Tage wurde mir schwindlig. »Ich möchte gar nicht wissen, wie meine Wohnung aussieht, nachdem die VdF mit der Durchsuchung fertig ist ... Stell dir das vor, alles durchwühlt und jede noch so intime Ecke durchsucht! Nein, ich muss da erst einmal für eine Weile raus. Ich denke, ich werde bei Jop untertauchen.«

»Ist das nicht dein Versicherungsvertreter?«

»Ja, aber er ist auch ein Freund.«

Jop war ein leidenschaftlicher Leser, der selbst jedoch keinerlei Ambitionen hegte, Texte zu verfassen. Seine Wohnung war nur deshalb keine Bibliothek, weil er die meisten Bücher, die er las, nur wenige Monate behielt, bevor er sie weiterverschenkte. Wie durch Menschenhand aufgezogene Tiere entließ er sie in die Freiheit und erfreute sich an dem Gedanken, was sie bewirkten. Mit anderen Worten, er kannte sich mit Büchern aus, und da er neben Olga mein engster Freund ist, war es nicht verwunderlich, dass ich mich in dieser Krisensituation an ihn wandte. Außerdem war er kein Hardliner, was Figuren betraf, obwohl er in seinem Beruf die Schäden sah, die Figuren in Kapitolo anrichten konnten. Es lag einfach nicht in seiner Natur. Trotzdem war ich nervös, weil ich nicht wusste, ob diese Sache vielleicht auch für ihn zu weit ging.

»Du kannst dich jedenfalls schon mal darauf einstellen, dass sie auch bei dir klingeln werden. Immerhin bist du seit Jahren meine Lektorin bei verschiedenen Verlagen, das ist ja kein Geheimnis, dein Name steht im Impressum. Sie wollen sicher wissen, was du mit der Sache zu tun hast.«

Vor uns schaltete eine Ampel auf Rot, und Wera legte eine Vollbremsung hin, die mich nach vorn schleuderte. Ich fing mich mit den Händen an der Frontscheibe ab und ruckte wieder nach hinten.

»Entschuldige«, murmelte sie, während der Wagen noch einen Meter weiterschlitterte und dann stehen blieb.

»Herrje, wenn du uns jetzt umbringst, ist die Geschichte natürlich auch beendet.«

Betreten strich sie sich eine Strähne hinters Ohr. »Glaubst du wirklich, dass die Presse bei mir auftaucht?« Sie klang besorgt.

»Erinnerst du dich noch an Marie Gomez? Sie hat diese Familienromane geschrieben, über eine Familie in den Vierzigerjahren. Die konnte am Ende nicht einmal mehr ihren Müll entsorgen, weil die Boulevardpresse die Tonnen durchsucht hat. Ich hoffe, so weit kommt es bei mir nicht.« Ich nickte nachdrücklich. »Sag einfach, dass du keinen Kommentar abgibst, das dürfte das Beste sein.«

»Und wenn die VdF versucht, mich wegen Beihilfe dranzukriegen?« Schlagartig verlor ihr Gesicht alle Farbe.

»Ich hoffe nicht.«

Ein panischer Blick traf mich.

»Ich meine, das denke ich nicht!«, versicherte ich hastig. »Bisher wurden nur sehr, sehr selten Lektoren im Sinne des Verantwortungsgesetzes verurteilt, das weißt du doch. Meistens kommen sie mit einem blauen Auge davon, und es ist ja nicht so, als wärst du meine Ghostwriterin gewesen.«

Wera sah nicht überzeugt aus. Schweigend bog sie auf die Margaret-Hutchinson-Allee ein, die ins Gartenviertel führte, in dem ich seit einigen Jahren wohnte. Seinen Namen hatte das Viertel aufgrund der großen Palmengärten erhalten, die vor zweihundert Jahren dort angelegt worden waren und zum Teil noch heute standen. Riesige Gewächshäuser, in denen es Cafés und Museen gab, botanische Gärten und Volieren. Am Wochenende waren sie ein beliebtes Ausflugsziel für Familien und Hochzeitsgesellschaften. Inzwischen war das Viertel besonders bei Kreativen und jungen Familien beliebt, was die Mieten in die Höhe trieb. Viele Häuser besaßen bepflanzte Dachterrassen mit Stadtgärten.

Nachts erhellten die bunten Lichterketten an den Sichtschutzwänden den Himmel, und eine Vielzahl von Insektenhotels und Bienenwiesen erzeugte ein leises Summen den gesamten Sommer hindurch, weshalb Fliegengitter zu den typischsten Zeichen dieses Viertels zählten. Das Summen wurde begleitet von leiser Musik, Gelächter und Gesprächen. Ich wohnte gern dort, selbst wenn mein Daumen nicht besonders grün war. Alle meine Topfpflanzen mussten sehr robust sein und mit wenig Wasser auskommen, da ich häufig vergaß, sie zu gießen.

»Ich habe einfach Bedenken, dass diese Geschichte hier richtig schiefgeht«, murmelte ich mit Blick auf die Straße. »Die VdF wird irgendeinen forensischen Literaturwissenschaftler auf meine Texte ansetzen, der dann vor Gericht aussagt, dass ich meine Figuren absichtlich in die Realität heben will. Irgendetwas wird er schon finden, da bin ich mir sicher. Weil ich mich in meiner Kindheit zum Fasching mal als kleine Hexe verkleidet habe oder so. Du weißt doch, wie die als Gutachter für die Gerichte arbeiten! Finden sie werkimmanent tatsächlich einmal nichts, stellen sie biografische oder literaturgeschichtliche Bezüge her, bis sie sich etwas zusammenreimen können. Weißt du noch, Andrés Lopilato?«

Sie nickte.

»Wie der sich bei dieser Hundertjahrfeier vom Seahouse Publishing House gebrüstet hat, ein halbes Dutzend Autorinnen von Collegeromanzen mit seinen Gutachten überführt zu haben? Weil er ihnen angeblich nachweisen konnte, dass sie ihre Männerfantasien zum Leben erfüllen wollten.« Angewidert zeichnete ich Anführungszeichen in die Luft.

»... zum Leben erwecken ...«

»Herrgott, Wera, kannst du das bitte mal für ein paar Minuten lassen?«, fuhr ich sie an. »Als ob das jetzt irgendeine Rolle spielen würde, welche Wörter ich verwende. Jedenfalls war keine von denen älter als fünfundzwanzig, und jetzt sind sie vorbestraft. Ich meine, denen bleibt doch nichts anderes übrig, als das Genre zu wechseln. Und glaub mir, nicht alle von denen haben Bock, plötzlich realistische Psychogramme zu schreiben«, fügte ich sarkastisch hinzu.

»Na ja, aber genau das ist doch auch passiert«, wandte sie vorsichtig ein, stets die Stimme der Vernunft. »Ihre Helden sind nach Kapitolo gekommen. Genau die Männer, die sie auf dem Papier erschaffen haben.«

»Aber die waren doch harmlos!«, rief ich. »Das größte Verbrechen, das diese Figuren je begangen haben, war, sich als wandelnde Klischees herauszustellen.«

»Wenn ich mich recht erinnere, waren da auch ein Vampir, ein Werwolf und ein zeitreisender duellsüchtiger Musketier dabei, das war schon nicht ohne«, erwiderte sie, und empört schaute ich sie an.

»Auf wessen Seite stehst du eigentlich?«

»Auf deiner natürlich«, versicherte sie mir. »Aber lass uns doch einmal ehrlich sein. Du warst schon immer ein bisschen nachsichtig, was die Figuren in Kapitolo betrifft, nicht wahr?«

Auf einmal wurde mir schlagartig wieder kalt. »Was meinst du damit?«

»Als diese Sache mit Marie Gomez war, hast du öffentlich einen Beitrag für ein Onlineportal geschrieben und um Verständnis für die Autorin geworben. Lopilato hast du zwanzig Minuten so lang rundgemacht für seine Bemerkungen, dass er weder dich noch mich grüßt, wenn er uns sieht. Und ich erinnere mich an Gespräche, in denen du angedeutet hast, dass du die Gesetze zur Rückführung zu streng findest.«

»Liebe Güte, sag das bloß niemandem! Vor allem niemandem, der dich in nächster Zeit nach mir fragt. Ich meine das ernst, Wera! Wenn du so etwas der VdF oder der Presse gegenüber fallen lässt, ist meine Karriere am Ende.« Ich fuhr mit der Hand durch die Luft. »Explodiert. Pulverisiert. Exekutiert.«

»Schon gut, reg dich nicht auf.«

»Ich muss mich aufregen, ich sitze richtig im Dreck!« Ich konnte ihr ansehen, dass sie etwas erwidern wollte, es sich dann aber anders überlegte.

Nach einem weiteren Moment aufgeladener Stille zwischen uns sagte sie schließlich: »Ich sehe mir deine Texte noch einmal an und melde mich dann bei dir. Einverstanden?«

Erleichtert atmete ich auf. »Danke. Das hilft mir sehr. Und es tut mir leid, dass du meinetwegen jetzt vielleicht Ärger kriegst, ehrlich.«

Die Falte zwischen ihren Augenbrauen tauchte wieder auf. »Erwartest du, dass ich für dich lüge?«

»Nein! Ich meine ... Es gibt auch nichts zu lügen.«

»Kate!«

»Ich will doch nur, dass du ein Auge offen lässt, falls dir etwas unterkommt, das mich kompromittieren könnte.«

»Du meinst, dass ich ein Auge darauf habe.«

»Du kannst es wirklich nicht lassen, oder?«

Ertappt senkte sie den Kopf.

Ich drehte mich auf dem Sitz so, dass ich sie direkt ansehen konnte. »Sieh mal, Wera, ich will doch nichts Verrücktes von dir. Nur dass du eben ein bisschen vorsichtig bist, wenn du mit der VdF redest, verstehst du?«

»Bei dir klingt das so einfach, aber du bist die Autorin, nicht ich.«

»Was willst du damit sagen? Dass ich eine professionelle Lügnerin bin?«

Sie antwortete nicht sofort, und überrascht zuckte ich zurück. Offenbar war sie tatsächlich ein bisschen sauer auf mich. Das kam nicht oft vor, die meiste Zeit arbeiteten wir gut zusammen, ich wäre sogar so weit gegangen zu behaupten, dass wir Freundinnen waren, obwohl wir uns selten trafen, ohne dass es um Arbeit ging.

Zugegeben, in all den Jahren, die wir uns nun schon kannten, hatte ich ihren Mann Sebastian gerade ein halbes Dutzend Mal getroffen, meistens nur, wenn er sie mit dem Auto irgendwo abholte. Und auch ihre Tochter hatte ich höchstens zweimal gesehen. Aber immerhin wusste ich, wann Wera Geburtstag hatte, und schickte ihr jedes Jahr ein Weihnachtspäckchen und Urlaubskarten. Manchmal teilten wir uns sogar ein Hotelzimmer, wenn wir zu denselben Buchmessen und Veranstaltungen fuhren. Es war doch nicht so, dass wir uns nicht kannten.

»Komm schon, Wera«, flehte ich, »lass mich jetzt nicht hängen, ich brauche deine Unterstützung wirklich dringend.«

Einige Sekunden lang gab es das volle Programm: Falte zwischen den Augen, Stirnrunzeln, zusammengepresste Lippen, verkrampfte Hände ums Lenkrad – und am Ende einen lauten Seufzer und ein Zugeständnis. »Ich sehe, was ich machen kann.«

Ich strahlte sie an. »Du bist wirklich die Beste!«

»Ja, ja.« Kopfschüttelnd hielt sie vor meinem Wohnhaus, und ein paar Sekunden blieben wir einfach regungslos sitzen.

Es waren keine Einsatzfahrzeuge mehr zu sehen, die meisten Nachbarn schienen noch zu schlafen. Das Gebäude ragte acht Etagen in die Höhe und sah aus wie ein Jenga-Tower, aus dem bereits einige Steine herausgezogen worden waren. Die überstehenden Balkone waren üppig mit Grünpflanzen bestückt, wie es für das Gartenviertel üblich und teilweise sogar für Mieter verpflichtend war. Im Foyer hingen Töpfe mit Spargelfarn von der Decke, der sich in breiten Büschen verteilte, dazwischen Stablampen, die ein weiches Licht auf die großen alten Holzbriefkästen warfen. Es wirkte wie die Kulisse für einen Dashiell-Hammett-Roman.

Die Miete war nicht billig, aber seit ich die Rosenfelder-Reihe schrieb, musste ich mir nicht mehr so viele Sorgen um meine Fixkosten machen. Nach Jahren des Lebens am Existenzminimum verfügte ich endlich über ein Einkommen, das es mir erlaubte, komfortabel, wenn auch nicht ausschweifend zu existieren.

»Die Polizei scheint weg zu sein.« Wera griff nach meiner Hand. Eindringlich sagte sie: »Pass auf dich auf, Kate. Und stell keine Dummheiten an.«

Ich nickte und umarmte sie. Für einen Augenblick war ich versucht, sie in alles einzuweihen und sie zu bitten, mir bei meinem Plan zu helfen, doch ich ließ es. Wera hatte eine Familie, um die sie sich kümmern musste, ich konnte nicht riskieren, dass sie durch mich vielleicht straffällig wurde. Aber das Aussteigen fiel mir schwer, am liebsten wäre ich im Wagen sitzen geblieben.

Doch dafür blieb keine Zeit. Es würde nicht mehr lange dauern, bis die VdF eine öffentliche Erklärung abgab, und bis dahin musste ich von hier verschwunden sein, wenn ich der Presse entgehen wollte.

Als Wera abfuhr, sah ich ihr nach, bis die roten Lichter des Wagens hinter der Ecke verschwunden waren. Während ich, so schnell es der glatte Gehweg zuließ, auf die Haustür zuging, knirschte unter meinen Schuhen der Schnee, und ein kalter Wind strich mir beißend übers Gesicht.

Ich fühlte mich allein.

6

Ich rannte die Treppe bis ganz nach oben zur Dachterrasse. Das Straßenlicht fiel schwach durch die Milchglasscheiben der runden Treppenhausfenster, und es roch nach Weichspüler. Auf den letzten Stufen lagen Erde und ein Paar dreckige Gartenhandschuhe. Immer wieder warf ich einen nervösen Blick über die Schulter, spähte ins Dämmerlicht des Treppenhauses und lauschte. Doch es blieb still. Mit klopfendem Herzen drehte ich den stets im Schloss steckenden Schlüssel um. Nichts regte sich, die Nachbarn schliefen noch, niemand war mir gefolgt. Vorsichtig trat ich hinaus.

Auf dem Flachdach standen zahlreiche Pflanzkübel und Hochbeete, die jetzt im Winter abgedeckt waren. Einige Bereiche hatte der Vermieter bepflanzen lassen, andere die Mieter selbst. Ich schlitterte an der Loungeecke mit den gusseisernen Bänken und zusammengefalteten Sonnenschirmen vorbei, die allen Mietparteien zur Verfügung standen, und weiter zu dem schmalen Hochbeet auf der östlichen Seite des Hauses hinüber, das mir gehörte und in dem ich im Sommer Tomaten und Küchenkräuter anbaute. Daneben standen die Gewächshäuser der Nachbarn, die wesentlich mehr Interesse am Gärtnern besaßen als ich. Auch hier lag über allem eine feine Schneeschicht, Fußspuren konnte ich jedoch nicht erkennen, das ließ mich hoffen.

Mein Hochbeet hatte ich vor einer Ewigkeit gebraucht erstanden, das Holz war bereits dunkel verfärbt. Es bestand aus dem eigentlichen Pflanzkasten und einem direkt daran anschließenden, vierzig Zentimeter breiten, kleinen Schrank in derselben Höhe wie das Beet. Der Schrank, der durch ein Schloss gesichert war, dessen Schlüssel an meinem Schlüsselbund hing, enthielt hauptsächlich Gartenutensilien und ein paar Plastikbecher, in die man an lauen Sommerabenden Wein einschenken konnte.

Als ich mich davorkniete, kroch mir die Kälte bereits in die Glieder, weil ich keinen Schal trug. Mit klammen Fingern und wild schlagendem Herz öffnete ich den Schrank und holte aus dem mittleren Fach einen Beutel mit Erde heraus, bevor ich an die Rückseite des Schranks tastete.

Sie waren noch da! Erleichtert zog ich eine Plastiktüte aus ihrem Versteck, in der sich die alten, gegen die Feuchtigkeit eingewickelten Tagebücher aus der Zeit mit Rosalie befanden. Meine zitternden Finger berührten die Seiten, die bis in die Ecken mit meiner Vergangenheit gefüllt waren. Mir stieg der schwache Geruch nach altem Papier und Leim in die Nase. Aufgewühlt ließ ich den Daumen über die scharfen Ränder fahren, und die Seiten blätterten vor mir auf. Wörter und Sätze stachen mir ins Auge, aber die Buchstaben verschwammen vor meinen Augen zu blauen Balken. Zu schmerzhaft waren die Erinnerungen an jene Zeit.

Vor Erleichterung darüber, dass die VdF sie nicht gefunden hatte, wurde mir schwindlig. Die Beamten hatten nicht daran gedacht, die für alle Bewohner zugängliche Dachterrasse zu durchleuchten.

Als ich die Notizbücher wieder zurück in die Tüte legen wollte, fiel aus einem eine braune, glänzende Taubenfeder in den Schnee zu meinen Füßen. Einen Moment lang starrte ich sie an, dann streckte ich zaghaft die Finger danach aus. Mich traf jener leichte Schlag, den man immer verspürt, wenn man eine Figur berührt.

Von dieser Feder hatte ich nie jemandem erzählt, nicht einmal meiner besten Freundin Olga, die ich seit der Grundschule kannte. Manchmal dachte ich wochenlang nicht an sie, dann wieder fiel sie mir unvermittelt ein, wenn ich Jugendliche beim Grillen im Park beobachtete oder mich im Sommer das Glitzern auf dem Wasser blendete. Wenn ich nachts durch eine hell erleuchtete Straße ging, in der niemand außer mir unterwegs war, überkam mich das Gefühl, beobachtet zu werden. Aber ich wusste, dass es nur Einbildung war. Fünfzehn Jahre lang hatte ich niemanden aus dem Sommer damals gesehen. Trotzdem konnte ich mich nicht von der Feder trennen. Selbst jetzt nicht, obwohl ich keine forensische Literaturwissenschaftlerin sein musste, um zu wissen, wie es aussehen würde, wenn die VdF sie bei mir fand.

Ich legte alles wieder zurück in die Tüte und drückte sie an mich wie einen Schatz. Dann erhob ich mich mit knackenden Knien. Am Horizont zeigte sich bereits ein schmaler heller Streifen unter dem Dunkel der Nacht. Es würde nicht mehr lange dauern, bis die Sonne aufging. Die ersten Vögel zwitscherten bereits. In der Ferne konnte ich einige Hochhäuser des Müntzviertels und die Silhouette des Schwarzen Tempels erkennen, deren Anblick mir einen Schauer über den Rücken jagte. Ich fühlte mich von ihm gleichermaßen angezogen wie abgestoßen. Eine eisige Böe zerrte mir an den Haaren. Fröstelnd wandte ich mich ab. Die Tüte mit den Tagebüchern und der Feder nahm ich mit.

Die Wohnung sah weniger schlimm aus, als ich befürchtet hatte. Manche Schranktür stand noch offen, ebenso wie die eine oder andere Schublade. Einige Bücher standen verkehrt in dem Regal, das eine gesamte Wand einnahm. Doch sie stapelten sich ohnehin zweireihig hinter- und übereinander. Ich hatte schon vor langer Zeit aufgegeben, irgendeine Art von Ordnung in meine private Bibliothek zu bringen. Die Bücher waren wie wunderschönes Unkraut, dem man einfach nicht Herr wurde und das man am Ende wachsen ließ, wie es wollte. Ich schob die gerahmten Coverdrucke meiner ersten veröffentlichten Bücher, die über dem Sofa hingen, gerade und rückte die Statue eines Leserpreises auf dem Regalbrett im Wohnzimmer zurecht.

Als ich das Arbeitszimmer betrat, fiel mir sofort auf, dass sowohl Computer als auch Laptop fehlten. Doch das war nicht das Einzige. Die Ordner mit Notizen, Kapitellisten und Recherchematerial für meine Romane waren ebenfalls verschwunden. Man sah nur noch die staubfreien Ränder an den Stellen, wo sie sich zuvor im Regal befunden hatten. Es fehlten sogar die angefangene Einkaufsliste vom Kühlschrank, der Wandkalender aus dem Bad, in dem ich Geburtstage von Freunden, Bekannten und Kollegen notierte, und natürlich das Notizbuch mit dem Einband aus künstlichem Kuhfell, das stets auf dem Nachttisch im Schlafzimmer lag, falls mir mitten in der Nacht eine Idee in den Sinn kam und ich zu faul zum Aufstehen war. Nur die dreckige Teetasse vom vorangegangenen Nachmittag stand wie zum Hohn noch darauf.

Außerdem hatten sie sämtliche Belegexemplare meiner Bücher mitgenommen. Dieses Vorgehen schien mir nichts anderes als Schikane. Was wollte die VdF in einem Buch finden, das nicht auch in jedem anderen identischen Exemplar stand? Ärgerlicherweise hatten die Beamten damit auch alles mitgenommen, was ich selbst für meine Recherche benötigte. Ich fühlte mich beraubt und bloßgestellt, obwohl ich meine Sachen vermutlich zurückbekommen würde.

In diesem Moment röhrte ein Motorrad auf der Straße, und ich zuckte heftig zusammen. Beklommen sah ich aus dem Fenster. Mir fielen Hensens Worte wieder ein, dass die Figur vielleicht den Kontakt zu mir suchen würde. Mit angehaltenem Atem spähte ich durch die Jalousie und versuchte, in den Schatten der gegenüberliegenden Häusereingänge etwas zu erkennen. Aber da war nichts. Nur die frühmorgendliche Einsamkeit der Straße.

Entschlossen wandte ich mich ab. Mir blieb keine Zeit für lange Grübeleien, daher rief ich meine Eltern an, die noch geschlafen hatten, und erzählte ihnen mit hastig hervorgebrachten Sätzen dasselbe wie Wera.

»Kate, red langsamer, wir verstehen ja kein Wort!«, rief meine Mutter in den Hörer.

Ich versuchte es, aber es wurde kaum besser. Auch ihnen verschwieg ich, was ich vorhatte, weil ich nicht wollte, dass sie sich zu sehr sorgten. Außerdem schämte ich mich dafür, dass meine Figur nach Kapitolo gekommen war. Die nächsten großen Familientreffen würden für meine Eltern sicher kein Vergnügen werden. Sie würden sich für ihre Tochter rechtfertigen müssen, die das Unglück ja geradezu herausgefordert hatte, indem sie sich Geschichten ausdachte, aufschrieb und veröffentlichte! Ich sah Tante Luise schon vor mir, wie sie in schneidendem Ton große Reden schwang und dabei den trockenen Zitronenkuchen meines Großvaters herunterschluckte.

Während ich mit meinen Eltern sprach und mich ein paarmal verhaspelte, hörte ich, wie meine Mutter im Hintergrund die Kaffeemaschine anschaltete. Kaum hatte ich meinen Bericht abgeschlossen, forderte sie mich auf, zu ihnen zu kommen.

»Du kannst in deinem alten Kinderzimmer den schlimmsten Sturm abwarten«, sagte sie.

»Wenn ich mich richtig erinnere, dient der Raum inzwischen hauptsächlich als Rumpelkammer.«

Mein Vater klapperte mit dem Geschirr für das vorzeitige Frühstück, als hätten sie alle Zeit der Welt. Ich würde keinen Bissen herunterbringen.

»Seit deinem Auszug muss eine ganze Spinnenarmada dort eingezogen sein«, plauderte er. »Die Spinnweben in allen vier Ecken des Raums nehmen eine unglaubliche Größe an.«

»Du könntest dir eine Leiter nehmen und sie wegmachen«, erwiderte meine Mutter, und ich schüttelte den Kopf.

»Können wir uns vielleicht ganz kurz auf mein Problem konzentrieren?«

»Natürlich, Schatz«, sagte sie, und ich lauschte, wie sie den Kühlschrank öffnete. Vermutlich, um die Milch herauszuholen.

All die Geräusche, die zu mir durch den Hörer drangen, waren mir so vertraut, dass mir beinahe die Tränen kamen. Ich wünschte, ich könnte jetzt bei ihnen sein und den Tag mit ihnen verbringen. In letzter Zeit hatten wir uns viel zu selten gesehen, weil immer irgendetwas gewesen war. Abgabe eines Buchs, Lesungen, Buchmessen, Konferenzen, immer gab es einen Grund, der wichtiger war, als bei ihnen vorbeizugehen, aus Angst, etwas zu verpassen.

»Ich kann nicht bei euch untertauchen«, erwiderte ich mit zitternder Stimme, »da sucht mich die Presse doch zuerst. Vielleicht ist es nicht verkehrt, wenn ihr auch für ein paar Tage nicht zu Hause schlafen würdet. Nur so als Vorsichtsmaßnahme. Die werden euch sicher ganz schön belagern, und außerdem ... nur, falls meine Figur nach mir sucht und zu euch kommt ...«

»Was meinst du damit?«

»Wir wissen doch nicht, wie gefährlich sie ist, und ... Ich würde mich einfach wohler fühlen, wenn ich wüsste, dass ihr irgendwo gut aufgehoben seid.«

»Mhm.« Meine Mutter klang nicht begeistert, aber sie widersprach nicht.

»Sicher wird sich auch die VdF bei euch melden, um euch zu befragen.«

»Keine Bange, wir kriegen das hin«, antwortete sie bestimmt. »Deine alten Sachen aus dem Kinderzimmer, Texte und so, sind in drei Kisten an einem sicheren Ort untergebracht. Die kriegen sie nicht zu Gesicht.«

»An welchem Ort?«

»Na ... einem sicheren«, wiederholte mein Vater.

Sie klangen erstaunlich gefasst, dafür, dass ich bei Tagesanbruch anrief und ihnen mitteilte, ich sei gerade auf dem Polizeipräsidium gewesen.

»Warum habe ich das Gefühl, dass ihr nicht besonders überrascht seid und jetzt so eine Art Notfallprotokoll wie aus einem James-Bond-Roman bei euch eingeleitet wird?«

Es herrschte einen Moment Stille, dann räusperte sich meine Mutter. »Weil gerade das Notfallprotokoll in Kraft getreten ist?«

»Du lieber Himmel, welches Notfallprotokoll denn?«

»Na ... unseres.«

Ich starrte den Hörer an. Dann hielt ich ihn wieder ans Ohr. »Ich kann nicht ganz folgen.«

»Ach, Schatz, weißt du, es ist doch nicht so, dass solche Dinge bei anderen Autoren noch nie vorgekommen wären, und wir wollten einfach ...«

»Vorbereitet sein?«, fragte ich schrill und erschreckte vor mir selbst, als ich im Flur am Garderobenspiegel vorbeilief. Mein Haar sah zerzaust aus, und der Rest Wimperntusche vom Vortag, den ich offenbar nicht vollständig abgewischt hatte, verband sich inzwischen mit meinen Augenringen zu einer Art Waschbärenmaske. Ich beugte mich vor und wischte hastig das gröbste Desaster weg.

»So etwas in der Art. Manche Berufe bringen einfach ein höheres Risiko mit sich. Wenn dein Kind bei der Feuerwehr arbeitet, weißt du doch auch, dass die Möglichkeit besteht, dass es sich irgendwann einmal verbrennt.«

Hatten sie wirklich die ganze Zeit über damit gerechnet, dass eine meiner Figuren nach Kapitolo kommen würde? Seit wann? Seit der ersten Veröffentlichung? Oder schon vorher, als ich mit dreizehn die ersten Texte über das unglücklich Verliebtsein in fleckige Deutschhefte geschrieben hatte?

»Und was beinhaltet dieses Notfallprotokoll genau, wenn ich fragen darf? Abgesehen von den drei versteckten Kisten?«

»Möglicherweise eine gepackte Reisetasche?«, gab meine Mutter zu.

»Eine Reisetasche? Etwa für mich?«

Ihr Schweigen war Antwort genug.

»Herrje, habt ihr etwa für meine Flucht vorgesorgt, mit Bargeld und so?«

»Die Schokoriegel tauschen wir regelmäßig aus, wenn ihr Haltbarkeitsdatum abgelaufen ist.«

Ich konnte es nicht fassen. »Meine Eltern sind heimliche Agenten!«

»Mach dich nicht lächerlich, Kate, wir sind nur ...«

»Vorbereitet, ich weiß.«

»Genau.«

»Ich bin mir nicht sicher, ob mich das rühren oder beunruhigen sollte.«

»Tja«, machte meine Mutter und öffnete ein weiteres Mal den Kühlschrank. Vermutlich, um die Milch zurückzustellen. »Wirst du denn fliehen?«

»Hatte ich eigentlich nicht vor. Ich verlasse erst einmal nur meine Wohnung.« Ich räusperte mich. »Du?«

»Ja?«

»Warum habt ihr damit gerechnet, dass das passieren würde? Ich meine, mir.«

Es dauerte einen Moment, bis sie antwortete. »Vielleicht weil wir manchmal nicht wussten, ob du uns von Büchern erzählst, die du gelesen hattest, oder von Freunden.«

»Das ist doch schon lange her ...«

»Vielleicht weil du diesen Papierseiten schon immer mehr anvertrauen konntest als uns«, sagte sie sanft, und ich schluckte. »Wirst du zurechtkommen, Kate?«

»Mir geht's gut«, erwiderte ich wie schon so viele Jahre zuvor und versprach, mich regelmäßig zu melden.

Nachdem wir aufgelegt hatten, holte ich in aller Eile den alten Rucksack aus dem Flurschrank, mit dem ich durch sechs Länder gezogen war und der seit dem Trip durch die Anden immer noch Flecken einer unbekannten Substanz auf einer Seite hatte und seltsam nach saurer Milch roch. Ohne große Überlegungen legte ich Wechselsachen und Hygieneartikel hinein. Ich wusste nicht, wie lange ich bei Jop bleiben und wie sich diese Geschichte entwickeln würde. Es konnten wenige Tage oder auch Wochen werden.

Außerdem steckte ich eine alte, vergilbte und mit Knicken versehene Ausgabe von William Goldings *Herr der Fliegen* ein, deren Anblick mich stets daran erinnerte, wie ich den Roman zum ersten Mal gelesen hatte – an dieses Gefühl, ein Geheimnis über die Welt durch die Seiten eines Buchs zu erfahren. Es war diese Fähigkeit, Erfahrungen zu vermitteln, ohne sie wirklich erlebt haben zu müssen, die mich als Jugendliche angezogen und mich dazu gebracht hatte, selbst mit dem Schreiben zu beginnen. Es ging nicht nur darum, mich in diesen Büchern wiederzufinden, sondern vor allem darum, eine Tür zu öffnen – in die Köpfe anderer Menschen. Wenn ich Goldings Buch berührte, kam es mir vor, als würde mir ein Freund die Hand auf die Schulter legen.

Zum Schluss steckte ich einen Stift und ein unbeschriebenes Notizbuch ins Seitenfach des Rucksacks, weil ich auch das stets bei mir trug. Danach goss ich die Blumen, sortierte verderbliches Essen aus und erledigte sämtliche Überweisungen für die nächste Zeit, damit in meiner Abwesenheit nicht noch mehr Chaos über mein Leben hereinbrechen würde. Eine spontane Flucht ging gar nicht so schnell, wie ich mir immer eingebildet hatte.

Ein letztes Mal schaute ich mich um, dann schloss ich hinter mir die Wohnung ab. Auf dem Weg nach unten lauschte ich bei jedem Schritt, ob mir jemand von oben aus nachging oder sich etwas unter mir bewegte. Ich rechnete damit, dass mir die entflohene Figur plötzlich entgegenspringen und mich anfallen würde. Doch im Treppenhaus herrschte nach wie vor eine gespenstische Stille, die nur durch meine Schritte und das Flackern der Flurlampe unterbrochen wurde.

Während ich hinunterstieg, schloss ich die Hand so stark um den Zündschlüssel des Snow Scooters, dass seine Zacken mir ins Fleisch schnitten. Vor Nervosität verpasste ich eine Stufe und wäre beinahe den letzten Treppenabsatz hinuntergestürzt. Ich besaß kein Auto, weil die Parkplatzsuche jedes Mal eine Katastrophe war, und ein Taxi wollte ich nicht nehmen. Der Scooter war nicht gerade das ideale Fahrzeug für ein großes Abenteuer, aber das ist eben die Realität hinter der Geschichte: Normale Menschen besitzen kein Batmobil, wenn sie eine Verfolgung beginnen.

Als ich auf die Straße trat, hörte ich in der Nähe eine Taube rufen. Ich erstarrte, hielt die Luft an und sah mich nach allen Seiten um. Erneut konnte ich niemanden entdecken. Wütend über mich selbst, schüttelte ich den Kopf. Ich durfte jetzt nicht die Nerven verlieren! Es war niemand hier, sagte ich mir. Ich war immer noch allein.

Die Straßen waren zum Glück noch nicht stark befahren, ein paar Streufahrzeuge zogen ihre langsamen Runden, trotzdem war die Fahrt kein Vergnügen. Wera hatte mit ihrem Wagen schon Probleme gehabt, mein kleiner Scooter schlingerte heftig hin und her, und an manchen Stellen konnte ich kaum erkennen, wo der Bordstein begann. Ein paarmal kippte ich gefährlich zur Seite.

Als ich die Nördliche Brücke überquerte, die eine Seite der Stadt mit der anderen verband, glitzerte der frisch gefallene Schnee wie Diamanten im Licht der gusseisernen Laternen, die über den alten Statuen hingen, die die Brücke rechts und links säumten. Sechs Stück auf jeder Seite, eine für jedes Sternzeichen. Brüllend hob Leo den Kopf, während die Jungfrau neben ihm kokett die Hand in die Hüfte stützte. Ihre Schatten bildeten ein Zebramuster auf der durch den Schnee kaum noch zu erkennenden Straße.

Der Fluss trieb träge als pechschwarzes Band unter der Brücke dahin. Bei seinem Anblick überkam mich eine seltsame Angst, als würde ich jeden Moment über die Brüstung stürzen und in die Tiefe fallen können. Ich stellte mir vor, wie mich die eiskalten Fluten erfassen und nach unten ziehen würden. Das Wasser erschien mir auf einmal bedrohlich. Es kam mir vor, als würde der Übergang von einer Stadtseite zur anderen auch meinen Übergang in eine andere Welt markieren. Eine Umkehr schien mir unmöglich.

7

Jop wohnte im Hafenviertel in einem der unmittelbar am Fluss stehenden Häuser, in denen es am Morgen stets nach Brackwasser roch und im Laufe des Tages nach Benzin und schwerer Maschinerie. Über den Straßen lag zu jeder Tageszeit ein leises Brummen, das von kleineren Containerschiffen stammte, die sich stündlich den Fluss hinauf und hinab schoben. Dutzende Kräne säumten den Hafen in einer nie endenden Baustelle.

Jops Büro lag nach vorn zur Straße, im hinteren Teil der Wohnung befanden sich die Privaträume. Es waren keine imposanten Zimmer, eher dunkel und niedrig, doch es gab etwas, das sie von allen anderen in der Stadt unterschied. Der *Uferlose Fluss* trägt seinen Namen nämlich nicht umsonst – er besitzt einfach keine Ufer. Er hat sich auch nicht tief in die Erde gegraben, wie das andere Gewässer tun. Die Erbauer der ersten Hütten haben die Holzwände einfach an seinen Seiten in die Höhe gezogen. Auf diesen Unterkünften sind im Laufe der Zeit weitere Häuser errichtet worden, und auf jenen wieder andere Häuser. Auf diese Weise vereinen die Gebäude viele unterschiedliche architektonische Stile in sich, weshalb sie manche abfällig *Patchworkhütten* nennen.

Die Flussfassaden sind in den letzten Jahrzehnten allerdings durch transparente Wände aus Acrylglas ergänzt worden, die mit glasfaserverstärktem Kunststoff stabilisiert sind, um der erheblichen Erosion durch das Wasser entgegenzuwirken. Vom

Fluss aus sehen die Häuser daher wie glasierte, bunte Bonbons aus. Es ist ein alter Streit zwischen den Einwohnern, ob der Fluss nun zu hoch liegt und zwischen den Häusern hindurchfließt oder die Häuser zu tief in der Erde stecken und damit das Fundament des Flusses bilden. Der Zwist wird ähnlich enthusiastisch ausgetragen wie die Begegnung zweier Fußballclubs bei einem Lokalderby. Auf jeden Fall führte die Bauweise dazu, dass die Flusshäuser eine lange Kette auf beiden Seiten des Wassers bilden, wodurch immer wieder auch ihre Dächer miteinander verbunden sind. Im Sommer finden darauf oft Konzerte statt, und im Winter werden die Dächer als Curlingbahnen genutzt. Auch der eine oder andere fliehende Liebhaber macht sich diese Eigenart auf der Flucht vor einem zornigen Ehemann zunutze.

Während ich durch die Straßen im Hafenviertel fuhr, leuchtete über mir ein Stern zwischen den wie aufgemalten Wolken. Der eisige Wind zog durch meinen Mantel, und mir taten die Oberschenkel weh, weil ich das Gewicht ausbalancieren musste. Als ich schließlich vor Jops Haus anhielt, zitterten mir Knie und Hände. Mit letzter Kraft schob ich den Snow Scooter in die Einfahrt, die auf keinen Hinterhof führte, weil hinter der moosbewachsenen Mauer das Wasser begann. Dort standen die Mülltonnen und ein Dutzend Fahrräder. Ich schloss den Scooter an einer dafür angebrachten Bodenstange an und schlitterte weiter zur Eingangstür.

Es dauerte eine Weile, bis Jop auf das Klingeln reagierte. »Was zum Henker!«, raunzte er in die Gegensprechanlage.

»Ich bin's«, sagte ich drängend. »Mach auf.«

»Hä?«

»Jop! Jetzt!«

Der Summer ertönte, ich drückte die Tür auf und trat in den dunklen Hausflur. Die Glühlampe war schon seit Wochen kaputt, und aus dem Keller zog der Geruch von Salpeter nach oben.

So imposant die Häuser von außen wirkten, von innen nagte der Zahn der Zeit an ihren Mauern.

Verschlafen stand Jop in der Tür im zweiten Stock. Er trug einen erdbeerroten Seidenpyjama, und seine dichten Locken hingen ihm wirr ins Gesicht. Er sah immer ein bisschen so aus, als hätte er die Schule gerade erst verlassen und den letzten Wachstumsschub noch vor sich. Er war schmal und blass, und der letzte Kinderspeck lag ihm noch auf den Wangen. Jemanden wie ihn nannte meine Großmutter einen *süßen Bengel,* dabei war der Verstand unter diesen Locken messerscharf und zuweilen ein bisschen seltsam. Eine Schule hatte er seit zehn Jahren nicht mehr von innen gesehen, und wachsen würde er auch nicht mehr.

»Was machst du hier?«, fragte er irritiert und gähnte, als ich mich an ihm vorbei in die Wohnung schob.

»Mich vor der VdF verstecken.«

»Wie bitte?«

Mitten im Flur blieb ich stehen und atmete tief durch. Dann ließ ich den Rucksack von den Schultern gleiten, der mir direkt vor die Füße plumpste. Noch immer gähnend schloss Jop die Tür, während ich mich langsam aus dem dicken Wintermantel schälte. Er landete nebst Helm und Handschuhen auf der umgestülpten alten Bananenkiste, die seit dem Einzug vor sechs Jahren als Garderobe fungierte.

»Ich mach mal Kaffee«, sagte Jop und schlurfte blinzelnd an mir vorbei, während er sich den Kopf kratzte. »Es ist zu früh für Katastrophen«, murmelte er dabei.

»Ich hab's mir nicht ausgesucht.« Nervös folgte ich ihm in die kleine Küche, in der es beständig nach Frittieröl roch, weil Jop viermal in der Woche *Fish and Chips* aß, das die Friedmans am Ende der Straße in den gelben Papierschalen mit dem Netzlogo verkauften, das im Hafenviertel jeder kannte.

Er setzte Kaffee auf und ließ sich auf den Stuhl fallen, der neben der Heizung unter dem Fenster stand, das sich nicht öffnen ließ. Das Wasser dahinter war trüb, kein einziger Fisch war zu sehen. Einmal vor Jahren hatten wir eine Meerjungfrau vorbeischwimmen sehen. Das war kurz vor ihrer Gefangennahme durch Taucher der VdF gewesen. Sie war weniger hübsch gewesen, als ich es mir immer vorgestellt hatte, aber ihr Schwanz hatte moosgrün und golden geschimmert, und irgendwie hatte sie mir leidgetan, als man sie in feuchte Tücher gewickelt in einen Laster verfrachtet hatte.

Ich setzte mich auf das große Kissen neben dem Stuhl. Einen Küchentisch gab es nicht, nur eine weitere alte Bananenkiste, auf der man auf den Leisten eine Tasse abstellen konnte. Platz für mehr als einen Teller gab es nicht.

»Wenn du nicht bald etwas für deine Inneneinrichtung tust, wirst du Estelle nie dazu kriegen, dass sie mit dir ausgeht. Das ist die typischste Junggesellenbude, die ich je gesehen habe.«

»Ich weiß.« Er seufzte und kratzte sich erneut am Kopf. »Ich kümmere mich darum. Demnächst.«

Demnächst. Das sagte er, seit ich ihn kannte. Demnächst war ein dehnbarer Begriff. Denn genauso lange, wie er sich schon einen Küchentisch zulegen wollte, war er auch in Estelle verliebt, die den Zeitungskiosk drei Häuser weiter betrieb, genau zwischen Jops Büro und den Friedmans. Jeder in der Straße wusste, dass Jop in sie verliebt war. Auch Estelle selbst. Es war nicht zu übersehen, wie er jeden Tag an ihrem Kiosk haltmachte und etwas kaufte, das er nicht benötigte. Zeitschriften, Kaugummis, Getränkedosen, hin und wieder ein Lotterielos. Dabei plauderte er zwanzig Minuten mit der Inhaberin, sehr zum Amüsement der anderen Kunden, die nicht so genau wussten, ob sie ihn bemitleiden oder anfeuern sollten.

Dass Estelle Jops Anträgen bisher widerstanden hatte, lag vor allem daran, dass sie zwanzig Jahre älter war als er und der Verliebtheit eines jungen Mannes nicht traute. Womit sie vermutlich recht hatte. Leid tat er mir trotzdem, denn seit ich ihn kannte, hatte ich ihn nie von einer Frau so schwärmen hören wie von ihr, und das waren jetzt immerhin schon fünf Jahre. Das ist in jedem Alter eine lange Zeit.

Nachdem er uns Kaffee in fast saubere Becher eingeschenkt hatte, fragte er blinzelnd: »Also, warum bist du hier, bevor die Zeitung und der Milchmann kommen?«

»Wegen der Sache mit meiner Figur.«

»Welcher Sache?«

»Mord?«

Entsetzt schaute er mich an. »Mord?«

Ich schob seinen Becher gerade, der in seiner Hand auf halbem Weg zum Mund in eine gefährliche Schieflage geraten war.

Auf einmal war Jop wach. Kerzengerade saß er auf dem Stuhl. »Du hast jemanden umgebracht?«

»Sei nicht albern, ich doch nicht. Die Figur. Oder ... vielleicht hat sie jemanden umgebracht, sicher weiß man das noch nicht.« Ich hob die Hand. »Nein! Wir gehen jetzt erst einmal davon aus, dass sie niemanden umgebracht hat. Man muss ja nicht immer das Schlimmste annehmen, nicht wahr?«

Ich erzählte ihm, was mir in den letzten Stunden widerfahren war, während er Kaffee trank. Dabei wippte ich mit dem Bein, bis mir Jop die Hand aufs Knie legte. Am Ende meines Berichts standen seine Locken noch wilder ab als zuvor, weil er sich immer wieder mit der Hand hindurchfuhr.

»Mit einer Sache hatte Hensen recht«, sagte er schließlich. »Wenn du einmal in die Mühlen der VdF gerätst, kommst du schwer wieder raus.«

Er wusste, wovon er sprach. Seit Jahren arbeitete er als Versicherungskaufmann mit Schwerpunkt Autoren und Figurenhaftpflichtversicherung. Auf diese Weise hatten wir uns auch kennengelernt.

»Die Versicherung wird mögliche Schäden zahlen, oder?«, war meine erste Frage an ihn.

»Nicht, wenn deine Figur wegen Mordes schuldig gesprochen wird. Die Versicherung greift nicht bei Kapitalverbrechen. Hast du denn nie zugehört, wenn ich dir die Police erklärt habe?«

Entsetzt stellte ich die Tasse auf dem Fensterbrett ab. »Aber dann bin ich die nächsten hundert Jahre damit beschäftigt, Romane zu schreiben, die meine Schulden abbezahlen, wenn ich schuldig gesprochen werde!«

Betreten blickte er zur Seite.

»Was?«

»Das ist das nächste Problem. Wenn du deswegen verurteilt wirst, erhältst du nur noch schwer eine Lizenz zum Schreiben. Zumindest nicht in den kommenden Jahren.«

»Aber es gibt doch Leute, die im Gefängnis Bücher schreiben!«, fuhr ich empört auf.

»Kaum jemanden, der wegen seiner Figuren verurteilt wurde. Deine Lizenz lag sowieso ab dem Zeitpunkt auf Eis, in dem die Ermittlungen begonnen haben.«

»Wie bitte? Das darf doch nicht wahr sein.«

Er hob die Hand, als wolle er sagen: *Tut mir leid, der Überbringer schlechter Nachrichten zu sein.*

Ich sackte in dem Kissen wieder nach unten. »Wenn das so ist, muss ich vielleicht den Vorschuss zurückzahlen, den mir der Verlag gegeben hat. Wovon soll ich dann bitte schön leben?«

»Erspartes?«

Ich schnaufte. »Seit wann haben Kunstschaffende Erspartes? Den meisten Autoren graut's schon vorm Zahnersatz. Was glaubst du, warum alte Autoren nie lächeln?«

»Nun übertreib mal nicht. Ich kenne welche, die haben einen Pool.«

Stöhnend nahm ich den Kopf zwischen die Hände. »Was soll ich denn jetzt nur machen?«

Mitfühlend legte mir Jop eine Hand auf die Schulter. »Darauf hoffen, dass deine Figur unschuldig ist und du nur die Übertrittsstrafe zahlen musst.«

»Däumchen drehen?« Ich schüttelte den Kopf und erzählte ihm von meinem vagen Plan, meine Figur zu finden, bevor es die VdF tat, um die Chancen auf einen fairen Prozess zu erhöhen. Dabei hatte ich ein schlechtes Gewissen, weil ich ihm verschwieg, dass ich eigentlich vorhatte, die Figur zum Schwarzen Tempel zu bringen. Doch ich sagte mir, dass es besser sei, wenn er zu diesem Zeitpunkt nicht alles wusste; immerhin konnte ihm dann niemand vorwerfen, dass er an dem Plan beteiligt gewesen war. Ich würde gern behaupten, dass ich nur sein Bestes im Sinn hatte, aber die Wahrheit ist wohl eher, dass es leichter war, ihm Dinge zu verschweigen, als mich seiner Meinung zu stellen. Vielleicht lag es daran, dass Autoren so viel Zeit allein verbringen (die meiste Zeit müssen wir uns nicht mit anderen Menschen arrangieren), aber ich fürchte, es lag wohl eher an mir und daran, dass ich mich schon vor langer Zeit daran gewöhnt hatte, Dinge zu verschweigen.

»Die Zeit drängt, die VdF wird auch keine großen Pausen einlegen«, sagte ich.

Nachdenklich nickte er, erhob sich und bedeutete mir, ihm ins Wohnzimmer zu folgen, dessen großes dreiteiliges Fenster den Blick auf die Pfeiler eines Stegs frei gab. Ich setzte mich auf ein abgewetztes Kissen auf der breiten Fensterbank und starrte ins trübe Wasser, in dem dunkle Schatten vorüberglitten. Vermutlich Fische.

Jop brachte mir inzwischen Stifte und Papier, ebenso Ausgaben meiner Bücher, bis alles zwischen uns auf der Bank lag. Das Licht eines grünen Lampenschirms über dem Fenster verlieh dem Raum eine beruhigende Aquariumsatmosphäre.

Überwältigt blickte ich auf die vierundzwanzig Romane und siebzehn Kurzgeschichten in Anthologien und Magazinen, die mein veröffentlichtes literarisches Werk darstellten. »Konzentrieren wir uns darauf. Ich glaube nicht, dass es eine Figur ist, die ich irgendwann einmal als Teenager erfunden habe. Statistisch gesehen stammen die meisten übergetretenen Figuren aus veröffentlichten Texten. Wir müssen also eine Liste mit allen Figuren erstellen, die ich je publiziert habe. Ganz egal, ob es eine Nebenfigur oder sogar nur ein Busfahrer ist. Jede!« Ich schob ihm das erste Buch zu.

»Warum kriege ich den sechshundertseitigen Fantasyroman?«, beschwerte er sich.

»Möchtest du die Liebesromane haben?«

»Fantasy ist in Ordnung.« Etwas ratlos blätterte er durch *Thron ohne Land.* »Was machen wir mit den Schlachtszenen? Da schreibst du *die Krieger*. Soll ich die auf die Liste nehmen?«

»Ich habe keine Ahnung. Ich nehme nicht an, dass eine namenlose Figur aus der vierten Reihe irgendeiner Armee hier aufgetaucht ist, aber wer weiß.« Hilflos zuckte ich mit den Schultern. »Schreib sie einfach genauso auf, wie sie benannt werden. *Die Krieger, die Fußsoldaten, das Schlachtheer.*«

»Der Dackel aus dem dritten Stock?«

»Auch den.«

»Na, wenn du meinst. Wollen wir hoffen, dass nicht das ganze Schlachtheer herübergewechselt ist«, erwiderte er trocken.

»Wollen wir lieber hoffen, dass es nicht der dunkle Druide aus *Die Krone der letzten Insel* ist!«

Jop warf einen finsteren Blick auf das Buch, das an der Glasscheibe lehnte und dessen Cover eine goldgeprägte mehrzackige Krone zierte. »Wenn es sich herausstellt, dass es dieser Kerl ist, nehme ich den nächsten Flieger und verabschiede mich für eine Weile ans andere Ende der Welt, das verspreche ich dir.«

Das konnte ich ihm nicht verübeln; wenn ich ehrlich war, hätte ich in diesem Fall gern dasselbe gemacht. Diese Figur war ruchlos. Und magisch begabt! Die einzige Chance, ihn aufzuhalten, war seine *Kryptonit-Eigenschaft*, die nach der kapitolischen Literaturverordnung für Fiktionsschaffende alle Figuren mit übernatürlichen Fähigkeiten besitzen mussten. Es war eine der für Autoren aufgestellten Regeln, damit die Polizei im Falle eines Übertritts eine Chance erhielt, die Figur zu besiegen. Man stelle sich vor, Superman würde hier auftauchen, ohne dass man ihm ernsthaft etwas entgegensetzen konnte!

Also hatte mein Druide panische Angst vor fließenden Gewässern, weil er nicht schwimmen konnte. Dass er deshalb auch unangenehm roch, war der Tatsache geschuldet, dass es in der von mir erfundenen Fantasiewelt weder Sanitäranlagen noch Elektrizität gab.

»Kann ich zum Ausgleich auch den haben?«, fragte Jop und hielt mein Debüt in die Höhe. Ein schmaler Band mit unscheinbarem grafischen Cover. »Der hat gerade mal so zweihundert Seiten und gar keine Druiden.«

Ich griff danach. Meine Finger strichen über das Cover mit der großen eckigen Typografie. *Untergehen bei Ebbe.* Mein bisher größter Erfolg bei den Kritikern und der einzige Roman, der keine reine Unterhaltungsliteratur war.

Ich hatte ihn mit achtzehn begonnen und anderthalb Jahre lang daran geschrieben. Länger als an jedem anderen Buch. Richtig fertig hatte er sich nie angefühlt, aber vielleicht war dieses Gefühl beim ersten Buch auch normal. Auf Veranstaltungen las ich stets nur einen Auszug aus dem ersten Kapitel, und selbst das war Jahre her, weil das Publikum inzwischen kein Interesse mehr an diesem alten Titel hatte, der längst vergriffen war. Der Anblick des Buchs erinnerte mich an eine Zeit, an die ich nicht gern erinnert werden wollte.

Ich schob das Buch zu Jop rüber. »Klar.«

Er nickte, dann legten wir los.

8

»Es kommt auf sämtlichen Kanälen«, war das Erste, was Jop zu mir sagte, als ich erwachte.

Seine Couch war nicht die bequemste, und als ich mich aufrichtete, knackte irgendwas unangenehm in meinem Rücken. Stundenlang hatten wir eine Liste aller Figuren zusammengetragen und waren am Ende auf 572 gekommen. Mir schwirrte der Kopf.

Danach war es halb elf vormittags gewesen, und ich hatte eine Pause gebraucht, selbst wenn ich eigentlich keine Zeit verlieren durfte. Mir brannten die Augen, der Nacken schmerzte, und in meinem Kopf verschwammen die einzelnen Romane zu einem großen Durcheinander, sodass ich die Bücher kaum noch auseinanderhalten konnte. Ich war nicht mehr in der Lage gewesen, mich zu konzentrieren. Also hatte ich mich hingelegt, um kurz die Augen zu schließen – und war sofort eingeschlafen. Ich hatte von einem glitzernden Pool im Sonnenlicht geträumt, über dem Hunderte Fliegen schwirrten. In der Ferne hörte ich eine Taube gurren, aber ich wusste nicht, ob das Geräusch aus meinen Träumen stammte oder aus der Realität. Gerade als mein Kopf unter Wasser geriet, war ich mit brennenden Augen aus dem Traum aufgeschreckt.

Mein Blick folgte dem Fingerzeig zum Fernseher, in dem gerade ein Bericht über den Leichenfund lief. Mein offizielles Autorenfoto wurde eingeblendet. Es war schon sechs Jahre alt, und ich sah darauf immer noch aus wie eine hoffnungsvolle Debütantin. Es hieß, die Polizei tue alles dafür, den Fall aufzuklären. Es wurde dringend nach meiner Figur gefahndet, ohne eine Beschreibung für sie zu haben, und die VdF bat die Leserschaft um sachdienliche Hinweise.

Sofort erfasste mich Panik, Hitze stieg mir in den Kopf, mein Magen zog sich unangenehm schmerzhaft zusammen. Jeder würde diese Nachrichten sehen. Meine Familie, Freunde, Kollegen, Nachbarn, die nette Kassiererin im Gemüsegeschäft an der Ecke, mit der ich immer einen kleinen belanglosen Wortwechsel führte; der Postbote, der mir jede Woche meine Büchersendungen, Päckchen und Pakete brachte und dem ich zu Weihnachten stets Pralinen schenkte, wie es mir meine Eltern beigebracht hatten. Jeder potenzielle Partner, den ich zukünftig treffen würde.

Es war eine Katastrophe!

Autoren sind es zwar gewohnt, bis zu einem gewissen Maß in der Öffentlichkeit zu stehen, doch das war Presse, die sich kaum jemand wünschte. Wer immer geäußert hat, *Auch schlechte Presse ist gute Presse*, ist offenbar nie in einen echten Skandal verwickelt gewesen. Ich schämte mich jedenfalls furchtbar. Außerdem hatte ich Angst, dass irgendein übereifriger Journalist zu sehr meine Vergangenheit beleuchten würde.

Mein E-Mail-Postfach quoll über vor Nachrichten von Kollegen, Presseleuten, Bloggern und besorgten Freunden. Kein einziges Mal zuvor hatte ich dermaßen reges Interesse an mir verspürt. Und das ausgerechnet bei einer solchen Angelegenheit.

Auch Leser schrieben mich auf allen Kanälen an, um mir mitzuteilen, dass sie im Leben nicht daran glauben würden, dass meine Figur jemanden umgebracht hätte. Manche schlossen es daraus, wie freundlich ich bei Signieraktionen gewesen sei – andere hatten sich dermaßen mit meinen Figuren identifiziert, dass es ihnen einfach unmöglich schien, diesen Figuren etwas Bösartiges zu unterstellen. Sie sprachen mir Mut zu und versicherten, dass sich alles zum Guten wenden würde.

Leider gab es auch andere Stimmen, die mich darüber informierten, dass sie meine Bücher bereits aus den Regalen sortierten und maßlos enttäuscht seien, weil sich nun herausstellte, dass ich ebenfalls eine von *diesen* Autorinnen sei. Des Weiteren hatte ich zwei Heiratsanträge unter den Nachrichten, sieben Drohungen, mir Gewalt anzutun, und elf Anfragen von Unternehmen, ob ich während des zu erwartenden Gerichtsverfahrens gegen mich nicht T-Shirts mit ihrem Firmenlogo tragen könnte.

Ich fühlte mich völlig überfordert. Obwohl ich mit diesem Verlauf gerechnet hatte, trafen mich die abweisenden Reaktionen. Es hatte Jahre gedauert, bis ich gelernt hatte, Verrisse zu ignorieren und mich stattdessen auf den freundlichen Austausch bei Veranstaltungen zu konzentrieren. Die Begeisterung der Menschen für meine Geschichten war oft ansteckend und half mir darüber hinweg, wenn der Großteil meiner Werke nie die Bestseller-Listen erklomm. Auch wenn diese negativen Meldungen nicht deutlich überwogen, schafften sie es doch, dass ich mich schlecht fühlte.

Meine Agentur, die mich seit dem zweiten Buch vertrat, gab eine öffentliche Erklärung ab, in der sie verlauten ließ, die Zusammenarbeit mit mir bis auf Weiteres aufrechtzuerhalten, immerhin sei ich nicht die erste ihrer Autorinnen, deren Figur nach Kapitolo gekommen sei, und noch wisse schließlich niemand, was genau geschehen sei. Die Figur konnte ja auch entführt worden und im Grunde ein zweites Opfer sein.

Das klang für die Öffentlichkeit überzeugend, ich glaubte jedoch nicht, dass die Agentur das wirklich annahm. Der freundliche ältere Herr, der vor die Kameras trat, hieß Smith (das tut er wirklich), und seine Aufgabe in der Agentur ist es, in Ungnade gefallene Autoren in den Augen der Öffentlichkeit zu rehabilitieren. Wenn er zum Einsatz kam, hielt die Agentur meine Figur für schuldig und begann bereits mit der Schadensbekämpfung.

Zum Glück hatte ich das Handy leise gestellt, denn im Minutentakt versuchten Leute, mich anzurufen. Meinen engsten Freunden schickte ich eine Nachricht, dass ich mich später melden würde. Olga rief ich kurz an, um ihr zu versichern, dass sie sich keine Sorgen machen müsse. Sie war vor sechs Wochen Mutter geworden und ich eine Art Patentante für ihren Sohn. Sie war nicht in der Lage, mir zu helfen, und ich spielte die Situation herunter, um sie nicht noch weiter zu beunruhigen.

»Sag mir, wenn du Hilfe brauchst«, forderte sie mich eindringlich auf, während im Hintergrund das Baby schmatzte. »Ich möchte nicht noch einmal so eine Phase durchmachen wie vor fünfzehn Jahren.«

Damals hatte ich viele meiner alten Freunde verloren, aber Olga war stets hartnäckig an meiner Seite geblieben. Ganz gleich, wie selten ich mich bei ihr gemeldet hatte, sie hatte den Kontakt nie aufgegeben.

»Ich melde mich, wenn es ganz schlimm wird«, versprach ich und beendete das Gespräch, bevor sie mir noch länger ins Gewissen reden konnte.

Anschließend informierte ich die zuständige Programmleiterin beim Iris Verlag darüber, dass ich die Deadline für den nächsten Rosenfelder-Roman leider nicht einhalten konnte, weil meine Veröffentlichungslizenz offenbar auf Eis lag. Das Gespräch war kurz, und die von mir erhoffte Zusicherung, dass sich an den abgesprochenen Plänen für die Weiterentwicklung der Reihe nichts ändern würde, blieb aus. Dafür fiel der ominöse Satz: »Über den bereits gezahlten Vorschuss bei Vertragsabschluss reden wir später noch einmal.«

Als ich auflegte, stellte mir Jop eine Tasse mit frischem Kaffee neben die Füße. Er setzte sich daneben und drehte mir den Laptop zu. Auf dem Display war das Newsportal geöffnet, für das Damla Abbas gearbeitet hatte.

Auch dort war mein Bild zu sehen, gleich neben dem der Ermordeten. Ihr Porträt war ein bisschen überbelichtet und deutlich bearbeitet. Sie schien an der Oberlippe eine Narbe zu haben, die der Fotograf auf diese Weise abgeschwächt hatte. Ihr Blick wirkte ernst und intelligent, und ich verspürte ein großes Bedauern über den Tod dieser Frau, die viel zu früh gestorben war.

Der Eintrag war ihr Nachruf. In ihm lobten die Kollegen des Portals ihre gründliche Arbeitsweise, Freundlichkeit, aber auch das Bestreben, unangenehme Wahrheiten aufzudecken. Wie diese Wahrheiten aussahen, ließ sich schnell erkennen, als ich ihre Artikel überflog. Sie waren möglicherweise gut recherchiert, hatten aber auch alle denselben Schwerpunkt: die durch Figuren in Kapitolo begangenen Verbrechen. Abbas verfolgte ganz klar eine Agenda, und die lautete Einschränkungen und härtere Strafen für Autoren.

Mit diesen Forderungen war sie nicht die Einzige, auch ihre Kollegen verfassten für das Portal Artikel und Beiträge mit ähnlichem Tenor. Driessen hatte mir ja bereits gesagt, dass das Portal als autorenkritisch galt, und jetzt wusste ich auch, warum.

»Kein Wunder, dass er denkt, eine Figur hätte diese Frau erschlagen«, murmelte ich bedrückt und nahm die Tasse vom Boden. Erschöpft lehnte ich mich zurück und starrte an die Decke, während mir das Porzellan die Finger wärmte. Das kurze Wegnicken hatte mich eher müder gemacht als munterer.

»Soll ich mich mal umhören, ob ich noch mehr über sie herausfinden kann?«, bot Jop an. »Vielleicht kann ich einen Gefallen bei meiner Kollegin einlösen, unserer Versicherungsdetektivin.«

»Würdest du das machen?«

Er zuckte mit der Schulter. »Ich muss doch meiner besten Kundin helfen.«

»Ich bin deine beste Kundin?«

Er grinste. »Na ja, du hast so ziemlich jede Versicherung bei mir abgeschlossen, die man haben kann. Ich meine, nicht nur was deine Arbeit betrifft, sondern auch Feuer, Hochwasser, Unfall«, er zählte sie an der Hand ab, »Rechtsschutz, was offenbar nicht für umsonst war. Du hast deine Augen versichern lassen …«

Abwehrend hob ich die Hand. »Ich verstehe schon. Ich bin paranoid und finanziere praktisch die Hälfte deiner Wohnung. Samt Bananenkistentisch.«

Ich wandte mich wieder dem Laptop zu. »Es wäre wirklich hilfreich, wenn wir mehr über Damla Abbas herausfinden würden, dann ergibt sich vielleicht ein Motiv.«

»Für deine Figur?«

»Oder jemand anderen. Leute werden wegen allem Möglichen umgebracht. Vielleicht hat die ganze Sache mit einem Erbschaftsstreit zu tun, wer weiß. Oder irgendjemand war sauer auf sie wegen des Inhalts ihrer Artikel. Ich kann mir nicht vorstellen, dass sie sich in Autorenkreisen besonders beliebt gemacht hat.«

Er sah auf die Liste, die wir erstellt hatten und die inzwischen aus mehreren A4-Blättern bestand. »Wenn wir nur wüssten, wer von ihnen es ist.«

Fahrig rieb ich mir die Stirn und nahm einen Schluck Kaffee, der mir inzwischen Magenschmerzen bereitete. »Wenn ich an das denke, was ich für meine Krimis recherchiert habe, dann würde ich schätzen: Wahrscheinlich war der Täter ein Mann zwischen fünfundzwanzig und fünfundvierzig und Rechtshänder. Das weiß ich allerdings von Driessen.«

»Weißt du denn auch, welche deiner Figuren Rechtshänder sind?«

»Zumindest weiß ich, wer Linkshänder ist. Annabelle, Jacki und Ru.«

»Immerhin können wir die von der Liste streichen. Macht dann nur noch 569 Figuren.«

Ich seufzte laut. »Seien wir doch mal ehrlich, wir müssen die Liste eindampfen, und zwar schnell. Wir können nicht nach 569 Figuren suchen!«

»Und einem Schlachtheer samt Kriegern und Soldaten …«

Wir sahen beide zum Fenster, hinter dem wieder mal ein riesiger Schatten vorbeischwamm. Doch bevor wir mehr erkennen konnten, war er auch schon vorbei.

»Also nur Hauptfiguren und die wichtigsten Nebenfiguren?«, schlug Jop vor.

»Ja, die sind am besten ausgebaut, also ist es doch am wahrscheinlichsten, dass eine von denen den Übergang geschafft hat, oder? Ich glaube nicht, dass es Krieger *Nummer siebzehn* ist.«

»Klingt einleuchtend.«

»Du hast doch genug Fälle bearbeitet, was denkst du?«

»Aber noch nie einen, bei dem die Figur des Mordes verdächtig wurde. Die meisten Figuren stellen nichts Wildes an, Diebstahl, Behinderung der Staatsgewalt, Ruhestörung und Erregung öffentlichen Ärgernisses, solche Sachen eben.« Nachdenklich sah er mich an. »Wenn ich schätzen sollte, dann würde ich auf eine Figur tippen, die dir nahesteht. Das ist natürlich zu diesem Zeitpunkt reines Spekulieren, aber Figuren wollen wirklich oft ihre Autoren beeindrucken oder sie für sich einnehmen. Wenn sie die Tat tatsächlich begangen hat, dann möglicherweise, weil die Frau sich so negativ über Autoren geäußert hat.«

»Als Journalistin war Abbas doch beinahe selbst Autorin. Außerdem«, ich zog die Augenbrauen hoch, »ist es mir vollkommen egal, wenn Leute wie sie solche Sachen schreiben. Jedenfalls bin ich nicht wütend genug, um mir zu wünschen, dass sie jemand für mich umbringt.«

Er nickte langsam. »Okay. Dann suchen wir weiter nach einem möglichen Motiv.«

Ich deutete auf die Liste. »Wenn wir die Liste eingekürzt haben, werde ich sie an Wera schicken, vielleicht fällt ihr noch etwas ein.«

»Gute Idee.«

»Außerdem suche ich die Fotos heraus, die ich als Grundlage für die Figuren genommen habe. Das will Driessen sowieso von mir haben, damit sie Fahndungsbilder erstellen können.«

Skeptisch winkte Jop mit der Liste. »Willst du ihm die wirklich geben?«

Nein, wollte ich nicht, aber ich musste. Für mich war das eine sehr persönliche Sache. Manche Gesichter sprachen mich einfach an und entwickelten in meiner Fantasie ihre eigene Geschichte. So war aus dem Teilnehmer eines TV-Kochwettbewerbs der intrigante Liebhaber einer Königin in einem meiner Bücher geworden, der schließlich in der letzten Schlacht in eine Schlucht stürzte, weil mir nicht gefiel, dass seine reale Vorlage bei einem Coq-au-Vin-Rezept den Wein weggelassen hatte. Ich erwartete nicht, dass irgendjemand dieselben Assoziationen hatte, wenn er diese Bilder ansah. Es war wie mit Musik. Songs waren etwas sehr Persönliches und das Gefühl, das sie auslösten, kaum zu erklären. Ich wollte nicht preisgeben, wen ich mir für meine Figuren vorgestellt hatte, weil ich wusste, dass die meisten Leser andere Bilder im Kopf haben würden.

»Irgendetwas muss ich ihm geben«, erwiderte ich. »Sonst wird er misstrauisch. Am besten erstellen wir eine Prioritätenliste mit unseren eigenen Verdächtigen. Und deren Beschreibung gebe ich erst später an Driessen weiter. So können wir uns vielleicht einen zeitlichen Vorsprung verschaffen.«

»Aber wie viel davon werden sie auf deinen Rechnern finden?«

»Ich habe die Bilder nie nach den Figuren benannt. Schließlich wusste ich ja, wen ich meine. Sie hingegen wissen es nicht. Somit haben wir wenigstens einen kleinen Vorsprung.«

»Klingt nach einem Plan.«

In der Theorie war der Plan gut, in der Praxis eine Sisyphusarbeit. Die Liste der Verdächtigen zu verkleinern, war schwieriger, als sie zu erstellen. Kaum hatte ich eine Figur auf die Prioritätenliste gesetzt, wollte ich sie auch schon wieder herunternehmen, weil es mir so unwahrscheinlich erschien, dass sie nach Kapitolo gekommen war und einen Mord verübt haben sollte. Jops Ratschlag folgend, konzentrierte ich mich auf Figuren, die mir beim Schreiben am meisten Spaß gemacht hatten und die ich am plastischsten vor mir sah.

Da war Emanuel aus *Wenn er fällt, dann schreit er.* Der achtzigjährige pensionierte Schausteller löste gemeinsam mit seinem nur um wenige Jahre jüngeren Bruder Morde in einem Cosy-Crime-Roman, der mir eine Nominierung für einen wichtigen Krimipreis eingebracht hatte, bei der Leserschaft aber nicht sehr erfolgreich gewesen war. Ich hatte die Figur nach einem Mann geformt, dem ich zufällig auf einer Veranstaltung begegnet war und dessen Namen ich aus Gründen der Privatsphäre hier nicht nennen will. Er hatte mich für ein Wochenende auf sein Anwesen eingeladen, das weit außerhalb der Stadt liegt und eine originale Geisterbahn im Garten stehen hat. Er ist ein liebenswerter exzentrischer Kauz, der sich selbst im hohen Alter noch gern kostümiert, um die Kinder aus dem Dorf zu erschrecken. Er züchtet Renekloden, obwohl er lieber Kirschen isst, mag Schokolikör und hat ein altes Bild von Shirley MacLaine über dem Bett hängen. Obwohl wir nur kurze Zeit miteinander verbracht haben, ist er mir ans Herz gewachsen und für mich eine Art Vorbild dafür geworden, wie ich im Alter einmal sein möchte. Warmherzig, humorvoll und stets neugierig. Dabei hat mich vor allem beeindruckt, wie es ihm gelungen ist, das Trauma seiner schweren Kindheit als achtes Kind einer Bauernfamilie in der Nachkriegszeit mit schwerer Arbeit und Prügel sowie den Verlust von Frau und Kind bei einem Zugunglück zu überwinden.

»Und der soll einen Mord begangen haben? Der ist doch viel zu nett«, sagte Jop skeptisch.

»Irgendwo muss ich anfangen, und du hast gesagt, ich soll Figuren nehmen, die mir etwas bedeuten. Er ist wichtig. Und wenn es stimmt, dass die Figuren ihre Schöpfer beeindrucken wollen, dann ist er doch ein guter Kandidat. Außerdem hat er den Ungewöhnlichkeitsfaktor. Niemand rechnet mit dem netten alten Herrn als Täter.«

Jop schüttelte den Kopf. »Ich glaube, du gehst das zu sehr wie beim Krimischreiben an. Du musst hier keine Leser überraschen. Es geht nicht um den größten Effekt.«

Da hatte er nicht unrecht, trotzdem blieb ich bei Emanuel. Mit ihm begann die Liste, auf der ich nicht nur den Namen, sondern auch den Roman und eine kurze Charakterisierung der Figur notierte.

Dann schrieb ich Hulda aus *Die Krone der letzten Insel* darunter. Sie war ein ganz schöner Sturkopf, doch genau dieser Starrsinn half ihr dabei, ihr Ziel zu erreichen, als Kammerzofe einer entrechteten Thronerbin zu ihrem Geburtsrecht zu verhelfen. Sie war eine ausgezeichnete Messerwerferin und betrog geschickt beim Würfelspiel. Hulda war nicht auf den Mund gefallen, und mir hatte ihr Mut imponiert. Sie verspürte weder Angst vor dunklen Gängen in einer zugigen Burg noch vor den Einschüchterungsversuchen ihrer Feinde. Ich hatte gern Zeit mit ihr verbracht, denn sie war vieles, was ich selbst sein wollte.

Auch diese Wahl fand Jop schwierig, weil er kein Motiv sah, aber ich hatte mich entschieden, meinem Bauchgefühl zu folgen, solange wir nicht mehr über Damla Abbas wussten.

»Wir dürfen nicht vergessen«, sagte ich, »dass die Figur ja erst einmal den Übertritt nach Kapitolo schaffen musste, bevor sie möglicherweise diese Tat begangen hat. Daher ist es doch zu diesem Zeitpunkt sinnvoller, nach einer Figur zu suchen, die das Potenzial dafür besitzt.«

Dieses Argument ließ er gelten, und ich nannte den dritten Namen auf der Liste: Mirabelle.

Sie lebte davon, Insekten für Reptilienhalter zu züchten, und hatte in jedem Zimmer ihrer Wohnung mehrere Terrarien mit Spinnen, Schlangen und Echsen aufgestellt. Sie hatte es sich zur Angewohnheit gemacht, Leuten, mit denen sie ein Problem hatte, kübelweise Ungeziefer in die Gärten, Autos und Häuser zu kippen – allerdings war sie im Grunde ihres Herzens eine mitfühlende Seele, spendete großzügig an Umweltorganisationen, engagierte sich im örtlichen Seniorenkreis und half ihrer besten Freundin (der Protagonistin) bei der Suche nach deren verschollenem Onkel. Natürlich musste jemand nicht zum Mörder werden, nur weil er eine bessere Beziehung zu Kaltblütern besaß als zu Menschen, aber ich hatte sogar eine Zeit lang überlegt, sie zur Protagonistin einer eigenen Reihe zu machen, weil ich die Passagen mit ihr so gern geschrieben hatte. Daher schien sie mir eine gute Kandidatin für den Übertritt.

Weiter ging es mit Lorenala aus *Das Lied der magischen Höhlen*, die den Roman damit verbrachte, ihre verschollene Tochter zu finden. Diese war von einem Magier entführt worden, der seine Kraft aus Kristallen und Steinen zog und das Kind brauchte, um einen besonderen Kristall zu aktivieren, der ihm allumfassende Macht bescheren sollte. Lorenala war keine strahlende Heldin gewesen, ihr war schlicht keine andere Wahl geblieben, wenn sie ihr Kind retten wollte. Getrieben von Liebe, Verzweiflung und Wut, hatte sie eine Gruppe Ausgestoßener um sich geschart, die ihr dabei halfen, das Kind zu retten, und währenddessen zu einer Familie zusammenwuchsen. Als ich Lorenala geschrieben hatte, war ich inspiriert gewesen von ihrer Entschlossenheit. Keine Gefahr hatte sie davon abbringen können, die Suche fortzusetzen. Auf diese Weise hatte sie ihre Tochter schließlich retten können, und als ich diese Wiedervereinigung niederschrieb, hatte ich zwei Stunden weinend auf dem Sofa gesessen, so nah war mir ihr Schicksal gegangen.

Als Letzte nahm ich Olympe de Gouges auf – *meine* Version der berühmten Frauenrechtlerin, die während der Französischen Revolution hingerichtet worden ist. Ihr Schicksal rührte mich, und ich war fasziniert davon, dass jemand auch dann noch für das eintrat, woran er glaubte, wenn er doch sah, dass dieser Kampf in einer persönlichen Katastrophe münden würde. Mein historischer Roman endete nicht mit der Hinrichtung, sondern kurz davor im Gefängnis. Ich war nicht in der Lage gewesen, ihren Tod zu beschreiben, dafür hatte sie mir zu viel bedeutet. Von allen fünf Figuren war sie die wütendste gewesen und schien mir daher auch die wahrscheinlichste Kandidatin.

Als ich ihren Namen auf die Liste schrieb, fragte ich mich, wie es ihr in der Fantasiewelt ergangen war. War das Todesurteil vollstreckt worden, so wie es in der Wirklichkeit geschehen war, oder hatte die Fantasiewelt die Geschichte auf andere Art weitergesponnen? Bisher hatte ich mir solche Fragen verboten, denn sie waren für den kreativen Prozess nicht förderlich, weil sie Zweifel in mir weckten, an dem, was ich tat. Und Zweifel waren immer hinderlich, wenn es darum ging, ein Buch zu Ende zu bringen, selbst wenn die Geschichte noch nicht beendet war.

Während ich in mich ging, um mir ehrlich zu beantworten, zu welchen Figuren ich ein besonders enges Band hatte, nahm mich Jop ins Kreuzverhör.

»Warum haben dir diese Figuren etwas bedeutet? Waren sie die Hauptfigur aus der ersten Veröffentlichung oder aus dem ersten Hardcover oder so? Hast du für eine einen Preis gewonnen? Oder sind das welche, bei denen du dir gedacht hast: Der würde ich gern mal begegnen. Ich habe bisher noch keinen Autor getroffen, der das nicht irgendwann von einer seiner Figuren gedacht oder gehofft hat.«

»Wir schreiben uns nicht alle eine Wunschwelt, weißt du«, erwiderte ich. »Frag mal Clive Barker, der hat sicher nicht den

Wunsch verspürt, irgendeine seiner Figuren zu treffen.« Ich streckte mich, und Jop lachte keckernd, während er sich den Lockenmopp mit einem Haargummi nach oben band, sodass er Ähnlichkeit mit einem Pinsel besaß.

Die Wahrheit war, dass es mir unangenehm war, die Fragen laut zu beantworten. Ich wollte ungern zugeben, dass ich in einem meiner Romane tatsächlich eine gescheiterte Beziehung verarbeitet und die Hauptfigur ihr Glück schließlich mit meiner groben Idealvorstellung eines Partners gefunden hatte. Oder dass das lustige Nachbarehepaar im ersten Rosenfelder-Band an meine Eltern angelehnt war (was sie mir bis heute vorwarfen, weil sie der Meinung waren, dass ich vollkommen übertrieben hätte, und es ihnen peinlich sei, Freunden und Verwandten zu erklären, warum sie bereits zum Frühstück Hörbüchern über wahre Verbrechen lauschten – am liebsten über Gräueltaten an Ehepartnern). Oder dass mehr als nur eine Figur Züge meiner selbst trug, vor allem was Größe, Statur, Haarfarbe und kulinarische Vorlieben betraf. Oft genug hatte ich Figuren meinen eigenen Ärger über Entwicklungen in meinen Lieblingssendungen in den Mund gelegt und öffentlich behauptet, diese popkulturellen Anspielungen seien zufällig gewählt und hätten nichts mit meiner persönlichen Meinung zu tun. Ich war nicht die einzige Autorin, die diesbezüglich log, aber diese Notlügen verhinderten, dass wir in Interviews allzu persönlich wurden und zu viel offenbarten.

Aber würde tatsächlich eine Figur, die mein Alter Ego war, in unsere Welt wechseln, wo ich bereits existierte, also quasi ihr Original?

Es schien mir wahrscheinlicher, dass eine meiner Wunschvorstellungen den Übergang geschafft hatte, schließlich beruhte das Verantwortungsgesetz in Teilen darauf, dass Autoren mit ihrem Wunsch – Figuren in die Wirklichkeit zu heben – auch dafür verantwortlich waren. Es hieß doch auch: Der Wunsch war Vater des Gedankens.

Nachdem ich die Namen auf die Prioritätenliste geschrieben und mich endgültig festgelegt hatte, wurde es nicht einfacher. Nicht für alle Figuren hatte ich Fotos als optische Vorlage verwendet, und nicht jede Bildvorlage war ein berühmter Schauspieler, dessen Fotos sich schnell im Internet wiederfinden ließen. Manche Bilder hatte ich auf obskuren Seiten oder Blogeinträgen zu unterschiedlichsten Themen entdeckt, die ich jetzt aus dem Gedächtnis natürlich nicht abrufen konnte.

Am Ende standen trotzdem fünf Namen auf der Prioritätenliste, und bei den Figuren, bei denen es mir möglich war, hatte ich Bilder dahintergesetzt. Den Namen von Emanuels Vorlage konnte ich nicht aus den Polizeiakten heraushalten, da ich nicht wusste, ob er sich nach dem öffentlichen Aufruf selbst bei der VdF melden würde. Von Olympe gab es Gemälde. Mirabelles Vorlage leitete ich weiter, bei Hulda und Lorenala gab ich lediglich grobe Beschreibungen ab. Dann erstellte ich eine zweite Liste mit fünf weiteren Figurennamen und groben Beschreibungen – das war die, die ich an Driessen schicken würde.

»Auf die sollten wir uns konzentrieren«, sagte Jop schließlich und deutete auf Liste Nummer eins. Er hatte uns Essen bestellt und schob sich Injera mit Soße und Gemüse in den Mund, während ich die Liste ausdruckte, damit wir etwas in der Hand hielten, das uns bei der Suche half. »Wo fangen wir an?«

»An Orten, die mit den Figuren in Zusammenhang stehen.« Ich linste auf das Papier. »Lorenala aus *Das Lied der magischen Höhlen* hat …«

»Lorenala? Sag mal, wie kommst du nur immer auf solche Namen? Hättest du nicht einfach Tina schreiben können?«

»In Fantasyromanen heißt niemand Tina.«

»Das kann man wenigstens aussprechen.«

»Aber es klingt nicht geheimnisvoll«, erwiderte ich.

»Ich kannte mal eine Tina, die war sehr geheimnisvoll.«

Ich winkte ab. »Jedenfalls hat Lorenala«, ich betonte jede Silbe, »einen erheblichen Anteil des Buchs in den Laichhöhlen der wilden Wasserdrachen verbracht, balancierend auf Seilen, die zwischen Stalagmiten gespannt waren. In Kapitolo gibt es aber keine Höhlen.«

»Oder Wasserdrachen.«

»Es gab mal Flugdinosaurier nach der ganzen Sache mit Grisham, erinnerst du dich?«

»Dann vielleicht etwas Ähnliches.« Aufgeregt richtete er sich auf. »Wie wäre es mit Luftschutzbunkern?«

»Ich bezweifle, dass sie da eine Ähnlichkeit sieht, aber bitte sehr.« Ich notierte *Luftschutzbunker* neben dem Namen, griff mir meinen Teller und schob mir das Essen hastig in den Mund.

Der VdF standen Dutzende Beamte zur Verfügung, mir nur Jop. Wenn dort ein Beamter schlafen ging, trat ein anderer seinen Dienst an. Ich hatte Angst, sie würden meine Figur finden, während wir erst am Anfang unserer Suche standen, und ich konnte das Damoklesschwert, das über mir hing, förmlich spüren. Ich kam mir nicht gerade wie eine heldenhafte Detektivin vor, wie ich sie zum Beispiel in meinem Roman *Tod auf Raten* beschrieben hatte. Die Ermittler in Krimis wussten stets, was sie als Nächstes unternehmen mussten – und wenn nicht, dann führte sie ihre beinahe übernatürliche Intuition auf die Spur der Verbrecher. Ich hingegen bekleckerte nur den obersten Ausdruck, der noch vor mir lag, mit Soße, und statt Bauchgefühl bekam ich Blähungen vom Kaffee.

Im Hintergrund liefen die Nachrichten. Die Berichte über den Todesfall, an dem möglicherweise eine Figur beteiligt war, wiederholten sich inzwischen, es gab keine neuen Erkenntnisse, zumindest keine, die die Polizei veröffentlichte.

Bei einem Blick in die Verkaufsportale musste ich feststellen, dass ein Teil der Leser inzwischen offenbar der Überzeugung war, wo Rauch war, wäre auch Feuer, und wenn meine Figur am Tatort gewesen sei, dann müsse sie auch der Täter sein. Innerhalb weniger Stunden hatten sich die Bewertungen meiner letzten Romane nahezu verdoppelt, allerdings war der Schnitt drastisch nach unten gesackt. Es ist eine Sache, wenn man für einen lustigen Gartenzwerg verantwortlich ist, der den Sprung in die Wirklichkeit schafft. Eine ganz andere, wenn es eine Figur ist, die Menschen tötet. Da hört das Verständnis der Leute auf, das war deutlich zu erkennen.

Plötzlich klingelte es an der Tür.

»Erwartest du jemanden?«, fragte ich alarmiert, aber Jop schüttelte den Kopf.

»Vielleicht die Post. Die kommt immer am frühen Nachmittag.« Er stand auf und ging in den Flur.

Beunruhigt folgte ich ihm. Er schaltete die Kamera ein, und wir sahen vor dem Haus eine Frau in einem übergroßen grünen Parka stehen.

»Ja?«, fragte Jop.

»Johanna Green vom *Kapitolo BLICK*, ich würde gern mit Kate Kowalski sprechen.«

Überrumpelt schauten wir uns an. Woher zum Henker wusste die Presse, dass ich hier war? Ich schüttelte heftig den Kopf.

»Die ist nicht hier«, erwiderte Jop.

»Ich denke doch.«

Vehement schüttelte ich weiterhin den Kopf und hob abwehrend die Hände.

»Bitte gehen Sie jetzt«, forderte Jop die Frau auf.

Auf dem kleinen Display konnten wir verfolgen, wie sie einen Schritt zurücktrat und an der Fassade emporsah. Die zweite Etage lag jedoch zu hoch, um von ihrer Position aus irgendetwas zu erkennen. Auf einmal kam ein Mann ins Sichtfeld der Hauskamera, mit dem sie sich flüsternd besprach.

»Ich denke, wir bleiben einfach noch ein bisschen hier«, sagte Green nach einem Moment in die Sprechanlage. »Vielleicht überlegt es sich Kate ja noch. Wir hätten gern das erste Interview. Exklusiv. Und wären auch bereit, dafür zu zahlen.« Erwartungsvoll blickte sie in die Linse.

Jop hob fragend die Augenbrauen, doch ich verneinte erneut und tippte mir mit dem Finger an die Stirn. Der *Kapitolo BLICK* war nicht gerade das beste Beispiel für Qualitätsjournalismus.

»Die Antwort ist dieselbe. Sie ist nicht hier.« Er schaltete die Anlage aus.

»Glaubst du wirklich, dass sie jetzt dort stehen bleibt?«, fragte ich zweifelnd. »Es ist doch Winter, wie lange will sie das durchhalten?«

»Keine Ahnung, vermutlich ist sie mit dem Auto hier und wartet einfach darin.«

Wir gingen zurück ins Wohnzimmer.

»Woher wusste sie, dass du hier bist?«

Etwas hilflos schaute ich auf mein Handy. »Ob die das irgendwie abhören?«

»Zuzutrauen wäre der Boulevardpresse vieles, aber wegen so einer Story fahren sie sicher nicht die schweren Geschütze auf. Green wird das von irgendwem erfahren haben. Wem hast du erzählt, dass du herkommst?«

»Nur meinen Eltern und …«

»Und?«

»Wera.«

»Deiner Lektorin?«

Ich nickte. »Aber ich kann mir nicht vorstellen, dass sie mich an die Presse verkauft hat«, schob ich sofort abwehrend hinterher. »Wir kennen uns doch seit Jahren. Sie hat gesagt, dass sie mir hilft. Das muss irgendwie anders zusammenhängen.«

Innerhalb der nächsten Stunde schaltete Jop noch ein paarmal die Kamera ein, um zu sehen, ob die Presse weiterhin vor seiner Tür wartete. Bereits beim dritten Mal musste er feststellen, dass es nicht bei Green geblieben war. Auch die *12/18*-Nachrichten hatten einen Wagen vorbeigeschickt.

»Das darf doch nicht wahr sein!«, rief er empört. »Hoffentlich lässt die keiner der Nachbarn rein.«

Leider geschah genau das. Als ein Nachbar von der Arbeit kam und das Haus betreten wollte, verschafften sich die Reporter Zugang und klopften an Jops Wohnungstür. Ich hatte Angst, dass sie die Tür eintreten würden, so laut pochten sie dagegen. Zum Glück jedoch rief die alte Dame im ersten Stock die Polizei, die daraufhin die Pressemeute entfernte. Aber sie würden wiederkommen, da war ich mir sicher. Jops Wohnung war kein sicheres Versteck mehr.

Ich rief meine Eltern an, die inzwischen bei einem befreundeten Ehepaar untergekommen waren, deren Sohn Drehbuchautor war, weshalb sie etwas mehr Verständnis für meine Situation hatten. Sie schworen, mit niemandem geredet zu haben. Nachdem noch zwei weitere Pressewagen vor dem Haus aufgetaucht waren, wählte ich endlich Weras Nummer, aber es nahm niemand ab. Ich versuchte es noch einmal und noch ein drittes Mal. Schließlich ging ihr Mann Sebastian ans Telefon.

Außer Atem fuhr er mich an: »Du hast vielleicht Nerven, dich hier zu melden, Kate!«

»Wie bitte?«

»Was glaubst du eigentlich, was hier bei uns los ist, seit diese Sache öffentlich geworden ist? Wera hat schon zwei Aufträge verloren, nur weil sie deine Lektorin ist!«

»Aber ...« Das konnte nicht sein, es waren doch erst wenige Stunden vergangen. »Hör mal«, begann ich, wurde jedoch sofort unterbrochen.

»Wera hat wirklich Besseres verdient nach allem, was sie für dich getan hat!«

Ich hörte Gemurmel, dann wechselte der Hörer raschelnd die Hand, und Wera kam ans Telefon.

»Geh mal nach der Post schauen«, sagte sie, und murrend verzog sich Sebastian aus dem Zimmer.

Im Hintergrund hörte ich ihn weiterschimpfen, auch wenn ich nicht verstand, was er sagte. »Alles okay bei euch?«, fragte ich vorsichtig.

»Nein, Kate, es ist nichts okay. Das Telefon steht seit Stunden nicht still.« Sie seufzte. »Dass es so schnell so schlimm werden würde, hätte ich nicht gedacht.«

»Ja, tut mir echt leid. Sag mal, hast du irgendwem erzählt, wo ich unterschlüpfen wollte?«, fiel ich mit der Tür ins Haus.

»Warum?«

»Wera, das ist wichtig, hast du mit irgendwem darüber gesprochen?«

Sie zögerte.

»Wera!«

»Ich habe Sebastian davon erzählt ...«

»Und der?« Mein Ton wurde schrill.

»Der was, Kate?«

»Himmel, hat er irgendjemandem davon erzählt?«

»Möglicherweise ...«

»Möglicherweise was?«

Sie atmete tief durch. »Weißt du, ich muss mich wirklich nicht so von dir anfahren lassen.«

»Wera! Jetzt versuch doch bitte mal, dich in meine Situation zu versetzen.«

»Lage.«

»Wera! Mit wem hat dein Mann gesprochen?«

Sie schwieg.

Ich wartete.

Schließlich sagte sie: »Ich weiß es nicht genau. Einem Reporter.«

»Einem Reporter?«

»Meine Güte, Kate, er hat eben die Nerven verloren, nachdem sie nicht aufgehört haben, bei uns anzurufen«, gab sie zu.

»Ich habe dir doch gesagt, dass du niemandem davon erzählen sollst.« Ich fuhr mir durch die Haare, die inzwischen mehr Knoten besaßen als eine Weihnachtslichterkette.

»Ich habe es meinem *Ehemann* erzählt! Ich erzähle meinem Mann alles.« Jetzt klang sie beleidigt.

»Aber doch nicht so etwas!«

Ungehalten schnalzte sie mit der Zunge. »Die Situation ist auch für uns nicht leicht. Vor einer knappen Stunde hat mich die VdF zur Befragung aufs Präsidium vorgeladen und meinen Rechner beschlagnahmt. Jetzt kann ich nicht arbeiten, Kate. Und wie dir Sebastian gerade gesagt hat, habe ich bereits zwei Absagen erhalten für Aufträge, die in den nächsten drei Monaten reinkommen sollten. Wenn dieses Geld wegbricht, ist das nicht unerheblich. Denkst du vielleicht, das geht spurlos an mir vorüber?«

Ich versuchte mich zu beruhigen. »Ja, tut mir leid, du hast ja recht. Ich nehme an, du konntest dir noch nicht ansehen, was ich dir geschickt habe, oder?«

»Nein, wie denn auch ohne Computer? Und ich musste mich ja auch noch um mein Kind kümmern. Du erinnerst dich vielleicht daran, dass ich eine Tochter habe?«

»Aber natürlich, das verstehe ich ja. Warum klingst du denn so aufgebracht?«

»Weil du mal wieder nur an dich denkst, Kate!«, kam es explosionsartig durch den Hörer geschossen.

»Wie bitte?« Empört sah ich das Telefon an, als könnte es irgendetwas dafür.

»So ist das doch in letzter Zeit immer!«, rief sie aufgebracht. »Ich muss ständig deine Probleme lösen, aber wie ich damit zurechtkomme, interessiert dich nicht.«

»Das stimmt doch gar nicht ...«

»Es ist sogar noch so, dass du hinterher das ganze Lob einstreichst!«

Ihre Worte schockierten mich. »Ich erwähne dich doch jedes Mal in den Danksagungen. Das ist wirklich ungerecht, was du da sagst.«

»Und was habe ich davon, von deinen Danksagungen? Nichts, Kate, nichts! Stattdessen Wochenendarbeit, wenn du wieder einmal zu spät abgegeben hast. Du hättest dich ja beim Verlag auch mal für eine Honorarerhöhung für mich einsetzen können, immerhin steigen überall die Preise, nur nicht mein Seitenhonorar! Das wäre echter Dank gewesen. Oder Eintrittskarten zur Buchmessegala!«

»Aber du hast doch immer behauptet, das sei nichts für dich ...«

»Ja, aber für meine Schwester!«

»Oh ...«

»Ja, oh.«

»Hör mal«, begann ich zaghaft, »das ist doch jetzt der völlig falsche Zeitpunkt, um das zu besprechen.«

»Nein, es ist genau der richtige Zeitpunkt. Es geht ums Prinzip, Kate.«

Ich hörte, wie sie unruhig auf und ab ging.

»Du glaubst doch nicht, dass diese Geschichte nicht auch auf mich abfärbt? Seit Jahren lektoriere ich deine Bücher, die Leute werden denken, dass ich mit dir unter einer Decke stecke. Oder dass ich nicht erkannt habe, welche Gefahr von dieser Figur ausgeht! Das fördert sicher nicht gerade meine Auftragslage, und ich habe eine Familie, an die ich denken muss.«

Ich konnte nicht fassen, was ich hörte. Ausgerechnet von meiner sanften Wera, die mich noch vor wenigen Stunden mit dem Auto abgeholt und nach Hause gefahren hatte. »Unter welcher Decke denn?«, rief ich. »Ich habe doch gar nichts gemacht!«

»Das stimmt aber nicht, oder? Immerhin ist deine Figur tatsächlich nach Kapitolo gekommen.«

»Das ist doch nicht die erste! Du hattest auch schon mal einen Autor, dessen Figur den Übergang geschafft hat. Damals hat dich das nicht so aufgeregt, daran erinnere ich mich genau. Das ... das war dieser Horrorautor mit dem wandelnden Schusterjungen ...«

»Aber der Schusterjunge hat niemanden umgebracht! Nicht jeder Autor schreibt solche Figuren!«

Für einen Moment war ich sprachlos. »Wera, sag mir bitte nicht, dass du denkst, ich wäre schuld daran?« Meine Frage war kaum mehr als ein Flüstern.

Sie schwieg. Ich konnte sie förmlich vor mir sehen, wie sie mit geschürzten Lippen durch ihr Wohnzimmer lief und dabei mit dem Daumennagel über die Kuppen der anderen Finger fuhr, wie sie es immer tat, wenn sie nervös war. Es dauerte lange, bis sie antwortete. »Ich weiß nicht, was ich denken soll, Kate. In letzter Zeit habe ich immer mehr Schwierigkeiten mit deinen Texten ...«

Mit dir, wollte sie sagen. »So kompliziert sind die nun wirklich nicht«, erwiderte ich.

»Das ist es nicht.« Sie seufzte. »Ich kann dir nicht helfen. Ich fürchte, da musst du allein durch.«

»Nein! Wera ...«

Sie hatte schon aufgelegt.

Fassungslos starrte ich auf das Telefon in meiner Hand. Wera ließ mich fallen. Ausgerechnet diejenige, auf deren Hilfe ich am meisten gehofft hatte. Aber warum? Weil ich in den letzten Jahren nicht *dankbar* genug gewesen war? Ich konnte es nicht glauben.

»Und?« Erwartungsvoll sah mich Jop an, der gerade wieder das Zimmer betreten hatte.

Ich ließ mich aufs Sofa plumpsen. »Auf Weras Hilfe brauchen wir wohl im Moment nicht setzen. Ich habe keine Ahnung, was in sie gefahren ist. Auf jeden Fall wird sich das mit der Presse vor deiner Tür wohl nicht so schnell erledigen. Es wird sich weiter rumsprechen.«

Grübelnd nickte er. »Dann bleibt uns nur ein Weg. Flucht.«

»Flucht? Wie denn?«

Er deutete nach oben. »Hierbleiben können wir nicht. Jedenfalls nicht, wenn wir uns zügig auf die Suche nach deiner Figur machen wollen. Wir brauchen ein neues Hauptquartier.«

»Du klingst schon wie meine Eltern. Wir sind hier doch nicht in einem Agententhriller.«

»Es ist mindestens ein Thriller, selbst ohne Agenten.«

»Nein, ist es nicht«, erwiderte ich trocken.

»Es gibt Tote!«

»Eine! Es gibt eine Tote.« Ich hob den Zeigefinger. »Und du bist nicht George Smiley.«

»Und du nicht John le Carré, trotzdem müssen wir jetzt wie Spione denken.«

»Und wohin gehen wir?«

»Zu einer Freundin.«

Ich verschränkte die Arme. »Kann man ihr denn trauen?«

»Davon bin ich überzeugt.«

Das war ich auch einmal gewesen und dann enttäuscht worden. Menschenkenntnis war so eine Sache.

Er rieb sich das Kinn, das ein leichter Flaum zierte. »Ich habe so ein Gefühl, dass sie dir helfen kann.« Ohne ein weiteres Wort der Erklärung lief er ins Schlafzimmer, um ein paar Sachen zu packen, und ließ mich ratlos zurück. Wie er in dem riesigen Chaos, das nebenan herrschte, überhaupt die gesuchte Kleidung finden wollte, war mir schleierhaft. Ich war mir sicher, dass weder Smiley noch sein Schöpfer le Carré je dermaßen unordentlich gewesen waren.

Fünfzehn Minuten später warf er noch einmal einen Blick vor die Haustür. Die Reporter waren immer noch da. Nachdem wir uns durch den Spion in der Tür versichert hatten, dass niemand im Treppenhaus lauerte, verließen wir die Wohnung. So leise wie möglich schlichen wir nach oben, in der Hoffnung, dass nicht plötzlich ein Nachbar vor uns stehen würde. Das Wasser hinter den bullaugenförmigen Treppenhausfenstern ließ kaum Licht herein. Die letzten Stufen waren schmal und ähnelten mehr einer Hühnerstiege, doch der Dachboden, der über dem Wasserspiegel lag, wurde noch immer zum Trocknen der Wäsche benutzt.

Wir duckten uns unter gespannten Leinen hinweg und wichen staubigen Kisten aus. Jop schob einen alten Stuhl, der normalerweise zum Abstellen des Wäschekorbs genutzt wurde, an eine Dachluke. Dann öffnete er sie und hievte sich nach draußen. Dabei fluchte er ausgiebig, aber wenigstens leise.

Mir wurde bange, als er sich zu mir herunterbeugte.

»Komm!«, rief er, und ich reichte ihm den Rucksack. Dann griff ich nach seiner Hand und kletterte hinterher.

Der Ausstieg war eine rutschige Angelegenheit, weil der Rand der Luke vereist war und uns der Winterwind schneidend um die Nasen wehte. Es war nicht einfach, aber schließlich schaffte ich es. Auch das Dach war vereist, und so schlitterten wir teils über Dachpappe, teils über Ziegel. Wir sahen uns nicht um, sondern kletterten einfach von Dach zu Dach, die lediglich durch kniehohe Mäuerchen getrennt waren. Immer weiter entfernten wir uns von Jops Haus und den dort wartenden Presseleuten. Unter uns hörten wir das Rauschen des Flusses, Schiffssignale und in der Ferne einen Hubschrauber. Ein motorisiertes Schlauchboot der VdF fuhr Streife, um nach flüchtigen Figuren Ausschau zu halten.

Auf einem Dach trafen wir auf ein knutschendes Pärchen, das zu beschäftigt war, um uns zu beachten. Sonst sahen wir niemanden, dafür war es einfach zu kalt. Im Sommer war das anders.

Nachdem wir ein gutes Dutzend Häuser hinter uns gelassen hatten, fragte ich: »Wie kommen wir wieder runter?«

»Es gibt eine Häuserlücke, die durch einen Brand entstanden ist. Sie haben einfach eine Mauer hochgezogen, um den Flussdurchbruch zu verhindern. Dort ist eine Feuertreppe befestigt.«

Als wir an jener Lücke ankamen, stellte sich jedoch heraus, dass besagte Feuertreppe durch ein Metalltor abgesperrt war, für das wir keinen Schlüssel besaßen.

»Das ist neu.« Unglücklich beugte sich Jop über den Rand.

»Und nun?« Ich sah mich hastig um, als plötzlich ein Vogel dicht über meinem Kopf hinwegflog. Erschrocken zuckte ich zusammen, doch bevor ich erkennen konnte, welche Art Vogel es gewesen war, war das Tier schon auf die andere Seite des Hauses geflogen, wo ich es nicht mehr sehen konnte.

Als ich den Blick senkte, entdeckte ich ein paar Meter entfernt etwas am Rand des Dachs. Eine Befestigung. »Sieh mal«, sagte ich und ging hinüber.

Es handelte sich um eine rostige Feuerleiter, die an der Fassade zur Straße hin befestigt war. Sie sah sehr alt und nicht besonders vertrauenerweckend aus, was vermutlich der Grund war, weshalb sie durch eine neuere sichere Wendeltreppe ersetzt worden war.

»Dann nehmen wir eben die.« Inzwischen waren meine Finger eiskalt, weil ich in der Eile die Handschuhe vergessen hatte. Vorsichtig griff ich nach der Leiter und wackelte daran. Sie gab ein bisschen nach.

»Vergiss es«, erwiderte Jop, der neben mich getreten war.

»Das ist der einzige Weg nach unten.«

»Wenn du willst, dass wir uns den Hals brechen, können wir genauso gut springen.«

»Ach was, das wird schon halten«, sagte ich mit mehr Zuversicht in der Stimme, als ich tatsächlich empfand. »Ich meine, warum sollten sie die Leiter dranlassen, wenn sie nicht doch noch ... hält?«

Auch Jop rüttelte daran. Wieder wackelte das ganze Gestell. »Was glaubst du, wann da das letzte Mal jemand runtergeklettert ist? 1820?«

Ich blickte nach unten. »Könnte hinkommen. Und vermutlich war die Leiter da schon hundert Jahre alt.«

»Damals gab es solche Feuerleitern noch nicht.«

Wir sahen beide über den Rand hinunter. Es würde uns keine andere Möglichkeit bleiben. Zurück konnten wir nicht.

»Wir müssen es probieren«, sagte ich entschlossen. »Es sind gerade nicht so viele Leute unterwegs, wenn wir schnell machen, fällt gar nicht auf, dass wir runterklettern. Es ist eine gute Stelle, der Fluss macht eine kleine Biegung; von deinem Haus aus können sie uns nicht sehen.«

Er seufzte. »Na schön. Aber du gehst zuerst!«

»Wie der Herr meinen.«

Ich schwang mich über den Rand. Als ich die ersten Sprossen hinunterstieg, rechnete ich damit, dass die Leiter von der Fassade reißen würde. Mein Atem beschleunigte sich. Aber die Leiter hielt, und nach einem Moment gab ich Jop ein Zeichen, dass er mir folgen konnte. Vorsichtig kletterte er ebenfalls über den Rand, die Hände fest um die Stangen gekrallt. Unter unserem vereinten Gewicht knarzte die Leiter und bewegte sich gefährlich hin und her. Der Wind erfasste uns, ich musste kurz die Augen schließen. Nach unten konnte ich gar nicht sehen.

»Schritt für Schritt«, murmelte ich vor mich hin, während ich, so schnell wie ich mich traute, hinabstieg.

Nachdem ich endlich am Ende der Leiter angekommen und auf den Schnee gesprungen war, sagte ich: »Na bitte! Erste Prüfung bestanden, alle Gefährten sind noch am Leben.«

Jop sprang ebenfalls herunter, stolperte und richtete sich fluchend auf. »Und ich hätte gern, dass das so bleibt. Mach aus mir bloß keinen Boromir!«

»Ich werd's versuchen.«

Ein älterer Mann, der mit seinem Hund Gassi ging, lief kopfschüttelnd an uns vorüber. Wahrscheinlich fand er die jungen Leute ausgesprochen töricht, die sich bei diesem Wetter auf Dächern herumtrieben und eine wackelige Leiter hinunterstiegen. Hastig zog ich Jop weiter, um so viel Abstand wie möglich zwischen uns und die Journalistenmeute zu bringen.

Mit hochgeschlagenen Kapuzen und gesenkten Köpfen liefen wir eilig weiter, bis wir die nächste Kreuzung erreichten, an der die Reihe der Flusshäuser unterbrochen wurde und das Gewässer ein Gefälle hatte.

Als wir weiterliefen, sagte ich leise: »Du musst das nicht machen, das weißt du, oder? Ich erwarte nicht, dass du ...«

Er hob die Hand, bevor ich zu Ende sprechen konnte. »Vergiss es, Kate.«

»Ich meine das ernst. Ich habe keine Ahnung, wie sich diese Geschichte noch entwickeln wird. Du kriegst möglicherweise richtig Ärger.«

»Wozu sind Freunde da?«

Ich dachte an Wera. Möglicherweise hatte ich tatsächlich zu viel von ihr verlangt. Ich war so daran gewöhnt, dass sie mir half, dass ich mich selten fragte, wie ich *ihr* helfen konnte. Vielleicht hätte ich anbieten sollen, mal auf ihre Tochter aufzupassen, damit Wera mit ihrem Mann ins Kino gehen konnte, oder irgendetwas anderes. Doch nun war es zu spät.

»Komm schon, Kate.« Er sah mich eindringlich an, seine Nase war rot vor Kälte, und die Locken hingen ihm ins Gesicht. »Ich weiß, wir reden nicht oft darüber, aber du weißt doch, was ich von Driessens Presserummel halte, jedes Mal, wenn er nach einer spektakulären Verhaftung ein Interview gibt. Was glaubst du, warum ich letztes Jahr am 23. April auf die Straße gegangen bin, um für ein Bleiberecht der Figuren zu demonstrieren?«

Ich erinnerte mich noch gut an den letzten *Welttag des Buches*, an dem die Kundgebung für Figuren aus *unzumutbaren Geschich-*

ten blutig endete, weil Gegendemonstranten mit Steinen und Flaschen nach den Teilnehmern der Kundgebung geworfen hatten. Ich war an jenem Tag bei einer Lesung außerhalb der Stadt gewesen und hatte ohnehin erst später von der Kundgebung und Jops Beteiligung erfahren.

»Dein Fall ist für Driessen ein gefundenes Fressen. Er braucht eine Jagdtrophäe an der Wand, die er ausstellen kann. Und du weißt auch, was passieren muss, damit diese Trophäen dort hinaufkommen.«

»Man schlägt ihnen den Kopf ab?«

»Ganz genau. Wenn wir also verhindern können, dass deine Figur dieses Schicksal ereilt, sollten wir es auch tun.« Er grinste. »Außerdem sollst du deine ganzen Versicherungen bei mir doch nicht umsonst abgeschlossen haben.«

»In den Verträgen stand aber nicht, dass du mir dabei helfen musst, die VdF zu hintergehen und dein Leben auf vereisten Leitern zu riskieren«, erwiderte ich mit zitternder Stimme.

Mit seinen warmen braunen Augen sah er mich an. »Nein, aber dass ich dir den Rundumservice liefere.«

Bei seinem Anblick, wie er da so vor mir stand, mit seiner Mütze, die aussah wie ein Apfel, überrollte mich eine unglaubliche Dankbarkeit, dass er in diesem Moment bei mir war.

»Und der schließt ein, über Dächer zu flüchten?«

Er legte den Kopf schief. »Sieht ganz danach aus.«

Trotz allem musste ich grinsen und stieß ihn mit der Schulter an, dann huschten wir weiter wie Diebe.

9

Jop führte mich nur wenige Straßen weiter, zu einem Haus in zweiter Reihe. An den Fenstern im Untergeschoss waren Eisengitter angebracht, in den oberen Etagen hielten Metallspangen in Fischform die Fensterläden an der Fassade. In diesem Teil des Viertels roch es weniger stark nach dem Fluss, und auch die Geräuschkulisse, die der Hafen mit sich brachte, war hier weniger laut zu hören. Über ausgetretene Stufen stiegen wir in den vierten Stock. Dort erwartete uns bereits eine geöffnete Tür, an der ein »Willkommen im Wunderland«-Schild in Form eines weißen Kaninchens hing.

Als ich die Wohnung betrat, schwebte mir nicht nur der Klang von Guzheng und Drums entgegen, sondern auch der Geruch nach Lilien und Weihrauch. Eine rote Lampe tauchte den langen schmalen Flur und die darin aufgestellten Regale in ein weiches schummriges Licht. Auf den Brettern stand ein Sammelsurium aus Büchern, Ziergegenständen, Hüten, Handschuhen und Theaterrequisiten – mit einem Wort: ein Chaos an schönem Krimskrams.

Eine der hinteren Zimmertüren öffnete sich, und heraus trat Estelle mit einem Glas Weißwein in der Hand – und ich war ziemlich überrascht, dass sie die Freundin war, bei der wir unterschlüpfen sollten.

Sie trug einen fliederfarbenen Morgenmantel mit eingestickten goldenen Pelikanen und grünen Palmen über einem bequem aussehenden Hausanzug. Um den Kopf hatte sie sich einen roten Seidenschal geschlungen, der sie aussehen ließ wie einen Filmstar aus dem goldenen Zeitalter Hollywoods.

Estelle stützte die Hand in die Hüfte und sah uns abschätzend an. »Ich habe gerade Mittag gegessen, heute ist mein freier Tag, und Bobby passt auf den Kiosk auf.« Sie bedeutete uns, ihr zu folgen, und führte uns in ein gemütliches Wohnzimmer, das ähnlich vollgestopft war wie der Flur.

Es roch schwach nach Fisch, was vermutlich den Weißwein am frühen Nachmittag erklärte. In einer Ecke stand ein riesiger ausgestopfter Löwe, der allerdings ziemlich zerpflückt aussah. Eines seiner Glasaugen fehlte. Rechts und links des beige gestreiften Biedermeier-Sofas standen auf zwei goldenen Sockeln bunte Porzellanpfauen mit echten Schwanzfedern, und ein altmodischer Plattenspieler rundete das Bild ab. Jop, der meinen Blick bemerkte, grinste nur.

Außerdem besaß Estelle mehr Bücher als jeder andere Mensch, den ich kannte, Jop eingeschlossen. Sie standen nicht nur zweireihig in Regalen, sondern lagen auch aufeinander. Neben den Möbeln fanden sich Bücherstapel ebenso wie auf den Fensterbrettern; der Esstisch war halb bedeckt davon, und auch auf den Stühlen sah ich vereinzelt Romane und Bildbände.

»Das ist eine beeindruckende Bibliothek«, entfuhr es mir.

Estelle lächelte nachsichtig. »Nur schlecht sortiert, wenn wir ehrlich sind, nicht wahr?«

»Ich wette, du weißt genau, wo du alles findest.«

»Natürlich.« Sie deutete auf die pompösen, an manchen Stellen schon abgewetzten grünen Samtsessel, die dem Sofa gegenüberstanden.

Wir setzten uns, während Estelle auf dem Sofa Platz nahm und die Beine übereinanderschlug. Sie sah sehr königlich aus, wie sie da auf dem Polster saß. Natürlich hatte ich wie jeder andere im Viertel hin und wieder bei ihr eine Zeitung gekauft, wenn ich Jop besuchte. Doch wir hatten nie länger miteinander zu tun gehabt. Jops Schwärmerei war stets Gegenstand meines gutmütigen Spotts gewesen, wirklich ernst genommen hatte ich sie nie. Doch nun bekam ich einen Einblick in das, was er längst erkannt hatte: Estelle war eine außergewöhnliche Persönlichkeit.

»Jop hat mir erzählt, dass ihr eine Unterkunft für die nächsten Tage braucht«, wandte sie sich mir zu und trank einen Schluck.

»Ja, tut mir leid. Du hast sicher schon gehört, dass ich im Moment …« Ich geriet ins Stocken, aber sie nickte freundlich.

»Die Geschichte war heute nicht zu übersehen.«

»Ich bin dir sehr dankbar, dass du uns reingelassen hast.«

»Ich vertraue seiner Menschenkenntnis.« Sie lächelte ihn warm an, woraufhin er ein bisschen rot wurde.

»Du kannst auf dem Sofa schlafen«, sagte sie zu mir. »Für Jop habe ich eine Matratze im Arbeitszimmer.«

»Geht in Ordnung«, antwortete er, ohne zu zögern, vermutlich hätte er auch in der Badewanne übernachtet, wenn das nur bedeutete, in ihrer Nähe bleiben zu dürfen. Er blickte sie auf eine Weise an, wie ich es bei ihm sonst nie erlebte, und mir wurde langsam klar, dass ich hier einen Mann vor mir sah, der bis über beide Ohren verliebt war. Eine bloße Schwärmerei sah anders aus. Obwohl ich nicht einschätzen konnte, was Estelle dachte, beneidete ich die beiden beinahe um das, was zwischen ihnen geschah, selbst wenn sie nur im Schneckentempo vorankamen.

Ich selbst hatte in den letzten Jahren kein Glück mit romantischen Beziehungen gehabt. Sie endeten nie mit einem großen Knall, eher einem schleichenden Aussterben. In der Mehrzahl der Fälle gab ich mir selbst die Schuld daran, denn manchmal ist es für einen Partner schwer zu verstehen, dass die wirkliche Welt hinter der erfundenen zurückstecken muss, vor allem in den Wochen vor einer Deadline. Außerdem hatte ich meistens das Gefühl gehabt, nicht ganz ich selbst zu sein, weil ich so vieles verheimlichte, das mir widerfahren war.

Einen Moment lang schwiegen wir, dann fragte sie rundheraus: »Und was habt ihr jetzt vor?«

Jop überließ das Reden mir. »Wir wollen die Figur vor der VdF finden. Ich habe jemanden bei der Polizei, der dafür sorgen würde, dass alles nach den Regeln abläuft und der Figur nichts geschieht.« Ich zeigte ihr Hensens Visitenkarte, und sie nickte.

»Ich habe von ihr gehört. Bei manchen Leuten genießt sie einen guten Ruf.«

»Welchen Leuten?«

Doch statt einer Antwort folgten weitere Fragen, und ich gab Auskunft, so gut ich konnte, während ich immer weiter auf dem Sessel nach vorn an die Kante rutschte. Ich wollte endlich mit unserer Suche beginnen und nicht nur herumsitzen. Doch Estelle war eine aufmerksame Zuhörerin, und ihre Anmerkungen zu unserer Suche waren schlau und erstaunlich kenntnisreich, was das Verhalten von Figuren und den Aufbau der Stadt betraf.

Wir setzten also nicht nur die Luftschutzbunker für Lorenala auf die Liste, sondern für Emanuel auch den *Schillernden Zirkus* an der Straße der Poesie (oder wie die Einheimischen sie nennen: die StraPo – eine Flanier- und Ausgehmeile). Dabei handelt es sich um einen ganzjährigen Vergnügungspark mit einem Riesenrad im Zentrum, von dessen höchstem Punkt aus man die halbe Stadt überschauen kann. Es gibt dort außerdem uralte Karusselle, ein Spiegelkabinett und eine Geisterbahn, natürlich auch jede Menge Imbissbuden, laute Musik und Lichterketten.

Für Mirabelle notierten wir das Echsen- und Insektenhaus des Zoologischen Gartens, das erst vor zwei Jahren neu eröffnet worden war. Für Olympe schlug Estelle außerdem die Große Bibliothek auf dem Fichtenberg vor, die gleich neben der David-Foster-Wallace-Universität liegt. Das Gebäude wird im Volksmund nur die *Grüne Banane* genannt, weil die Fassade aus grünem Glas besteht und der Grundriss eben einer Banane gleicht. Diese Grüne Banane hat rund um die Uhr geöffnet und beherbergt nicht nur unzählige Bücher, Audio- und Videodateien für den privaten und akademischen Gebrauch, sondern auch zwei Cafés an beiden Enden, die bis 23 Uhr warme Küche und danach eine Handvoll Snacks für die Spätarbeiter anbieten.

Mir war noch nicht klar, wie wir diese Orte effektiv absuchen würden, aber es war ein Anfang. Natürlich bestand die Gefahr, dass mich auf dem Weg von einem zum anderen Ort jemand erkennen würde, aber das Risiko musste ich eingehen.

»Ich kenne nicht viele Autoren, die sich so für ihre Figuren einsetzen würden«, sagte Estelle nach einer Weile ernst.

»Wie meinst du das?«

»Du willst deine Figur vor der VdF beschützen, das sieht man nicht oft. Die meisten Autoren tun nichts, wenn ihre Figuren übertreten. Sie stehen einfach daneben und sehen zu, wie die Figuren in den Schwarzen Tempel geführt werden, distanzieren sich von ihnen und beteuern, dass sie sie so gar nicht gemeint hätten und dass sie sowieso ein Eigenleben führen.« Ihr Ton war seltsam bitter, und ich betrachtete sie nachdenklich. »Wie weit wärst du bereit, für deine Figur zu gehen?«, fragte sie, und ihr Blick bekam etwas Eindringliches.

»So weit, wie es eben sein muss.« Das war die Wahrheit – wenn auch nicht die ganze.

Ich spürte, dass ich bei ihr auf dem Prüfstein stand, doch nach einem Moment nickte sie und sagte: »Ich weiß, wie du deine Figur finden kannst.«

10

Estelle führte uns in die Küche. Dort stand ein Eichentisch, groß genug für acht Leute. Sie forderte uns auf, uns zu setzen, und goss aus einer wunderschönen Porzellankanne süßen Tee ein. Auch Jop bekam Tee, und für einen Moment sah er dermaßen irritiert in die Tasse, dass ich schmunzeln musste.

»Wir sollten wirklich langsam aufbrechen«, begann ich vorsichtig, aber Estelle deutete nur auf meine Tasse und erwiderte: »Das werden wir, aber vorher müssen wir noch eine wichtige Sache besprechen. Ich habe dir doch gesagt, dass ich dir helfe.« Sie schaltete ein altmodisches Radio ein, das auf einer Anrichte stand, und suchte KapitoloKULTUR, einen Sender, der hauptsächlich Beiträge zur regionalen und überregionalen Kulturszene brachte.

Dabei wurde auch die von der VdF täglich aktualisierte Fahndungsliste für Figuren verlesen. An den meisten Tagen war sie nicht sehr lang, auch heute wurden nur ein alter Fischer, ein einbeiniger Rabe und ein Mädchen mit goldenen Augen und flammend rotem Haar, das angeblich in der Zeit zurückreisen konnte, gesucht.

Doch zum ersten Mal befand sich auch eine meiner Figuren darauf. Und nicht nur das.

»Du erhältst ganz schön viel Presse, obwohl die Sache erst wenige Stunden alt ist«, sagte Estelle. »Sie haben sogar schon ein Statement von Oliver Tognazzi aufgetrieben. Beachtlich.«

Überrascht schnaubte ich. »Was hat der denn dazu zu sagen, wir kennen uns doch überhaupt nicht.«

»Nein, aber er ist eben bekannt. Die Leute mögen ihn. Und er ist ein Garant für gute Unterhaltung.«

Tognazzi hatte in seinem Statement behauptet, dass man es der Figur kaum verübeln konnte, nach Kapitolo zu kommen, wenn die Autorin so hübsch sei wie ich, und damit für Lacher im Studio gesorgt.

Genervt schüttelte ich den Kopf. »Etwas anderes war von ihm wohl kaum zu erwarten.«

Tognazzi war ein bekannter und erfolgreicher Kinderbuchautor, dessen Figuren seit Jahren regelmäßig nach Kapitolo kamen. Manche von ihnen begingen kleinere Verbrechen wie den Diebstahl eines Brötchens, aber in der Mehrzahl der Fälle spazierten sie lediglich so lange durch die Stadt, bis sie aufgegriffen wurden. Meistens handelte es sich um kleinere Tiere wie Totenkopfäffchen, Papageien oder Echsen. Manchmal auch um den einen oder anderen Zwerg, eine Sphinx, ein junges Einhorn und zwei geflügelte sprechende Katzen.

Er wurde jedes Mal zu einer Geldstrafe verurteilt, hatte bereits dreimal für wenige Wochen im Gefängnis gesessen und war in der Stadt bekannt wie ein bunter Hund. Auf jeder wichtigen Party war er eingeladen, denn wo er auftauchte, folgte die Presse. So streng die Regeln für Figuren in Kapitolo auch waren, für ihn wurde so manches Auge zugedrückt, da die Bewohner ihn eher amüsant als gefährlich fanden. Durch den Erfolg seiner Bücher konnte er es sich leisten, die Strafen zu bezahlen, ohne darüber nachzudenken, Versicherung hin oder her. Es half natürlich, dass er äußerst charmant sein konnte. Regelmäßig trat er in Talkshows auf, gab Interviews und hielt Vorträge an Universitäten zum Thema *Übertritt*. Dabei blieb er stets vage und wiederholte nur, was ohnehin alle wussten – warum ausgerechnet seine Figuren so oft den Wechsel in die Realität schafften, wusste er angeblich nicht.

Sein Statement zu meinem Fall blieb nicht das einzige. Es folgten weitere vom Bürgermeister und natürlich auch von Driessen. Der zeigte sich zuversichtlich, das Problem zügig zu lösen. Als ich seiner Stimme lauschte, überlief mich eine Gänsehaut.

»Das Problem ...«, flüsterte ich.

Estelle nickte. »Mehr ist die Figur für ihn nicht. Und ein Problem wird gelöst. Egal, wie.«

Ich spürte, wie die alten Erinnerungen an den Sommer vor fünfzehn Jahren an die Oberfläche meines Bewusstseins rollten wie Wellen auf den Strand. Jahrelang hatte ich versucht, diese Ereignisse zu vergessen, doch jetzt drängten sie mit Macht ans Licht, und mit ihnen die alten Zweifel, die mir das Schreiben damals so schwer gemacht hatten. Ihretwegen hatte ich zwei Jahre lang keine Zeile verfasst; erst als ich sie tief in mein Unterbewusstsein verbannt hatte, konnte ich wieder mit einem Text beginnen. Das war es auch, was Olga bei unserem Telefonat gemeint hatte.

»Das Problem mit Driessen ist, dass er Probleme nur auf eine Art lösen kann«, sagte Jop abfällig, und eine meiner ältesten Erinnerungen an Kapitolo und seine Figuren drängte sich an die vorderste Front meiner Gedanken.

»Als ich hierherkam, hatte ich einen Klassenkameraden«, erzählte ich. »Einen ruhigen, unscheinbaren Jungen ... Das war ein halbes Jahr nach unserem Umzug nach Kapitolo oder so. Dieser Junge hat allen Leuten erzählt, dass er zum Geburtstag einen Hund geschenkt bekommen hat. Wir konnten es gar nicht mehr hören, weil er uns damit so auf die Nerven ging. Aber niemand hat deshalb etwas gesagt, weil er kurz zuvor seine Mutter durch einen Unfall verloren hatte und der Vater ihm offenbar eine Freude machen wollte. Das nahmen wir jedenfalls an.« Ich machte eine kleine Pause, bevor ich weitersprach. »Wochenlang war er deprimiert, aber endlich hatte er wieder bessere Laune, also ließen wir ihn reden. Natürlich amüsierten sich hinter seinem Rücken alle darüber, wie sehr er an dem Tier hing, aber heute denke ich, wir waren wohl alle ein bisschen neidisch, weil er eine solche Freude darüber empfinden konnte, die beinahe etwas Kleinkindhaftes hatte. Doch dann tauchte er eines Tages nicht mehr auf. Durch unsere Klassenlehrerin erfuhren wir, dass sein Vater einen Schulwechsel angestrebt hatte.« Ich sah Estelle fest in die Augen. »Der Mann hatte seinem Sohn gar keinen Hund geschenkt. Der Junge hat einfach einen Hund aufgegriffen, der sich in ihrem Kleingarten versteckt hat. Wochenlang hat er ihn gefüttert.«

Sie lächelte wehmütig. »Eine Figur, nehme ich an?«

Ich nickte. »Weil der Junge minderjährig war, musste er keine Strafe zahlen, und auch in der Schule war das Thema schnell erledigt. Damals habe ich mir nichts dabei gedacht ... Aber heute frage ich mich, für wen dieser Hund eigentlich ein Problem war.« Mit verschränkten Armen lehnte ich mich auf dem Stuhl zurück und betrachtete finster das Radio. »Ich meine, es ging ihm besser, er hatte endlich wieder Freude am Leben, aber die Leute haben gesagt, es sei nicht gut, sich der Realität zu verweigern.«

»Was hast du gedacht?«

Ich sah sie wieder an. »Dass es sich die Leute immer zu einfach machen, wenn sie denken, jemand flüchtet vor der Realität. Meistens flüchten die Leute nur für einen Moment lang oder vor bestimmten Teilen ihres Lebens, sie wollen doch nie komplett daraus verschwinden. Außerdem: Wenn die Figuren hier sind, sind sie dann nicht Teil dieser Realität geworden?«

»Mag sein, aber die Menschen haben Angst vor Veränderung.«

»Ist das wirklich so einfach?« Auf einmal brachte mich das alles sehr auf. »Ich mag es auch nicht, wenn im Supermarkt plötzlich die Regale anders stehen und die Nudeln nicht mehr dort sind, wo sie bisher waren. Aber deshalb kann ich doch trotzdem versuchen, etwas zu verstehen, das anders ist als ich.«

Nachdenklich starrte sie über meine Schulter in eine unbestimmte Ferne. »Vielleicht ist es für dich nicht so einfach, weil du neugierig geblieben bist und dir Fragen stellst.«

»Das ist keine sehr geschätzte Eigenschaft.«

»Nein, das ist sie wohl nicht.« Sie wandte sich an Jop. »Hast du nur gehofft, dass ich euch aufnehme, oder steckt mehr dahinter?«

Unter ihrem Blick rutschte er auf dem Stuhl hin und her. »Natürlich habe ich gehofft, dass du uns hilfst, aber ...«

»Aber?«

»Ich hatte das Gefühl, dass du der Sache mit den Figuren offen gegenüberstehst.«

Ihr Blick wurde sezierend.

»Es gibt Gerüchte«, gab er zu.

»Gerüchte?«

Verlegen wandte er sich ab. »Die Nachbarschaft klatscht, das weißt du doch. Man kann nicht öfter bei den Friedmans stehen und nicht mitkriegen, was sich die Leute erzählen.«

»Und das wäre?«

Er zögerte. »Dass du Verbindungen hast ...«

»Zu?«

»Figuren.« Seine Antwort klang beinahe wie eine Frage.

Sie schnaubte. »Die Leute reden viel. Meistens Unsinn.« Ihr Blick wurde schärfer, und Jop hob das Kinn. Da nickte sie und atmete tief durch. »Aber in diesem Fall haben sie nicht ganz unrecht, zugegeben.«

Erleichtert sackten Jops Schultern nach unten.

»Ich habe schon immer gern gelesen«, begann Estelle. »Bereits als Kind. Auf Bildung wurde bei uns zu Hause viel Wert gelegt. Geld hatten wir nicht, doch zu jedem wichtigen Anlass bekamen wir Kinder Bücher geschenkt, das gehörte immer dazu. Jeder Geburtstag, jedes Weihnachten.« Sie leerte ihr Glas und stellte es energisch auf dem Tisch zwischen uns ab. »Ich war ein schwieriges Kind, fragt man meine Eltern. Schweigsam, störrisch, ich hatte nicht viele Freunde. Stattdessen verbrachte ich viel Zeit mit meinen Büchern, mit ihnen konnte ich mich in andere Welten träumen.« Ihr Lächeln wurde schief, als sie mich ansah. »Eine ziemlich langweilige Geschichte, sie ist wirklich nicht neu. Das unsichere Kind sucht die Flucht in die Fantasiewelt.« Ihr Blick knüpfte an das an, was wir eben noch besprochen hatten.

Aufmunternd lächelte ich ihr zu, die Vergangenheit konnte niemand mehr ändern.

»Interessant wurde die Geschichte eigentlich erst, als ich Bodhi traf.« Sie stand auf und öffnete eine Schublade in dem Sideboard, das neben dem Tisch stand. Sie entnahm ihr ein dickes, in blaues Leder gebundenes Buch und zog eine alte Fotografie zwischen den Seiten hervor, die sie mir gab.

Mir war sofort klar, dass wir einen Einblick in ihre Vergangenheit erhielten, der uns bisher nicht gestattet gewesen war, und dass dies ein besonderer Moment war.

Auf dem Foto waren zwei junge Männer zu sehen, keine zwanzig, dünn, als würden sie noch in ihre Glieder hineinwachsen, in viel zu großen Shirts. Sie standen vor einer strahlend weißen Fassade, ein breites Grinsen in den jugendlichen Gesichtern. Der eine mit Dreadlocks und Shorts und demselben kleinen Leberfleck, der auch heute noch auf Estelles Wange zu sehen war. Der andere in Dhoti und mit den bezauberndsten Grübchen, die ich je gesehen hatte. Ihre Freude war ansteckend. Sie hatten einander die Arme über die Schultern gelegt, und die schiere Hoffnung, die aus ihren Gesichtern sprach, war beinahe schmerzhaft zu spüren.

Aufmerksam betrachtete ich das Foto, ich wusste, dass sie es uns aus einem bestimmten Grund gezeigt hatte. Der erste war offensichtlich, weil er mit ihr zusammenhing. Jop schien nicht überrascht, und dem kurzen Blickwechsel zwischen ihnen konnte ich entnehmen, dass seine Reaktion auf dieses Foto für sie einen wesentlichen Unterschied machte. Jop sah viele Dinge, die anderen entgingen, und wenn er sich dafür entschied, jemanden zu mögen, dann geschah das nicht aus blindem Enthusiasmus, sondern weil er sehr genau um die menschliche Natur wusste.

Der zweite Grund war etwas weniger offensichtlich. Weil ein Foto nicht dasselbe ist wie die Realität und es eine Weile dauerte, bis man erkannte, was es mit Bodhi auf sich hatte.

Er war eine Figur.

Die Aura war nicht sofort ersichtlich, weil ihr das Zittern fehlte, das sie normalerweise verriet, aber irgendetwas war doch *anders*. In der Bildschärfe, an den Rändern, in der Auflösung. Es gab einen Unterschied.

Ich schnappte nach Luft.

»Ja, das war schon eine Sache«, sagte Estelle, setzte sich wieder und lächelte ihr Sphinxlächeln.

Jop nahm mir das Foto aus der Hand. »Er hat ein freundliches Gesicht.«

In ihrem Blick lag vieles, das nicht ausgesprochen wurde und nicht für meine Augen bestimmt war, sodass ich den Blick senkte.

»Er war eine freundliche Seele.«

Jop gab ihr das Foto zurück, das sie zärtlich betrachtete. Mit den Fingerspitzen fuhr sie über das vergilbte Papier. »Eines Tages tauchte er einfach auf, wie es angefangen hat, ist unwichtig, ich könnte euch die Geschichte erzählen, aber das ist gar nicht der entscheidende Teil. Der entscheidende Teil ist, dass wir verliebt waren.« Beinahe herausfordernd schaute sie uns an, doch Jop reagierte nicht, weil offenbar nichts, was sie tat, ihn schockieren konnte.

»Was ist mit ihm passiert?«, fragte ich vorsichtig.

»Die VdF hat ihn erwischt. Er hat sich hinausgetraut, um mir ein Geschenk zum Geburtstag zu kaufen. Es war eine dumme Idee, viel zu gefährlich, und ich habe ihn mehrfach davor gewarnt. Aber er wollte einfach nicht hören.« Wieder strich sie über das Foto. »Er hatte in unserer Garage Unterschlupf gefunden. Meine Eltern wussten nichts davon, nur meine beiden Schwestern. Sie halfen mir, ihn mit Essen und Kleidung zu versorgen. Wenn meine Eltern arbeiten waren, ließen wir ihn ins Haus, damit er duschen konnte. Meine Eltern sind ihm nur einmal begegnet, ein unglücklicher Zufall, der so kurz war, dass sie nicht merkten, mit wem sie es zu tun hatten. Meine Schwestern schwiegen mir zuliebe, aber ... genützt hat es trotzdem nichts. Der Kassierer in dem Geschäft, in dem er etwas kaufen wollte, hat etwas vermutet und ihn festgehalten, bis die Polizei kam. Ich habe immer wieder zu ihm gesagt, es ist zu riskant, du darfst nicht hinausgehen, aber er wollte nicht auf mich hören. Vielleicht ging es auch gar nicht um mich, und er musste einfach nur raus ... aus diesem Gefängnis, in das wir ihn unabsichtlich gesperrt hatten.«

Mich überkam das Bedürfnis, sie in den Arm zu nehmen, aber ich tat es nicht. Estelle war eine stolze Frau.

»Ich habe ihn nie wiedergesehen, ich weiß auch nicht, aus welcher Geschichte er stammt oder warum er nicht zurückwollte. Gute dreißig Jahre ist das jetzt her.« Sie lachte, aber ihre Stimme zitterte. »Verlassen hat er mich nie.« Sie starrte Jop an, und zaghaft nickte er.

Estelle verstand sich als Witwe, selbst wenn sie es offiziell nicht war. Sie hatte einen Verlust erlebt, dessen Wunde nie vollständig verheilt war und der es ihr selbst nach all den Jahren schwer machte, sich auf eine neue Beziehung einzulassen. Jops Alter war eine Sache – ihr gebrochenes Herz eine andere.

Sie legte das Foto beiseite. »Danach war für mich nichts mehr wie vorher. Ich erkannte, wie falsch unser Umgang mit den Figuren in Kapitolo ist, und ich wollte etwas dagegen tun.«

Mich erfasste ein Kribbeln. Das wäre die Gelegenheit gewesen, ihr die Wahrheit zu sagen. Dass ich sie nur zu gut verstand, dass auch ich mich schon oft gefragt hatte, ob es nicht andere Wege gab, mit den Figuren umzugehen. All die Zweifel zuzugeben, die mich vor so vielen Jahren gequält hatten und die ich zu unterdrücken gelernt hatte, um mit dem Schreiben voranzukommen.

Aber ich brachte die Worte nicht über mich. Ich hatte zu viel Angst davor, mein Geheimnis zu offenbaren. Stattdessen nickte ich nur und ließ sie fortfahren.

»Seit dieser Zeit hat sich vieles verändert. Es gibt Menschen, die genau wie ich ein Problem damit haben, wie Figuren hier behandelt werden. Und es gibt Figuren, denen es gelungen ist, der VdF zu entkommen.«

Mein Herz schlug schneller.

»Für diese Leute wurde ein Ort geschaffen, an dem sie sicher sind.«

Jop beugte sich vor, seine Stimme war zu einem Flüstern abgesunken. »Redest du etwa vom Untergrund?«

Sie nickte.

Der Untergrund. Er war eines dieser Gerüchte, die sich die Leute manchmal zu später Stunde erzählten, wenn sie sich unbeobachtet wähnten, doch niemand glaubte so richtig daran. Es gab keine Beweise. Deshalb hielten ihn die meisten Leute für Seemannsgarn.

»Niemand hat den Untergrund je gesehen«, erwiderte ich, und Estelle lächelte nachsichtig.

»Niemand, der darüber reden würde.«

»Und du glaubst, meine Figur hat dort Zuflucht gefunden?«, fragte ich beinahe atemlos.

»Es wäre möglich. Es ist zumindest ein besserer Startpunkt für deine Suche als ein Luftschutzbunker.« Sie warf uns amüsierte Blicke zu. »Der Untergrund weiß über vieles Bescheid, was die Figuren in Kapitolo betrifft, und es gibt dort Leute, die es sich zur Aufgabe gemacht haben, alles zu wissen. Ihnen entgeht selten etwas. Im Untergrund sind alle Figuren willkommen. Zunächst einmal. Es geht nicht darum, ob du als Protagonist oder

Antagonist geschrieben wurdest, es ist ein Hafen zum Durchatmen. Zum Pläne schmieden und Entscheiden. Man könnte sagen, es ist«, sie hob die Hand, »neutrales Gebiet.«

Was sie erzählte, klang unglaublich. Ich konnte mir kaum vorstellen, dass es wahr sein sollte. Das war weit mehr als die Gerüchte, die über den Untergrund kursierten, je hatten erahnen lassen. Allerdings fiel es mir schwer, mir einen Ort vorzustellen, der groß genug war, um all diese Figuren zu beherbergen, von denen sie sprach. Außerdem musste er von der VdF unerkannt bleiben.

Auf einmal erfasste mich eine elektrisierende Aufregung. »Wie gelangen wir dorthin?«

»Ich werde dich hinbringen.«

»Ist das nicht gefährlich?«, warf Jop ein.

»Du kannst nicht mitkommen.«

»Warum?«, fuhr er auf und warf dabei beinahe seine Teetasse zu Boden.

Ruhig griff sie danach und schob sie in die Mitte des Tischs. »Weil die Leute dort mich kennen und Kate die Autorin ist, deren Figur betroffen ist. Der Untergrund wird von dieser Geschichte bereits gehört haben. Er ist zwar gastfreundlich, aber auch vorsichtig und sehr, sehr misstrauisch, was Fremde betrifft. Das müssen sie sein.«

Die Antwort gefiel ihm nicht, das konnte ich sehen. Wir wussten nichts von diesem Untergrund. Vor einer Minute hatten wir nicht einmal daran geglaubt, dass er existierte. Und nun sollte ich ohne Jop dort hingehen?

Eine Weile diskutierte er mit Estelle darüber, aber sie ließ sich nicht umstimmen, und am Ende gab er schließlich nach und verschränkte mürrisch die Arme vor der Brust.

»Dann werde ich inzwischen versuchen, mehr über Damla Abbas herauszufinden«, sagte er. »Aber meldet euch bei mir, wenn ihr Hilfe braucht.«

»Dort, wo wir hingehen, gibt es keinen Handyempfang.«

»Wo soll das sein? Etwa in den Luftschutzbunkern?«

Er hatte einen Scherz machen wollen, aber sie lächelte nur und sagte: »Etwas in der Art.«

»Na schön. Aber«, er hob den Zeigefinger und deutete damit abwechselnd auf unsere Nasen, »stellt nichts Verrücktes an.«

»Was soll ich schon Verrücktes machen?«, fragte ich.

»Dir fällt schon etwas ein, du bist doch Autorin.«

»Ich lasse meine Figuren Verrücktes erleben, ich selbst bin eher langweilig.«

»Wer's glaubt«, murmelte er und verließ das Zimmer, um mit seiner Recherche zu beginnen.

Estelle erhob sich, um ihm zu folgen, während mein Blick zu dem alten Foto zurückwanderte, das nun neben der Teekanne auf dem Tisch lag und mich in die Zeit zurückversetzte, in der ich in einem ähnlichen Alter gewesen war.

Ich war sechzehn gewesen, als ich das erste Mal mit einer Figur gesprochen hatte, von Angesicht zu Angesicht. Ich war nicht verliebt gewesen so wie Estelle, aber ich hatte etwas empfunden, das ich danach nie wieder verspürt hatte. Als würde sich mir ein großes Geheimnis offenbaren, das mein Leben für immer verändern könnte. Und das hatte es. Allerdings nicht zum Guten.

Ich hatte nie mit jemandem über die Ereignisse jenes Sommers gesprochen, aber ich hatte über die Gefühle geschrieben, die ihn begleiteten. Damals in meinem ersten Buch *Untergehen bei Ebbe*. Es war nicht nur das erfolgreichste, sondern auch das persönlichste meiner Bücher gewesen, vielleicht weil es das erste war. Da greifen viele Autoren auf Autobiografisches zurück (weshalb sich so viele Debüts um Selbstfindung, Sex und Partys drehen).

Es handelte von einer jungen Frau, die jahrelang schweigt, weil sie ein traumatisches Erlebnis ihrer Jugend nicht verarbeiten kann. Eine Woche lang begibt sie sich auf eine Reise durch sieben Städte, eine Tour de Force in sieben Nächten, an deren Ende sie einen Freund verliert, aber erkennt, dass sie die Vergangenheit hinter sich lassen muss, wenn sie eine Zukunft haben will. Der unterschwellige Humor auch während der tragischen Szenen machte den Roman zu einem Kritikerliebling.

Das Schreiben hingegen war ein stetiges Ringen mit dem Text gewesen. Tinka, die Protagonistin, ist mir nicht sympathisch gewesen, ich bin nie richtig warm mit ihr geworden, in meinen Augen blieb sie blass und beim Schreiben sperrig. Wie ich später in Gesprächen erfuhr, erging es vielen Autoren mit ihrem Erstlingswerk so. Richtig zufrieden ist man eben nie damit. Häufig ist das Debüt zu emotional, und es haftet den Seiten noch das überschwängliche Pathos der Jugend an. Kein Autor mag sein erstes Buch, es bindet uns nur eine widerlich klebrige Nostalgie daran, weil es eben das erste ist.

In Estelles Küche verspürte ich dieses Gefühl wie damals beim ersten Gespräch mit einer Figur auf einmal wieder: dass ich auf der Schwelle zu etwas stand, das meinem Leben eine neue Richtung geben könnte. Die Frage war nur, wohin es mich führen würde.

11

Das Gute ist: Es ist Winter. Du kannst dir eine Mütze aufsetzen, Schal und so weiter, und dann erkennt dich auf der Straße kein Mensch mehr. Aber vorsichtshalber solltest du noch etwas davon verwenden.« Estelle führte mich in ihr Schlafzimmer, das ähnlich opulent eingerichtet war wie der Rest der Wohnung und aussah wie ein Raum, in dem sich Jayne Mansfield wohlgefühlt hätte.

Sie öffnete eine Schranktür, hinter der sich eine Reihe Perückenständer befanden, und sagte: »Such dir eine aus. Wenn möglich die praktischste.«

Ich fühlte mich sofort überfordert. Meine Erfahrung mit Perücken beschränkte sich auf Faschingspartys, aber das hier waren hochwertige Alltagsperücken. Unsicher zeigte ich auf eine schulterlange Perücke mit schwarzem Haar, die mir nicht zu auffällig erschien, sich aber von meinem eigenen Haar stark unterschied.

»Gute Wahl.« Estelle nahm sie aus dem Schrank und forderte mich dazu auf, mich auf das Bett zu setzen, das mit einer dunkelroten Samtdecke bedeckt war. Anschließend steckte sie mir gekonnt die Haare hoch, zog mir das Haarnetz über, anschließend die Perücke, deren Ansatztüll sie mir an der Stirn anklebte und den Rest abschnitt. Nach zwanzig Minuten deutete sie auf den Spiegel, der an einer Kommode neben dem Bett befestigt war.

Ich erkannte mich kaum wieder. Farbe und Schnitt hatten einen völlig anderen Menschen aus mir gemacht. »Das müsste funktionieren«, sagte ich begeistert. »Ich komme mir vor wie Sherlock Holmes, wenn er sich eine Verkleidung zugelegt hat.«

»Ich bezweifle, dass er jemals eine solch schicke Perücke besessen hat, meine Liebe.«

Doch mit dieser Veränderung war Estelles Vorbereitung noch nicht abgeschlossen. Aus einem anderen Schrank holte sie eine Blechkiste und stellte sie auf dem Bett ab. Als sie den Deckel hob, erkannte ich darin ein gutes Dutzend Waffen. Entsetzt schaute ich sie an, aber sie winkte nur ab.

»Die Clubszene war früher eine andere«, lautete ihre ganze Erklärung, und ich wollte gar nicht mehr wissen. Nachdenklich blickte sie auf die Kiste hinab. »Womit würdest du dich denn wohlfühlen?«

»Ich? Keine Ahnung.«

»Messer?« Sie deutete auf ein Klappmesser.

»Damit kann ich nicht umgehen.«

Sie runzelte die Stirn. »Dann vermutlich auch keinen Schlagring. Reizgas?«

»Wenn es sein muss.«

»Man weiß nie, wie sich die Dinge entwickeln«, erwiderte sie ominös und gab mir die kleine Kapsel, die ich erst etwas ratlos betrachtete und dann in die Manteltasche schob.

Währenddessen nahm sie sich selbst den Schlagring, das Klappmesser und eine Taschenlampe. Auch mir reichte sie eine handgroße stabförmige Lampe, die ich in eine der hinteren Hosentaschen steckte. Zu guter Letzt versenkte Estelle eine Taschenpistole im Innenfutter ihres dunkelroten Kurzmantels.

»Es gab in meinem Leben genug Momente, in denen es gut gewesen wäre, ich hätte etwas bei mir gehabt, um mein Gegenüber einzuschüchtern oder auch aufzuhalten, wenn es sein muss«, erklärte sie auf meinen Blick hin gelassen. »Also habe ich irgendwann meinen Waffenschein gemacht und mir diese Pistole zugelegt. Für Notfälle.«

»Notfälle?«

»Andere Leute legen sich einen Schäferhund zu, aber ich bin allergisch gegen Hundehaare.« Mit diesen Worten drehte sie sich um und marschierte aus dem Zimmer, als wäre das ein völlig berechtigter Einwand.

Bevor wir aufbrachen, ging ich noch einmal ins Wohnzimmer, um Notizblock und Stift aus dem Rucksack zu nehmen. Dabei blieb mein Blick an dem ausgestopften Löwen in der Ecke hängen – und plötzlich fiel es mir wie Schuppen von den Augen. Er war eine Figur. Es war nicht leicht zu erkennen, weil er nicht mehr lebte, aber wenn man ganz genau hinsah, erkannte man das merkwürdige Zittern an den Rändern, das selbst jetzt noch vorhanden war, wenn auch deutlich schwächer als zu Lebzeiten.

Ich starrte ihn an, und vor mir entfaltete sich die Vielzahl an Geschichten, die ihm möglicherweise zugrunde lagen. Estelle konnte ihn nicht geschossen haben, dazu war er zu alt. Sie verbarg das Verbotene vor unseren Augen, in der Mitte ihres Wohnzimmers.

Überrascht lachte ich auf und deutete mit dem Zeigefinger auf sie. »Du hast es faustdick hinter den Ohren.«

»Er war schon so, als ich ihn fand«, erwiderte sie lächelnd.

»Und sein Besitzer?«

»Sammelt keine Figuren mehr. Eines Tages erzähle ich euch die Geschichte vielleicht einmal.«

Ich war mir sicher, dass Estelle so manche Geschichte auf Lager hatte. Vielleicht war auch diese Sache mit mir nur ein Kapitel ihrer illustren Sammlung. Sie waren in das Gewebe dieser Stadt eingeknüpft wie die unterschiedlichen Knoten in einen Teppich.

Kurz darauf verließen wir das Haus. Ich zog mir die Mütze tief ins Gesicht, stellte den Mantelkragen auf und schob den geborgten Schal bis zur Nasenspitze hoch. Wahrscheinlich hatte ich Glück gehabt, dass meine Figur nicht ein paar Monate früher nach Kapitolo gekommen oder entdeckt worden war, sonst wäre das Verkleiden schwieriger geworden.

Estelle besaß keinen Führerschein, mein Scooter war nicht für zwei Leute ausgelegt, und weder sie noch ich konnten Jops alten 1961er-Messerschmidt-KR-200-Kabinroller-Zweisitzer fahren, den ich für ein Verkehrshindernis hielt und den Jop heiß und innig liebte. Daher fuhren wir mit der Zirkelbahn bis zum Platz des Guten Königs und stiegen dort in den Bus Nummer 4 um. Niemand beachtete uns, wir waren einfach zwei in dicke Wintermäntel gehüllte Frauen auf dem Weg nach Irgendwo. Die Kälte ließ auch an diesem Tag nicht nach und brachte die Leute dazu, sich vorsichtig und schlitternd durch die Stadt zu bewegen.

Trotzdem schwitzte ich und spürte, wie mir der Schweiß den Rücken herunterlief. Die Angst, erkannt zu werden, hatte mich am Genick gepackt. Früher hatte ich davon geträumt, wie mich begeisterte Leser auf der Straße nach einem Autogramm fragen würden, als wäre ich ein Rockstar. Jetzt hingegen fürchtete ich nichts mehr, als dass man mich auf offener Straße beschimpfen würde.

Außerdem hielt ich nach meiner Figur Ausschau, die sich vielleicht längst an meine Fersen geheftet hatte. Misstrauisch beobachtete ich andere Passagiere in der Zirkelbahn, doch genau wie ich trugen sie Mütze und Schal. Von den Gesichtern war kaum etwas zu erkennen. Die Figur konnte sich hinter so manchem aufgestellten Mantelkragen verstecken.

Um mich abzulenken, erzählte mir Estelle während der Fahrt Geschichten über die Stadt, sie war eine unterhaltsame Stadtführerin und wusste nicht nur Zahlen und Fakten zu den bekannten Gebäuden, sondern auch Anekdoten zur Geschichte der Figuren in Kapitolo zu berichten.

»Dort an der Brücke haben sie Holden erwischt. Leser haben noch Jahre später nachts heimlich Liebesbriefe an ihn in die Gitter des Geländers geklemmt, um daran zu erinnern. Irgendwer auch eine *Du-kommst-aus-dem-Gefängnis-frei-Karte.*« Sie deutete auf den Torbogen, der den Eingang zum Fischmarkt markierte. »Und dort saß lange Zeit Gemma Doyle aus *A Great and Terrible Beauty* herum und hat das Buch gelesen, für das sie erfunden worden ist. Weil sie so still war, wurde sie nicht erkannt«, sagte sie, als wir an der Oper vorüberfuhren.

Davon hatte ich gehört. Ein scharfzüngiger Kollege, den ich nicht namentlich nennen will, hat sich einmal in meinem Beisein über die Autorin amüsiert, dass ihre Bücher so unbedeutend seien, dass sie nicht einmal zur Kenntnis genommen würden, wenn sie lebendig würden. Natürlich sprach da der pure Neid aus ihm, er verkauft nicht einmal ansatzweise, was Libba Bray absetzt.

Vor meinen Augen fügte sich das Puzzle dieser außergewöhnlichen Stadt zusammen. Und es ergab ein erstaunliches Bild. Auch meine Figur fügte sich nun in dieses Puzzle ein. Ich wusste nur noch nicht, an welcher Stelle.

Nach einer halben Stunde Fahrt erreichten wir die Haltestelle Gilgameschweg. Keine fünf Minuten zu Fuß entfernt befand sich der alte Marktplatz und mitten auf ihm das *Kaufhaus der Wünsche.* Es stand zwischen einer grauen neogotischen Kirche, deren Gargoyles stoisch auf den stetigen Besucherstrom blickten, und einem bunt bemalten siebenstöckigen Gebäude, das einst dem Stoffhändler Filippou gehört hatte und inzwischen eine Stiftung zur Förderung von Aphorismen und Limericks beherbergte.

Bei seinem Anblick musste ich unwillkürlich an den Tag denken, an dem ich nach Kapitolo gekommen war, und eine seltsame Melancholie erfasste mich, beinahe wie eine Vorahnung.

Ich war schon lange nicht mehr hier gewesen. Es hatte sich nicht ergeben. Wenn man ins *Kaufhaus der Wünsche* kommt, muss man Zeit mitbringen, denn selbst diejenigen, die nur eine Kleinigkeit besorgen wollen, bleiben stets viel länger, als sie geplant haben – weil sie sich nicht vom Anblick der Auslagen und des Gebäudes losreißen können. Wer einmal über die Schwelle tritt, verfällt dem Zauber dieses Orts. An der Eingangsfassade prangen Jugendstilornamente, die in übergroßen Lettern die Worte *Kaufhaus, der* und *Wünsche* bilden. Die Buchstaben selbst sind aus lasiertem Mahagoniholz gefertigt, die Zwischenräume mit glitzerndem Glas ausgefüllt.

Als Estelle und ich darauf zugingen, gleißte das Messing der Drehtür im Licht der kalten Wintersonne. Ich begriff, dass dies unser Ziel war.

»Bist du sicher?«, fragte ich und blieb stehen. »Sollten wir wirklich hineingehen? Ich meine, dieser Platz ist vollgepackt mit Menschen. Wenn mich dort jemand erkennt …«

Beruhigend klopfte sie mir auf die Schulter. »Keine Bange, deine Verkleidung hält so gut wie die von Holmes, glaub mir. Außerdem bleibt uns gar nichts anderes übrig, wenn wir meinen Kontakt treffen wollen.« Aufmunternd nickte sie mir zu, doch ich folgte ihr nur zögerlich ins Innere dieses Palastes.

Sofort umfing mich der so typische Geruch. Man sollte annehmen, dass es eine Mischung aus Parfum und stickiger Luft ist, doch das Gegenteil ist der Fall. Es riecht einladend nach Konfekt, Sommer und Kindheitserinnerungen, an manchen Stellen sogar nach frisch gemähtem Gras. Der Fußboden besteht aus tiefgrünem Jadestein und die Wände im Erdgeschoss aus venezianischen Spiegeln mit Goldfassung, die das Gebäude noch größer erscheinen lassen. Die optische Täuschung bringt die Kunden dazu, staunend an den Regalen und Auslagen vorbeizulaufen, als wären sie in einer Traumlandschaft gefangen.

Das *Kaufhaus der Wünsche* erstreckt sich auf fünf Etagen mit jeweils wiederum fünf Armen, die alle vom Zentrum abgehen, der Brunnenhalle, die sich bis zu der gläsernen Decke streckt, die sich als Kuppel über alles wölbt. An den Geländern ringsum ranken sich Pflanzen, echte wie kunstvoll gefertigte, und an jedem

Eingang zu einem Arm hängt ein Kristallkronleuchter. Die Wände zieren ineinanderfließende Gemälde, und alle paar Meter stehen prunkvolle Polstermöbel, die zum Verweilen einladen. Marmorsäulen tragen Kassettendecken, und jedes Geschäft ist sein eigenes Kunstwerk, was Architektur und Interieur betrifft. In der Mitte der Halle steht ein Springbrunnen, dessen Wasser jede volle Stunde bis zur Decke hinaufspritzt und dessen Boden bedeckt ist mit Münzen aus der ganzen Welt.

Das Besondere an diesem Kaufhaus sind jedoch die Geschäfte, denn was es hier gibt, gibt es nur hier und nirgendwo sonst. Schneider, Köche, Spielzeughersteller, Friseure, Goldschmiede, Patisserien und Papeterien, vom kleinsten Geldbeutel bis zur prall gefüllten Börse – es ist für alle etwas dabei. Der Traum, etwas Besonderes und Individuelles zu finden, offenbart sich für jeden, der das *Kaufhaus der Wünsche* betritt.

Wir nahmen die Rolltreppe, die sich in einem langen Band spiralförmig von Etage zu Etage windet und immer wieder flache Bereiche zum Ein- und Aussteigen bietet. Auf diese Weise fuhren wir bis zur dritten Etage hinauf. Estelle führte mich in die *Buchbrasserie*, eine der insgesamt vier Buchhandlungen, in der ich selbst auch schon zwei Lesungen gehabt hatte.

Insbesondere für seine Abteilung mit Kochbüchern ist es berühmt, besitzt es doch zwei kleine Showküchen, in denen von Montag bis Freitag Rezepte aus ausgewählten Kochbüchern des Sortiments nachgekocht werden. Interessierte Kunden können die Gerichte probieren. Das macht die Buchhandlung vor allem bei Studenten und gestressten jungen Eltern beliebt, denen es an Talent oder Zeit zum Kochen mangelt – und am Geld, richtig essen zu gehen. Die Inhaberin der Buchhandlung wiederum macht sich diese Umstände zunutze, indem sie direkt neben den Küchen eine Abteilung mit Fachbüchern der beliebtesten Studienfächer und eine mit Eltern- und Erziehungsratgebern angeschlossen hat.

Doch wir waren nicht zum Essen hergekommen. Estelle führte mich durch die gut besuchte Abteilung für Krimis, die wie ein Polizeirevier aufgemacht ist samt Asservatenkammer, wo es Briefe, Notizen und andere Dinge aus dem ehemaligen Besitz verstorbener Autoren gibt, bis zur Science-Fiction, deren verspiegelte Regale weniger Kunden anlocken.

Dort stellten wir uns vor das erste Regal, und ich öffnete den Mantel, weil die Buchhandlung gut geheizt wurde. Ich hatte zu viel Angst, erkannt zu werden, daher ließ ich Schal und Mütze an. Unter der Perücke juckte mir fürchterlich der Kopf, sodass ich unauffällig versuchte, mich mit dem Zeigefinger zu kratzen. Ich kam mir vor wie ein Tier kurz vor der Flucht. Mein Blick huschte über die Leute, die an uns vorübergingen, bereit, jeden Moment wegzurennen, sollte mich jemand erkennen.

Es dauerte nicht lange, bis sich eine junge Frau mit Klemmbrett zu uns gesellte. Sie war klein, höchstens einen Meter fünfzig, ihr dichtes braunes Haar war zu einem hohen Pferdeschwanz gebunden, der von einer roten Schleife gehalten wurde. Sie trug eine weite Latzhose und mindestens vier verschiedene Ketten. Auf Brusthöhe war ein Schild angebracht, das sie als Mitarbeiterin der Buchhandlung auswies.

»Kate«, sagte Estelle, »das ist Josie.«

Ich nickte ihr zu.

»Sie wird uns helfen.«

Josie sah jedoch nicht so aus, als könne sie es kaum erwarten, mir zu helfen. Ihr misstrauischer Blick sprach Bände. Wenn sie wirklich für den Untergrund arbeitete, riskierte sie viel, indem sie sich mit mir traf. Dabei kannte sie mich nicht einmal und musste sich allein auf Estelles Wort verlassen, dass ich mein neu erworbenes Wissen über den Untergrund nicht dazu verwenden würde, einen Deal mit der Staatsanwaltschaft auszuhandeln.

»Du siehst anders aus als auf deinem Foto«, stellte sie als Erstes fest.

»Das ist eine Perücke.« Ich deutete auf das schwarze Haar, aber sie schüttelte den Kopf.

»Nein, ich meine, älter.«

»Ja, das auch.«

»Dir ist also eine Figur entkommen.« Sie wartete nicht auf eine Antwort. »Und jetzt willst du sie wiederfinden.«

»Ja, die VdF ...«

Wütend winkte Josie ab. »Hör mir bloß mit denen auf. Wenn ich Driessen mal nachts im Dunkeln begegne ...« Ihr Blick ließ nichts Gutes für sein Wohlbefinden erahnen.

»Josie hat ihre eigenen Erfahrungen mit der VdF gemacht«, erklärte Estelle, »so wie wir alle.«

»Das kannst du laut sagen! Na schön, dann kommt mal mit. Wenn ich die Gelegenheit erhalte, Driessen, diesem Bluthund, eins auszuwischen, dann tue ich Estelle hier doch gern einen Gefallen.« Sie führte uns durch die Regalgänge und deutete hin und wieder auf Bücher, ohne dass das, was sie sagte, zu ihren Handlungen passte. Dabei lächelte sie und kritzelte einige Angaben auf ihren Block.

»Also, das läuft so: Wenn euch jemand fragt, seid ihr für eine Beratung hier. Während meiner Arbeitszeit kann ich nicht einfach verschwinden, daher brauchen wir eine Tarnung. Ich muss mich auch schützen. Außerdem«, sie grinste, »werden wir anteilig am Umsatz beteiligt, und ich sehe das als kleine Entschädigung für das Risiko, das ich hier eingehe. Das ist nur fair, findest du nicht?«

Ich nickte etwas hilflos, weil ich immer noch keine Ahnung hatte, worauf das Ganze hinauslief.

»Wie viele Meter willst du?«

»Meter?«

»Bücher.«

»Bücher?«

Erneut lächelte sie, allerdings wirkte es diesmal etwas gequält. Offenbar passierte es ihr nicht zum ersten Mal, dass sie ihren Job erklären musste. »Ich bin das, was man einen *Regalfüller* nennt. Schon mal gehört?«

Ich schüttelte den Kopf.

»Du hast leere Regale, die du mit Büchern füllen willst, weil du deine neue Bekanntschaft beeindrucken willst? Oder deinen Chef, den du zum Essen eingeladen hast? Du eröffnest ein Lesecafé, hast aber gar keine Bücher, die deine Kundschaft lesen könnte? Du willst Bücher für einen guten Zweck verschenken? Mit anderen Worten: Du brauchst schnell sehr, sehr viele Bücher?« Sie klopfte sich auf die Brust. »Dann kommst du zu mir und kaufst bei uns Bücher in Metern. Und in zwei Tagen liefern wir dir die Ware für deine leeren Regale. Farblich sortiert, nach Genre geordnet oder nach Thema, alt, neu, groß, klein, mit vielen Bildern oder ohne, ganz wie du willst. Natürlich kostet das auch etwas, aber du wärst überrascht, wie viele Leute irgendwann feststellen, dass ihnen in ihrer Wohnung noch Bücher fehlen. Und wenn es nur darum geht, deinem Domizil in einer Designzeitschrift mit einer Bibliothek einen intellektuellen Anstrich zu geben.«

Erstaunt sah ich sie an. »Das habe ich noch nie gehört. Gibt es wirklich so viele Leute, die das machen, dass sich das für euch lohnt?«

»Klar. Versteh mich nicht falsch, ich arbeite in einer Buchhandlung, ich liebe Bücher! Ich bin selbst begeisterte Leserin, und es gibt doch nichts Besseres als eine durchlesene Nacht, nach der du dich hundemüde in die Schule oder zur Arbeit schleppst, und es war das alles wert, weil die Geschichte einfach zu gut war.« Sie nickte begeistert. »Aber seien wir doch mal ehrlich, viele Leute da draußen lesen überhaupt nicht. Wenn es hochkommt, ein Buch im Jahr. Ich meine, das Leben ist anstrengend, Job, Familie, Kinder, du musst jemanden pflegen oder fühlst dich selbst nicht gut. Es gibt viele Gründe, warum die Leute nicht lesen können oder wollen. Und wenn sie gefragt werden, schämen sie sich, das zuzugeben, und behaupten, sie lesen eher Sachbücher.« Sie setzte *Sachbücher* in Gänsefüßchen und schüttelte den Kopf. »Das ist doch immer Code dafür, dass sie im Urlaub Magazine lesen, und das ist völlig okay, wir wollen schließlich alle irgendwann mal abschalten und entspannen. Aber wenn sie wichtigen Besuch kriegen, ist es ihnen plötzlich peinlich, weil sie lediglich drei Kochbücher und einen Bestsellerkrimi im Regal stehen haben.« Sie breitete die Arme aus und schlug beinahe an die Regale, die rechts und links von uns standen. »Wir bieten ihnen die Möglichkeit, dieser Peinlichkeit zu entgehen. Oder, und das kommt auch vor, aufdringlichen Fragen zu einer vorhandenen Leseschwäche. Nicht jeder fühlt sich dabei wohl, so etwas sofort offenzulegen. Es gibt viele Gründe, und solange wir Bücher verkaufen, ist es uns eigentlich egal, ob du sie liest oder dir einen Thron daraus bastelst.« Sie warf einen Blick über die Schulter. »Na, jedenfalls muss ich hier etwas eintragen, schließlich werde ich dafür bezahlt, Umsatz zu machen und nicht, um …« Ihre Geste umfasste das Café, meinte aber vermutlich unseren Grund, hier zu sein.

Auch ich sah mich um, aber niemand beachtete uns. Trotzdem hatte ich auf einmal das Gefühl, beobachtet zu werden. Es äußerte sich als Kribbeln im Nacken, das auch nach einem verlegenen Kratzen nicht verschwand. Für einen Augenblick stand ich stocksteif im Gang und wartete auf das Gurren einer Taube, das nicht folgte. Die ganze Situation kam mir surreal vor und förderte meine Nervosität. Das war nicht gut.

Ich versuchte, den Schal zu lockern. »Gibt es denn eine Mindestabnahme?«

»Achtzig Zentimeter.«

»Dann … zwei Meter?«

»Wir können es aber nicht an deine Adresse schicken«, warf Estelle ein. »Es darf niemand wissen, dass du hier warst.«

»Nimm die Adresse meiner Mutter.«

Josie nickte, und ich bestellte zwei Meter Krimis, Kochbücher und Gartenratgeber in Blau, Grün und Violett an die Adresse meiner Mutter, die eines wirklich nicht brauchte: noch mehr Bücher. Auf diese Weise erhielt sie wenigstens Geburtstags- und Weihnachtsgeschenke für Freunde und Verwandte für die nächsten zehn Jahre. Das war nicht gerade billig, aber es blieb mir nichts anderes übrig.

Mir kam die Idee, in einem meiner nächsten Texte eine Figur auftauchen zu lassen, die Lottozahlen voraussagen konnte. Vielleicht würde auch diese Figur nach Kapitolo kommen.

Anschließend führte uns Josie weiter durch die Abteilungen und verwies dabei Kunden, die sie ansprachen, an andere Kollegen, weil sie in einer Beratung sei. Jedes Mal, wenn sie angesprochen wurde, senkte ich hastig den Kopf, um mein Gesicht hinter dem Mantelkragen zu verstecken. Es dauerte eine Weile, bis ich merkte, dass wir uns immer mehr vom Zentrum des Ladens entfernten und näher an den Rand gerieten. Wie zufällig führte uns Josie in den hinteren Bereich, an den die Personalräume anschlossen.

»Wenn uns jemand fragt, sagen wir, dir war schlecht, und du brauchtest einen Moment abseits des Trubels, um dich zu erholen. Tu einfach so, als wäre dir übel.«

Das musste ich nicht groß spielen, die Angst trieb mir das Adrenalin durchs Blut und verursachte mir Rauschen in den Ohren.

Josie lotste uns durch den Aufenthaltsraum der Mitarbeiter und durch das Lager. Hinter den Kulissen des Kaufhauses sah es nicht mehr so glamourös aus wie davor, es roch muffiger, und an den Wänden erkannte man allerlei Schmutzspuren im Bereich bis zu den Knien. Auch die eine oder andere Beschädigung, dort, wo jemand wahrscheinlich mit einem Büchertrolley gegen die Wand gestoßen war.

Schließlich kamen wir zu der künstlich errichteten Außenwand aus Gipskarton, hinter der sich die Fenster befanden. Außer im Erdgeschoss kann man von außen an keiner Stelle ins Innere des Kaufhauses sehen. Die Trennwände sind auf der Seite, die in die Geschäftsräume zeigt, für die Kunden mit auffälliger Tapete, Werbung oder Bildern bedruckt. An einigen Stellen, so wie hier, bilden sie jedoch die Rückwand der Personal- und Lagerräume, dort sind sie schlicht grau. Häufig handelt es sich um eine doppelte Wand, zwischen der ein schmaler Gang verläuft, sodass die Dekorateure von außen und innen unbemerkt umhergehen können, ohne dass die Kunden etwas davon ahnen. Die Gänge zwischen Schaufenstern und Verkaufsräumen bilden ein Labyrinth voller Stoffe, Dekomaterial und Produktkartons, das der Kundschaft verborgen bleibt.

Ich hatte längst die Orientierung verloren, während uns Josie durch jenes schmale Labyrinth führte, das die einzelnen Geschäfte miteinander verband. Ich wusste nicht, ob wir noch in der Buchhandlung waren oder längst im benachbarten Schuhgeschäft. Hin und wieder hörte ich Klopfen oder eine Art Sägegeräusch, das vermutlich von den Dekorateuren stammte.

Nach einigen Minuten blieb Josie vor einer unscheinbaren grauen Wand stehen, an der ein Feuerlöscher hing. Sie forderte mich auf, mich umzudrehen, und als ich wieder schauen durfte, stand eine schmale Tür offen, die ich zuvor nicht wahrgenommen hatte. Wir konnten uns gerade so hindurchquetschen. Hinter uns schloss Josie hastig wieder die Tür.

Auf einmal war es dunkel und kühl. Wir befanden uns in einem winzigen Treppenhaus, das nur durch eine kleine rote Notbeleuchtung in der Größe einer Zigarettenschachtel erhellt wurde. Es roch nach trockenem Mauerwerk und Erde. Die Treppe bestand aus altem, abgenutztem Holz, auf den Stufen lagen Dreck und Staub, auch das Geländer war in keinem guten Zustand. Die Farbe blätterte ab, hin und wieder fehlte eine Strebe. Insgesamt war die Treppe jedoch in einem besseren Zustand als die Feuerleiter, die ich mit Jop hinabgeklettert war. Wirklich sicher sah aber auch diese Abstiegsmöglichkeit nicht aus.

»Folgt der Treppe«, sagte Josie und wies nach unten. »Ich muss jetzt wieder zurück in den Laden, sonst fällt auf, dass ich zu lange weg bin.« Sie wandte sich an Estelle. »Du weißt, was du tun musst?«

Estelle nickte, und Josie beugte sich vor, um ihr etwas ins Ohr zu flüstern.

Dann nickte sie mir zu. »Viel Glück und danke für die Spende.« Sie hielt das Klemmbrett nach oben und verschwand wieder durch die geheime Tür, bevor ich mich richtig von ihr verabschieden konnte.

Mit einem mulmigen Gefühl blickte ich über das Geländer nach unten. Je weiter es hinunterging, desto dämmriger wurde es. Das Ende der Treppe war von hier oben aus nicht zu erkennen.

»Und du warst schon mal hier?«, fragte ich Estelle angespannt.

Sie zuckte mit der Schulter, ihren Gesichtsausdruck konnte ich im Dämmerlicht kaum erkennen. »Ich war schon öfter im Untergrund«, sagte sie, »aber diese Tür ist mir neu. Wir nutzen selten denselben Eingang. Es ist nicht der einzige im *Kaufhaus der Wünsche*.«

»Gibt es denn viele davon in der Stadt?«

»Genug.«

»Und das hat noch nie jemand gemerkt?« Es schien mir unglaublich.

Über das Geländer gebeugt, sah sie nach unten. Im Treppenschacht herrschte eine bedrückende Stille. Der Lärm der Kundschaft im *Kaufhaus der Wünsche* war hier nicht zu hören, obwohl uns nur wenige Meter davon trennten.

»Die Existenz des Untergrunds ist ein offenes Geheimnis«, sagte Estelle. »Der Bürgermeister weiß von ihm, die VdF weiß von ihm, und Driessen weiß von ihm. Was glaubst du, was er sich als Karriereziel gesetzt hat? Seit er bei der VdF angefangen hat, ist er auf der Suche nach einem Eingang.«

»Und es ist ihm nie gelungen, eine dieser Türen zu finden?«

»Sie werden beschützt.«

»Wodurch?«

»Die Frage ist nicht, wodurch, sondern durch wen.« Weiter erklärte sie mir nicht, wie es der Untergrund schaffte, im Verborgenen zu bleiben.

»Aber warum wird die Öffentlichkeit davon nicht in Kenntnis gesetzt?«

»Weil Driessen nicht will, dass ihm irgendwer zuvorkommt, wenn es um die Aufdeckung des Untergrunds geht. Wenn du mich fragst, hat er irgendeine persönliche Agenda mit den Figuren, er ist wie besessen davon. Und die Stadt will natürlich vermeiden, dass Panik ausbricht. Wenn bekannt wird, dass Hunderte von Figuren mitten unter uns leben ...« Sie hob die Hände. »Das gäbe das reinste Chaos.«

»Hunderte?« Fassungslos starrte ich sie an.

Doch Estelle war mit ihrer Erklärung am Ende. Stattdessen deutete sie nach unten. »Wir sollten uns beeilen. Eines noch: Du darfst eine wichtige Sache nicht vergessen, Kate, für viele Figuren bedeutet der Untergrund die letzte Zufluchtsstätte. Für sie oder auch für ihre Autoren oder die Menschen, mit denen sie zusammenleben. Wenn man zum ersten Mal damit in Berührung kommt, kann der Anblick überwältigend sein.«

»Willst du mir Angst machen?«

»Nein. Ich will, dass du begreifst, dass diejenigen, die sich hier unten verstecken, etwas zu verlieren haben. Es ist nicht an mir, ihre Geschichten zu erzählen, ein jeder von ihnen hat seine eigene. Manche ähneln sich, manche sind so erstaunlich wie eine

Sonnenfinsternis. Wenn du den Untergrund betrittst, vergiss nicht, dass du dort Gast bist. Ein Zuschauer in den Geschichten anderer. Du weißt so gut wie ich, dass sich jeder Leser, während er in der Geschichte unterwegs ist, eine Meinung bildet – die Geschichte gefällt, oder sie gefällt nicht. Aber hier«, sie deutete nach unten, »darfst du dir diese Meinung nicht anmerken lassen. Es ist nicht an dir, über diese Figuren zu urteilen, denn auch wenn du Figuren aus den bekannteren Romanen wiedererkennen solltest und weißt, was ihnen in ihren Büchern geschehen ist, so ist das doch immer nur ein Teil ihrer eigentlichen Geschichte. Vergiss das niemals.«

Zögerlich nickte ich, auch wenn ich damals noch nicht begriff, was sie meinte.

Dann begann unser Abstieg.

12

Etage für Etage stiegen wir hinab. Dabei verlor ich jegliches Zeitgefühl, und auch das Gefühl für die Größe des Treppenhauses und wie tief es nach unten reichte. Ich war mir sicher, dass wir das Kaufhaus längst hinter uns gelassen haben mussten.

Wie sich herausstellte, befand sich der Untergrund tatsächlich *unten*. Je tiefer wir stiegen, desto kühler wurde es, und ich war froh, dass ich den Wintermantel und festes Schuhwerk trug. Hin und wieder warf ich einen verstohlenen Blick aufs Handy, aber das hatte so weit unten keinen Empfang mehr. Estelle hatte ihre Taschenlampe noch nicht eingeschaltet, also ließ ich meine ebenfalls in der Hosentasche. Das schwache Licht auf den Treppenabsätzen reichte aus, den Weg zu finden.

Irgendwann waren wir so weit hinabgestiegen, dass ich weder über noch unter uns etwas erkennen konnte – außer Stufen in waberndem schattenroten Licht. Unter unseren Füßen knarzten die ausgetretenen Stufen, und zweimal hatte mich schon ein Splitter in die Hand gestochen, trotzdem suchte ich Halt am Geländer. Auch Estelle hatte Mühe mit der Treppe, sie klagte über ein schmerzendes Knie.

»Ich bin selbst schuld. Meine Ärztin hat mir gesagt, ich soll weniger Wein trinken und besser auf meinen Blutdruck achten, weil der zu hoch ist. Also habe ich gedacht, ich melde mich bei einem dieser Sportkurse an. Um das Herz zu stärken, weil das Herzinfarktrisiko für mich höher ist. Und was passiert? Schon beim dritten Mal verdrehe ich mir das Bein und muss wochenlang eine Schiene tragen. Seitdem macht mir das Knie zu schaffen.«

»Es tut mir leid, dass du meinetwegen …«

»Ach was, es gibt Schlimmeres als ein schmerzendes Knie, glaub mir.«

Immer weiter drangen wir vor in das Innere dieser Stadt, ihren Unterbau; in das, was unter der Oberfläche aus Prunkstraßen, geschäftigen Verkehrsknoten und Erinnerungspunkten lag. Und als wir schließlich am Ende der Treppe ankamen, sah ich eine schwere, mit Kerben und einem rostigen Schloss versehene Eichentür vor mir, die den Übergang zum Untergrund markierte.

»Und nun?«, fragte ich aufgeregt.

»Klingeln wir.« Estelle hob die Hand, um an einer Kordel zu ziehen, die mir zuvor nicht aufgefallen war. Sie hing im Schatten neben der Tür und gehörte zu einer beschlagenen Messingglocke, deren dumpfer Ton über unseren Köpfen emporschwebte und sich im Treppenschacht nach oben schraubte.

Doch es rührte sich nichts.

Ich sah mich um, konnte aber kaum etwas erkennen. Nur graue Wände und die kleine rote Leuchte über der Tür. Kein Geräusch war jenseits davon zu hören, es hatte etwas Beklemmendes. Als ich nach oben blickte, öffnete sich der Schlund des Treppenhauses über mir.

»Sollen wir es noch einmal probieren?«, fragte ich, doch Estelle schüttelte den Kopf.

»Sie wissen, dass wir da sind.«

Wieder sah ich mich um, ob es irgendwo Kameras gab, aber ich konnte nichts entdecken. Mir wurde trotz der Kälte warm, also zog ich den Schal vom Gesicht und stopfte die Mütze in die Manteltasche. Vor Aufregung wippte ich wie ein Kind auf Fersen und Zehen.

Was würde mich hinter dieser Tür erwarten? Wie würden die Figuren sein? Würde ich sie treffen? Würde ich *meine* Figur treffen? Und dann?

Wenige Herzschläge später öffnete sich knarrend die Tür, und ein riesiger Mann trat zu uns heraus. Er war über zwei Meter groß, besaß ein wettergegerbtes Gesicht und trug einen langen Vollbart und praktische Winterkleidung, die ihn ein bisschen wie einen Arktisforscher aussehen ließ. In der Hand hielt er eine Taschenlampe und eine Pistole.

Erschrocken zuckte ich zurück, doch Estelle fasste sogleich nach meinem Arm.

»Wir kommen von Josie«, erklärte sie dem Mann, der darüber nicht überrascht schien.

»Passwort?«, brummte er, und Estelle nannte ihm einen Namen, der mir nichts sagte und den ich hier aus offensichtlichen Gründen nicht wiederhole. Vielleicht war es ein Autor oder eine Figur.

Der Mann musterte uns eindringlich. Obwohl er nichts weiter zu mir sagte, zog ich unter seinem Blick die Schultern hoch. Ich konnte mir nicht vorstellen, dass die Leute hier unten froh darüber waren, wenn die Autorin einer unter Mordverdacht stehenden Figur zu ihnen kam. Ich rechnete schon damit, dass er uns doch noch abweisen würde, und hielt erneut vor Aufregung die Luft an. Stattdessen ließ er uns mit einem knappen Nicken passieren. Im Vorbeigehen streifte meine Schulter seine Brust, und der fehlende elektrische Schlag bestätigte, was ich schon vermutet hatte: Er war ein Mensch.

Hinter der Tür befand sich eine Art Gang, aber im Moment konnte ich wenig erkennen, weil das Licht so schlecht war. Ich vermutete, dass es sich um ehemalige Kanalisationsschächte handelte, weil wir so tief hinabgestiegen waren.

Während wir weiterliefen, warf ich einen nervösen Blick über die Schulter. Der Mann folgte uns nicht. Er war der Wächter dieser Tür und würde seinen Posten nicht verlassen. Trotzdem schaute er uns nach, und ich wandte den Blick hastig wieder nach vorn.

»Kanntest du ihn?«, fragte ich Estelle.

»Nein. Ich kenne nicht jeden, der für den Untergrund arbeitet oder sich hier aufhält. Das ist auch besser so. Wie ich schon sagte, es gibt Leute, die den Überblick behalten. Die genau wissen, wer sich hier unten bewegt.«

Auf einmal verspürte ich ein merkwürdiges Ziehen im Magen. *Erwartung.*

In mir existierte immer noch ein kleiner Teil, der darauf hoffte, eines Tages Antworten zu finden auf die Frage, warum damals vor fünfzehn Jahren alles so schiefgelaufen war. Die Erinnerungen drangen immer stärker an die Oberfläche, und es fiel mir schwerer, sie zu unterdrücken, während ich mich auf etwas anderes konzentrieren musste. Und mit ihnen kam auch die Hoffnung, jene Figur wiederzusehen, die mich manchmal noch in meinen Träumen und Albträumen besuchte. Nach der ich hin und wieder Ausschau hielt, wenn ich durch die Straßen von Kapitolo lief, selbst wenn ich es mir nicht eingestehen wollte.

Würde ich sie hier unten wiedersehen?

Wahrscheinlich war sie längst in ihre eigene Welt zurückgekehrt, sagte ich mir. Trotzdem krochen mir Hoffnung und Erwartung zwischen die Rippen.

Estelle packte ihre Taschenlampe aus und richtete den Strahl nach vorn. »Pass auf, wo du hintrittst«, warnte sie mich, und endlich erkannte ich, dass ich mit meiner Vermutung recht gehabt hatte – wir befanden uns in der alten Kanalisation.

Das Fundament der Stadt besteht aus mehreren Schichten, es ist ja bekannt, dass die heute genutzten Schächte auf einem viel älteren System beruhen. Doch nur ein Bruchteil dieses alten Systems wird für Schauzwecke verfügbar gemacht, der Rest galt bisher als verschüttet. So zumindest steht es in den Reiseführrern. Doch nun liefen wir durch alte Gänge, an manchen Stellen waren sie kaum einen Meter achtzig hoch, an anderen höher. Sie waren gut ausgebaut, auch wenn die Mauersteine uralt aussahen. Hin und wieder huschte eine Maus an uns vorbei; bei der ersten Ratte schrie ich kurz auf, aber irgendwann hatte ich mich auch daran gewöhnt. Rohre und Kabel sahen wir nicht mehr; das ausgeklügelte System an Gas-, Abwasser- und Telekommunikationsleitungen hatten wir längst über uns zurückgelassen. Ich hatte das Gefühl, als würde ich mich durch einen Querschnitt dieser Stadt bewegen. Es war die in die Erde gegrabene Geschichte Kapitolos.

»Woher weißt du, welchen Weg wir nehmen müssen?«, fragte ich verwirrt. Allein hätte ich nie zurückgefunden.

Estelle deutete auf kleine Messingplaketten, die alle paar Meter auf Kniehöhe angebracht waren. Auf ihnen standen seltsame Wörter und Abkürzungen mit Buchstaben und Zahlen, die ich nicht verstand.

»Was ist das für eine Sprache?«

»Esperanto. Es sind die Wegweiser, denen du folgen musst. Straßenschilder sozusagen. Alle Figuren können diese Sprache, ganz gleich, aus welchem Teil der Fantasiewelt sie stammen. Ein Umstand, den sie nutzen, um sich untereinander zu verständigen, sowohl hier als auch *drüben*, schließlich ist es ganz hilfreich, wenn eine Elfe Quenya und ein Schneider Neusprech redet. Daher werden gern Wärter für das Gefängnis der Figuren ausgesucht, die es beherrschen, um Absprachen zwischen den Figuren auf die Schliche zu kommen.«

Immer wieder stiegen wir Treppen und Leitern nach unten, tiefer und tiefer in die Gedärme der Stadt – bis wir das Rohrsystem plötzlich verließen und sich eine Art Höhle vor uns auftat.

Staunend betrachtete ich den riesigen Raum, der vor mir lag. An den Wänden waren Dutzende Öllampen in den unterschiedlichsten Formen befestigt, die alles in ein sanftes Licht tauchten. Obwohl die Flammen durch die Glasschirme geschützt waren, flackerten die Schatten über die Wände und den unebenen Fußboden. Dadurch wirkte die Höhle beinahe lebendig. Es war gleichzeitig faszinierend und ein bisschen gruslig.

Die Steinwände waren von Menschenhand bearbeitet. Ich erkannte Terrassen mit kunstvoll gehauenen Geländern, ebenso wie Balkonbrüstungen und Loggien an und in den Wänden, die aussahen wie sich rankende Pflanzen und stilisierte Tiere. Außerdem gab es reich verzierte Eingänge zu, wie ich vermutete, weiterführenden Gängen, vielleicht sogar Behausungen. In meinem ganzen Leben hatte ich keine solche Pracht gesehen.

Fasziniert blieb ich stehen und schaute mich ausgiebig um. Ich konnte mich nicht sattsehen. Dabei strich mir ein leichter Luftzug über die Wangen. So hatte ich mir immer das Reich der Zwerge aus den alten Geschichten vorgestellt. Eine in den Berg gehauene Stadt. Dieser Ort war wunderschön und seine Architektur einzigartig.

Ich zog das Handy aus der Manteltasche, um Fotos zu machen, aber Estelle schüttelte den Kopf.

»Ich verstehe das Bedürfnis, aber falls du das Telefon verlierst ...«

»Ja, natürlich.« Betrübt steckte ich es wieder ein. Ich versuchte, mir so viel wie möglich einzuprägen.

Eine Sache war jedoch seltsam: Die Höhle war menschenleer. Wie konnte es sein, dass niemand hier war und wir auch nichts hörten?

Estelle lachte, als ich sie danach fragte. »Weil das nur ein Bruchteil des Untergrunds ist. Er ist riesig. Komm.« Sie zog mich am Ärmel.

Ich wollte ihr sagen, dass ich mehr Zeit für dieses Wunder brauchte, denn es war mir unbegreiflich, dass so etwas von Menschenhand geschaffen worden war. Aber vielleicht war das der springende Punkt, vielleicht war es nicht von Menschen geschaffen worden. Vielleicht war das, was ich sah, das Werk von Figuren, die ihren Fußabdruck in unserer Welt hinterlassen hatten. Ob ihre Welt so aussah? Natürlich wissen wir um die Wunder, die es in der Fantasiewelt geben muss, wir schreiben sie immerhin, aber sie vor sich zu sehen und in ihnen umherzuwandeln, ist etwas ganz anderes.

Auf einmal erfasste mich eine schmerzhafte Traurigkeit, weil die meisten Menschen nie von dieser Pracht erfahren würden. Es war nicht nur so, dass wir die Figuren mit unseren Gesetzen zu ihrer Rückführung in den Untergrund zwangen, wir schlossen uns auch selbst von dem aus, was sie erschaffen konnten.

Ich hätte so gern mit jemandem darüber gesprochen, mir Zeit genommen, um zu würdigen, was ich vor mir sah. Aber Estelle drängte mich weiter, und ich wusste, dass sie recht hatte. Ich durfte keine Zeit mehr verlieren, und es gab Drängenderes, als meine Neugier zu befriedigen.

Wir durchquerten die Höhle, in der es so still war wie in einem Grab, und liefen eine Weile durch einen weiteren Gang, bis wir in die nächste Höhle kamen. Noch größer als die erste. Auch hier fanden sich wieder Balkone und Eingänge in den Wänden, doch als ich in einer Art Kanalbecken ein Schiff entdeckte, wuchs mein Erstaunen weiter.

Ich kannte mich mit Schiffen nicht besonders gut aus, sie tauchten in meinen Büchern selten auf, und mein angehäuftes Wissen war zum Großteil ein Flickenteppich aus oberflächlichen Recherchen. Wahrscheinlich handelte es sich um eine alte Karavelle. Sie hing schief im flachen Wasser, ob die Löcher im Rumpf vom Alter oder von absichtlicher Beschädigung stammten, konnte ich nicht sagen. Ihr Rumpf war mit Moos und Muscheln überzogen, sie sah nicht mehr fahrtüchtig aus, und auch die Segel hingen zerfetzt und dreckig herunter. Aber es war ein kleines Segelschiff.

Unter Tage.

»Das gibt's doch nicht ...«, murmelte ich.

»Einige von denen fahren noch«, behauptete Estelle.

»Wie ist das möglich?«

»Zauberei.«

Ich wusste nicht, ob sie sich über mich lustig machte oder es ernst meinte. Ich kam mir vor wie Alice im Wunderland, Erstaunen begleitete jeden meiner Schritte. Ich lief auf den Steg, der durch Bretter mit dem Schiff verbunden war.

»Warte!«, rief Estelle, bevor ich das Schiff betreten konnte, und erschrocken blieb ich stehen.

»Du solltest hier unten nicht an Bord eines Schiffs gehen, von dem du nicht weißt, wer oder was sich darauf befindet«, sagte sie warnend. »Ich habe dir doch gesagt, dass es hier alle Arten von Figuren gibt. Manche davon haben spitze Zähne.«

Als hätte sie die Worte gehört, tauchte plötzlich neben dem Steg ein Wesen aus dem Wasser auf, das zwar eine menschliche Form besaß, dessen Haut jedoch gänzlich aus silbrig schimmernden Schuppen bestand. Die Kiefer waren leicht nach vorn gewölbt, es war jedoch keine Meerjungfrau, denn die Figur zog sich auf den Steg und schwang zwei ebenfalls schuppenüberzogene Beine über den Rand.

»Hallo«, sagte sie und trat näher zu mir.

Erschrocken wich ich vom Steg zurück und trat an Estelles Seite. Nur wenige Meter trennten mich von der ersten Figur, die ich im Untergrund traf.

»Wir wollten dich nicht stören«, sagte Estelle.

Die Figur nickte. Sie trug eine Art Lendenschurz, und mit großen grünen Augen, die nicht blinzelten, starrte sie uns an.

»Komm.« Estelle zog mich rasch weiter. Allerdings lief sie dabei ein paar Schritte rückwärts und behielt die Figur im Auge, bis wir offenbar genügend Abstand zwischen sie und uns gebracht hatten. Als wir in den nächsten Gang einbogen, sagte sie: »Wahrscheinlich hatte er seinen Nachwuchs auf dem Schiff. Da ist es besser, nicht allzu nah heranzukommen.«

»Wer war das?«, fragte ich neugierig.

»Keine Ahnung. Vielleicht ein Nachfahre von Kapitän Nemo.«

Erst dachte ich, sie wolle mich veralbern, aber als ich sie ansah, begriff ich, dass das durchaus im Bereich des Möglichen lag.

Wir liefen weiter, bis ich auf einmal etwas sah, das mir Gänsehaut bescherte. Vor uns erhoben sich breite schwarze Marmorsäulen bis an die Decke, mindestens fünfzehn Meter in die Höhe. Jede davon so breit, dass sie vier Männer nicht umfassen konnten. Das Gestein schimmerte schwach im Schein der Lampen. Zwischen den Säulen waren Mauern aus schwarzer Basaltlava hochgezogen, in denen im Abstand von einer Elle Schädel im Mauerwerk eingelassen waren. Eine grausige Sammlung aus Menschen- und Tierknochen und möglicherweise auch anderer Wesen. Ihre dunklen Augenhöhlen starrten mich an, und die zahnlosen Münder flößten mir Furcht ein. Je näher man der Mauer kam, desto stärker roch es nach Moor, und auch der Fußboden schimmerte feucht.

»Was ist das?«, flüsterte ich.

»Erkennst du es nicht?«

Ich schüttelte den Kopf.

Estelle musterte mich aufmerksam. »Das ist das Fundament des Schwarzen Tempels.«

Erschrocken wich ich zurück. Eine unerklärliche Panik erfasste mich, als könnten die schwarzen Mauern mich augenblicklich zu sich ziehen und verschlingen. Da war etwas Fremdes an diesem Bauwerk, etwas zutiefst Widernatürliches, das mir so noch nie aufgefallen war, wenn ich bisher daran vorübergelaufen war. Es ließ mich hastig ein paar Schritte zurücktaumeln.

»Wie sagt man so schön: Oben hui, unten pfui.« Grimmig starrte sie auf die Schädel, und ich versuchte, die Angst vor diesem Haufen alter Steine abzuschütteln. »Nicht ganz das, was sie den Touristen zeigen, nicht wahr?«

»Wie weit reicht er nach unten?«, fragte ich atemlos.

»Das weiß niemand. Ich persönlich habe nie eine Ebene gesehen, in die er nicht reichte.« Sie deutete nach oben. »Was da oben steht, ist nur ...«

»... die Spitze des Eisbergs?«

»Der Eingang.«

Langsam lief ich daran vorbei, und ein kalter Windzug erfasste mich.

Vielleicht hatte ich mir das alles zu einfach vorgestellt? Ich war davon ausgegangen, dass es mir schon irgendwie gelingen würde, meine Figur in den Schwarzen Tempel zu bringen. Aber er war nun einmal keine Kirche, in die sich tagsüber Touristen verirrten und Fotos schossen. Er war für den öffentlichen Verkehr an den meisten Tagen im Jahr geschlossen, nur zu den Feiertagen fanden Führungen statt.

Was ich beim Betreten des Tempels wohl empfinden würde? Wollte ich mich wirklich in die Eingeweide dieser Monstrosität begeben und meine Figur hineinzwingen, selbst wenn sie sich weigerte?

Doch was blieb mir anderes übrig, wenn ich unbeschadet aus dieser Geschichte herauskommen wollte?

Mir wurde bewusst, dass ich viel zu wenig über Kapitolo und seine Figuren wusste. Damals bei der Sache mit Rosalie hatte ich kurzzeitig hinterfragt, was uns stets als Fakten präsentiert worden war, aber dann hatte ich wieder hingenommen, was seit Generationen an Wissen weitergegeben wurde: Fiktion vermischt sich nicht gut mit Realität. Schon früh wird uns beigebracht, dass wir die Grenze klar erkennen und sie nicht aus den Augen verlieren sollen – oder wer auf welcher Seite steht. In der Fantasie gefällt uns die Vorstellung, ein Vampir könnte sich unsterblich in uns verlieben. In der Wirklichkeit stellen wir dann fest, dass er weder Herzschlag noch Puls besitzt und ein Leben ausschließlich in der Nacht weder praktikabel noch romantisch ist – in der Wirklichkeit sind Vampire tote Dinger mit kalten Zungen. Tief in uns wissen wir das, und die Menschen in Kapitolo wollen kein Risiko eingehen mit den Dingen, die aus der Tiefe ihrer Psyche emporkriechen könnten.

Der Untergrund brachte diese Ordnung durcheinander. Die Grenze verschwamm, und auf einmal stand alles, was ich einmal felsenfest zu wissen geglaubt hatte, auf dem Prüfstein.

Schweigend liefen wir weiter, noch immer war nichts zu hören und niemand zu sehen. Das war mir rätselhaft. Wo waren all diese Figuren und ihre Verbündeten, von denen Estelle gesprochen hatte und für die dieses riesige Labyrinth erschaffen worden war?

Nach einer Weile begann Estelle, sich immer wieder umzublicken. Zuerst fiel es mir gar nicht auf, aber dann begriff ich, dass sie auf etwas aufmerksam geworden war.

»Was ist?«, fragte ich leise in die gespenstische Stille hinein, in der nur unsere Schritte zu hören waren.

Mit zusammengekniffenen Augen blickte sie in das Dunkel hinter uns. »Ich weiß nicht genau ... Ich habe das Gefühl, dass wir verfolgt werden.«

Beunruhigt sah auch ich zurück. »Die Figur vom Schiff?«

Sie schüttelte den Kopf.

»Der Türwächter?«

»Der verlässt seinen Posten nicht.« Sie winkte mich weiter und lief nun schneller.

Wieder erfasste mich die Angst, Beamte der VdF könnten uns auf den Fersen sein und uns jederzeit festnehmen, weil wir den Untergrund deckten oder uns zumindest in ihm bewegten, ohne ihn an die Polizei zu verraten. Man könnte uns eine Art Beihilfe vorwerfen und uns ins Gefängnis werfen. Für einen kurzen Augenblick zweifelte ich an meiner Entscheidung, überhaupt hier heruntergekommen zu sein. Was hatte ich mir nur dabei gedacht? Hätte ich nicht vielleicht besser auf Wera hören sollen? Abenteuer waren etwas für Helden, ich war doch nur Autorin!

Bevor mich diese Panik jedoch überwältigen konnte, atmete ich tief durch und straffte die Schultern. Ich nahm mir ein Beispiel an Hulda und Mirabelle; ich würde nicht beim kleinsten Anzeichen von Gefahr zurückschrecken! Das hier war schließlich nicht meine erste Begegnung mit Gefahr.

Doch kaum hatten wir die nächste Höhle passiert und waren in einen weiteren Gang eingebogen, presste mich Estelle plötzlich gegen die Wand. Sie hob den Finger an die Lippen, und mit angehaltenem Atem lauschten wir.

Zuerst war nichts zu hören, doch nach einigen Sekunden erklangen auf einmal Schritte. Leise, aber hörbar. Der Boden war übersät mit Kieseln und trockenen Bröckchen. Unser Verfolger hatte es nicht eilig, schlenderte aber auch nicht. Offenbar hatte er keine Bedenken, uns in diesem Labyrinth zu verlieren.

Fieberhaft überlegte ich, wer uns folgen mochte. Ein Monster? Jemand, der mich erkannt hatte, und der irgendwie am Türsteher vorbeigekommen war? Vielleicht Josie? Jemand, der genau wie wir in den Untergrund wollte? Jemand, der bereits in diesen Gängen unterwegs war?

Mein Herzschlag kam mir laut vor, angespannt ballte ich die Hände zu Fäusten. Dieses Abenteuer war nicht gut für meinen Blutdruck. Ob Scarlett O'Hara jemals mit Bluthochdruck zu kämpfen hatte?

Es dauerte nicht lange, und ein Mann trat um die Ecke. Er war groß, mindestens eins neunzig.

Estelle richtete den Strahl der Taschenlampe auf ihn und sagte bestimmt: »Keinen Schritt weiter!«

Der Mann hob die Hände. Er trug Jeans, die beinahe von seinen Oberschenkeln gesprengt wurden, um das Hoodie war es auch nicht besser bestellt. Er sah aus, als wäre alles eine Nummer zu klein für seinen muskulösen Körper, der allein in den Schultern dreimal so breit war wie meiner. Nur die offene Winterjacke darüber schien zu passen. Um die Hüften trug er eine Art Gürtel mit einem Schwert daran.

»Was zum Henker ...«, entfuhr es mir.

Estelle leuchtete ihm ins Gesicht, und geblendet zuckte er zurück. Er besaß die beeindruckendsten blonden Locken, die ich je gesehen hatte, und sie fielen ihm weit über die Schultern und umrahmten ein Gesicht, das man sonst nur bei Unterwäschemodels sah – und genau da hatte er es auch her. Vom Foto eines männlichen Supermodels aus einem Modemagazin.

Der Mann war *meine* Figur.

Mir blieb die Luft weg. Unsere Suche fand ein Ende, bevor sie überhaupt richtig begonnen hatte. Ich packte Estelle an der Schulter, um sie mit mir zu ziehen und Abstand zu gewinnen. Wenn er wirklich diesen Mord begangen hatte und uns angreifen würde, hatten wir keine Chance gegen ihn. Seitenweise war er vom Blut seiner Feinde bedeckt gewesen, er war ein großer Krieger und natürlich aus all seinen Kämpfen als Sieger hervorgegangen.

Panisch versuchte ich, das Pfefferspray aus der Manteltasche zu kriegen. Als ich es endlich herausgezogen hatte, streckte ich der Figur den Arm entgegen, den Finger bereits auf dem Sprühknopf.

Estelle warf mir einen Blick zu, bevor sie die Taschenpistole aus dem Mantel zog und ebenfalls auf ihn richtete.

»Ich nehme an, dass das eine Art Waffe sein soll«, sagte er und deutete nacheinander auf das Pfefferspray und die Pistole. Seine Stimme klang tief und angenehm wie bei einem hervorragenden Hörbuchsprecher. »Das wird nicht nötig sein«, versicherte er und hob die Hände.

Wir starrten uns an. Sollten wir wegrennen?

Doch niemand rührte sich.

»Folkvar«, sagte ich schließlich krächzend. Ich erwartete, dass irgendetwas geschehen würde, nachdem ich seinen Namen genannt hatte, beinahe wie in der *Unendlichen Geschichte*, nachdem der Name der Kindlichen Kaiserin offenbart wird, aber erneut geschah gar nichts, außer dass er den Kopf schief legte und etwas verwirrt auf uns herabschaute.

Folkvar war nicht die erste Figur, der ich begegnete, aber die erste, die ich selbst erschaffen hatte. Aufregung und Angst verbanden sich beinahe schmerzhaft in mir. Das hier war ein besonderer Moment, dessen war ich mir bewusst. Wie magnetisch wurde ich von ihm angezogen und spürte das Band, das sich zwischen uns spannte. Diese Anziehung hatte nichts mit seinem Aussehen zu tun. Beim Anblick der Höhlen unter Kapitolo hatte ich an Wunder gedacht – doch dass diese Figur plötzlich vor mir stand, schien mir tatsächlich eines zu sein. Ich fühlte mich berauscht von dem Gedanken daran, was ich erschaffen hatte und wie genau er meiner Vorstellung entsprach. Vielleicht kam es dem Gefühl gleich, das Eltern empfanden, die ihr Kind zum ersten Mal laufen sehen oder sprechen hören und wissen, dass sie allein dafür verantwortlich sind. Mir fehlten die Worte, um zu beschreiben, wie es war, einer Figur gegenüberzustehen, die man selbst ins Leben gehoben hatte. Es war mit nichts zu vergleichen, was ich je empfunden hatte. Nicht einmal mit dem Gefühl, das eigene Buch gedruckt in den Auslagen einer Buchhandlung liegen zu sehen.

Nach einem Moment fragte Estelle: »Du kennst ihn?«

»Er ist meine Figur.« Mit Folkvar hätte ich allerdings nie gerechnet. Er war bloß ein Love Interest, nicht mal eine Hauptfigur. Hulda stand auf meiner Prioritätenliste, sie war die Heldin. Wieso war ihr Liebhaber nach Kapitolo gekommen?

Aufgeregt huschte Estelles Blick zwischen uns hin und her.

»Hast du Damla Abbas wirklich umgebracht?«, platzte ich heraus, und Folkvar runzelte die Stirn.

Langsam schüttelte er den Kopf.

»Warum warst du dann in der Wohnung dieser Frau?«

Seine Verwirrung schien noch zu steigen. »Welcher Frau denn?«

»Na ... des Mordopfers.«

»Ich war in keiner Wohnung, und ich kenne niemanden mit diesem Namen.«

»Und wie kommen dann deine Fingerabdrücke dorthin?«

»Was sind Fingerabdrücke? Seit meiner Ankunft in der Nacht bin ich nur auf der Straße gewesen.«

»In der Nacht? Welcher Nacht?« Meine Stimme erreichte eine höhere Oktave.

»Die Nacht, die vor diesem Tag lag.«

Das konnte nicht sein. Wenn er die Wahrheit sagte, dann ... Mir kam ein furchtbarer Gedanke. Estelle nahm mir das Pfefferspray aus der zitternden Hand.

Ich deutete auf Folkvar. »Was ist, wenn er nicht die Figur ist, die wir suchen?«, flüsterte ich. »Wenn es noch eine zweite gibt? Der Mord passierte gestern Nachmittag. Wenn es stimmt, dass er erst in der Nacht übergetreten ist, kann er es nicht gewesen sein.« Meine Atmung beschleunigte sich, und ich musste die Hände auf die Knie stützen, um den Schwindel zu bekämpfen.

Estelle rieb mir beruhigend über den Rücken. Die Pistole hatte sie gesenkt. »Woher wissen wir, dass du die Wahrheit sagst?«, fragte sie Folkvar geradeheraus, der daraufhin beleidigt das Kinn hob.

»Ich bin kein Lügner. Ich habe meine Ehre«, erwiderte er aufgebracht und voller Pathos. Dann fügte er an mich gewandt hinzu: »Du weißt das doch, du hast mich geschrieben.«

Das stimmte. Ich hatte ihn erfunden. Und ich wusste, dass er einer von den Guten war. Sollte ich ihm also glauben?

»Du siehst ihr ähnlich«, sagte er auf einmal unvermittelt.

»Wem?«

»Meiner Hulda.«

»Oh.« Peinlich berührt richtete ich mich wieder auf. »Aber was machst du hier? Ich meine, wie bist du hierhergekommen?«

»Ich weiß nicht genau, wie ich hergekommen bin. Ich erinnere mich nur noch daran, dass wir gerade einen Streit zwischen zwei Bauern schlichten mussten, als plötzlich ein Portal vor uns aufging. Ich bin näher getreten, um zu sehen, was es ist.«

»Natürlich bist du das.« Ich seufzte, dann wandte ich mich an Estelle. »Ich habe ihn so geschrieben. Er geht stets voran.«

»Ein Anführer?«

Ich nickte. »Damals habe ich doch nicht gedacht, dass er deshalb durch ein Portal gezogen werden würde«, sagte ich verzweifelt.

»Kann er zaubern?«

Bedauernd schüttelte ich den Kopf. »Das darf doch alles nicht wahr sein ...« Ich konnte nicht fassen, dass ausgerechnet mir so etwas widerfuhr. Ich hatte nie Ärger mit meinen Figuren gehabt, und jetzt waren auf einmal schon zwei von ihnen übergetreten.

Würden weitere folgen?

Ich versuchte, mich zu beruhigen. Wenigstens war mit Folkvar einer von den Netten nach Kapitolo gekommen. Er war ein grundehrlicher Typ mit einem Herzen aus Gold. Klassischer Fall von *raue Schale, weicher Kern*.

Oder machte ich mir da gerade etwas vor? Hatte ich nicht selbst zu Jop gesagt, dass es auch die Netten gewesen sein könnten? Vor allem die Netten! Und Estelle hatte mich davor gewarnt, dass die Geschichte einer Figur nie auf den Seiten eines Buchs endete. Was wusste ich schon über ihn? Aber ich spürte einfach, dass er die Wahrheit sagte. Er hatte Damla Abbas nicht umgebracht – und er war nicht die Figur, die wir suchten.

»Wieso haben sie dich bisher nicht aufgegriffen?«, fragte Estelle. »Als du hier angekommen bist, musst du anders ausgesehen haben, oder nicht?«

Ich erinnerte mich noch an die Kleidung, die ich für ihn beschrieben hatte, und aus welcher Welt er kam.

»Ich habe die Sachen gewechselt.«

»Wie denn?«

»Ich habe jemanden überfallen.«

»Gute Güte ...«

Er zuckte mit den Schultern. »Es war kalt, als ich hier ankam.«

»Ja, bei euch ist immer Frühling«, murmelte ich mehr zu mir selbst als zu ihm.

»Es regnet viel. Du hast eine Vorliebe für Regen ...«

Betreten schaute ich ihn an. »Wenigstens sind es warme Frühlingstage. Das sind mir die liebsten.«

Er nickte. »Außerdem bin ich ja nachts unterwegs gewesen. Am Anfang war es etwas verwirrend ...«

Ich dachte an all die Dinge, die er nicht kannte: Autos, Elektrizität. Es war erstaunlich, dass er sich so gut durch unsere Welt bewegen konnte. Es musste ihm doch wie Hexerei vorkommen. »Hat dir die Stadt keine Angst gemacht?«

»Angst ist dazu da, überwunden zu werden.«

Bei dieser Phrase warf mir Estelle einen amüsierten Blick zu. »Ein echter Held, was?«

Ich zuckte mit der Schulter, genau das sollte er ja sein. Trotzdem tat er mir leid. Kapitolo musste ein ziemlicher Kulturschock für ihn sein.

Offenbar sah er mir an, was ich dachte, denn er sagte: »Dort, wo ich herkomme, gibt es ... Gerüchte. Über die Dinge jenseits der Grenzen unserer eigenen Bücherwelten. Manchmal erhaschen wir einen Blick auf das, was du sonst noch schreibst.« Er führte das nicht aus, und ich erinnerte mich daran, darüber gelesen zu haben.

Dr. José Martinez hatte die These aufgestellt, dass die Übergänge der einzelnen erschaffenen Buchwelten eines Autors bis zu einem gewissen Grad fließend waren, nachdem er Interviews mit inhaftierten Figuren geführt und diese ausgewertet hatte. Er vertrat die Theorie, dass die Welten, die ein Autor geschaffen hatte, durchlässig waren, und die Figuren in ihnen daher bis zu einem gewissen Grad voneinander wussten. Seine Annahmen galten als umstritten, da es kaum möglich war, unabhängige Beweise dafür zu finden, und die Figuren ungern über ihre Welt redeten.

Folkvar trat einen vorsichtigen Schritt auf mich zu. »Es hat mich einige Zeit gekostet, bis ich dich gefunden habe, wir können zwar in einem gewissen Maß spüren, wo unsere Schöpfer sind, aber das ist kein Wegweiser oder so.«

Bedeutete das, dass die andere Figur mich ebenfalls jederzeit finden konnte? Sollte ich darauf warten, dass sie sich bei mir meldete? Vielleicht wäre es klüger gewesen, nicht in der Gegend herumzulaufen? Doch wer sagte, dass sie wirklich zu mir kam? Möglicherweise hatte diese Figur kein Interesse daran, mich zu treffen.

»Und woher hast du dann gewusst, wohin du gehen musst?«

Er runzelte die Stirn. »Ich hatte Hilfe ... Jemand hat mir gesagt, dass du auf dem Weg ins *Kaufhaus der Wünsche* bist.«

»Wer hat dir geholfen?«

»Das kann ich dir nicht sagen.«

»Warum nicht?«

»Weil ich es nicht weiß.«

Ich hob die Hände. »Ich verstehe überhaupt nichts mehr.«

Er kratzte sich am Kopf. »Es war eine ganz komische Sache. Ich habe eine Stimme gehört.«

»Eine Stimme?« Estelle zog die Brauen hoch.

Er nickte. »Sie war auf einmal hinter mir und hat gesagt, dass ich mich nicht umdrehen soll.«

»Und das hast du getan?«

»Ich wollte abwarten, worauf das Ganze hinausläuft. Außerdem hatte mich in diesem Moment jemand als deine Figur erkannt, die Situation war heikel.«

»Und dann?«

»Dann hat er gesagt, dass ihr hierherkommt.«

»Er? Es war also ein Mann?«

Wieder nickte er.

Konnte es Driessen sein? Aber warum hatte er Folkvar dann nicht verhaftet? Konnte Driessen wirklich wissen, wohin wir gingen?

»Hat dich die VdF im Visier?«, fragte ich Estelle.

»Man weiß natürlich nie, ob man auf ihrer Liste steht, aber ich glaube nicht, dass sie mich beschatten lassen. In der Regel halte ich mich von Demonstrationen und solchen Sachen fern, um keine Aufmerksamkeit auf mich zu lenken.«

Wer konnte es dann sein? Hensens Kollege Sanders?

»Fällt dir sonst noch etwas ein, das uns weiterhelfen könnte?«

Folkvar schüttelte den Kopf. »Nein. Als ich mich umgedreht habe, war derjenige längst verschwunden. Ich bin dann einfach weitergegangen.«

»Hast du versucht, ihn abzuhängen? Oder bist du danach einfach schnurstracks hierhergekommen?«

Betreten blickte er mich an, und ich seufzte. Das mochte meine Schuld gewesen sein. In seiner Geschichte war Hulda für all die klugen Einfälle zuständig gewesen. Sie war schließlich die Heldin des Romans, und ich hatte nicht schon wieder eine weibliche Hauptfigur schreiben wollen, die von einem männlichen Retter alle Lösungen für ihre Probleme geliefert bekam. Also war Hulda sehr schlau und Folkvar ... sehr stark.

»Ich muss wissen, wer mich beobachtet.« Ich wandte mich an Estelle. »Wer konnte wissen, wohin wir gehen?«

»Niemand. Nicht einmal Jop weiß, in welche Richtung wir aufgebrochen sind.«

Mir wurde schon wieder schlecht. »Jemand muss mir gefolgt sein. Von Anfang an.« Mir war schleierhaft, wie das dieser Jemand bewerkstelligt haben sollte. Unsere Flucht über die Dächer der

Flusshäuser war von unten nicht zu sehen gewesen. Hatte jemand eine Drohne auf mich angesetzt?

»Und wie bist du an dem Türwächter vorbeigekommen?«

»Der wird ihn reingelassen haben, weil er eine Figur ist. Du musst uns schon mit Josie gesehen haben.«

Er nickte, und ich erinnerte mich an das Gefühl, beobachtet zu werden, das mich im Buchladen überfallen hatte.

»Erstaunlich, dass dich niemand bemerkt hat. Du bist nicht gerade unauffällig«, sagte sie und stützte die Hände in die Hüften. Sie reichte Folkvar gerade einmal bis zur Brust, trotzdem schaute er etwas verlegen, als er berichtete: »Manchmal ist es leichter, in einer Menge zu verschwinden. Die Leute sind mit sich beschäftigt. Außerdem ...« Er deutete auf seine Kapuze.

Ich spähte in die Dunkelheit außerhalb des Lichtscheins der Taschenlampe, konnte aber weder etwas sehen noch Geräusche hören. War derjenige, der uns verfolgte, immer noch in der Nähe?

»Wir müssen langsam weiter«, gab Estelle zu bedenken, aber eine Frage brannte mir noch unter den Nägeln.

»Sind noch andere Figuren von mir übergetreten?«

»Das weiß ich nicht«, antwortete Folkvar. »Hulda konnte mir nicht folgen, das Portal hat sich geschlossen, sobald ich hindurch war. Ich habe keine Ahnung, warum es entstanden ist und ob es noch weitere Portale gab.«

Erschöpft rieb ich mir über die Stirn. »Großartig.«

»Und jetzt?« Ungeduldig schaute mich Estelle an.

»Keine Ahnung.«

»Ich werde euch begleiten.« Folkvar nickte. »Ihr braucht Schutz.«

Ich wollte nicht riskieren, dass er an der Oberfläche herumlief und von der VdF aufgegriffen wurde. Ich hatte schon genug Probleme, auch ohne dass bekannt wurde, dass eine weitere meiner Figuren den Übergang geschafft hatte. »Na schön, dann komm mit.«

»Und ich muss einen Weg nach Hause finden«, sagte er. »Ich will zurück zu Hulda.«

Plötzlich kam mir ein Gedanke. Möglicherweise war er genau die Hilfe, die mir gefehlt hatte, um die andere Figur zurückzuschicken! Er schien motiviert, wieder aus Kapitolo zu verschwinden. Seine Ankunft hier war nur ein Unfall gewesen, er hatte sein Zuhause nie verlassen wollen. Wenn ich ihm in Aussicht stellen würde, ihm dabei zu helfen, in den Schwarzen Tempel zu gelangen, würde er mir im Gegenzug vielleicht dabei helfen, die zweite Figur ebenfalls zurückzuschicken.

»Ich verspreche dir, wir finden einen Weg, dich zu Hulda zurückzubringen.« Da ich Estelles skeptischen Blick auf mir spürte, raunte ich ihr zu: »Vielleicht hilft es uns hier unten, eine Figur dabeizuhaben. Wegen der Glaubwürdigkeit und so.«

»Von mir aus«, willigte sie nach einem Moment ein.

Mit einem Mal überkam mich das überwältigende Bedürfnis, ihn zu umarmen. Also tat ich es. Ich drückte ihn fest an mich, und es dauerte nur einen Augenblick, bis er ebenfalls die Arme um mich legte und mich fast vom Boden hob. Für wenige Sekunden schloss ich die Augen, spürte dem leichten Schlag nach, der mich bei der Berührung erfasste, und als ich die Augen wieder öffnete, sagte ich: »Ich kann nicht glauben, dass du tatsächlich vor mir stehst.«

Wir sahen uns in die Augen und grinsten uns an wie Kinder, bis sich Estelle räusperte.

»Ich gehe voran«, sagte Folkvar, aber sie schüttelte den Kopf.

»Du weißt doch gar nicht, wo es langgeht. Du kannst hinten laufen.« Sie wies mit dem Daumen über die Schulter, und widerwillig ließ er sich darauf ein, das Schlusslicht unseres Gänsemarschs zu bilden.

Während wir weitergingen, flüsterte ich Estelle zu: »Tut mir leid, sein Name bedeutet *Führer der Menschen*, er ist es nicht gewohnt, hinten zu gehen.«

»Und ich nehme an, dass er auch im Bett den Ton angibt, nicht wahr?«

Bei dieser Frage musste ich lachen. »Was soll ich sagen, ein Held mit Potenzproblemen wäre in dem Genre eine Neuheit.«

Amüsiert winkte sie ab und führte unsere kleine Gruppe an. Schweigend liefen wir weiter, und ich konnte Folkvars Anwesenheit in meinem Rücken spüren, obwohl uns mehrere Schritte trennten. Das Band zwischen uns strahlte eine seltsame Wärme ab, und zu keiner Zeit hatte ich Bedenken, dass er mich attackieren würde. Ich war mir seines Charakters sehr sicher, denn er schien mir in der Tat so, wie ich ihn mir damals vor einigen Jahren ausgemalt hatte.

Zum ersten Mal, seit diese Sache begonnen hatte, verspürte ich Neugier bei dem Gedanken, meiner anderen Figur gegenüberzustehen. Die Begegnung mit Folkvar hatte Hoffnung in mir geweckt, dass ich auch mit ihr dieses Band der Vertrautheit knüpfen würde.

Wir waren eine Weile unterwegs gewesen, als wir auf einmal Stimmengewirr und Geräusche hörten, die lauter wurden, je näher wir kamen. Als wir das Ende des Gangs erreichten, waren die Geräusche zu Lärm angewachsen. Wir traten auf einen Balkon, von dem aus eine schmale Steintreppe nach unten führte. Vor uns tat sich die größte Höhle auf, durch die wir bisher gekommen waren. Sie hatte die Ausmaße eines Fußballfelds und war mindestens so hoch wie ein mehrstöckiges Haus.

Wir blickten auf eine Art Markt. Es gab Stände, Zelte und Geschäfte, deren Ladenflächen in den Felsen gearbeitet worden waren. Bunte Markisen verbanden sich zu einem farbigen Flickenteppich, es roch nach Essen und frischer Farbe. Von der Decke hingen Hunderte Lampen und Lampions, die die riesige Fläche auf mehreren Etagen erleuchteten. An den vier Ecken des Markts erhoben sich Holztürme in die Höhe, deren Nutzen sich mir nicht erschloss. In der Luft über den Ständen kreisten und flatterten mehrere Vögel und andere *Wesen*.

Estelle hatte nicht übertrieben, zwischen den Ständen mussten sich Hunderte Menschen und Figuren tummeln. Vor Staunen blieb mir der Mund offen stehen. Überwältigt starrte ich auf die Figuren, die sich hier unten frei bewegten, als gäbe es keine VdF, als wäre es völlig normal, dass sie sich in Kapitolo befanden!

Da waren nicht nur menschenähnliche Figuren, sondern auch allerlei mythologische Gestalten und Mischwesen. Direkt unter mir sah ich zwei Gargoyles, einen sprechenden Hund, eine Gruppe kleinerer Feen und eine Figur, die mir verdächtig nach dem kleinen Prinzen aussah, wenn die Rose unter ihrem Glassturz ein Indiz war, die er in der Hand trug. Ich sah ein Gerippe mit einem Spatzen auf dem Schädel, das plaudernd neben einem Fakir lief. Eine Frau, die aussah wie die Zeichnungen auf alten Geister-Heftromanen, führte ein Biest an der Leine, das mich an Robert Jordans Schattenhunde im *Rad der Zeit* erinnerte. Der Anblick war mir nicht geheuer.

Die Eindrücke dieses Ortes stürmten einer Flutwelle gleich auf mich ein, und ich fragte mich, ob ich überhaupt noch in Kapitolo war. Vielleicht waren nicht die Figuren übergetreten, sondern ich?

Hier schien die Grenze zwischen der Fantasiewelt und unserer eigenen aufgelöst, und ich ertappte mich dabei, wie ich in der Menge nach einem bekannten Gesicht Ausschau hielt. Für einen kurzen Moment hoffte ich, über mir das Schlagen von Taubenflügeln zu hören.

Fieberhaft glitt mein Blick über die Menge.

»Willkommen im Untergrund«, sagte Estelle und deutete auf das, was vor uns lag. »Das ist das wahre Kapitolo! Die Stadt der Figuren.«

13

Ich kam mir vor wie ein Kind, das zum ersten Mal einen Vergnügungspark betritt. Aufgeregt und eingeschüchtert. Niemals im Leben hatte ich erwartet, so viele Figuren an einem Ort zu sehen. Sie liefen an mir vorüber, streiften mich, warfen mir neugierige Blicke zu. Die Luft schien wie elektrisiert, und schon nach wenigen Metern nahm ich die leichten elektrischen Schläge kaum noch wahr.

Manche Figuren lächelten mich an, andere musterten mich misstrauisch. Ich konnte es ihnen nicht verübeln. Hin und wieder grüßte Estelle eine Figur oder einen Menschen, sie schien eine gewisse Bekanntheit im Untergrund zu besitzen. Es wurden viele Sprachen gesprochen. Lebendige und erfundene, einige erkannte ich, andere nicht, und immer wieder hörte ich den Klang von Esperanto.

Wir zogen zwar Aufmerksamkeit auf uns, was auch an Folkvar lag, aber der von mir befürchtete Aufruhr blieb aus. Hier waren wir nur wenige unter vielen. Nichts Besonderes eben. Endlich nahm ich die Mütze ab, lockerte den Schal und öffnete den Mantel. Seit Stunden hatte ich zum ersten Mal wieder das Gefühl, frei atmen zu können.

Mit flüchtigen Blicken konnte ich an den Ständen Waren des täglichen Bedarfs erhaschen: Essen, Kleidung und Werkzeuge. Ich wäre gern an jedem Stand stehen geblieben, um mir die Auslage anzuschauen, aber Estelle drängte weiter. Die Zeit blieb auch hier unten nicht stehen, und meine Probleme waren nicht weniger geworden. Meine Figur war immer noch auf der Flucht, eine weitere war nach Kapitolo gekommen, und zu allem Überfluss verfolgte uns ein Unbekannter, dessen Agenda wir nicht kannten.

Estelle hielt ebenfalls nach meiner Figur Ausschau, während sie sich einen Weg durch die Menge bahnte. Aber es war schwierig, eine Figur zu erkennen, von der man nicht wusste, wie sie aussah. Ich ging davon aus, dass ich irgendwie merken würde, wenn sie plötzlich vor mir stand, aber sicher war ich nicht.

Nichtsdestotrotz fing mich der Zauber dieses Ortes ein. Die Neugier packte mich, und ich fragte mich, welche Geschichten hinter all diesen Figuren steckten. Kannte ich vielleicht sogar ihre Erschaffer?

Doch die brennendste Frage war, warum die Figuren nicht in die Welten zurückwollten, aus denen sie gekommen waren. Hatten sie sich hier verliebt? Kamen sie aus einer gewalttätigen Geschichte? Folkvar wollte nicht hierbleiben, weil es ihn zu Hulda zog. Vielleicht hatten andere Figuren jedoch nichts und niemanden, der auf sie wartete.

Aber war es das wert, hier im Untergrund zu leben? Für immer in die Dunkelheit verbannt? So faszinierend die Höhlen und ihre Architektur auch waren, konnten sie wirklich Ersatz für eine Welt voller Licht, Natur und blauem Himmel sein, die an der Oberfläche auf sie wartete?

Ich hatte so viele Fragen, wollte so vieles wissen, die Neugier brannte mir unter der Haut. In meinem Kopf bildeten sich Sätze, um alles, was ich sah, aufzuschreiben und festzuhalten. Doch auch dafür blieb keine Zeit. Estelle blieb nicht stehen, sie führte uns an den Ständen vorbei, ein klares Ziel vor Augen. Es drängte mich, den Notizblock herauszuziehen und meine Beobachtungen festzuhalten, aber es ging immer weiter.

Als ich Estelle nach unserem Ziel fragte, erwiderte sie nur: »Du wirst es schon bald sehen.«

Schließlich verließen wir die Höhle mit dem Marktplatz durch einen schmaleren Seitengang, und ich warf einen bedauernden Blick zurück. Hinter uns drängten sich weitere Menschen und Figuren durch den Gang. Stehen bleiben war unmöglich. Das Licht des Marktplatzes reichte nur wenige Meter in den Gang hinein, danach mussten wir wieder Gebrauch von unseren Taschenlampen machen. Wenn uns Leute mit ihren eigenen Laternen und Lampen entgegenkamen und sich an uns vorbeiquetschten, konnte ich in diesem Dämmerlicht kaum erkennen, ob es sich um Menschen oder Figuren handelte – es sei denn, es waren eindeutig Fantasiewesen.

Ein Mann mit ledrigen Flügeln schimpfte lautstark vor sich hin, als die Flügelspitzen die Felswand über ihm streiften. Ich musste seine Sprache nicht verstehen, um zu wissen, dass seine Flüche drastisch ausfielen.

Nach wenigen Minuten verbreiterte sich der Gang abrupt und endete auf einer Art Terrasse. Als wir auf sie hinaustraten, eröffnete sich unter uns ein breiter Schacht, der einen Durchmesser von mindestens hundert Metern hatte und dessen Ende nicht erkennbar war. Auch über uns schraubte er sich in dämmrige Höhen. Eine riesige gusseiserne Wendeltreppe wand sich an der Seite nach unten und oben. Sie führte vorbei an ähnlichen Terrassen wie der, auf der wir standen. Vermutlich waren es Eingänge zu weiteren Gängen und höhlenartigen Behausungen ähnlich den Höhlensiedlungen Kappadokiens. Viele von ihnen zierten prachtvolle hölzerne Türen. Auf der Treppe waren zahlreiche Leute unterwegs.

Wir traten an die Brüstung, hinter uns liefen die Figuren vorbei, um die Treppe zu erreichen oder von dort aus in den Gang zu kommen. Estelle deutete auf eine tiefer liegende, golden gestrichene Flügeltür auf der anderen Seite des Schachts, die auf beiden

Seiten von Marmorsäulen eingerahmt wurde. Über der Tür hing ein Relief mit einer Sphinx, und Wachen sicherten den Eingang.

Erstaunt betrachtete ich die modernen Waffen an ihnen, denn bisher war mir der Untergrund eher märchenhaft vorgekommen. Doch diese Männer trugen Sturmgewehre und Pistolengürtel, Schutzwesten und Helme, sie sahen aus wie Mitglieder eines Sturmtrupps.

»Wer zum Henker wohnt hier, dass die da nötig sind?«, flüsterte ich Estelle zu, damit uns die vorübergehenden Figuren nicht hören konnten.

»Vielleicht wäre es besser, wenn ich nicht mit hineingehe«, sagte sie. »Ylvi, die Hausherrin, und ich haben in der Vergangenheit bereits ein paar Meinungsverschiedenheiten gehabt.« Bedeutungsschwer sah sie mich an. »Ohne jetzt groß ins Detail zu gehen ... Es gibt im Untergrund Bestrebungen, den Status quo zu verändern und die Menschen langfristig daran zu gewöhnen, dass die Figuren unter ihnen sind.«

»Du meinst, den Untergrund öffentlich zu machen?«

Sie nickte. »Ylvi ist nicht dieser Meinung. Sie lebt schon sehr, sehr lange hier und möchte, dass der Untergrund weiterhin im Verborgenen bleibt. Ihr Wort hat hier Gewicht, weil viele Figuren bei ihr aus unterschiedlichen Gründen in der Schuld stehen. Sagen wir einfach, sie versucht, jede Diskussion über eine Öffnung des Untergrunds im Keim zu ersticken.«

»Ist das der Grund, warum sie so schwer bewacht wird?«

»Unter anderem.« Sie fixierte die Tür, und ich hatte nicht den Eindruck, dass sie glücklich darüber war, mit besagter Hausherrin zu sprechen.

»Bist du sicher, dass wir das überhaupt tun sollten? Gibt es keinen anderen Weg, an Informationen zu kommen?«, fragte ich daher, aber sie nickte nur grimmig.

»Wenn jemand weiß, ob wir deine Figur hier unten finden, dann sie.« Plötzlich straffte sie die Schultern und sagte: »Nein,

nein, ich werde mitkommen. Ich kann euch unmöglich allein in die Höhle der Löwin gehen lassen.«

»Wenn du nicht mit hineingehen möchtest, habe ich vollstes Verständnis, Estelle.«

»Ach was.« Sie winkte ab.

Ich warf Folkvar einen Blick zu, der unruhig die Hand auf den Schwertknauf legte und sich aufmerksam umsah, als präge er sich die Umgebung sehr genau ein.

»Was immer ihr auch in diesem Haus seht, es ist wichtig, dass ihr nicht darauf reagiert«, schärfte uns Estelle ein.

»Mir gefällt das nicht«, erwiderte Folkvar, und ich konnte ihm nur zustimmen. Mir gefiel es auch nicht.

»Warum habe ich nur das Gefühl, dass wir gleich der Herzkönigin gegenüberstehen, die unsere Köpfe rollen sehen will?«, murmelte ich, als Estelle den ersten Schritt auf die Wendeltreppe tat, deren Stufen uns zur goldenen Tür bringen würden.

Folkvar ging um mich herum und zur Wendeltreppe, rasch schob er sich an Estelle vorbei. Diesmal ging er wirklich voraus, und keine von uns widersprach. Er war es auch, der wenige Augenblicke später den Türklopfer bediente und mit den Wachen redete, die schwer bewaffnet den Eingang sicherten.

Einer der Männer bedeutete uns, ihm zu folgen, während der andere weiterhin die Tür bewachte. Folkvar musste sein Schwert abgeben, was er nur widerwillig tat. Auch Estelle und ich wurden kurz abgetastet, dabei verloren wir das Messer, die Pistole und den Schlagring. Nur das Pfefferspray übersahen sie, weil die Kapsel zu klein war.

Wir liefen über schwere Orientteppiche, von denen mehrere übereinandergelegt worden waren, sodass es sich anfühlte, als würde man über einen Moorboden schreiten. In der Luft hing der Geruch von Rauch, wie er durch ausgeblasene Kerzen entstand, und das Laternenlicht wurde durch an der Wand angebrachte kleine runde Spiegel reflektiert. Von den Fluren gingen zahlreiche Türen ab, vor denen teilweise bodenlange, dicke Vorhänge hingen. Sie schluckten nicht nur Geräusche, sondern versperrten auch die Sicht. Zwischen den Türen hingen unzählige Fotos von Menschen und Figuren, manche noch schwarz-weiß, andere in grellen Farben. Sie erzählten ihre ganz eigenen Geschichten, doch es blieb keine Zeit, sie zu betrachten.

In den Gängen begegneten wir Menschen und Figuren gleichermaßen. Manche senkten den Blick, andere wiederum sahen uns beinahe herausfordernd in die Augen. Hin und wieder kamen mir Gesichter bekannt vor, aber ich wusste nicht, ob sie mich nur an jemanden erinnerten – oder ich tatsächlich ihre Geschichten gelesen hatte.

Auf einer Treppe packte mich plötzlich eine Frau am Handgelenk. Erschrocken blieb ich stehen, und Folkvar wollte schon dazwischengehen, als die Frau rief: »Kate Kowalski!«

Vorsichtig sagte ich: »Ja?«

»Ich habe all Ihre Bücher gelesen! Ich bin Ihr größter Fan!«

Die Frau war mittleren Alters und sah meiner Friseurin erstaunlich ähnlich. Hätte sie nicht einen vollkommen anderen Dialekt gesprochen, hätte ich möglicherweise tatsächlich überlegt, ob es meine Friseurin war. Sie trug das Haar in einem modischen Kurzhaarschnitt und hatte die Augen dunkel umrandet. Neben ihr lief ein junger Mann, dem die Szene sichtlich peinlich war.

»Mama«, sagte er und versuchte, sie von mir fortzuziehen.

Doch die Frau schüttelte ihn ab. »Aber Asmundson, das ist Kate Kowalski!«

Offenbar hatte sie mich trotz Perücke erkannt. Ich wünschte nur, sie hätte leiser geredet. Im Untergrund musste ich zwar keine Angst haben, ihre Begeisterung verunsicherte mich trotzdem.

Vertraulich legte sie mir die Hand auf den Arm. »Ich will nur, dass Sie wissen, dass ich Ihre Bücher großartig finde. Eigentlich lese ich nur Krimis, aber Ihretwegen habe ich auch die Fantasybücher gelesen. Ich habe ein bisschen gebraucht, um das mit den Pseudonymen zu durchschauen, aber dann habe ich alles verschlungen.« Sie zwinkerte mir zu, und überrumpelt dankte ich ihr. Sie tätschelte mir den Arm. »Das wird schon wieder alles werden, jetzt sind Sie ja hier.« Ihre Geste mochte den Untergrund oder nur dieses Haus umfassen, das war nicht ganz klar. »Sehen Sie, mein Sohn«, sie deutete auf Asmundson, »erst habe ich ja gedacht, du lieber Himmel, was denkst du dir nur dabei, dich mit einer Figur einzulassen, aber dann habe ich mein Kind bekommen, und alles hat auf einmal Sinn ergeben, verstehen Sie, was ich meine?«

Überrumpelt nickte ich.

»Eben. Und so wird das auch bei Ihnen sein. Im Moment ist es schwierig, aber es wird sich schon alles fügen. Genau wie in Ihren Büchern. Sie wissen gar nicht, wie sehr mich diese Romane über schwierige Zeiten gebracht haben.« Sie seufzte hörbar, während ich noch zu begreifen versuchte, dass der junge Mann, der hinter ihr stand, offenbar eine Figur zum Vater hatte.

Estelle sah aus, als könnte sie sich ein Lachen kaum verkneifen, und die Wache, die uns durch das Haus führte, drängte gestikulierend zum Weitergehen.

»Ja, Sie haben natürlich zu tun«, sagte die Frau hastig. »Jeder hat hier immer etwas zu tun, nicht wahr?« Verschwörerisch beugte sie sich zu mir. »Ich freue mich wirklich sehr, dass Sie den Weg zu uns gefunden haben. Das ist doch alles sehr schwierig mit den Gesetzen in Kapitolo. Der Vater meines Jungen hat ihn auch nie kennengelernt.« Plötzlich traurig, schüttelte sie den Kopf, und Asmundson legte ihr die Hand auf den Arm.

»Komm, Mama«, sagte er, und sie sah ihn stolz an.

»Er ist Autor geworden, stellen Sie sich das vor! Er versucht damit, seinen Vater zu erreichen. Deswegen sind wir hier im

Goldenen Haus.« In ihren Augen schimmerten Tränen, und ich wusste nicht, was ich darauf erwidern sollte.

Daher berührte ich nur kurz mitfühlend ihre Schulter und sagte: »Ich bin sicher, seine Texte sind wunderbar.«

»Das sind sie.« Sie schniefte noch einmal, dann ließ sie sich von ihrem Sohn weiterführen, der mir entschuldigend zunickte.

»Viel Erfolg!«, rief ich ihnen nach, und die Frau winkte mir lächelnd zu.

Auf seltsame Art hatte mich diese kurze Begegnung tatsächlich hoffnungsvoller gestimmt.

Die Wache drängte weiter, und auch Estelle winkte hastig, während ich noch zu verarbeiten versuchte, was gerade geschehen war. Ich hatte nicht erwartet, ausgerechnet hier unten jemanden zu treffen, der meine Bücher gelesen und gemocht hatte. Auch wenn das Treffen auf der Treppe etwas seltsam gewesen war, so hatte es mir doch Freude bereitet.

»Was meint sie damit, er versucht, seinen Vater zu erreichen?«, fragte ich Estelle, aber sie schüttelte den Kopf. »Ich habe noch nie davon gehört, dass … na ja, dass Figuren und Menschen … Du weißt schon … Kinder zeugen können.«

Der Blick, den sie mir zuwarf, spiegelte halb Amüsement, halb Frustration. »Was hast du gedacht, was passiert, wenn Leute aufeinandertreffen?«

»Aber ist das überhaupt möglich?« Ich senkte die Stimme zu einem Flüstern herab. »Ich meine, anatomisch?«

Jetzt verriet ihr Blick sehr genau, dass sie an meiner Intelligenz zweifelte. »Nicht, wenn du einen Zentauren heiratest«, war ihre Antwort, und ich lief tatsächlich ein bisschen rot an und ließ das Thema auf sich beruhen. Es war offensichtlich, dass ich vieles über den Untergrund noch nicht wusste.

Wahrscheinlich war es also kein Wunder, dass ich wie hypnotisiert stehen blieb, als wir an einer offenen Tür vorübergingen. Ich kann nicht mehr genau sagen, was ich zu sehen erwartete, aber sicher nicht, dass es eingerichtet war wie ein Schlafzimmer! An der Wand stand ein Bett, es gab einen kleinen Tisch mit Fernseher darauf, außerdem einen Schrank und drei Topfpflanzen, die aussahen, als könnten sie Wasser gebrauchen. An den Wänden hingen Drucke von Renoirgemälden, die denen in der Gartenlaube meiner Großeltern ähnelten. Die Mitte des Zimmers nahm ein großes Schreibpult ein.

Dahinter stand ein Mann mittleren Alters, der mir lediglich einen flüchtigen Blick zuwarf, bevor er sich wieder den Papierbögen widmete, die vor ihm lagen. Er fuhr mit einem Füller kratzend über die Seiten.

Auf dem Bett hinter ihm saß eine Figur, eine Frau in einem blauen Wollkleid, die ebenfalls lose Seiten vor sich hatte und auf ihnen mit einem Stift Notizen machte. Hin und wieder nannte sie ihm Seitenzahlen, und ein wildes Blättern folgte, bis beide auf den gewünschten Seiten waren. Es störte sie offenbar nicht, dass ich ihnen zusah.

»Wer ist das?«, fragte ich, als Estelle neben mir stehen blieb.

»Ein Autor und seine Muse.«

»Wirklich?«

»Nein, Kate. Es ist eine seiner Figuren.«

»Oh. Und sie …«

»Schreiben.« Sie deutete auf die Szene vor uns, als wolle sie sagen: *Ist das nicht offensichtlich?*

»Ja, natürlich«, erwiderte ich.

Aber war es das wirklich?

Irgendwie hatte ich etwas Geheimnisvolleres erwartet. Vielleicht sogar *Skandalöseres.* Dieses Haus erinnerte mich eher an so manches Luxusbordell in Amsterdam als an die Unterkünfte, in denen Autoren für ihre Werkstipendien untergebracht wurden.

Meine Verwirrung war mir offenbar anzusehen, denn Estelle seufzte und deutete den Gang hinunter. »In jedem dieser Zimmer sitzt ein Autor und schreibt. Manchmal sind Figuren bei ihnen, manchmal nicht. Das ist das Besondere an diesem Haus. Hier werden *Korrekturen* vorgenommen.«

»Korrekturen?«

Sie nickte. »Im Plot. An den Figuren. Am Text!«

»Für bereits geschriebene Geschichten?« Meine Stimme war so laut geworden, dass der Autor am Pult aufsah und der Wächter uns erneut und dieses Mal energischer zum Weitergehen aufforderte.

»Viele Autoren möchten gern Änderungen an ihren Texten vornehmen, nachdem sie auf ihre Figuren getroffen sind. Der Plot ist schließlich nicht immer *freundlich*. Häufig ist das erste Aufeinandertreffen von Autoren mit ihren Figuren auch«, sie senkte die Stimme, »schmerzhaft. Hier haben sie die Möglichkeit, auf neutralem Terrain aufeinanderzutreffen, in Ruhe zu reden und, falls der Wunsch besteht, Dinge zu ändern.«

»Drüben in der Fantasiewelt?«

Wieder nickte sie. »Für die übergetretene Figur kann natürlich nichts mehr geändert werden, aber darum geht es ja auch nicht immer.« Sie hob die Hand. »Jetzt weißt du Bescheid, das ist das Besondere am Goldenen Haus. Das ist das, was in Ylvis Haus geschieht. Es ist ein Korrekturbüro. Nur ohne die Lektorinnen und Lektoren Kapitolos, die überwachen könnten, was zwischen den Zeilen geschieht.«

»Gibt es viele davon?«

»Ein paar. Aber Ylvis Haus ist das bedeutendste. Sie stellt zur Verfügung, was so mancher Autor für das Erschaffen seines Werks braucht, ein *Ambiente*.«

Das mochte vieles umfassen. Ich kannte Autoren, die nur unter Drogen richtig gute Texte schrieben. Andere wiederum benötigten absolute Stille. Wieder andere konnten nur arbeiten, wenn sie vor einem Fenster saßen, einen Bademantel dabei trugen oder ihre Füße vorher in Eiswasser gebadet hatten. Die Reihe merkwürdiger Angewohnheiten, die Leuten beim Verfassen von

Texten halfen, war lang. Manche dieser Angewohnheiten waren harmlos, andere nicht, und langsam verstand ich, warum so viele Leute in Ylvis Schuld standen.

Grübelnd betrachtete ich Folkvar, der vor uns lief.

Figuren durchlaufen die Geschichte, für die sie erfunden werden, so lange, bis der Text nicht mehr bearbeitet wird, ihre Geschichte entfaltet sich für sie, bis sie zu Ende ist. Erst danach führen sie bis zu einem gewissen Grad in ihrer Welt eine Art Eigenleben. Doch solange der Autor daran arbeitet, können sie dem, was der Autor über sie schreibt, nicht entkommen.

Ich brachte nicht oft Figuren in meinen Romanen um, nie Haupt- oder wichtige Nebenfiguren, aber es gab Tote und andere schlimme Ereignisse – ohne Drama schließlich keine Spannung und ohne Hindernisse kein Happy End. Bisher hatte ich mir nie viele Gedanken dazu gestattet, ich wollte so wenig wie möglich darüber nachdenken. Doch jetzt fragte ich mich, ob ich Folkvar anbieten sollte, seine Welt zu verändern. Sollte ich mich in eines dieser Zimmer zurückziehen und seine Geschichte neu schreiben? Das Wetter freundlicher machen? Seine Feinde weniger intrigant? Das Essen abwechslungsreicher?

Ich tippte ihm auf die Schulter. »Bist du wütend auf mich, dass ich, na ja, dass ich das alles geschrieben habe? Du und Hulda habt einiges durchmachen müssen, bis ihr euer Happy End gefunden habt.«

»Aber wir haben eines.«

Da hatte er recht, die meisten meiner Romane endeten mit einem. Oder zumindest einem hoffnungsvollen offenen Ende. Ich musste an Anna Karenina und Tom Robinson denken – ob ihre Autoren je ein schlechtes Gewissen gehabt hatten? Obwohl wir um die Figuren wussten, ihnen in Kapitolo begegneten, vielleicht sogar mit ihnen sprachen oder sie berührten, konnten wir alle eines nicht tun: mit dem Schreiben aufhören. Ließen wir das Schreiben sein, würden zwar keine neuen Figuren in die Existenz gehoben werden, aber sie würden auch kein Leid erfahren. Waren wir alle selbstsüchtig, weil wir unsere Geschichten erzählen wollten? Oder unsere Leser, weil sie sie lesen wollten?

»War es kein Schock, als du in unsere Welt gekommen bist? Ich meine, das ist doch hier alles neu: Autos, Handys, Strom.«

Er zuckte mit den Schultern. »Ja, schon, aber irgendwie ...«

»Hast du das alles gut weggesteckt«, ergänzte Estelle.

Er nickte.

»Das ist nicht ungewöhnlich«, sagte sie zu mir. »Du darfst nicht vergessen, dass du ihn genau so geschrieben hast. Er ist der Held, er kommt zurecht. So etwas sieht man hier unten oft.«

»Aber ich ... habe seinen Waffenbruder gemeuchelt«, gab ich kleinlaut zu. Der Gedanke daran schien mir auf einmal unerträglich.

Wieder zuckte er mit den Schultern. »Das ist lange her.«

»Siehst du. Er kommt zurecht. Sei doch froh.« Doch sie schien zu spüren, dass mich das Thema durcheinandergebracht hatte, und fügte hinzu: »Die Welt ist kompliziert, Kate. Nicht nur in den Köpfen der Menschen, aber vor allem dort. Und die Beziehung zwischen Figuren und Menschen ist nicht immer einfach. Erst recht nicht zwischen Figuren und ihren Schöpfern.«

Mehr sagte sie nicht, und ich hatte das Gefühl, dass sie mir etwas zu erzählen versuchte, es in Folkvars Gegenwart jedoch unterließ.

Doch mir blieb keine Zeit mehr, weitere Fragen zu stellen, denn wir wurden in einen kleinen Salon geführt, der ganz in Gold gehalten war. Es glänzte und gleißte, als würde man auf den Schatz des Drachen Fafnir schauen. Was dort auf dem mit goldener Seide bezogenen Sofa lag, war jedoch kein Drache.

Es war eine Frau.

Sie war groß und trug ein rosafarbenes Seidenkleid, das im reflektierenden Licht beinahe feucht wirkte, ihr goldschimmerndes Haar war so dicht und lang, dass man annehmen konnte, es wäre eine Perücke. Auf dem Kopf trug sie einen ausladenden Kopfschmuck mit funkelnden Kristallen, um den sie jeder Cosplayer beneidet hätte. Sie besaß wohl das schönste Gesicht, das ich je in meinem Leben gesehen hatte. Und das wollte etwas heißen mit Folkvar im Raum – allerdings war auch sie kein Mensch.

»Willkommen«, sagte sie mit tiefer Stimme und deutete auf Sessel, die dem Sofa gegenüberstanden.

Zögerlich nahmen wir Platz. Selbst Folkvar, der die rechte Hand zur Faust ballte, als würde er noch immer ein Schwert halten. Er warf misstrauische Blicke auf einen frei laufenden Vogel, der wie ein Kasuar aussah, allerdings nur halb so groß war. Das Tier hatte einen spitzen Schnabel und an einer seiner drei Zehen eine handlange, scharf aussehende Kralle. Sein kobaltblauer Hals leuchtete schwach. Vielleicht hatte Folkvar schlechte Erfahrungen mit Vögeln gemacht.

Mich beunruhigte eher das halbe Dutzend Fische in einem großen Aquarium an der Wand. Sie sahen nicht aus wie Zierfische. Dass es keine Piranhas waren, konnte ich erkennen, trotzdem waren mir die Tiere suspekt, wie sie da dicht an der Frontscheibe entlangschwammen, als erwarteten sie jeden Moment, dass etwas ins Wasser fallen würde.

Ylvi ließ uns durch einen Diener, der wie aus dem Nichts erschien und mich an Stevens, den Butler aus *Was vom Tage übrig blieb* erinnerte, Getränke bringen. Es war eisgekühlter Weißwein, an dem Estelle und ich vorsichtig nippten, da wir nicht ablehnen konnten, ohne unhöflich zu wirken.

»Wir haben uns eine Weile nicht mehr gesehen«, sagte Ylvi schließlich zu Estelle, während sie wie ein Teenager eine Strähne ihres langen Haars durch die Finger gleiten ließ.

»Ich war eine Weile nicht mehr hier.«

Ich bewunderte ihre gelassene Miene, es gehörte offenbar einiges dazu, Estelle noch zu beeindrucken. Oder ihr Angst zu machen. Ylvi warf mir einen Blick zu, sicher fragte sie sich, wie viel ich von Estelles Geschichte wusste.

Auch ich stellte mir Fragen. Wie eng waren Estelles Verbindungen in den Untergrund wirklich? Ich hatte den Eindruck, dass sie ihren Einfluss herunterspielte. Konkurrierte Jop tatsächlich nur gegen einen Schatten aus ihrer Vergangenheit oder auch gegen das Engagement für eine verbotene Sache?

Ich konnte den Blick nicht von Ylvi abwenden, und sie lächelte mich nachsichtig an.

»Entschuldigung«, sagte ich, »ich habe noch nicht oft mit Figuren gesprochen.«

»Ja, da oben gibt es nicht so viele von uns.« Ihr Lächeln wurde schmal, und neben mir straffte Estelle die Schultern.

Auch ohne den Hinweis auf ihre Meinungsverschiedenheit wäre jedem Beobachter klar gewesen, dass diese beiden eine unangenehme Vergangenheit teilten. Doch Estelle schluckte den Köder nicht.

Also richtete Ylvi ihre Aufmerksamkeit auf Folkvar. »Willkommen im Untergrund«, sagte sie.

Er nickte, was er jedoch darüber hinaus von ihr hielt, war nicht zu erkennen. Ihm musste das alles ähnlich verwirrend vorkommen wie mir. Vor Kurzem war er noch zu Hause gewesen, in der Welt, die er kannte, und plötzlich befand er sich an einem Ort, von dem er vorher höchstens Gerüchte gehört hatte.

»Hast du vor, bei uns zu bleiben?«, fragte sie ihn direkt.

Er schüttelte den Kopf.

»Dann war deine Reise hierher also ein Versehen?«

»Könnte man so sagen.«

»Mhm.« Sie trank einen Schluck. »Das passiert. Nicht so oft, aber es kommt vor.« Sie lächelte ein Haifischlächeln. »Wir haben Verbindungen, wir können dir helfen, wenn du das möchtest. Der Schwarze Tempel hat nicht nur dort oben Brunnen für die Rückführung, er reicht weit in die Erde.«

Brüsk nickte er, aber glücklich sah er dabei nicht aus. Auch ich hatte das Gefühl, dass die Sache einen Haken haben würde. Diese Frau sah nicht aus, als würde sie irgendjemandem einen Gefallen erweisen, ohne eine Gegenleistung zu verlangen.

Ich räusperte mich, um Ylvis Aufmerksamkeit auf mich zu lenken, denn ich wollte endlich zu dem Thema kommen, weswegen wir hier waren.

Ihr Blick richtete sich auf mich. »Natürlich haben wir auch von dir gehört, Kate.«

»Zweifelhafte Geschichten sicherlich«, versuchte ich mich an einem Scherz, aber sie ging nicht darauf ein.

»Deine Geschichte beherrscht gerade die Medien.«

»Das wird auch wieder vergehen. Keine Geschichte lebt ewig, ganz gleich, was man über das Internet sagt.« Das hoffte ich jedenfalls.

»Du bist auf der Suche nach deiner Figur.« Sie warf Folkvar einen amüsierten Blick zu. »Der *anderen*.«

»Ist sie hier? Weißt du, wer sie ist?«, platzte ich heraus.

»Nein.«

»Dann ist sie nicht hier?«

»Sie war hier.«

Verwirrt sah ich erst sie, dann Estelle an. »Was soll das heißen?«

Ylvi stellte das Glas auf dem Tisch zwischen uns ab. »Wir wissen nicht, wer sie ist. Für *dich*. Welchen Namen du ihr gegeben hast. Aber sie war hier bei mir in diesem Haus, so viel kann ich dir verraten.«

Aufgeregt rutschte ich an die Kante des Sessels. »Dann kannst du sie beschreiben. War es eine Frau? Ein Mann?« Ich zerrte die Prioritätenliste mit den Fotos und Beschreibungen aus der Manteltasche und hielt sie ihr hin. Huldas Namen hatte ich inzwischen durchgestrichen. Mit klopfendem Herzen wartete ich auf eine Antwort.

Sie warf einen Blick darauf und schüttelte den Kopf.

Enttäuscht ließ ich mich nach hinten sinken. Ich war so sehr davon überzeugt gewesen, dass es eine dieser Figuren sein musste, doch jetzt stand ich wieder ganz am Anfang. Folkvar war der Beweis dafür, dass es keine Hauptfigur sein musste, schließlich hatte er auch als bloßes Love Interest den Übergang geschafft. Wer konnte es also sein?

Etwa doch Kapitän Moo mit seinem Totenschädel? Musa, der nervöse Grundschullehrer mit seiner Liebe für den Fußballverein El-Gaish? Arabella, die nie mehr als vier Stunden schlief und ununterbrochen Hustenbonbons lutschte? Tsenokro, der über erstaunliche magische Fähigkeiten verfügte, aber Angst vor lauten Geräuschen hatte? War eine dieser Figuren fähig, nach Kapitolo zu kommen und hier einen Menschen umzubringen? Das schien mir alles so absurd.

»Wo ist sie jetzt?«

»Das weiß ich nicht.«

»Ist sie noch im Untergrund?«

»Nein.«

Das war ja wie Zähne ziehen. »Weißt du vielleicht, wo sie hinwollte?«, fragte ich ungeduldig.

»Auch das wissen wir nicht.«

»Was wisst ihr denn nun?«

Estelle legte mir die Hand auf den Arm und Ylvi den Kopf schief.

»Wir wissen, dass sie hier war und jemanden gesucht hat. Sie kam zu mir, weil sie wissen wollte, ob ich ihr bei ihrer Suche helfen könnte. Genau wie du.«

»Nach wem hat sie gesucht?«

»Das kann ich dir nicht sagen.«

Ich hob in einer frustrierten Geste die Hände. »Weil du es nicht weißt oder weil du es nicht sagen willst?«

»Weil ich nicht will.«

Estelle sah genauso irritiert aus, wie ich mich fühlte. Offenbar war Ylvis Verhalten selbst für sie nicht einzuschätzen.

Wen könnte meine Figur hier gesucht haben? Jemanden, der mit ihr in Zusammenhang stand? Jemanden, der mit *mir* in Verbindung stand? Eine andere Figur, die vor ihr den Übergang geschafft hatte? Wer sagte denn, dass sie die Erste gewesen war? Vielleicht traten schon seit Jahren Figuren von mir über, ohne dass ich oder irgendwer sonst es bisher gemerkt hätte?

»Was kann ich tun, damit du es mir sagst?« Ich versuchte, die Ungeduld aus meiner Stimme herauszuhalten.

»Gar nichts.«

»Ich will ihr doch nur helfen! Ist es nicht das, was ihr hier unten macht?« Ich schüttelte den Kopf.

»Sicher. Und aus genau diesem Grund, kann ich dir nicht sagen, wen sie gesucht hat: Weil ich auch noch anderen Figuren helfe. Für deine Suche ist es im Moment nicht entscheidend, wen deine Figur hier zu finden gehofft hat, weil er ohnehin nicht hier ist. Er ist wie ein Schatten.«

Bei diesem Wort zuckte Folkvar zusammen, und irritiert schaute ich ihn an, aber er erwiderte nichts. Von wem sprach Ylvi nur? Wer war *er*? Der mysteriöse Mann, der Folkvar den Hinweis gegeben hatte, wohin Estelle und ich gegangen waren? Oder war hier noch ein Spieler unterwegs? Ich wusste noch nicht einmal, ob wir von Menschen oder Figuren redeten.

Wie würden meine Ermittler jetzt vorgehen? Wen würden sie verdächtigen?

Befolgte man gängige Genreregeln, lautete die Antwort in einem solchen Fall: Der geheimnisvolle Verfolger durfte nicht der offensichtlichste Verdacht sein. Also vermutlich nicht Driessen oder einer seiner Leute. Meistens handelte es sich am Ende um eine Figur, die irgendwo am Anfang schon mal aufgetaucht war – im Hintergrund –, die der Leser zwar wahr-, aber nicht ernst genommen hatte. Wer konnte in meiner Geschichte diese Rolle übernehmen?

Der Beamte, der mir den Durchsuchungsbefehl übergeben hatte? Das Pärchen, an dem wir bei unserer Flucht über die Dächer vorbeigerannt waren? Weras Mann Sebastian?

Je mehr ich darüber nachdachte, desto stärker wurden die Kopfschmerzen, die ich bereits seit einer Weile verspürte. Die Grenze zwischen Realität und Fiktion verschwamm, und mein Leben ähnelte immer mehr einer Geschichte statt der Wirklichkeit.

Ylvis Blick ruhte schwer auf mir, sie sah mich an, als wüsste sie etwas über mich, und das beunruhigte mich. Nervös rutschte ich im Sessel herum, der mir trotz seiner weichen Polsterung auf einmal sehr unbequem erschien.

War es möglich, dass Folkvars unbekannter Helfer und derjenige, den meine Figur suchte, ein und dieselbe *Person* waren?

»Wie hat meine Figur ausgesehen? Kannst du mir wenigstens das beantworten? War es ein Mann, eine Frau? Magisch, nicht magisch?«

»Ich würde sagen, eine Frau, aber wer weiß das schon genau. Ich glaube nicht, dass sie magisch begabt war.«

»Blond? Brünett? Groß, klein? Wie alt?«

Ylvi trank erneut und lächelte. Fehlte nur noch, dass sie die Finger vor der Brust aneinanderlegte, dann würde sie einen ziemlich typischen Bösewicht abgeben. Vielleicht hatte sie zu viel Zeit mit Antagonisten verbracht.

»Glaubst du wirklich, dass ausgerechnet diese Figur all das offenbaren würde?«, fragte sie.

Ich runzelte die Stirn. »Wie soll sie es denn verhindern? Hat sie einen Mantel getragen, eine Maske?«

»Unter anderem. Ich kann dir sagen, dass sie weder sehr groß noch sehr klein war. Hilft das weiter?« Sie klang amüsiert.

Nein, das half mir nicht weiter, und das wusste sie auch. Ich neigte nicht dazu, meine Figuren sehr klein sein zu lassen, einfach, weil ich es selbst nicht war. Es blieben Dutzende Figuren übrig, die nach Kapitolo gekommen sein konnten.

»Wie willst du dann wissen, dass es nicht doch einer von ihnen war?«, warf Estelle ein und deutete auf die Prioritätenliste, die noch auf dem Tisch lag.

Ylvi seufzte, als wäre diese Frage sehr unsinnig. Sie nahm den Stift und strich Emanuel von der Liste, weil er ein Mann war. Hulda hatte ich bereits gestrichen. Blieben noch Mirabelle, Lorenala und Olympe. Letztere strich sie als Nächste. »Die Sprache war modern.« Dann folgte Lorenala. »Deine Figur ist mit moderner Technik vertraut.« Und als Letztes folgte der Strich durch Mirabelle. »Und sie hatte eine andere Kleidergröße. Schmaler. Zufrieden?«

Frustriert steckte ich die nutzlos gewordene Liste ein. Was sollte ich nur als Nächstes tun? Hatte meine Suche hier unten bereits ihr Ende gefunden? Das alles klang dermaßen undurchsichtig, dass ich den Kopf schüttelte und mir an die Schläfen fasste. »Ich verstehe überhaupt nichts mehr.«

»Das kann ich mir vorstellen.« Sie strich sich das Kleid glatt.

»Dann war es doch reine Zeitverschwendung, dass wir hierhergekommen sind«, sagte ich zu Estelle, die betrübt nickte. »Wie sollen wir sie finden, wenn wir keine Ahnung haben, wo wir suchen sollen?«

»Tut mir leid, Kate. Das war alles, was mir eingefallen ist.«

Ich fasste nach ihrer Hand. Estelle war mir nichts schuldig und hatte mehr für mich getan, als irgendjemand von ihr verlangen konnte. Sie hatte mir mit dem Wissen um den Untergrund vertraut und bürgte für mich. Es war nicht ihre Schuld, dass diese Suche in einer Sackgasse endete.

»Vielleicht stellst du die falschen Fragen«, wandte Ylvi ein, und mir ging langsam auf, dass sie als Figur so angelegt war, kryptisch zu antworten. Es war einfach ihre Art zu sprechen, so wie andere einen Dialekt besaßen. »Wenn du deine Figur besser verstehen willst, musst du versuchen, Figuren als Ganzes besser zu verstehen. Du gehst immer noch zu sehr von dir aus.«

Aber war ich nicht der Ausgangspunkt für meine Figuren? Sie kamen doch aus mir. Oder etwa nicht? Sollte ich sie nicht am besten kennen? Mein Blick fuhr zu Folkvar, der mit verschränkten Armen neben mir saß. Ich konnte immer noch das Band zwischen uns spüren, das musste doch etwas bedeuten. »Ich habe keine Nerven für solche Spielchen«, erwiderte ich hitzig. »Wenn du uns nicht helfen kannst, dann verschwenden wir hier unsere Zeit.«

Sie seufzte theatralisch. »Du bist zu ungeduldig. Wie die meisten Autoren. Alles muss man euch erklären. Kein Wunder, dass eure Lektoren euch beständig an die Hand nehmen und eure Figuren mir die Tür für Korrekturen einrennen.« Kopfschüttelnd stand sie auf und trat an ein schmales Bücherregal. »Und wenn man euch kritisiert, fühlt ihr euch auf den Schlips getreten, statt zuzuhören.« Mit einer eleganten Bewegung zog sie ein zerfleddertes Taschenbuch heraus und reichte es mir.

Es war ein Fantasyroman, dessen Cover darauf schließen ließ, dass er schon ein paar Jahrzehnte auf dem Buckel hatte. Die Frau auf dem Cover war leicht bekleidet, wie es für diese Art Cover damals üblich war, und sah Ylvi auf unbestimmte Weise ähnlich. Ich betrachtete das Bild, betrachtete Ylvi – und begriff, dass es *ihr* Roman war.

»Ich nehme nicht an, dass dir der Name meines Schöpfers etwas sagt«, merkte sie an.

Edgar Gibson – da klingelte bei mir gar nichts.

»Er war nicht sehr erfolgreich.« Sie klang beinahe bedauernd.

Ich blätterte ins Buch, um mir im Impressum das Erscheinungsjahr anzusehen. 1972. »Wie lange bist du schon hier?«

»Eine Weile.«

Alterte sie etwa nicht? War sie unsterblich? Oder veränderte sie sich nur äußerlich nicht?

»Was ist mit ihm?«, fragte ich und deutete auf das Foto des Autors, das auf der Rückseite zu sehen war. Er hatte ein freundliches Gesicht mit runder Brille und schütterem Haar.

Ihr Blick bohrte sich in meinen. »Er ist tot.«

Das war aufgrund des Alters zu vermuten.

Doch plötzlich fügte sie plaudernd hinzu, als würde sie über das Wetter reden: »Ich habe ihn umgebracht. Ich habe es geplant, vorbereitet und ausgeführt.«

Zuerst glaubte ich, sie hätte einen Scherz gemacht, aber als sie nicht lachte, warf ich Estelle einen Blick zu. Die zuckte nicht einmal mit der Wimper. Offenbar war es für sie keine Neuigkeit. Entsetzt schüttelte ich den Kopf. Diese Figur hatte also einen Mord begangen. An ihrem Autor! War das hier unten etwa Allgemeinwissen? Wieso wurde es geduldet? Waren wir bei ihr überhaupt noch sicher?

Für einen Moment saß ich stocksteif da. Ich hatte noch nie wissentlich mit einem Mörder geredet. Ylvis Fremdheit, die ich bisher darauf geschoben hatte, dass sie eine Figur war, schien mir auf einmal so viel deutlicher. Mich überlief eine Gänsehaut, und am liebsten wäre ich aus dem Zimmer gerannt.

Folkvar hatte sich aufgerichtet und sah wieder aus, als vermisse er sein Schwert. Er suchte meinen Blick, als würde er auf meinen Befehl warten. Aber ich wusste nicht, wie ich reagieren sollte.

»Es ist doch so«, sagte Ylvi, als hätte sie nicht gerade diese Bombe platzen lassen, »Figuren spüren eine tiefe Verbindung zu ihrem Schöpfer, ganz gleich, welches Schicksal er ihnen zuschreibt. Das ist ein bisschen wie bei misshandelten Kindern, nicht wahr, sie lieben ihre Eltern immer noch. Und Figuren mögen ihre Autoren verachten, sie vielleicht sogar hassen und sich ihren Untergang wünschen, aber sie können sie nicht töten, weil das auch bedeutet, einen Teil von sich selbst zu töten.« Sie hob die Hand. »Aber ich habe es getan. Die Gründe dafür und warum es mir trotzdem gelang, spielen im Moment keine Rolle. Das Entscheidende ist, dass ich die Erste war.«

Sie klang merkwürdig stolz, und das machte mir mehr Angst als alles andere. Als wäre es eine heroische Tat, den eigenen Autor umzubringen, die eine Auszeichnung verdiente – eine groteske Umkehrung der alten Schreibregel *Kill your Darlings.*

»Die Erste?« Meine Frage war kaum mehr als ein Flüstern. »Willst du mir sagen, dass es noch mehr Morde an Autoren gibt und meine Figur mich töten will?« Wartete sie auf die passende Gelegenheit?

»Ich will damit sagen, dass es immer einen Ersten seiner Art geben wird. Irgendwann.«

»Was bedeutet das?«

»Das musst du schon selbst herausfinden. Ich kann dir nicht alles verraten, so läuft das nicht. Wo kämen wir da hin, wenn im Krimi nach der Hälfte bereits alles erklärt wird?« Wieder wirkte sie amüsiert über meine Unwissenheit, und auf einmal regte sich Widerstand in mir. Ich wollte mich nicht einschüchtern lassen.

»Ich hasse es, wenn der Plot einer Geschichte nur dadurch vorankommt, weil irgendjemand zum falschen Zeitpunkt schweigt«, sagte ich, um sie zu provozieren, und Estelle nickte.

»Spannungsaufbau durch Verzögerung«, fügte sie hinzu, den Blick direkt auf Ylvi gerichtet. »Der älteste Trick im Buch. Novellen sind sowieso die besseren Romane.« Sie warf einen abfälligen Blick auf das mindestens vierhundert Seiten starke Taschenbuch zwischen uns.

Dieser Satz führte dazu, dass Ylvi zum ersten Mal missmutig die Stirn runzelte und mit ihrer Rolle als gelassener Bond-Bösewicht brach. Es war offensichtlich, dass Estelle einen wunden Punkt getroffen hatte. Ich war mir nur nicht sicher, wie klug es war, eine bekennende Mörderin zu provozieren.

»Ich nehme nicht an, dass du meine Figur zu den Umständen in Mitte-West ausgehorcht hast?«, fragte ich schnell, um von Estelle abzulenken.

»Du meinst, ob sie Damla Abbas getötet hat?«

Ich nickte, und Ylvi wandte endlich den Blick von Estelle ab.

»Doch, das habe ich.«

»Und ist das eine dieser Fragen, die du mir nicht beantworten kannst?«, nahm ich die Antwort vorweg, die ich erwartete.

Zu meiner Überraschung zuckte sie jedoch mit den Schultern und sagte: »Sie hat es zugegeben, als ich sie danach gefragt habe.«

Sämtlicher Mut, den ich mir eben noch eingeredet hatte, war wie weggeblasen, und meine Hoffnung, dass diese Geschichte für mich möglicherweise zu einem guten Ende führen könnte, fiel schlagartig in sich zusammen wie ein Kartenhaus.

14

Kate! Kate!«

Jemand rüttelte mich an der Schulter. Mir fuhr ein scharfer Schmerz in den Oberschenkel, ich zuckte zusammen und blinzelte.

Estelle hatte mich ins Bein gekniffen, und besorgt sah sie mich an. »Bist du wieder bei uns?«

Zitternd nickte ich. Mein Kopf war wie leer gefegt, ich wusste nicht, was ich als Nächstes tun sollte, alles schien auf einmal sinnlos – meine Zukunft ausgelöscht.

»Reiß dich zusammen!«, sagte Folkvar bestimmt.

Langsam, als wäre ich unter Wasser, drehte ich ihm das Gesicht zu.

Er hatte sich erhoben und ragte über mir auf. Ich streckte die Hand nach ihm aus, berührte seinen Arm, und ein leichter elektrischer Schlag erfasste meine Fingerspitzen. Fragend blickte er zu Estelle, als könne sie ihm erklären, was mit mir los sei.

»Es ist noch nicht zu spät«, sagte sie eindringlich, aber ich konnte nur laut lachen.

»Ich komme ins Gefängnis!«, rief ich. »Niemand in meiner Familie war je im Gefängnis. Mein Vater traut sich nicht mal, bei der Steuererklärung zu schwindeln! Und das ist doch so etwas wie ein Volkssport.«

Den schlechtesten Ruf hatte mein Großonkel Richard, weil er manchmal eine Handvoll lose Schrauben aus Baumärkten klaute.

Ich wäre die Erste, die jahrelang eingesperrt sein würde. Und wenn ich irgendwann wieder freikäme, würde ich eine Umschulung machen müssen, weil mir sicher niemand mehr die Lizenz zum Schreiben ausstellte. Meine Karriere war vorbei!

Das Zittern in meinen Fingern wurde stärker.

»Tu doch was!«, rief Folkvar, aber es war unklar, ob er Estelle, mich oder sogar Ylvi meinte.

Schließlich war es tatsächlich Ylvi, die mich aus meiner Starre löste, indem sie schlicht sagte: »Menschen sind manchmal so dramatisch. Das ist doch nicht das Ende der Welt.«

Ihre Worte durchdrangen den Nebel, der sich in meinem Gehirn gebildet hatte, und überrumpelt erwiderte ich: »Wie bitte?«

»Es wird sich eine Lösung finden.«

Wie sollte diese Lösung denn aussehen? Sollte ich auswandern? Mich für immer verstecken? Driessen hatte von Anfang an recht gehabt: Meine Figur war schuldig, und ich würde dafür bezahlen müssen. Vielleicht war es auch eine gerechte Strafe: Ich hatte einen Mörder erschaffen, das ließ sich jetzt nicht mehr leugnen, und ohne mein Schreiben würde ein unschuldiger Mensch noch leben.

»Sie hat recht«, sagte Estelle. »Du musst dich zusammenreißen. Noch ist nichts verloren. Wir müssen die Figur finden und herausfinden, warum sie diese Frau umgebracht hat. Möglicherweise gibt es mildernde Umstände, die das Gericht anerkennt. Vielleicht war es Notwehr?«

Skeptisch blickte ich auf.

»Und wir müssen sie finden, bevor Driessen sie in die Finger bekommt, daran hat sich nichts geändert. Wenn ihr beide eine faire Chance wollt, musst du dafür sorgen, dass er sie nicht einschüchtern kann. Oder sogar Schlimmeres ...«

»Oder ihr könntet sie herbringen«, warf Ylvi ein, und wie auf Kommando drehten wir ihr die Köpfe zu.

»Was?«, flüsterte ich überrumpelt.

Sie deutete vage in den Raum. »Der Untergrund ist groß, sie wäre nicht die erste Figur mit zweifelhafter Vergangenheit. Anstatt sie der Polizei zu übergeben, wäre es besser, ihr bringt sie her, und wir klären das auf unsere Weise.«

Das war eine Variante, an die ich noch gar nicht gedacht hatte. Wenn meine Figur im Untergrund verschwand, war sie genauso wenig in der Lage, vor Gericht auszusagen. Außerdem bliebe mir dann genug Zeit zu überlegen, wie ich sie möglicherweise in den Schwarzen Tempel bringen konnte.

Dass Estelle mit diesem Angebot nicht zufrieden war, konnte ich ihr ansehen, ich verstand nur nicht, warum. Ging es ihr um die Bestrafung? Gab es hier unten überhaupt so etwas wie Gesetze? Es musste immerhin Regeln für das Zusammenleben geben, sonst würde ja alles im Chaos versinken. Aber wer setzte diese Regeln durch? Oder steckte mehr dahinter? War das eine politische Sache, und Estelle dachte langfristig an die Öffnung des Untergrunds? Dann würde es schwierig werden, den Menschen dort oben zu erklären, dass man Mörder versteckt hatte.

Doch bevor ich etwas sagen konnte, ging die Tür auf, und eine weitere Figur betrat den Raum. Dass es kein Mensch war, sah man sofort: Der Junge besaß Katzenohren und einen langen buschigen Fuchsschwanz, mit dem er nach dem frei laufenden Vogel schlug, der hinter ihm herlief. Er flüsterte Ylvi etwas ins Ohr, und überrascht zog sie die Brauen nach oben. Einen Moment lang schien sie nicht genau zu wissen, was sie tun sollte, dann legte sie die Hände auf den übereinandergeschlagenen Knien ab.

»Ich glaube, dir wird nichts anderes übrig bleiben, als die Figur hierherzubringen. Wie es aussieht, gab es einen zweiten Mord, und diesmal lag die Mordwaffe neben dem Opfer. Mit Fingerabdrücken deiner Figur darauf.«

»Was?«

»Unser Kontakt bei der VdF hat es uns gerade mitgeteilt. Allerdings ist es noch nicht an die Öffentlichkeit gelangt. Driessen hält den Deckel darauf, weil die Spurensicherung am Tatort noch nicht abgeschlossen ist. Außerdem wird gemunkelt, dass er eine größere Operation vorbereitet, aber mehr konnte unser Kontakt noch nicht dazu sagen.«

Für einen kurzen Moment empfand ich gar nichts. Jegliche Emotion war wie ausgelöscht, als könnte ich damit die Welt zum Stillstand zwingen. Für wenige glorreiche Sekunden hielt ich die Katastrophe auf und verspürte Frieden.

Doch dann blinzelte ich, und das Wissen um das Geschehene brach über mir herein. Ein brennendes Schuldgefühl raste mir durch die Glieder und breitete sich im Bruchteil einer Sekunde vom Magen explosionsartig in den ganzen Körper aus. »Wissen sie schon, wer es war?«, fragte ich krächzend.

»Offenbar ein Arzt. Michael Jones. Er wurde in seiner Garage erstochen. Mit einem Schraubendreher.«

Mir wurde schlagartig so schlecht, dass ich den Oberkörper nach vorn beugte und den Kopf zwischen die Knie nahm. »O Gott …«

Dieses Mal kannte ich das Opfer.

Fünfzehn Jahre war es her, dass ich ihn das letzte Mal gesehen hatte, aber das konnte kein Zufall sein. Der Name stimmte überein, und Michael hatte Arzt werden wollen wie seine Eltern. »Das träume ich …«

Die Erinnerungen an jenen Sommer mit Rosalie durchbrachen die letzte Barriere und ließen sich nicht mehr aufhalten. Sie rissen sämtliche Mauern ein, die ich in mir aufgebaut hatte, und ich konnte sie sofort wieder auf der Haut spüren, die Hitze dieser langen Tage. Der Geruch von Chlor und Sonnencreme stieg mir in die Nase; das Gleißen der Sonne auf dem türkisfarbenen Wasser blendete mich. Ich hörte Michaels Lachen und Seans klappernde Schuhsohlen, sah Kaders unbewegliche Maske vor mir und auch Rosalies langes Haar in der Nachmittagsbrise.

Folkvar kniete sich vor mich hin und legte mir die Hände auf die Knie. »Kate!«, rief er wieder und wieder, bis ich ihn blinzelnd anblickte. Was auch immer er in meinem Gesicht sah, ließ ihn zurückzucken.

Ylvi betrachtete mich eindringlich. »Es gibt Gerüchte, dass du untergetaucht seist, weil du dich noch nicht im Präsidium gemeldet hast.«

»So ein Quatsch, ich bin doch nicht untergetaucht.«

»Wenn die VdF versucht hat, dich zu erreichen, haben sie in den letzten Stunden hier unten kein Glück damit gehabt.«

Aber das war nebensächlich, es gab eine drängendere Frage. »Hat sie dir gesagt, warum sie diese Leute umbringt?«, fragte ich Ylvi. »Sie muss doch etwas gesagt haben! Etwas angedeutet haben!«

Langsam schüttelte sie den Kopf. Ihre Miene war unergründlich, während ich fieberhaft überlegte, was mein nächster Schritt sein sollte. »Wir müssen zurück nach oben!«, sagte ich zu Estelle und Folkvar. »Wir sind es völlig falsch angegangen.«

»Kennst du das Opfer?«, fragte Estelle.

Ich nickte und öffnete den Mund, doch die Worte wollten mir nicht über die Lippen kommen. Wie sollte ich etwas erklären, das so furchtbar war, dass ich fünfzehn Jahre darüber geschwiegen hatte?

Zweimal setzte ich an, bevor ich endlich hervorbrachte: »Wir haben uns als Jugendliche gekannt. Wir ... wir haben einen Sommer lang im selben Freibad gearbeitet, während der Ferien.«

»Und seitdem hast du ihn nicht mehr gesehen?«

»Nein.«

Ich konnte ihr ansehen, dass sie skeptisch war und weitere Fragen hatte, aber dafür blieb keine Zeit. »Ich muss wissen, was es mit Damla Abbas auf sich hat, dem ersten Opfer«, stieß ich hervor. »Gibt es hier ein Telefon, das funktioniert?«

Ylvi schüttelte den Kopf. »Wir können dir keine Leitung anbieten, wenn wir nicht wissen, ob die andere Seite sicher ist.«

Ich sprang auf. »Wir müssen sofort zurück zu Jop.«

Aber als hätte sich alles gegen mich verschworen, ertönte auf einmal eine Sirene. Sie war so schrill, dass Estelle und ich uns die Hände auf die Ohren legten.

»Was zum Henker ...«, murmelte ich, während Ylvi zur Tür hinausging, kurz darauf jedoch wieder hereinkam.

»Im Moment könnt ihr den Untergrund nicht verlassen«, sagte sie. »Nicht, solange die Magier die Türen verschlossen halten.«

»Wie bitte?«

Estelle deutete unbestimmt nach oben. »Das ist der Alarm, weil Unbefugte einer der geheimen Türen zu nah gekommen sind.«

Ylvi nickte. »Es ist einer von Driessens Bluthunden. Er hat sich der Tür im alten Stahlwerk genähert.«

»Magier?«, erwiderte ich viel zu spät, und alle drei sahen mich an, als wüssten sie nicht, wo mein Problem liege. »Sagtest du gerade, Magier bewachen die Türen?«

»Natürlich. Wie hätte der Untergrund sonst so lange unentdeckt bleiben können?«

Estelle tätschelte mir den Arm. »Ich habe es dir doch gesagt: Zauberei.«

»Warum gehen die Magier dann nicht einfach nach oben und verzaubern die Leute in Kapitolo, damit ihr an die Oberfläche könnt?«

»Weil sie es nicht dürfen«, antwortete Ylvi gelangweilt, als wäre es eine alte Diskussion – und vielleicht war sie das für sie auch. »Sie wären ein leichtes Ziel, immerhin haben sie alle ihre Kryptonit-Eigenschaft. Nein, sie sind die Einzigen, die den Untergrund niemals verlassen dürfen.«

Mir war es schleierhaft, wie dieses Geheimnis so lange bewahrt werden konnte. Über all diese Jahrzehnte, es war unfassbar.

»Es gibt Überlegungen, die Dinge zu ändern«, erklärte Estelle. »Niemand möchte ewig im Dunkeln leben und ...«

»Niemand möchte sich täglich einer Gefahr aussetzen«, fuhr ihr Ylvi ins Wort. »Hier unten ist es sicher für die Figuren. Oben werden sie nur zur Zielscheibe.«

»Ein schleichender Tod endet auch in Zerstörung.«

Ich sah Estelle an, dass sie kurz davor war, laut zu werden. Ausgerechnet sie. Die Luft zwischen den beiden lud sich auf wie die Luft vor einem Gewitter.

Aber das war nicht meine Angelegenheit, die Politik dieses Orts ging mich nichts an. Ich hatte dringendere Probleme, schließlich musste ich zuerst meine Figur finden.

»Ich muss mit einem dieser Magier sprechen. Einer von ihnen wird doch sicher eine Glaskugel besitzen.«

»Wozu brauchst du eine Glaskugel?«, fragte Folkvar irritiert.

»Vielleicht nicht unbedingt eine Glaskugel, aber irgendetwas, mit dem man jemanden beobachten kann. Einen Spiegel vielleicht? Ein Wasserbecken? Oder vielleicht können sie noch irgendetwas anderes tun ... irgendeinen Zauber wirken, was weiß ich. Kommt doch drauf an, aus welchen Büchern die Zauberer sind und wann die geschrieben wurden. In den aktuelleren Büchern haben sie vielleicht keine Spiegel mehr, sondern Tablets. Sie müssen mir helfen, die Figur aufzuspüren.«

Ylvi hob die Hand. »Die Magier sind sehr zurückhaltend.«

»Was soll das heißen?«

»Sie zeigen sich nicht.«

»Sind sie Einsiedler?«

»Könnte man so sagen.«

Für mich klang das eher nach Gefangenen, wenn sie nicht rausdurften, aber auch diese Diskussion musste warten. »Wie lange werden die geheimen Türen versperrt sein?«

»Ein paar Stunden.«

Entsetzt fuhr ich auf. »Stunden? Aber die habe ich nicht! Driessen wird versuchen, mich aufzuspüren. Wenn ich bis morgen nicht auftauche, werden sie offiziell nach mir fahnden, und dann wird man denken, ich sei abgehauen, weil ich etwas zu verbergen habe.«

»Willst du dich stellen?«, fragte Estelle überrascht.

»Wofür denn? Ich kann hier nicht sitzen bleiben, während sich dort oben mein Leben auflöst und die Figur vielleicht noch mehr Menschen tötet. Ich meine, wer sagt uns denn, dass sie nicht schon das nächste Opfer im Visier hat? Wir müssen doch etwas dagegen tun!«

Ylvi betrachtete mich neugierig. »Ich fürchte, dir wird nichts anderes übrig bleiben«, sagte sie. »Mein Diener wird euch zur Bar bringen. Dort könnt ihr etwas essen und trinken und warten, bis die Sperre wieder aufgehoben wird.«

»Nein, ich …« Aber ich kam nicht weiter, denn Estelle stand auf und fiel mir ins Wort.

»Das werden wir machen«, sagte sie und legte mir die Hand auf die Schulter.

Fragend blickte ich zu ihr auf. Sie drückte mir leicht die Schulter, und widerwillig folgte ich der stummen Aufforderung und erhob mich ebenfalls, obwohl ich den Frust über die Entwicklung der Ereignisse kaum verbergen konnte.

Damit war die Audienz vorbei. Ylvis Gesicht glich einer Maske, und Estelle schob mich hastig aus dem Raum, bevor ich auch nur eine weitere Frage stellen konnte. Selbst eine Verabschiedung erfolgte nicht. Stattdessen bedeutete sie mir, ruhig zu bleiben und einfach dem Jungen mit den Katzenohren zu folgen.

»Vertrau mir«, flüsterte sie mir zu, »eine Diskussion bringt gar nichts.«

Das Gefühl, in eine Traumlandschaft geraten zu sein, verstärkte sich. In mir tobte ein Chaos an Emotionen, sodass ich keine mehr richtig identifizieren konnte. Nur meinen rasenden Herzschlag spürte ich überdeutlich.

Der Junge führte uns durch das Haus, das weit in den Felsen hineinreichen musste. In den Gängen waren viele Figuren und auch Menschen unterwegs. Manche von ihnen trugen Bücher in den Händen, andere nur Papierstapel unter dem Arm. Einigen konnte man ansehen, dass sie geweint hatten, andere wiederum stritten lauthals miteinander. Eine Figur warf ihrer Autorin einen fetten Rotstift an den Kopf, woraufhin diese damit drohte, deren Katze von einem Laster überfahren zu lassen. Daraufhin wurde die Wache gerufen, da es offenbar strengstens verboten war, Figuren unter Druck zu setzen. Wir sahen auch Umarmungen und hörten Gelächter. Und immer wieder das Tippen auf Tastaturen.

Wieder einmal ging es die teppichbesetzten Treppen und Gänge hinauf und hinunter, bis ich erneut die Orientierung verloren hatte. Die schlichte Bezeichnung *Haus* wurde diesem Ort nicht gerecht, es war ein Palast, dessen Treppenaufgänge mit den aus dem Felsen herausgehauenen Stufen und geschwungenen Handläufen den architektonischen Kunstwerken Gaudís glichen.

Unser Ziel war ein großer Raum, der eine Bar im Art-déco-Stil beherbergte. Es gab eine kleine Bühne, auf der jedoch im Moment niemand spielte. Hinter einem glänzenden Tresen erhob sich ein grün ausgeleuchtetes, verspiegeltes Regal, in dem Dutzende Flaschen mit alkoholischen Getränken standen. An der Decke hingen zwei große Kronleuchter, und auf den Tischen standen kleine Lampen mit roten Schirmen. Es roch schwach nach Blumen, und aus verborgenen Lautsprechern drang leise Jazz aus der ersten Hälfte des letzten Jahrhunderts.

Der Junge, der uns geführt hatte, deutete auf die Bar, während die Spitzen seiner Ohren zuckten. »Bitte warten Sie hier, die Getränke übernimmt das Haus. Sie können so lange bleiben, wie Sie möchten.«

»Wir wollen aber gar nicht bleiben«, erwiderte ich trotzig.

Er lächelte, ohne dass das Lächeln die Augen erreichte. »Ich fürchte, das lässt sich nicht vermeiden.« Mehr sagte er nicht. Stattdessen lächelte er noch einmal und blieb in der Tür stehen.

Wieder schob mich Estelle weiter, diesmal in Richtung der Tische. »Wenn Ylvi nicht will, dass wir gehen, werden die Wachen am Eingang uns nicht hinauslassen. Glaub bitte nicht, dass sie dir und deiner Figur aus reinster Herzensgüte Hilfe anbietet. Irgendetwas verspricht sie sich von dieser ganzen Sache.«

Folkvar hob die Hand. »Ich brauche mein Schwert zurück.«

»Dein Schwert wird dir gegen halbautomatische Waffen wenig helfen.«

An seinem Blick konnte ich erkennen, dass er nicht richtig verstand, worauf sie hinauswollte. Kein Wunder, mit dieser Art von Waffen hatte er keine Erfahrung.

»Wir müssen einen Weg finden, hier wegzukommen. Erst aus diesem Haus und dann aus dem Untergrund«, sagte ich entschlossen. »So schnell wie möglich.«

Estelle zog mich tiefer in den Raum. »Wir sollten uns kurz setzen. Zumindest so lange, bis der Kerl da«, sie deutete mit dem Daumen zur Tür, »sich eine andere Beschäftigung sucht.«

Widerwillig folgte ich ihr, wir setzten uns an einen Tisch an der Wand auf lederbezogene Sofas und bestellten bei einer jungen Dame, die offenbar ein Mensch war, Wasser. Für das, was vor uns lag, brauchten wir einen klaren Kopf. Als die Bedienung die Getränke brachte, stellte sie außerdem eine Schüssel mit Nüssen auf den Tisch, deren Inhalt Folkvar in wenigen Augenblicken verschlang. Die Bar war gut besucht, aber noch nicht überfüllt. Offenbar nutzten sie viele Gäste dieses Hauses, um die Ausgangssperre zu überbrücken. Wieder konnte ich hautnah beobachten, wie Menschen mit Figuren sprachen, lachten und sich gegenseitig berührten, als wäre es das Normalste auf der Welt.

Damals wusste ich noch nicht, wie häufig die Sirene es den Bewohnern des Untergrunds unmöglich machte, ihn zu verlassen oder zu betreten. Aber eines wurde mir sehr schnell klar: Sie reagierten gelassen darauf. Es war nichts, dem sie größere Beachtung schenkten, eher ein unbequemes Ärgernis. Sie verließen sich auf die Sicherheitsmaßnahmen und vertrauten der Macht der Magier. Vermutlich hatten Hickman und Weis ihnen einen großen Dienst erwiesen.

Eine Figur fiel mir jedoch auf, sie saß nur wenige Tische von uns entfernt. Es war ein großer hagerer Mann, doch das war gar nicht das Erstaunliche an ihm. Ihn umgab eine erdrückende Aura der Traurigkeit, die beinahe in Wellen von ihm abzustrahlen schien. In den Händen drehte er einen Bierkrug, sein Blick war auf die Tischplatte gerichtet, doch ob er irgendetwas davon sah, schien unwahrscheinlich. Er wirkte tief in Gedanken versunken.

»Das ist eine verwaiste Figur«, sagte Estelle, die meinen fragenden Blick bemerkte. »Ihr Autor ist tot.«

»Wie bei Ylvi?«

»Nein. Sicher nicht wie bei Ylvi.« Sie seufzte, während sie den Mann beobachtete. »Manche Figuren nehmen die Erkenntnis, dass ihre Autoren bereits verstorben sind, wenn sie nach Kapitolo kommen, nicht gut auf. Wir nennen sie die verwaisten Figuren. Manchmal drückt sich die mit dieser Erkenntnis einhergehende Orientierungslosigkeit auf diese Weise aus, die du dort drüben siehst.«

»Aber was macht er dann hier? Ich meine, in Ylvis Haus, wenn er keinen Autor mehr hat?«

»Er sucht einen neuen. Es gibt Autoren, die sich der verwaisten Figuren anderer Autoren annehmen und deren Geschichte korrigieren. Aber das ist kein Thema, über das gern geredet wird.«

Ich wollte gerade etwas dazu sagen, als ein kleiner Mann in einem hellen Anzug und Seidenhemd an unseren Tisch trat. Auf seiner Schulter saß eine Figur, die man im ersten Moment für eine Art Fee halten konnte, denn sie besaß Flügel, und ein leuchtender Schimmer umgab sie. Irritiert stellte ich fest, dass sie große

Ähnlichkeit mit Betty Boop besaß. Allerdings zeigte sie beim Lächeln winzige spitze Zähne und eine dünne lange Zunge, ähnlich der einer Schlange. Dafür, dass sie so winzig war, war sie sehr üppig ausgestattet. Ihren Bewegungen haftete etwas Anzügliches an, und ihr Anblick bereitete mir auf eine unbestimmte Art Unbehagen, da offensichtlich war, für welchen Zweck sie geschrieben worden war.

Der Mann schob sich einen Stuhl an unseren Tisch und setzte sich unaufgefordert hin. Er besaß ein attraktives Gesicht und ein charmantes Lächeln, und es dauerte nur einen kurzen Moment, bis ich erkannte, wer er war.

»Oliver Tognazzi«, entfuhr es mir überrascht.

Er legte die Hand auf die Brust und deutete im Sitzen eine Verbeugung an. »Es ist mir ein Vergnügen.«

Von allen Kollegen, die ich hier unten erwartet hätte, war er der Letzte, an den ich gedacht hätte. Während seiner Karriere hatte er so oft Ärger mit der VdF gehabt, dass es mir unmöglich schien, ein solches Risiko einzugehen, sich mit dem Untergrund einzulassen. Allerdings hatte ich auch nicht erwartet, ihn mit einer Figur zu sehen wie die, die sich auf seiner Schulter rekelte – für die Bewohner von Kapitolo mochte Tognazzi ein sympathisch-kauziger Kinderbuchautor sein, doch wer war er für die Leute hier unten?

Estelle schnaubte, und er wandte sich mit einem breiten Lächeln an sie.

»Wir haben dich lange nicht mehr gesehen«, sagte er.

»Ich hatte zu tun.«

»Ja, das Zeitungsgeschäft ist stressig.« Es klang herablassend.

»Du hast nicht gesagt, dass du ihn persönlich kennst«, sagte ich spitz und sah Estelle mit hochgezogenen Brauen an.

Sie winkte nur ab. »Was heißt schon kennen?«

»Man kommt sich eben näher, wenn man dieselben Ziele hat«, sagte er, doch davon wollte sie nichts hören.

»Wir haben sicher nicht dieselben Ziele.«

Er wandte sich an mich. »Frau Kollegin, es ist mir eine Freude, Sie hier zu sehen.«

Ich fand seine geschwollene Rede albern, auch dass er so tat, als würden wir uns kennen. Ich bildete mir nicht ein, dass er vor dieser ganzen Geschichte schon einmal von mir gehört oder gar etwas von mir gelesen hatte. Wir verkehrten nicht in denselben *Erfolgskreisen.*

»Man hört so einiges von Ihnen, Sie produzieren einen hübschen kleinen Skandal«, sagte er lächelnd. »Ich habe ja schon oft mit der VdF zu tun gehabt, und wenn man weiß, wie man mit ihnen umgehen muss …« Er klatschte in die Hände. »Ein Kinderspiel. Sie werden sehen, dass sich das alles wunderbar auf die Verkäufe auswirkt.«

Offenbar hatte er von dem zweiten Mord noch nichts gehört, sonst hätte er die Lage möglicherweise anders eingeschätzt.

Während er sprach, verfinsterte sich Estelles Gesichtsausdruck, aber das schien er nicht zu bemerken. Ich bekam den Eindruck, dass er sich gern reden hörte und lediglich ein Publikum gesucht hatte. Doch was tat er hier unten? Vor allem bei Ylvi? War auch Tognazzi gegen eine Öffnung des Untergrunds? Wenn sich an der Oberfläche herumsprach, dass er von den verborgenen Figuren in Kapitolo wusste, hatte er einiges zu verlieren. »Ist das eine von Ihren Figuren?«, fragte ich mitten in seine Ausführungen hinein und deutete auf die Fee auf seiner Schulter.

Tognazzi lachte. »Denkt man nicht, was?«

Nein, sicherlich nicht. Er wirkte ganz anders als in den Interviews, die ich von ihm gesehen hatte. Der Charme eines Schlitzohrs verlor sich im Ego eines Mannes, der sehr genau wusste, was er tat und wollte.

»Aus welchem Buch stammt sie?«

»Aus keinem.«

»Sie ist aus einem unveröffentlichten Text?«, fragte ich verblüfft.

Sein Grinsen und das seiner Figur wurden breiter, und mir kam ein unglaublicher Gedanke, den ich kaum auszusprechen wagte. »Können Sie ... Figuren bewusst in die Wirklichkeit schreiben?«

Neben mir schnaubte Estelle genervt, und ich war genau das gefesselte Publikum, das sich Tognazzi wünschte – so ungern ich es heute zugebe.

»Ganz so einfach funktioniert das leider nicht«, antwortete er lächelnd. »Zu meinem größten Bedauern.«

»Da bin ich mir sicher«, warf Estelle bissig ein.

»Wie funktioniert es denn?«, wollte ich wissen.

»Das ist das Geheimnis, nicht wahr?«

Sosehr mich sein Verhalten auch irritierte, ich musste erfahren, ob er mehr über den Übergang wusste, als er zugab. Also versuchte ich es mit einem der ältesten Tricks, die es gab, weil er dafür anfällig schien: Ich streichelte sein Ego.

Lächelnd fuhr ich mir über die Lippen und beugte mich nach vorn. Es war nicht einfach, in Jeans und Pullover verführerisch zu wirken, aber jahrelanges Flirten mit Lesern und Buchhändlern bei Signieraktionen hatte mich einiges gelehrt. Allerdings hatte das auch mehr Spaß gemacht. »Ich würde dieses Geheimnis gern kennen«, flüsterte ich.

»Sicher, wer nicht?«

Ich wartete.

Er lächelte.

Estelle verschränkte die Arme, und Folkvar ballte wieder einmal die Hand zur Faust.

»Niemand kann Figuren mit Sicherheit in die Wirklichkeit schreiben ...«, begann Tognazzi.

»Aber?«

»Aber ... bei manchen liegt die Quote höher.«

Ich strich mir eine Strähne hinters Ohr. »Weil?«

»Weil die Bedingungen stimmen.« Zufrieden lehnte er sich zurück, und ich legte die Hand über die Brust.

»Die da wären?«, säuselte ich. Himmel, wenn das so weiterging, hatte ich graue Haare, bevor ich irgendetwas aus ihm herausbrachte.

»Ich weiß, welche meiner Figuren gute Chancen haben überzutreten«, gab er schließlich zu. »Und eben welche eher nicht. Es ist«, er machte eine dramatische Pause, »eine Frage der Kommunikation.«

»Wie eine Beschwörung?«

Er lachte. »Eher wie der Wunsch, in Kontakt zu treten.«

Diese Aussage verblüffte mich. Ich hatte nie den Wunsch verspürt, eine meiner Figuren zu treffen, da war ich mir ziemlich sicher. Und schon gar nicht eine, die dazu fähig war, Leute umzubringen. Das konnte ich nicht glauben!

Er musste mir meine Skepsis ansehen, denn er fügte hinzu: »Ich sagte ja, es ist kompliziert. Aber das sind die besten Sachen im Leben, nicht wahr? Vielleicht ist Wunsch auch das falsche Wort. Man bekommt nicht immer, was man sich wünscht, nicht wahr? Im besten Falle bekommt man das, was man braucht.« Plötzlich sah er mich eindringlich an, als warte er darauf, dass ich etwas begriff. Aber natürlich verstand ich nicht, was er mir zu sagen versuchte. Da lächelte er wieder breit. »Wenn Sie meine persönliche Meinung hören wollen, dann sollte man Autoren diesen Kontakt auch nicht verwehren.« Er streichelte die Fee auf seiner Schulter, und ich hätte mich bei diesem Anblick beinahe geschüttelt.

»Interessante Ansicht«, fuhr Estelle dazwischen. »Soweit ich weiß, gilt deine Meinung nicht für Autoren dort oben, nicht wahr?«

Für eine Sekunde verlor sich das Lächeln, bevor sich Tognazzi zusammenriss. Nachsichtig blickte er Estelle an. »Du kennst meine Meinung zu deiner Forderung, den Untergrund zu öffnen. Die Welt ist noch nicht so weit. Du kannst nicht ernsthaft glauben, dass wir nicht alle in Gefahr wären, wenn die Welt von uns wüsste.«

Verärgert schüttelte Estelle den Kopf. »Dir geht es doch nicht um die Sicherheit, nur darum, deinen Spielplatz nicht zu verlieren.« Verächtlich deutete sie auf die Fee. »Das ist auch der Grund, warum du dich so blendend mit Ylvi verstehst. Euretwegen kann das alles noch bis in alle Ewigkeit so weiterlaufen.«

Aber Tognazzi ließ sich nicht aus der Ruhe bringen. »Das ist vielleicht nicht der richtige Zeitpunkt, um diese Diskussion zu führen. Ich könnte mir vorstellen, dass es dringendere Probleme gibt, deretwegen ihr hier seid.« Bedeutungsschwanger sah er mich an, und als ich nicht antwortete, fuhr er fort: »Sie sind sicher auf der Suche nach Ihrer Figur, sonst wären Sie nicht im Untergrund, das ist offensichtlich. Wir wollen nicht um den heißen Brei herumreden, ja? Natürlich wissen die aufmerksameren Bewohner dieser Ebene, wer Sie sind und was gerade dort oben passiert. Ich möchte Ihnen also helfen, die Suche nach Ihrer Figur fortzusetzen.« Wieder lächelte er mich breit an.

»Warum sollten Sie mir helfen wollen?«

Vertraulich legte er mir die Hand auf den Arm. »Weil wir Kollegen sind, selbstverständlich.«

Langsam entzog ich ihm den Arm. Ich glaubte keine Sekunde lang an diese plötzliche Nächstenliebe, genauso wenig wie bei Ylvi. »Und was wollen Sie dafür?«

»Wollen? Gar nichts. Außer vielleicht ... Informationen.«

»Welche Informationen?«

»Über Ihre Figur.«

Irritiert runzelte ich die Stirn. »Wozu benötigen Sie Informationen über meine Figur?«

Sein Lächeln vertiefte sich noch. »Sagen wir einfach, ich weiß gern Bescheid. Und das Auftauchen einer Figur im Untergrund, die sich so bedeckt hält«, er lachte über das eigene Wortspiel, »sorgt eben für Neugier.«

»Sie wollen Ihre Neugier befriedigen?« Seine Begründung verblüffte mich.

»Aber ja. Ich bin ein sehr neugieriger Mensch. Wahrscheinlich ist meine Neugier sogar noch stärker als meine Genusssucht. Außerdem ist es hier unten äußerst wichtig, auf dem Laufenden zu bleiben. Was die Vergnügungen betrifft genauso wie … alles andere.«

»Alles andere?«, wiederholte ich. »Und dafür riskieren Sie auch, sich mir zu erkennen zu geben. Haben Sie keine Angst, dass ich Sie an die VdF verpfeife?«

Er lachte laut. »Nein, nicht besonders, um ehrlich zu sein. Da verlasse ich mich ganz darauf, dass Sie weitaus mehr zu verlieren hätten als ich, wenn unser kleines Geheimnis auffliegt, meine Liebe. Außerdem gibt es möglicherweise bald schwerwiegendere Probleme als Driessen und seine elendige Suche nach einem … Eingang.«

Wieder schnaubte Estelle ungehalten. »Er versucht nur, dich zu verwirren, Kate. Ignorier ihn einfach.«

Er lächelte sie übertrieben breit an. Trotzdem erstaunte mich sein Verhalten, es mussten ihn doch schon viele Leute vor mir erkannt haben. Möglicherweise verließ er sich darauf, dass sie genau wie er kein Interesse daran hatten, mit der VdF zu reden. Da wir aber jede Hilfe brauchten, die wir kriegen konnten, nickte ich schließlich und versprach ihm Informationen über meine Figur, von denen ich gar nicht wusste, wie sie aussehen würden. Dabei kam ich mir ein bisschen vor wie die Leute in Märchen, die dem Teufel ihre erstgeborenen Kinder versprachen.

Zufrieden klatschte er in die Hände. »Wie schön, dass wir uns einig sind. Gehe ich recht in der Annahme, dass ihr«, jetzt sah er wieder Estelle an, »gern so schnell wie möglich Ylvis Gastfreundschaft verlassen möchtet?«

»Kennst du noch andere Ausgänge aus dem Haus als die große Eingangstür, durch die wir gekommen sind?«, fragte sie brüsk.

»Es gibt einen Speiseaufzug, der Essensreste aus der Küche in eine tiefere Ebene bringt. Dort gibt es einen Wächter, der die Lebensmittel an Figuren verteilt, die sich im Moment nicht, sagen wir mal, einfügen wollen in die Gesellschaft des Untergrunds.«

Folkvar beugte sich vor. »Den Wächter könnte ich ausschalten, er rechnet sicher nicht damit, dass jemand auf diese Weise das Haus verlässt. Aber wie komme ich an mein Schwert?«

Amüsiert wackelte Tognazzi mit dem Kopf, während ihm die Fee den Hals leckte. Es war ein bizarrer Anblick. »Im Moment gibt es keine Möglichkeit, es zu holen. Ich kann es später an mich nehmen und bei passender Gelegenheit zurückgeben, aber wenn ihr jetzt gehen wollt, müsst ihr es auch ohne Umwege *jetzt* tun.«

Bedauernd nickte Folkvar, und ich drückte ihm die Schulter. Das Schwert war kein Erbstück seines Vaters oder dergleichen, aber er besaß es schon lange, und es hatte ihm treue Dienste erwiesen.

»Die Küche ist am Ende des Gangs, natürlich in der Nähe der Bar. Zu dieser Zeit arbeiten dort drei Leute. Niemand, der für einen erfahrenen Krieger wie dich ein Problem darstellen dürfte. Mit oder ohne Schwert.« Tognazzi lehnte sich zurück. »Na schön, ich wünsche viel Glück und hoffe, dass wir uns bald unter glücklicheren Umständen wiedersehen.« Ein letztes Mal lächelte er mich an. »Zögern Sie nicht, mich anzusprechen, wenn wir uns an der Oberfläche wiedersehen. Wir werden einfach erzählen, wir hätten in einem Restaurant Bekanntschaft geschlossen. Wie wäre es mit dem *Aus Fenstern steigen und verschwinden*?« Er lachte über seinen eigenen Witz.

»In Ordnung«, sagte ich, dann erhob ich mich ebenso wie Estelle und Folkvar.

Als sie schon halb um den Tisch herum war, wandte sich Tognazzi noch einmal an Estelle. »Lass dich bald mal wieder hier unten sehen, es ist mir immer ein Vergnügen, mit dir zu plaudern.«

Sie ersparte sich eine Antwort, warf ihm nur einen genervten Blick zu. Erst als wir außer Hörweite waren, sagte sie: »So eine Laus.« Womit sie vermutlich recht hatte.

Während wir dem Ausgang entgegengingen, fragte ich: »Wäre es nicht möglich, dass er ein Spion für die VdF ist?«, aber Estelle schnaubte nur.

»Dann hätten sie den Untergrund längst infiltriert und ausgeschaltet. Nein, ich fürchte, dieser Kerl ist genau das, was du gesehen hast. Ein Blender mit einem Ego so groß wie ein Stadion.«

»Ein Blender, der sich Figuren nach Kapitolo schreibt«, erwiderte ich nachdenklich. »Wie viele Autoren können das von sich behaupten?«

»Nicht so viele, wie du jetzt offenbar annimmst, aber zugegeben: Er ist nicht der Einzige.«

»Wie kann es sein, dass das niemand weiß?« Es schien mir immer noch unglaublich, doch Estelle betrachtete mich amüsiert.

»Aber es wissen doch Leute, Kate. Oder was glaubst du, warum Driessen so erpicht darauf ist, die Figuren in die Finger zu bekommen und ihre Autoren kaltzustellen?« Sie hob die Hände. »Es steckt so viel mehr dahinter, meine Liebe, so viel mehr.«

Ich wusste nicht, was ich dazu sagen sollte. Ich kam mir unglaublich naiv und dumm vor. Damals vor fünfzehn Jahren hätte ich weiter recherchieren sollen, stattdessen hatte ich mich dazu entschlossen zu ignorieren, was mir widerfahren war. Ich hätte wissen müssen, dass mich diese Geschehnisse irgendwann einholen.

»Ich muss hier raus«, flüsterte ich eindringlich. Dieser Ort, der mir noch vor Kurzem märchenhaft und fantastisch erschienen war, machte mich nun nur noch nervös. »Gibt es wirklich keine Möglichkeit, den Untergrund zu verlassen, wenn die Magier«, ich räusperte mich, »die Türen versiegeln?« Es fiel mir immer noch schwer, das Wort auszusprechen, weil es mir schwerfiel, mir vorzustellen, dass solche Figuren tatsächlich in Kapitolo existierten. Es war ein Paradoxon; obwohl wir in Kapitolo jeden Tag die Magie der Figuren durch ihren Übertritt sahen oder davon hörten, fiel es uns schwer, uns vorzustellen, dass Magie auch noch in anderer Form auftreten konnte. Frei nach dem Motto: Es kann nicht sein, was nicht sein darf.

»Na ja, so oft habe ich noch nicht erlebt, dass der Alarm ausgelöst wurde«, sagte Estelle. »Aber ich kenne da eventuell jemanden, der uns helfen kann, an die Oberfläche zu gelangen. Abseits der bekannteren Wege.«

»Was ist mit dir?«, fragte ich Folkvar. »Du könntest hierbleiben. Dort oben läufst du nur Gefahr, dass die VdF dich aufgreift. Ylvi hat gesagt, sie könnten dich zurückbringen.«

Er grinste schief. »Was soll schon passieren? Wenn sie mich zurückschicken, passiert doch genau das, was ich will. Meine Hulda würde mir schön die Hölle heißmachen, wenn sie erfahren würde, dass ich dich allein gelassen hätte.«

Ich war mir nicht sicher, ob das die klügste Entscheidung war, immerhin wusste ich durch Hensen, wie triggerfreudig Driessen und seine Leute waren. Wenn er Folkvar hier bei uns erschoss, dann war es das – selbst für einen Helden wie ihn. Trotzdem war ich froh, dass er an unserer Seite blieb.

Wir verließen die Bar, und niemand hielt uns auf. Wenn Ylvi uns beobachten ließ, ging sie offenbar davon aus, dass die Wächter an der Eingangstür ausreichten, um uns am Fortgehen zu hindern.

»Na schön«, sagte ich, als wir den Gang zur Küche betraten. »Wir brechen aus!«

15

Misstrauisch blickte ich über die Schulter. Ich begann schon wieder zu schwitzen und war mir inzwischen ziemlich sicher, dass ich mich wirklich nicht zur Heldin eignete. Doch wie kam man aus einem Abenteuer wieder heraus, wenn man erst einmal hineingeraten war? Ich konnte mich ja schlecht hinstellen und sagen: »Danke, mir reicht's jetzt! Ab morgen gibt's wieder zu spät aufstehen und zu viel Kaffee, und niemand erwähnt mehr diese Sache mit den Figuren, okay?«

»Ylvi wird nicht damit rechnen, dass wir zu flüchten versuchen«, sagte Estelle, die deutlich besser zur Heldin taugte.

War ich etwa der Sidekick in meiner eigenen Geschichte?

»Und wenn sie es merkt, wird sie uns dann durch den Untergrund folgen?«

»Kann schon sein. Zur Freundin machst du sie dir dadurch jedenfalls nicht. Aber glaub mir, es gibt Schlimmeres, und ich bin nicht so weit in meinem Leben gekommen, um mich jetzt von ihr einsperren zu lassen!«

Auch Folkvar schaute sich konzentriert um und versuchte, die Gefahr für uns einzuschätzen. Der Gang war genauso dämmrig wie alle Flure hier unten. Von weiter oben und aus Richtung der Bar hörten wir Stimmengewirr und Musik, aber es war niemand zu sehen, und es hielt uns niemand auf, bis wir den Eingang zur Küche erreichten.

Durch das Bullauge in der Tür erkannten wir zwei trollähnliche Figuren und eine Gestalt, die vermutlich ein Mensch war. Es roch nach Braten und karamellisiertem Zucker. Mehrere Edelstahltöpfe und eine große Pfanne standen auf alten Industrieherden. Alles sah gebraucht aus, die Tische, technischen Geräte und Küchenutensilien, doch die Küche wirkte insgesamt sauber.

»Sollen wir einfach so hineingehen?«, flüsterte ich, und Folkvar nickte.

Da er sich mit Auseinandersetzungen am besten von uns auskannte, taten wir, was er vorschlug.

Wir traten ein, und mit einem hörbaren Klick schloss er hinter uns die Tür. Daraufhin hielten die drei in ihrer Arbeit inne und wandten sich uns zu. Alle hielten Messer in Händen, die sie gerade noch dazu benutzt hatten, Früchte und Brot zu schneiden. Doch jetzt sahen sie aus, als wären es Allzweckmesser, die man auch gut verwenden konnte, um jemanden daran zu hindern, das Haus zu verlassen. Die Trolle waren nicht viel größer als wir, aber um ein gutes Stück breiter.

Beschwichtigend hob ich die Hände. »Das wird nicht nötig sein. Wir möchten einfach nur dieses Etablissement verlassen.« Ich machte einen Schritt auf sie zu. Der Aufzug befand sich am Ende der Küche hinter den Arbeitstischen.

Sie hoben die Messer noch ein Stück höher, und ich blieb wieder stehen. Einer der Trolle knirschte mit den Zähnen, der andere grinste.

»Das ist doch albern«, erwiderte Folkvar, »wir sind nicht zum Verzehr geeignet.«

»Und unsere Küche nicht zum Durchqueren«, brummte der Mensch.

»Außerdem«, fügte der grinsende Troll hinzu und leckte sich über die Lippen, »sehen die Frauen da schon lecker aus.«

Innerlich stöhnte ich auf. Wer hatte den Kerl nur so geschrieben?

»Nicht so lecker, wie das riecht.« Folkvar nickte lächelnd in Richtung der Töpfe und trat einen Schritt hinüber. »Was ist das für ein Gewürz?«

»Ist nicht nur eins«, antwortete der Mann überrumpelt.

»Raus hier!«, drängte der knirschende Troll, während der zweite Estelle und mich weiter grinsend anstarrte.

»Riecht ein wenig säuerlich«, fuhr Folkvar ungerührt fort und hängte die Nase über den Topf. »Und so intensiv. Da wird einem ja schwummrig von.« Er taumelte. »Wie Gift!«

»Gift?«, echote der Mann verwirrt.

»He, großer Bursche!«, blaffte der erste Troll. »Kipp jetzt bloß nicht um. Das kann ich in meiner Küche nicht gebrauchen.«

»Ich doch nicht«, sagte Folkvar, riss mit einer Hand die Pfanne vom Herd und stieß mit der anderen den großen Topf um, sodass kochendes Wasser über den Boden schwappte und überall Nudeln herumflutschten. Er klatschte den Inhalt der Pfanne gegen die Wand, dann wirbelte er sie weiter durch die Luft und drosch sie dem ersten Troll gegen die Schläfe, sodass der das Messer fallen ließ und in die Knie sackte. Danach schleuderte er die Pfanne dem Menschen gegen die Brust, der hart getroffen aufstöhnte und auf dem glitschigen Boden ausrutschte. Im selben Augenblick packte er den leeren Topf, stülpte ihn dem zweiten, völlig überrumpelten Troll über den Kopf, griff sich eine große tropfende Kelle und schlug mit ihr auf den Topf, dass es laut schepperte.

Stöhnend riss der Troll die Arme hoch und presste sie von außen gegen den Topf, wo seine Ohren sein mussten. Folkvar trommelte noch zweimal auf das Metall, dann warf er Estelle die Kelle zu und rief: »Mach weiter!«

Schneller, als ich es mir vorstellen konnte, sprang Folkvar an die Wand, riss ein Geschirrtuch vom Haken und sprang rückwärts ab, drehte sich im Sprung und hechtete so direkt auf den Mann zu, der sich von seiner Verblüffung erholt hatte und den Mund aufriss, um nach Hilfe zu schreien. Bevor er jedoch einen

Ton herausbrachte, hatte Folkvar ihm das Geschirrtuch zwischen die Zähne gestopft und schickte ihn mit einem gezielten Faustschlag gegen die Schläfe in die Bewusstlosigkeit.

Diese Fähigkeit hatte ich ihm zwar zugeschrieben, sie in Aktion zu sehen, erstaunte mich trotzdem. Die Trolle waren bewusstlos.

»Haben empfindliche Gleichgewichtssinne«, erklärte Folkvar lächelnd. »Ist jedes Mal so. Hat was mit ihrer Größe und der Form ihrer Ohren zu tun oder so.« Er nahm Estelle die Kelle wieder aus der Hand und legte sie zurück. An mich gewandt, sagte er: »Schaltest du bitte die Platten aus? Es muss ja nichts anbrennen, nur weil die Köche schlafen.«

Leicht verdattert nickte ich und tat wie geheißen.

»Danke.« Zufrieden durchsuchte Folkvar derweil die Schubladen, bis er Faden für Fleischrouladen fand. »Da«, sagte er und drückte mir den Faden in die Hand. »Du musst ihnen nicht das Blut abschnüren. Das ist nur, damit wir es hier rausschaffen, ohne dass sie aufspringen, um Alarm zu schlagen.«

Ich nickte und fesselte das erste Mal in meinem Leben jemanden an einen Stuhl, während Estelle die Küchentür verbarrikadierte. Zum Glück hatte ich das einmal für einen Roman recherchiert, sodass ich mein theoretisches Wissen endlich auch einmal in der Praxis anwenden konnte. Es war eines dieser Themen, das jeder Autor einmal in seinem Leben recherchierte: Knoten binden.

»Beeindruckend«, sagte Folkvar, als ich fertig war.

»Wenn du wüsstest, was ich alles übers Schafescheren weiß …«

Folkvar kletterte als Erster in den Lastenaufzug. Er passte kaum hinein und musste die Beine anziehen und sich umständlich zusammenfalten. In der Hand hielt er einen Fleischklopfer. Ich mochte mir nicht so richtig vorstellen, was er damit anstellen würde.

»Bis gleich«, sagte er, und ich drückte mit hämmerndem Herzen auf den Knopf neben dem Aufzug, der ihn summend in Bewegung setzte.

Als wir in den Schacht sahen, konnten wir nur für einen kurzen Moment das Dach des Aufzugs erkennen, bevor die Dunkelheit alles verschluckte. Gespannt lauschten wir.

Nach einem Moment hörten wir dumpfe Geräusche, Gurgeln, dann wieder Stille. Estelle und ich sahen uns an. Hoffentlich hatte der Plan geklappt. Kurz darauf hörten wir den Aufzug zurückkommen. Als er bei uns hielt, war er leer.

Estelle nickte entschlossen und kletterte hinein. Ob es Folkvar tatsächlich gelungen war, den Wachmann zu besiegen, würden wir erst wissen, wenn wir ebenfalls unten angekommen waren. Estelle war wirklich unerschrocken.

Wieder wartete ich darauf, dass der Aufzug zu mir zurückkehren würde. Die Sekunden dehnten sich zu einer Ewigkeit aus. Als der Aufzug endlich vor mir hielt, war er erneut leer. Ich hatte Angst, dass jeden Moment jemand in die Küche kommen würde, um uns mit Waffengewalt in die Bar zurückzutreiben, aber wir hatten Glück – etwas, womit ich nach all dem Pech schon nicht mehr gerechnet hatte. Niemand betrat die Küche, und die drei Gefesselten waren noch immer bewusstlos.

Als Letzte setzte ich mich in den Lastenaufzug, der für Menschen natürlich nicht vorgesehen war, und zog die Beine an. Ich war größer als Estelle und musste den Kopf zwischen die Knie klemmen. Komfortabel war es nicht, aber auch weniger beengend, als ich befürchtet hatte. Für Folkvar musste es hingegen eine unbequeme Reise gewesen sein.

Ruckelnd ging es nach unten. Zentimeter für Zentimeter. Ich konnte mir nicht vorstellen, dass man mit diesem Ungetüm Suppenteller transportieren konnte, ohne den Inhalt zu verschütten. In dem Schacht gab es kein Licht, wozu auch, und ich versuchte, mich mit tiefen Atemzügen zu beruhigen. Obwohl die Fahrt keine Minute dauerte, stellte ich mir ein Dutzend Szenarien vor, was am Ende dieser Fahrt auf mich warten konnte. Die Mehrzahl davon war unerfreulich.

Als ich schließlich unten ankam, kletterte ich umständlich, aber so schnell wie möglich aus dem engen Käfig und traf auf Estelle und Folkvar, die bereits auf mich warteten. Der Wachmann lag an der Seite an der Felswand und rührte sich nicht.

»Ist er …«

»Der schläft mal für eine Weile«, sagte Folkvar und grinste, während er den Kopf kreisen ließ. »Ich mag keine Aufzüge.«

Erleichtert atmete ich aus, und Estelle lachte.

»Du bist ja auch keine Speise«, sagte sie. »Es gibt Aufzüge, die sind für Leute geeignet.«

Neugierig blickte ich mich um. Wir waren in einer kleinen Höhle gelandet, in der es nur einen einzigen Ein- und Ausgang gab. Ein winziger Klapptisch mit einem leeren Tablett stand neben dem Aufzug. Eine Grubenlampe erhellte schwach die Höhle und erzeugte mehr Schatten als Sichtbarkeit.

Ich hatte den Eindruck, dass sich im Schatten des Eingangs etwas bewegte, und machte Folkvar darauf aufmerksam.

»Das sind nur Figuren, die sich das Essen holen wollten. Sie sind geflüchtet, als ich hier aufgetaucht bin. Mach dir keine Sorgen, die sind keine Gefahr.« In seiner Stimme schwang Mitleid mit, und ich ärgerte mich darüber, dass wir nicht daran gedacht hatten, Essen mitzunehmen. Wir hatten ihnen schließlich die Möglichkeit genommen, an die Lebensmittel zu kommen – zumindest für den Moment –, indem wir Wache und Köche ausgeschaltet hatten. Das tat mir leid. Doch jetzt konnten wir nichts mehr daran ändern.

Estelle winkte uns ungeduldig weiter. »Beeilt euch, wir haben noch einiges vor. Wir müssen zurück zum Markt.« Sie klopfte sich die Manteltaschen ab. »Schade, dass ich meine Pistole verloren habe.«

»Erwartest du denn, dass wir sie brauchen?«, fragte ich besorgt.

»Eigentlich nicht.«

»Eigentlich?«

Sie ersparte sich eine Antwort und lief weiter. Folkvar und ich folgten ihr, ohne dass wir jemandem in dem Gang, der aus der Höhle führte, begegneten. Wer auch immer uns vom Eingang her beobachtet hatte, war längst geflüchtet.

Es begann ein anstrengender Aufstieg, der uns wieder auf die Marktebene bringen sollte. Auf dieser Seite des Untergrunds dauerte es eine Weile, bis Estelle den richtigen Weg fand. Immer wieder mussten wir stehen bleiben, um uns mithilfe der Plaketten am Felsen neu zu orientieren. Zweimal liefen wir im Kreis und kamen durch dieselben Höhlen, und einmal mussten wir sogar ein ganzes Stück zurücklaufen, weil wir in einer Sackgasse landeten. Dass wir uns schließlich dem Markt näherten, merkten wir vor allem daran, dass uns wieder mehr Leute entgegenkamen und die Geräusche zunahmen.

»Was tun wir, wenn wir bei deinem Kontakt ankommen?«, fragte ich, als wir die Markthöhle zum zweiten Mal an diesem Tag betraten.

»Wir bitten um einen Gefallen.«

Ich stöhnte auf. »Schon wieder? Warum können wir nicht einfach jemanden dafür bezahlen?«

»Ich fürchte, das werden wir.«

»Oder bedrohen?«, ergänzte Folkvar.

»Weil die Leute hier unten kaum noch vor etwas Angst haben. Außer davor, zum Schwarzen Tempel geschleift zu werden.«

»Aber es kann doch nicht jede Welt schlecht sein, aus der sie kommen«, warf ich ein. »Es gibt doch auch wirklich schöne Buchwelten. Was ist mit Nicholas Sparks oder Jojo Moyes?«

»Hast du die Bücher mal gelesen? Die haben auch nicht alle ein Happy End.« Estelle zog mich drängend an den ersten Ständen vorbei. »Ihr werdet schon noch sehen, Gefallen sind im Untergrund sehr viel mehr wert als schnöder Mammon.«

16

Niemand hielt uns auf, als wir an den Ständen vorbeieilten. Doch ich merkte, wie man uns musterte. Sicher hatte die Nachricht vom zweiten Mord meiner Figur schon die Runde gemacht. Trotz Ausgangssperre pulsierte der Markt, die Geschäfte liefen weiter. Hin und wieder nickte Estelle jemandem zu, die Leute beobachteten uns genau. Sie mochten Estelle kennen, mich hingegen nicht, und was sie von Folkvar hielten, konnte ich nicht einschätzen. Er war sicher nicht die ungewöhnlichste Figur, die sie je gesehen hatten, immerhin begegneten uns auch ein gestiefelter Kater und ein Engel mit Heiligenschein und schneeweißen Flügeln, deren Federn mir im Vorbeigehen ins Gesicht schlugen. Ich nahm an, dass es ein Versehen war.

Schließlich kamen wir an einen Imbiss, der über eine größere Sitzfläche mit Tischen verfügte, die in den Felsen gehauen war. Auf dem Schild über dem Eingang stand in neonfarbenen Lettern *A Moveable Feast.* Darunter etwas kleiner: *Gekocht und gegrillt. Inhaber Jack Leung.*

Die Theke bestand aus alten Türen. Dahinter brutzelte Essen in mehreren großen und kleinen Pfannen. Es roch nach Knoblauch, Ingwer und Frittieröl, und mir knurrte sofort der Magen, denn seit dem Frühstück hatten wir nichts mehr gegessen.

»Setzt euch«, sagte Estelle und deutete auf einen Platz an der Wand. »Wir werden Tee trinken.«

»Aber wir haben keine Zeit für Tee, ständig sitzen wir nur herum, wir müssen endlich mal in Bewegung kommen!«

Amüsiert sah sie mich an. »Das ist eine Abenteuerquest. Wir reisen von Punkt A zu Punkt B und weiter zu C.«

»Solche Geschichten mag ich nicht.«

Sie seufzte. »Du hast wohl nicht viele Spionage- und Abenteuerromane gelesen, was?«

»Warum?«

»Weil du dann wüsstest, was jetzt passiert.«

Kurz darauf trat eine junge Frau an den Tisch. In der Hand hielt sie Block und Stift, und auf ihrem viel zu großen Shirt war das Emblem der VdF in einem blutroten durchgestrichenen Kreis zu sehen.

Estelle lächelte ihr zu und sagte: »Wir hätten gern drei Rhum Barbancourt auf Eis mit Limette nach Art des Hauses.«

Einen Moment lang betrachtete die Frau uns misstrauisch, doch dann fiel ihr Blick auf Folkvar, und sie nickte brüsk. Essen wurde leider keines bestellt, und ich warf sehnsüchtige Blicke zum Nachbartisch, an dem zwei Männer grüne Bohnen und panierte Hühnerschenkel aßen. Kaum hatte ich mich von diesem Anblick losgerissen, bemerkte ich, wie Folkvar aufmerksam die Leute betrachtete, die an dem Imbiss vorüberliefen.

Was sollten wir machen, wenn Ylvi uns tatsächlich Leute hinterherschickte? Pfannen mit brutzelndem Öl nach ihnen werfen? Ich wippte schon wieder mit dem Knie, bis mir Estelle die Hand auf den Oberschenkel legte.

Als die Bedienung wiederkam, hatte sie keine Getränke dabei, sondern bedeutete uns barsch, ihr zu folgen. Hastig erhoben wir uns und liefen ihr hinterher. Wir gingen durch einen Gang in den hinteren Bereich der Bar und eine kurze krumme Treppe hinab. Es wurde sogar noch ein wenig kühler, selbst im Sommer musste es hier so tief unter der Erde frostig sein.

»Ich nehme an, das endet in einem Hinterzimmer?«, flüsterte ich Estelle zu.

»Dann hast du also doch ein paar Romane gelesen.«

In der Tat öffnete uns die Frau eine Tür, die in ein winziges Büro führte. Natürlich gab es keine Fenster und keinen offensichtlichen zweiten Ausgang. An einer Wand standen Regale mit Ordnern, und es gab einen Schreibtisch mit zwei Sesseln davor. An der Wand, den Regalen gegenüber, hing ein Fernseher, auf dem stumm Musikvideos liefen. Allerdings kam es mir vor, als wären sie schon gute dreißig Jahre alt.

Hinter dem Schreibtisch saß ein Mann im mittleren Alter mit einer blond gefärbten Vokuhila-Frisur. Beide Ohren waren bis nach oben gepierct, und er trug mehrere silberne Ketten und Armbänder. Außerdem eine dicke blaue Strickjacke gegen die Kälte in seinem Büro. Er winkte uns zu, wir sollten uns setzen. Folkvar blieb an der Tür stehen, die Arme vor der Brust verschränkt.

»Du warst lange nicht mehr hier, Estelle«, wiederholte der Mann, als hätte er sich mit Ylvi und Tognazzi abgesprochen.

»Die Zeit verfliegt so schnell, Jack«, antwortete Estelle, aber diesmal klang es nicht unfreundlich.

»Soll ich so tun, als wüsste ich nicht, wer sie ist?« Er deutete auf mich. »Oder willst du mir gleich sagen, warum du sie hergebracht hast? Und natürlich den da.« Nun zeigte er auf Folkvar, der daraufhin einen Schritt vortrat und aussah, als würde er den Mann am liebsten am Schlafittchen packen. Diese ganze Sache behagte ihm gar nicht, das konnte ich ihm ansehen – Tee trinken und im Hintergrund abwarten entsprach einfach nicht seinem Naturell.

»Wir dachten, du könntest uns vielleicht helfen, nach ihrer Figur zu suchen.«

»Sieht so aus, als hätte sie ihre Figur schon gefunden.«

»Du weißt, welche ich meine.«

Er lächelte. »Ah ja. Die *andere*. Die, die schon wieder weg ist. Wir waren alle sehr gespannt, man hört ja so viel.«

»Was hört man denn?«, fragte ich misstrauisch.

»Dass sie eine besondere Figur ist.«

»Warum besonders?«

Das Lächeln wurde breiter.

»Hast du sie gesehen?«, hakte ich nach.

»Gesehen? Teile von ihr, ja.« Er wackelte mit dem Kopf. »Aber ich könnte dir nicht beschreiben, wie sie aussieht, falls du darauf hinauswillst. Ich hatte nicht den Eindruck, dass sie möchte, dass die Leute ihr Aussehen kennen.«

Verständlich, wenn sie Morde beging. Das Letzte, was sie brauchte, waren Zeugen. Damit bestätigte er nur, was Ylvi auch schon gesagt hatte.

Jack wandte sich wieder an Estelle. »Erwartet ihr noch mehr Figuren von ihr?«

»Nein!«, rief ich. Und dann etwas leiser: »Das hoffe ich jedenfalls.«

»Wenn ich richtig informiert bin, habt ihr schon bei unserer allwissenden Herrin des Goldenen Hauses Hilfe gesucht.«

Estelle seufzte. »Manchmal verbreiten sich hier Nachrichten schneller als Dorfklatsch. Jeder kennt jeden, und alle wissen Bescheid. Ylvi hat uns mitgeteilt, dass die Figur bei ihr war und wieder gegangen ist. Das war alles.«

»Was wollt ihr dann von mir, wenn ihr schon alles wisst?«

»Wir müssen zurück an die Oberfläche.«

Er nickte. »Nehmt den Weg, den ihr gekommen seid, oder einen der anderen Zugänge. Du kennst dich hier aus, du weißt, wie es funktioniert.«

»Wir müssen *jetzt* zurück.«

Jack runzelte die Stirn. »Jetzt könnt ihr nicht zurück. Die Ausgänge sind versperrt.«

Ihr Gesichtsausdruck zeigte deutlich, dass sie ihm nicht glaubte. »Es wäre nicht das erste Mal, dass du eine Möglichkeit findest, die Sperre zu umgehen.«

Er lachte und warf einen Blick auf den Fernseher, der weiterhin Musikvideos zeigte. »Wie kommst du denn darauf? Du weißt doch, dass man sich hier unten keine Freunde macht, wenn man die Sicherheitsmaßnahmen umgeht. Es wäre dumm, Ärger zu riskieren. Vor allem mit Ylvi.«

»Das hat dich doch bisher nicht abgehalten. Wir müssen den Ärger eben einfach vermeiden. Was sie nicht weiß ...«

Er kniff die Augen zusammen, als würde ihn die grelle Sommersonne blenden. »Und woher weißt du etwas, das nicht einmal Ylvi weiß?«

»Wir haben alle unsere Kontakte, Ylvi, du ... ich. Der Untergrund ist groß, du kennst Leute, ich kenne Leute, aber im Grunde ist es doch unerheblich, woher ich weiß, dass du einen Weg gefunden hast, die Sperre zu umgehen. Solange es Ylvi nicht erfährt, nicht wahr?«

Er biss die Zähne aufeinander, ich konnte ihm ansehen, dass er wütend war, auch wenn er versuchte, es zu verbergen. Es sollte sicher nicht bekannt werden, was Estelle da über ihn wusste, und einen Moment lang befürchtete ich, Jack würde uns auf sehr unangenehme Art zum Schweigen bringen.

Das schien auch Estelle durch den Kopf zu gehen, denn sie schob hastig hinterher: »Von uns wird es niemand erfahren, versprochen. Du und ich sind zwar nicht immer einer Meinung, aber grundsätzlich ziehen wir doch an einem Strang.«

Es überraschte mich, dass ausgerechnet dieser Jack für die Öffnung des Untergrunds sein sollte. Er schien ein gut laufendes Geschäft hier unten zu haben. Was gewann er, wenn die Welt von den Figuren erfuhr, die sich unter der Stadt aufhielten? Aber ich erinnerte mich an das, was Estelle mir eingeschärft hatte. Ich kannte die Geschichte nicht, die ihn in den Untergrund getrieben hatte, und ich konnte niemanden beurteilen, wenn ich seine Geschichte nicht kannte.

»Wer sagt mir denn, dass ihr das auch ehrlich meint? Vielleicht willst du mich nur ausspionieren und meine Geheimnisse verkaufen.«

Estelle lachte. »Mach dich nicht lächerlich, Jack. Du kennst mich lange genug und weißt, dass ich das nie machen würde.«

»Aber die da kenne ich nicht.« Beinahe aggressiv zeigte er auf mich. »Sie sagt, sie sucht ihre Figur. Aber wozu? Um sie bei der VdF zu verpfeifen?«

»Warum sollte ich meine eigenen Figuren verraten?«, fuhr ich auf.

»Um dir Vorteile in der kommenden Verhandlung zu erschleichen. Glaub mir, du wärst nicht die Erste. Autoren kann man nicht trauen.«

»Du weißt, ich würde niemanden herbringen, der eine Gefahr für den Untergrund darstellt«, ging Estelle dazwischen, und einen Moment lang herrschte unangenehmes Schweigen.

Schließlich deutete Jack mit dem Zeigefinger auf Estelle und sagte: »Dir ist klar, dass wir danach quitt sind. Keine Gefallen mehr, keine Forderungen! Die Schuld ist beglichen.«

Nachdrücklich nickte sie.

Was hätte ich darum gegeben zu erfahren, was sie getan hatte, damit Jack ihr half. Wer war diese Frau, die tagsüber Zeitungen und Imbissprodukte verkaufte und in ihrer Freizeit offenbar eine Art Revolution plante?

»Na schön«, erwiderte er mürrisch, »da sind aber noch ein paar Dinge, die wir brauchen.« Er nahm einen Zettel aus der Schublade und schob ihn zu mir rüber.

Es war eine Liste unterschiedlicher Lebensmittel, technischer Geräte und Werkzeuge. Alles zusammen ergab die Liste einen vierstelligen Betrag.

Mit offenem Mund starrte ich darauf.

»Wir können uns hier unten gut versorgen, aber es gibt einiges, das wir von oben brauchen. Wir haben Kontakte und ein gutes Versorgungsnetz ausgebaut. Zu dem jetzt auch du gehörst. Das ist doch nur fair, findest du nicht?« Er sah sehr zufrieden aus.

Etwas ratlos drehte ich mich zu Estelle. »Wie soll ich das alles besorgen? Ich meine, jetzt.«

Doch bevor sie antworten konnte, ergänzte Jack: »Keine Sorge, das hat ein bisschen Zeit. Wenn Estelle das nächste Mal vorbeischaut, nimmt sie die Sachen einfach mit. Sie wird hoffentlich nicht wieder so lange fortbleiben.« In seinen Worten war eine Warnung deutlich zu hören, doch Estelle nickte, als wäre sie nicht überrascht von der Forderung.

Sie hatte recht, es klang wirklich alles wie in einem Spionagethriller! Aber auch dieses Mal blieb mir keine Wahl, wenn ich nicht stundenlang unter der Stadt festsitzen wollte.

Jack deutete zur Tür. »Ich brauche noch einen Moment, bis wir aufbrechen können. Wir wollen schließlich sichergehen, dass Ylvi euch nicht auf den Fersen ist, nicht wahr? Wartet kurz draußen, ich bin gleich bei euch.«

Wir verließen das Büro, und dieselbe Frau, die uns auch hergebracht hatte, eskortierte uns nun wieder hinaus. Als wir unseren Tisch erreichten, standen dort die zuvor als Code bestellten Getränke und mehrere Schüsseln mit Essen. Es sah ungesund und lecker aus.

»Geht aufs Haus«, sagte die Bedienung, bevor sie sich wieder anderen Gästen widmete.

Vor Ungeduld wäre ich am liebsten an die Decke gesprungen. Für ein ausgiebiges Essen hatten wir keine Zeit, vor allem nicht, wenn Ylvis Köche aufwachten und unsere Flucht bekannt wurde. Doch in diesem Moment knurrte Folkvar der Magen, und auch ich merkte auf einmal, wie hungrig ich war.

»Wenn wir bei Jack essen, wird sie nicht versuchen, uns aufzuhalten«, sagte Estelle, als hätte sie meine Gedanken gelesen.

Also deutete ich auf die Speisen, und Folkvar fiel wie ein Wolf über die Schüsseln her. Auch ich schaufelte mir, so schnell es ging, Portionen auf den Teller. Ein leerer Magen hatte noch niemandem genützt, wer wusste schon, wann wir das nächste Mal etwas zu essen bekamen.

In Windeseile leerten wir die Teller, vermutlich dauerte es keine drei Minuten. Währenddessen sprachen wir nicht. Mich beschäftigten zu viele Erinnerungen und Fragen, die ich noch nicht in Worte fassen konnte, weder schriftlich noch mündlich. Wie wahrscheinlich war es, dass Michael nur ein Zufallsopfer gewesen war? Hatte ich das erste Opfer doch gekannt und konnte mich nur nicht erinnern?

Neben mir rülpste Folkvar und wischte sich mit dem Ärmel über den Mund.

Estelle beobachtete das Ganze amüsiert und sagte: »Tischmanieren beschreibt natürlich kaum ein Autor, nicht wahr?«

»Wir schreiben auch selten über Verstopfungen und Krampfadern, selbst die Ernsthaftesten unter uns nicht.«

Zehn Minuten später trat Jack an den Tisch, auf dem sich inzwischen leere Schalen und Teller stapelten. »Wir können los«, sagte er, dann führte er uns zu einem der zahlreichen Gänge, die von der Markthöhle aus abgingen.

Immer wieder sah ich mich um, aber die Leute reagierten nicht darauf, dass wir den Markt wieder verließen. Wenn uns tatsächlich jemand verfolgte, war er gut darin, nicht aufzufallen.

Der Gang war schmal, keinen Meter breit und keine zwei Meter fünfzig hoch. Alles schien hier unten entweder sehr groß oder sehr klein zu sein. Ein bisschen mulmig wurde mir, als wir den Gang durchquerten. Immer wenn uns Menschen oder Figuren begegneten, mussten wir uns an ihnen vorbeiquetschen. Wir stießen an den Schultern aneinander, vermieden Blickkontakt, sortierten Arme und Beine und den einen oder anderen Reptilienschwanz. Manches Mal war der Geruch kaum zu ertragen, und die Enge machte mir zu schaffen. Mir schossen Bilder durch den Kopf, wie ich stecken bleiben und es weder vor noch zurück gehen würde. Die Panik griff nach mir, kroch mir in die Knochen und lief mir als Zittern über die Haut. Ich atmete tief durch und lief weiter, ein Schritt nach dem anderen, ein paar Meter, ohne jemandem zu begegnen, das half.

Während wir durch den Gang liefen, fiel mir auf, dass hier unten wirklich alle Altersgruppen vertreten waren. Kinder, Alte, und beinahe so viele Figuren wie Menschen. Es schien kein Muster zu geben, dem die übergetretenen Figuren folgten. Zumindest konnte ich keines erkennen. Nach und nach dünnte sich die Menge jedoch aus, die Gänge wurden leerer, die Höhlen kleiner. Nur mein Erstaunen wuchs immer weiter, je mehr ich von diesem Untergrund sah, der sich unter der Stadt ausbreitete wie ein Meer, dessen gegenüberliegendes Ufer man nicht sehen, ja, nicht einmal erahnen konnte.

Irgendwann kamen wir an einer Art Altarnische vorbei. Statt des zu erwartenden Altars befand sich allerdings eine Tür in der Nische. Zwei Wachen standen davor, in ihrer Montur denen vor Ylvis Haus nicht unähnlich, und versperrten den Weg in die Nische. Die Tür war schmucklos. Eichenholz mit Messingbeschlägen, jener Tür nicht unähnlich, durch die wir im Kaufhaus der Wünsche getreten waren. Doch ein seltsamer Schimmer lag auf ihr, beinahe wie ein Wasserfilm.

»Das ist der Zauber«, erklärte mir Estelle flüsternd. Wohin die Tür führte, sagte sie nicht.

Wir liefen daran vorbei und tauchten erneut in das Labyrinth unter der Stadt ein, bis wir nach über einer halben Stunde schließlich in eine lang gezogene, aber nicht sehr breite Höhle gelangten. Unterwegs hatte ich das Gefühl gehabt, dass wir dabei stets ein Stück weiter nach oben gegangen waren, aber mit Gewissheit konnte ich es nicht sagen.

»Wir sind da«, sagte Jack, und Estelle blieb wie angewurzelt stehen.

Unzählige Papiergirlanden hingen von der Decke, auf denen in winziger Schrift Namen standen. Eine kalte Brise bewegte sie sanft hin und her, und an den Wänden standen auf schmalen Brettern Hunderte Kerzen wie in einer Kirche, die den Raum erhellten und Schweigen geboten.

»Was ist das?«, fragte ich leise und zeigte darauf.

»Die Höhle der Gefallenen«, antwortete Estelle ebenso leise. Ihr Blick war auf die schmalen Papierbänder gerichtet. »Sie ist den Toten gewidmet.«

Mir stockte der Atem. »Figuren, die hier gestorben sind?«

Sichtlich aufgewühlt schüttelte sie den Kopf. »Die Figuren, denen hier gedacht wird, sind auf der anderen Seite gestorben. Drüben in der Fantasiewelt … durch die Haderer …« Ihre Stimme versagte, doch neben mir zog Folkvar scharf die Luft ein.

Fasziniert beobachtete ich, wie er die Schultern hochzog, als müsste er sich vor Kälte schützen. Etwas sehr Merkwürdiges ging mit diesem Mann vor sich, der eigentlich vor nichts Angst hatte.

»Was meinst du damit?«, fragte ich nach, doch Estelle konnte mir nicht antworten, sie war zu entsetzt.

Stattdessen antwortete mir Folkvar. »Nicht nur wir erzählen uns Geschichten über Dinge, die uns Angst einjagen, auch die Figuren haben Albträume.« Er räusperte sich. »Schreckgespenster, vor denen sie sich fürchten …« Er war leichenblass geworden.

Was musste das für ein Ungeheuer sein, vor dem ein Held wie er sich fürchtete?

»Die Haderer«, flüsterte ich, und Jack nickte.

»Sie ziehen durch die Buchwelten. Sie sind nicht an eine einzige gebunden, und wer ihnen begegnet …« Er sprach nicht aus, was diesen Unglücklichen geschah, aber Estelles Gesichtsausdruck verriet, dass es nichts Gutes war.

»Wenn Figuren zu uns kommen, schreiben sie die Namen derer auf, die durch die Haderer gefallen sind«, sagte sie. »Es ist eine Heilige Höhle.« Ihr Blick ruhte vorwurfsvoll auf Jack.

Aber das schien ihn nicht zu stören. »Mit Religion hatte ich es noch nie so.« Er wandte sich an mich. »Keine Bange, diese Kreaturen können nicht nach Kapitolo übertreten, dazu fehlt ihnen das *Talent.*« Er klopfte mir beschwichtigend auf die Schulter. »Bei uns hier sind sie nichts weiter als Schreckensgestalten, mit denen man Kindern Angst macht.«

»Ich habe einen von ihnen gesehen«, sagte Folkvar und starrte dabei auf das Kerzenmeer. »Er kam eines Tages in unser Dorf, da war ich noch ein Kind. Er kam mit dem Sonnenaufgang, viele von uns schliefen noch ...« Was immer er auch in seiner Erinnerung vor sich sah, es brachte ihn dazu, den Kopf zu senken und die Hände zu Fäusten zu ballen.

Ich hatte noch nie von diesen Haderern gehört, das Wissen um sie war nichts, was einem in der Schule oder einem Kurs für Kreatives Schreiben beigebracht wurde, und langsam fragte ich mich, was uns noch vorenthalten wurde. Waren die Haderer am Ende der Grund, warum so viele Figuren nach Kapitolo flohen?

Jack deutete auf eine Stelle im Felsen, an der ich nichts Besonderes erkennen konnte. Er schob mich vorwärts, bis ich direkt davorstand, und selbst dann sah ich noch nicht, worauf er hinauswollte. Das flackernde Licht der Kerzen erzeugte unruhig zuckende Schatten auf dem Felsen, die es unmöglich machten, die Augen auf einen Punkt zu fokussieren. Ungeduldig nahm Jack meine Hand und legte sie auf den Stein, in dem ich schließlich einen Spalt ertasten konnte. Doch erst als Jack seine Taschenlampe darauf richtete, erkannte ich die tatsächliche Breite dieses Spalts.

»Wie bitte?« Ungläubig starrte ich ihn an.

Er legte die Hand daneben. »Das ist er. Der Ausgang.«

»Du machst wohl Witze«, entschlüpfte es mir, aber er schüttelte nur den Kopf.

»Der Durchgang ist so schmal, dass die Zauberer ihn nicht versiegeln.«

»Ja, weil da niemand durchpasst!«

Estelle trat näher und prüfte den Spalt mit der Schulter. Außerdem leuchtete sie hinein. »Es sieht so aus, als würde der Gang nach oben führen. Aber er bleibt … schmal.«

»Zugegeben, man muss die ganze Zeit seitwärts laufen und mit dem Gesicht nach vorn«, fügte Jack hinzu. »Und allzu breit darf man auch nicht sein.«

»Nie im Leben!«, erwiderte ich und trat einen Schritt zurück.

»Das ist der einzige Weg für die nächsten Stunden. Deine Entscheidung.«

Ich war hin und her gerissen. Machten diese Stunden einen Unterschied? Vielleicht sollte ich einfach hier im Untergrund bleiben. Für immer. Ich könnte mich verstecken. Ein neues Leben beginnen! Als Bardame arbeiten, irgendetwas würde sich schon für mich finden.

Folkvar legte mir die Hand auf die Schulter. Sie war warm und schwer. »Du schaffst das, Kate. Meine Hulda würde es auch schaffen.«

»Ja, aber …«

»Nichts aber. Sieh es doch mal so. Ein Teil von dir steckt auch in ihr, ein Teil ihres Muts ist also auch deiner.«

Skeptisch sah ich auf den Spalt. »Wenn ich dort stecken bleibe, wäre das ein furchtbares Ende für diese Geschichte.«

Jack nickte. »Ich kann dir versichern, du bist nicht die Erste, die diesen Weg benutzt.«

Da ertönten hinter uns plötzlich Geräusche, allerdings konnten wir nicht erkennen, ob es mögliche Verfolger waren oder einfach Leute, die in die Höhle der Gefallenen wollten.

Hastig bedeutete uns Jack, in den Spalt zu treten. »Ihr müsst euch beeilen, ich will nicht, dass irgendwer weiß, wo dieser Spalt liegt. Es reicht schon, dass überhaupt jemand von seiner Existenz weiß.« Er warf Estelle einen finsteren Blick zu.

Folkvar wandte sich an mich und legte mir beide Hände auf die Schultern. »Hör zu, Kate. Ich passe dort nicht durch. Ich kann euch nicht begleiten. Wenn uns jemand gefolgt ist, werde ich ihn ablenken und später nachkommen, wenn die Sperre aufgehoben ist.«

»Was meinst du mit ablenken? In Romanen ist das meistens Code für ›Ich werde mich opfern und einen heroischen Tod sterben‹.« Meine Stimme rutschte schon wieder eine Oktave nach oben, doch er lächelte nur.

»Ich habe nicht vor zu sterben. Ich bringe sie einfach dazu, mir zu folgen. Ylvi und ich haben kein Problem miteinander.« Er verzog das Gesicht. »Abgesehen von den drei gefesselten Köchen. Aber sie wird mir schon nichts tun.«

Mir war nicht wohl dabei, ihn zurückzulassen. Er war ein krisenerprobter Mann, dennoch fühlte ich mich für ihn verantwortlich, jetzt, da er in Kapitolo war. Ich konnte das Band zwischen uns immer noch spüren, aber ich musste nach oben, und er war in der Tat zu breit für den Spalt.

Widerwillig nickte ich. »Kleine, schmale Männer«, sagte ich mit erstickter Stimme zu ihm. »Ab dem nächsten Roman!« Ich holte ein paar Geldscheine aus der hinteren Hosentasche und gab sie ihm. »Das ist Taxigeld. Lass dir von Jack erklären, wozu du es brauchst. Wenn du draußen bist, suchst du dir ein Taxi.« Ich deutete auf seine Kapuze. »Zieh sie so tief wie möglich ins Gesicht und versuch, deine Hände zu bedecken.« Dann nannte ich ihm Estelles Adresse, umarmte ihn, so fest ich konnte, und flüsterte ihm ins Ohr: »Danke. Pass auf dich auf.«

Estelle betrat den Spalt zuerst, ich war mir nicht sicher, ob sie so viel mutiger war als ich oder ob sie einfach aus der Höhle herauswollte. Der Anblick der Papiergirlanden schien sie verschreckt zu haben. Offenbar kam sie nicht oft hierher. Ich wollte sie nach den Haderern befragen, aber das musste alles warten, bis wir aus dem Untergrund heraus waren.

Nach einem letzten Blick auf meine Figur folgte ich ihr in den Spalt, die linke Schulter voraus, den Kopf nach links gedreht, die

Füße leicht gespreizt, weil der Spalt zu schmal war für ihre ganze Länge.

»Warum habe ich nicht Schuhgröße fünfunddreißig?«, murmelte ich.

»Frag mich mal«, antwortete Estelle gepresst. »Dreiundvierzig.«

Seitwärts den Hang hinaufwatschelnd, kamen wir nur langsam vorwärts, inzwischen hatten wir den Schein der Kerzen hinter uns gelassen, und es war stockdunkel. Wir warfen uns ein paar Sätze zu, nur um uns zu vergewissern, dass der andere da war.

»Wenigstens können wir hier nicht vom Weg abkommen«, sagte Estelle.

»Keinen Zentimeter.« Ich stieß mit der Stirn an die Wand und fluchte.

»Alles in Ordnung?«

»Ja.«

Der Aufstieg in ungewohnter Haltung war anstrengend, und so verstummten wir irgendwann, um Atem zu sparen. Die Luft wurde muffig. Minischritt um Minischritt kämpften wir uns voran, ich hörte Estelles Keuchen vor mir, das reichte, um mir ihrer Nähe bewusst zu sein.

Und dann hörte ich etwas anderes, ein Schaben oder Kratzen. Waren wir das, oder lebte in dem Spalt irgendetwas? Vielleicht gar im Felsen? Unvermittelt fielen mir Lovecrafts *Die Ratten im Gemäuer* ein, und in aufkeimender Panik schlug ich mit Schulter und Knie gegen den Stein, klemmte mir den linken Fuß ein und fluchte erneut.

»Bist du sicher, dass alles in Ordnung ist?«, fragte Estelle.

»Ja!« Wütend riss ich den Fuß frei. »Hast du jemals *Die Ratten im Gemäuer* gelesen?«

Sie stöhnte auf. »Musst du mich ausgerechnet jetzt daran erinnern?«

»Entschuldige. Ich weiß nicht einmal mehr, wie es ausgeht, aber …«

»Denk lieber an Endes Felsbeißer, der könnte uns den Weg freikauen.«

Ich lachte, aber meine Gedanken kreisten um bösartig lauernde Kreaturen, obwohl ich das Scharren gar nicht mehr hören konnte. Die Stille im Spalt war beinahe noch beängstigender. Etwas krabbelte über meine Hand, und ich schüttelte es panisch ab. Immer wieder mussten wir kurze Pausen einlegen, weil Estelle durch die ungewohnte Haltung zu sehr ihr Bein belastete. Der Spalt war zu eng, um es einmal richtig auszuschütteln. Die Angst, hier unten mitten im Felsen stecken zu bleiben, brannte mir wie Säure in den Gliedern. Ich wollte schreien und konnte es nicht, ich wollte umkehren und durfte es nicht. Wenn Estelle zu lange stehen blieb, tastete ich nach ihrer Schulter und schob sie sanft weiter. Merkte sie, dass ich ihr nicht folgte, streckte sie die Hand aus und griff nach meiner, um mich ein Stück mit sich zu ziehen.

Auf diese Weise kämpften wir uns weiter voran, bis Estelle irgendwann keuchte: »Licht!«

17

Als wir den Spalt wieder verließen, war ich vollkommen durchgeschwitzt. Mir rauschte das Blut in den Ohren, und ich war mir sicher, dass ich nur fünf Minuten länger in der dunklen Enge zwischen den Felsen den Verstand verloren hätte. Es waren die schlimmsten dreißig Minuten meines Lebens gewesen – und das wollte einiges heißen.

Aber wir schafften es hinaus. Wir waren wieder an der Oberfläche, in dem Kapitolo, das ich kannte – und ich begriff, was Estelle damit meinte, man könne die Figuren nicht für immer im Untergrund festhalten. Er mochte weitläufig und vielfältig sein, doch ihm fehlte die Weite eines Himmels.

Wir waren hinter dem Technischen Friedhof in Hainberg herausgekommen, dessen übergroße Rechenschieberplastik am Eingang darauf hinwies, dass hier vor allem Angehörige technischer Berufe bestattet waren. Zum Glück waren hier nicht viele Leute unterwegs. Der Ausgang, durch den wir gekrochen waren, lag zwischen einem Dutzend moosbewachsener Felsen, die nicht viel Aufmerksamkeit erregten. Heute waren nur sehr wenige Menschen auf den Wegen zwischen den Grabstellen unterwegs. Niemand achtete auf uns.

Ich stützte die Hände auf die Knie und versuchte, zu Atem zu kommen. Es dauerte eine Weile, bis sich mein rasender Herzschlag beruhigt hatte. Noch während ich tiefe Atemzüge nahm, erklang der Benachrichtigungston meines Handys, das endlich wieder Empfang hatte. Als ich mich aufrichtete, sah ich, dass Estelle in kaum besserem Zustand war. Sie rieb sich das Knie, und die Erschöpfung war ihr deutlich anzusehen.

»Ich glaube, ich habe noch nie so viel gebetet wie eben gerade«, sagte sie und deutete auf den Spalt.

Ich fasste nach ihrer Hand und drückte sie fest. Mir fehlten die Worte, um meine Dankbarkeit auszudrücken. Diese Frau, die mich kaum kannte, riskierte so viel für mich, dass ich ein Leben lang brauchen würde, um ihr diesen Gefallen zurückzuzahlen.

Wir lächelten uns zu. Das würde für immer eine Erinnerung sein, die uns verband.

»Komm, wir müssen weiter«, sagte sie schließlich.

Auf unserem Weg zur nächstgelegenen Haltestelle der Zirkelbahn fuhr uns der kalte Wind über die Wangen. Das Wetter war seit dem Vormittag nicht besser geworden, die Temperatur nur wenige Grad gestiegen. Selbst in meinem dicken Mantel fröstelte ich, und ich sehnte mich nach einem heißen Bad, nach Entspannung und Ablenkung. Was hätte ich darum gegeben, einen langweiligen Abend mit einem Glas Wein und einem Buch bei mir zu Hause zu verbringen, frei von allen Gedanken der Schuld.

Stattdessen rief ich Jop an und sah mich nervös nach allen Seiten um, während ich sprach, ob jemand in unserer Nähe war, der das Gespräch belauschen konnte. Ich erzählte ihm, dass es einen zweiten Mord gegeben hatte, meine Figur offenbar tatsächlich der Täter war und ich diesmal das Opfer kannte. Dabei überschlug sich meine Stimme, weil ich so schnell redete, bis Estelle mir die Hand auf den Rücken legte, damit ich mich beruhigte. Doch das war kaum möglich.

Als ich fertig war, herrschte einen Moment lang Stille am anderen Ende, sodass ich panisch fragte: »Bist du noch dran?«

»Ja«, antwortete er ernst, und ich fürchtete das Schlimmste.

»Du musst mir nicht mehr helfen, ich verstehe, wenn du dich da raushalten willst. Es ist wirklich zu viel verlangt und …«

»Kate! Atme tief durch.«

Das tat ich. Es half ein bisschen.

»Was soll ich tun?«

Ich hätte heulen können vor Erleichterung. Jop war einfach der Beste. »Ich brauche eine aktuelle Adresse oder Telefonnummer von Sean Yu. Er müsste inzwischen dreiunddreißig sein.« Ich musste auch Kader finden, aber ihren Nachnamen hatte ich nie erfahren, und im *Josephine*, dem Freibad, in dem wir in jenem Sommer gejobbt hatten, würde man mir sicher keine Auskunft darüber geben. Vielleicht wusste Sean etwas, aber dazu musste ich ihn erst einmal finden. »Kannst du herausfinden, ob er noch in Kapitolo lebt?«

»Vielleicht.«

»Und Kader. Sie ist vierunddreißig oder fünfunddreißig. Einen Nachnamen habe ich nicht. Vermutlich bekommst du da Dutzende Einträge, aber irgendwo müssen wir anfangen.«

»Dir ist schon klar, dass ich kein Zauberer bin, der mal eben so Daten aus dem Rechner zieht, oder? Ich bin Versicherungsvertreter, Kate, nicht Anonymous. Meine Möglichkeiten sind begrenzt und die Gefallen, die mir andere Leute schulden, auch.«

»Aber du kannst es schaffen?«

Er seufzte. »Ich sehe zu, was sich machen lässt.«

»Danke. Ich erkläre dir alles, wenn wir da sind.«

»Seid vorsichtig.«

Als ich auflegte, näherten wir uns gerade der Haltestelle, ein Gespräch war aufgrund der vielen Menschen, die uns umgaben, nicht mehr möglich, wenn wir sichergehen wollten, dass uns niemand belauschte. Stattdessen sah ich die Nachrichten auf dem Handy durch.

Meine Eltern hatten mehrfach versucht, mich anzurufen. Hensen dreimal. Es gab eine Nachricht von Olga, anderen Freunden, meinen Großeltern und einigen Journalisten. Außerdem eine Sprachnachricht des Polizeipräsidiums, dass ich mich innerhalb der nächsten acht Stunden dort einzufinden hätte. Sie war bereits vor drei Stunden bei mir eingetroffen.

Das war also das Zeitfenster, das mir blieb.

In diesen verbleibenden fünf Stunden musste ich meine Figur finden, die Morde aufklären und entscheiden, ob ich die Figur zurückschicken, in den Untergrund bringen oder sie doch der Polizei übergeben sollte.

Während die Stadt vor den Fenstern der Zirkelbahn an uns vorbeirauschte, huschte mein Blick über die anderen Passagiere. Die Angst, erkannt zu werden, verkrampfte mir den Magen, und mit steigender Nervosität überflog ich die Werbe- und Informationsschaltflächen in den Bahnhöfen, um zu sehen, ob die Nachricht über den zweiten Mord inzwischen an die Öffentlichkeit gelangt war.

Das war nicht der Fall, aber der Fahndungsaufruf zu meiner Figur wurde stetig wiederholt – in Form einer Top-10-Liste der wahrscheinlichsten meiner Figuren, die den Übertritt nach Kapitolo geschafft haben könnten. Es war die Liste, die ich Driessen geschickt hatte. Meine Leser wurden außerdem dazu aufgefordert, weitere Vorschläge mit Begründung an die VdF zu schicken. Dafür war eine Sondernummer eingerichtet worden.

Die VdF war im Großeinsatz, nicht nur, was meine Figur betraf. Man hatte bereits den alten Fischer und den Raben eingefangen, die am Mittag noch auf der Fahndungsliste gestanden hatten. Die dazugehörigen Autoren hatten Glück im Unglück, weil meine Geschichte von ihren weitestgehend ablenkte. Ein möglicher Mord war interessanter als ein alter Mann, der seine Angel unerlaubt in fließende Gewässer hängte, oder ein Rabe, der die ausgeführten Hunde in Stadtparks angriff.

Es waren auch Wortmeldungen von Schauspielern zu lesen, die jegliche Zusammenarbeit mit mir bestritten, denn irgendjemand hatte die Fotos, die ich an die VdF geschickt hatte, der Presse geleakt, sodass sich einige der von mir als Vorlagen verwandten Menschen zu einem Statement genötigt fühlten. Natürlich nutzte der eine oder andere ehemalige Klassenkamerad die Gunst der Stunde, um seine Meinung über mich im Fernsehen kundzutun. Man habe schon immer gewusst, dass ich etwas seltsam sei. Weil ich Klassenfahrten nicht gemocht hätte.

Das waren die harmlosen Auswüchse. Mehr Sorgen bereiteten mir die Proteste in Mitte-West, die sich gegen zwei Textwerkstätten in Stadtteilbüros richteten. In einem Haltestellenbahnhof der Zirkelbahn hing ein Plakat, das stärkere Eignungskontrolle für Autoren forderte. Sie nahmen meinen Fall zum Anlass, um die Vergabe der Schreiblizenzen weiter einzuschränken.

Estelle bebte vor Zorn, als sie das las. Sie flüsterte mir ins Ohr: »So ein Unsinn. Jeder Teenager kann Sachen in seinen Computer schreiben, wie wollen sie das verhindern? Glauben sie etwa, die Leute hören auf, Geschichten zu erzählen, nur weil sie keine Lizenz zum Veröffentlichen dafür haben? Als ob es den Leuten immer nur ums Publizieren gehen würde.« Ich merkte ihr an, wie sehr ihr das Thema am Herzen lag. »Genau das ist der Grund, warum wir den Untergrund öffnen müssen. Wir können die übergetretenen Figuren nicht für immer dort unten einsperren, ganz gleich, was sich Ylvi einbildet. Sie behauptet zwar, es gehe ihr um die Sicherheit der Figuren, aber eigentlich geht es ihr nur um sich. Sie hat es sich sehr bequem eingerichtet.« Als uns eine ältere Dame, die uns gegenübersaß, zu mustern begann, verstummte Estelle.

Ich sah auch einen Beitrag, in dem Reporter vor Weras Haus warteten, um sie zu befragen. Mit Mütze und bis zur Nase hochgezogenem Schal drängte sie sich durch die Menge zu ihrem Auto. Dabei murmelte sie die ganze Zeit: »Kein Kommentar!« Bei ihrem Anblick zuckte ich unwillkürlich zusammen und rutschte auf meinem Sitz noch tiefer nach unten.

Als wir die Zirkelbahn nach zwanzig Minuten endlich verließen, um das letzte Stück Weg zu Fuß anzutreten, atmete ich erleichtert auf. Ein paarmal rutschten wir auf dem Gehweg fast aus, weil wir viel zu eilig über die vereisten Platten voranschritten.

Kaum in Estelles Wohnung angekommen, umarmte uns Jop, als hätten wir uns wochenlang nicht gesehen. Ihm fehlte seine übliche Leichtigkeit, das konnte ich spüren. Estelle und ich gingen nacheinander eilig unter die warme Dusche und zogen uns um. Mir kribbelte es in Händen und Füßen, und selbst mein Hintern war kalt. Währenddessen kochte Jop in der Küche wieder einmal Tee, als wäre das das Mittel, das diese ganze Geschichte zusammenhielt. Anschließend goss er uns einen Schnaps ein.

»Das können wir jetzt wohl alle gut gebrauchen«, sagte er trocken.

»Was ich bräuchte, sind eine Rückenmassage und portugiesische Puddingtörtchen, aber die Chancen dafür stehen wohl schlecht, oder?«, fragte Estelle, um die Stimmung aufzuheitern.

Ich kippte den Schnaps hinunter, dann rief ich meine Eltern an, um ihnen zu raten, für ein paar Tage die Stadt gänzlich zu verlassen. Ich erzählte ihnen von dem zweiten Mord und dass die Figur möglicherweise doch Menschen umbrachte, die ich kannte. Mehr erklärte ich nicht, dazu blieb keine Zeit.

Zuerst weigerten sie sich zu gehen, weil sie mir beistehen wollten, doch als ich sie anflehte, sich in Sicherheit zu bringen, damit ich mir keine Sorgen um sie machen musste, versprachen sie es. Danach rief ich Olga an und erklärte ihr dasselbe. Sie hatte Verwandte in einem Vorort von Kapitolo, die sie ohnehin mit dem Baby hatte besuchen wollen. Sie bat mich mitzukommen, aber das konnte ich nicht.

»Du hättest damals mit mir in den Chor gehen sollen, statt dir das Schreiben als Hobby auszusuchen«, sagte sie zum Schluss, und ich hörte die Tränen in ihrer Stimme.

»Mit mir im Chor hättet ihr aber nie einen Wettbewerb gewonnen«, erwiderte ich und musste ebenfalls schlucken.

Mit dem Versprechen, uns bald wiederzusehen und uns dann ein Wellnesswochenende zu gönnen – ohne Kind und ohne Polizei –, legten wir auf. Damals ahnten wir wohl beide, dass es ein Versprechen war, das wir nicht würden halten können.

»Hast du etwas zu Sean gefunden?«, fragte ich Jop, als ich später wieder in die Küche kam.

Er nickte und holte Laptop und Zettel aus dem Wohnzimmer. Auf dem Küchentisch breitete er alles aus und tippte auf einen Notizzettel. »Zu einer Kader in dem von dir genannten Alter habe ich über hundert Einträge, und ob eine davon auch wirklich deine ist, ist fraglich. Aber das hier ist die aktuelle Adresse und der Arbeitsplatz von Sean Yu. Er ist noch hier. Handynummer konnte ich nicht ermitteln, aber Festnetz. Was willst du jetzt damit machen?«

»Ich muss mit ihm reden.«

»Warum?« Estelles Blick lag schwer auf mir.

»Weil ich das Gefühl habe, dass diese Geschichte mit ihm zusammenhängt. Ich kann euch das jetzt nicht erklären, dafür ist keine Zeit. Wir müssen los.« Ich sprang auf, aber Jop griff nach meinem Arm.

»Kate!«, sagte er warnend.

»Das ist keine Ausrede, die Geschichte ist wirklich zu lang, und wir dürfen keine Zeit verschwenden. Ich erkläre es dir unterwegs.«

Eindringlich sah er mich an, und auch Estelle wirkte, als hätte sie Einwände. Nach allem, was sie für mich getan hatte, hatte sie eine Erklärung verdient, doch dafür hatten wir einfach keine Zeit. Ein guter Geschichtenerzähler weiß um die Länge seines Plots – und auch, an welcher Stelle er die Geschichte einkürzen muss.

»Ich würde verstehen, wenn ihr mir jetzt nicht mehr helfen wollt«, sagte ich kleinlaut. »Immerhin wissen wir nun, dass meine Figur die Morde tatsächlich begangen hat, und die Sache wird einfach viel zu gefährlich für euch. Aber ich muss jetzt wirklich los. Ich verspreche, ich werde euch alles erzählen. Aber nicht jetzt. Jetzt müssen wir Sean finden.«

Die beiden sahen sich ernst an und hatten eine stumme Kommunikation. Schließlich nickte Estelle ernst. »Na schön«, sagte sie. »Aber du schuldest uns eine Antwort, vergiss das nicht.«

Ich nickte, und Jop erhob sich. Er griff nach dem Zettel mit der Adresse.

»Mein Wagen parkt zwei Straßen weiter. Wir müssen über den Fluss. Sean wird jetzt arbeiten.« Ohne ein weiteres Wort ging er hinaus, um sich anzuziehen und die Ausdrucke seiner Recherche in eine Umhängetasche zu stopfen, die eigentlich Estelle gehörte. Sie bestand aus grünem glänzenden Cordstoff und wurde mit einem goldenen Knopf verschlossen.

Auch Estelle erhob sich, aber ich legte ihr die Hand auf die Schulter.

»Es ist besser, wenn du hierbleibst«, sagte ich sanft. »Du hast wirklich genug für mich getan, mehr, als ich je wiedergutmachen könnte. Und ich sehe doch, dass du humpelst.« Ich deutete auf ihr Knie.

Ihrem Gesicht war anzusehen, dass sie mit sich rang. »Ich könnte mit euch kommen ...«

»Ich zweifle nicht daran, dass du dich in einem Kampf besser behaupten würdest als ich. Vor allem, nachdem ich den Inhalt dieser Kiste gesehen habe. Aber ich kann wirklich nicht einschätzen, was uns noch alles erwartet. Und«, kurz blickte ich über die Schulter, »ich bin mir ziemlich sicher, dass Jop es besser finden würde, wenn du dich erst einmal ausruhst.«

Estelle runzelte die Stirn. »Dieser Junge ist nicht mein Aufpasser.«

»Nein, er ist der Mann, dem du sehr viel bedeutest.«

Sie seufzte. »Man merkt, dass du zu viele Liebesromane geschrieben hast.«

»So viele waren es gar nicht.« Ich drückte ihr noch einmal die Hände, bevor ich sie losließ. »Du solltest ihm eine Chance geben. Ich glaube, er würde dich überraschen.«

»Ja, wenn er endlich diese Bananenkisten entsorgen würde.«

Ich grinste schief, und Estelle klopfte mir auf die Manteltasche.

»Hast du noch das Pfefferspray?«, fragte sie.

Ich nickte.

»Jop soll sich etwas mitnehmen, wer weiß, was ihr gebrauchen könnt.« Bedauernd legte sie den Kopf schief. »Mir gefällt der Gedanke nicht, dass Ylvi eine Pistole mit meinen Fingerabdrücken darauf hat. Wenn ich sie nicht wiederbekomme, muss ich sie als verloren melden.«

»Tut mir leid.«

»Ach was. Ich habe noch zwei andere.«

»Natürlich.« Inzwischen war ich nicht einmal mehr überrascht.

»Ich werde dir ein Prepaidtelefon geben. Es läuft auf einen falschen Namen. Damit kannst du Anrufe tätigen, die nicht zurückzuverfolgen sind.«

»Und du bist sicher, dass du früher nicht Agentin warst oder so?«

Mit einem überlegenen Lächeln wandte sie sich ab. »Früher war ich vieles, meine Liebe. Agentin gehörte nicht dazu.«

Kopfschüttelnd ging ich hinaus. Es fiel mir schwer, die Wärme ihrer Wohnung und Fürsorglichkeit zu verlassen, aber ich musste endlich meine entflohene Figur finden, und ich spürte, dass ich auf der richtigen Spur war. Es konnte kein Zufall sein, dass Michael das zweite Opfer war, und ich ahnte, dass eingetreten war, wovor ich mich all die Jahre gefürchtet hatte.

Meine Vergangenheit hatte mich eingeholt.

18

Wir nahmen die Fähre 7, um über den Fluss zu wechseln. Während der Überfahrt blieben wir in Jops himmelblauem Oldtimer sitzen, der mir jedes Mal, wenn ich mit ihm fuhr, Albträume bescherte, weil ich jede Minute mit seinem Auseinanderfallen rechnete.

Doch Jops Vertrauen zu der alten Kiste war unerschütterlich. Als ich misstrauisch auf das Bodenblech sah, tätschelte er das Armaturenbrett und sagte beleidigt: »Einmal bin ich mit diesem Wagen in ein Gewitter geraten und vom Blitz getroffen worden. Ist mir etwas passiert? Nein! 1961er-Messerschmitt-KR-200-Kabinenroller-Zweisitzer! Mit Ledersitzen und eingebautem Radio. Weißt du, wie viel Sammler rund um die Welt dafür zahlen würden?«

»Es hat drei Räder, Jop!«

»Und du keine Ahnung!«

Skeptisch schüttelte ich den Kopf und rutschte vorsichtshalber tiefer in meinem Sitz, als ein älterer Herr an uns vorbeilief, der seinen modernen (vierrädrigen!) Wagen hinter uns geparkt hatte. Der Mann stützte sich auf die Reling und betrachtete das trübe Wasser, während sich die Fähre langsam auf das andere Ufer zubewegte. Der Himmel war grau und hätte nicht besser zu meiner Stimmung passen können.

Ich fragte mich, wie es Folkvar in der Zwischenzeit erging, und machte mir Sorgen, dass er bei seiner Rückkehr an die Oberfläche als Figur erkannt werden würde, jetzt, da die halbe Stadt in Alarmbereitschaft war. Außerdem stellte ich mir vor, wie verzweifelt Hulda sein musste. Ging sie davon aus, dass sie ihn nie wiedersah? Oder hoffte sie, dass er zu ihr zurückkehren würde?

Diese Gedanken deprimierten mich, und der Anblick des Uferlosen Flusses trug nicht dazu bei, meine Stimmung zu heben.

Wir hätten auch über die Nordbrücke fahren können, doch diese war stärker befahren und lag weiter von unserem Ziel entfernt. Sean arbeitete im Druckerviertel, das östlich vom Uferlosen Fluss lag. Er war als eine Art Hausmeister in einem luxuriösen Spa tätig, das in den Räumen eines ehemaligen Spitals untergebracht und auf Monate im Voraus ausgebucht war.

Bei dem Gedanken, Sean nach all diesen Jahren wiederzusehen, wurde mir flau im Magen. Ich starrte durch die Scheibe des Wagens raus auf den Fluss, der sich in dieser Jahreszeit und zu dieser Uhrzeit schlammig durch die Mitte der Stadt wälzte. Krähen und Möwen kreisten über der Fähre und warteten auf Almosen der Fahrgäste. Eine Mutter gab ihrem Sohn Vogelfutter aus einer Plastiktüte, das er mit ungelenken Bewegungen ins Wasser schmiss. Ich konnte nicht erkennen, ob es Brotstückchen oder richtiges Vogelfutter war.

Auf einmal klingelte mein Handy, mein eigenes, nicht das, was ich von Estelle erhalten hatte. Ich zog es aus der Hosentasche und starrte auf das Display.

»Wera«, sagte ich irritiert.

»Deine Lektorin? Ich dachte, die redet nicht mehr mit dir?«

»Dachte ich auch. Die letzte Unterhaltung verlief nicht gerade freundlich.« Einen Moment lang sah ich noch auf das Handy, dann nahm ich das Gespräch an.

»Was machst du nur?«, war das Erste, was Wera mich fragte. Sie klang ehrlich besorgt.

»Ich mache gar nichts!«

»Die VdF hat sich schon wieder bei mir gemeldet, sie wollen wissen, wo du bist.«

»Ähm ... ja, ich weiß, ich melde mich bald bei ihnen.«

»Kate! Denkst du nicht, dass ich merke, wenn du versuchst, Zeit zu schinden? Damit habe ich wirklich sehr viel Erfahrung.«

Ich starrte durch die Wagenscheibe auf den Fluss.

»Du hast denselben Tonfall, wenn du mir sagst, dass du das Manuskript in ein paar Tagen fertig hast, wir aber beide wissen, dass du eigentlich zwei Wochen meinst.«

»Also ...«

»Wo bist du?«

»Du wolltest mir doch nicht mehr helfen«, erwiderte ich trotzig. Ihr Verrat hatte mich tief getroffen, auch wenn ich ihn bis zu einem gewissen Grad verstand.

Sie seufzte laut. »Ich war wütend. Aber ich wollte dir nicht schaden, das musst du mir glauben.«

Wir schwiegen, über mir kreischte eine Möwe.

»Hör zu, Wera, ich weiß, dass ich in letzter Zeit ziemlich undankbar war. Du hast mir immer wieder geholfen, und ich hätte mehr Anerkennung zeigen sollen. Du hast so viel mehr gemacht, als nur Sätze zurechtgeschliffen. Du hast meine Deadline nach hinten verschoben, hast mit den Verlagen geredet, hast dir Nächte um die Ohren geschlagen, wenn ich zu spät dran war. Du hast dir stundenlang mein Gejammer angehört und versucht zu vermitteln, wenn der Verlag etwas anderes wollte als ich. Ich weiß das, Wera.«

Sie schwieg.

»Und es tut mir leid, dass ich das irgendwann als selbstverständlich hingenommen habe. Das war alles nicht dein Job.«

»Na ja«, sagte sie leise. »Irgendwie ist es doch mein Job.«

»Nein, ist es nicht. Es ist dein Charakter. Es tut mir ehrlich leid, Wera.«

»Okay.«

»Okay?«

»Okay.«

Wieder hörte ich, wie sie nervös auf und ab ging.

»Kann ich dir irgendwie helfen?«

Ich war hin und her gerissen. Einerseits brauchte ich jede Hilfe, die ich kriegen konnte, andererseits hatte das Vertrauen zwischen uns einen Schlag abbekommen. Was, wenn sie alles, was ich ihr sagte, der VdF weitergab?

Doch dann entschied ich mich, das Risiko einzugehen. Ich kannte Wera! Und auch wenn die Zeitungen voll waren mit Geschichten, in denen Leute völlig überraschend für sie von Menschen verraten wurden, denen sie vertraut hatten – das entsprach einfach nicht Weras Wesen. Sie konnte gar nicht anders, als ihre Hilfe anzubieten.

»Ich glaube, es ist eine Figur, die ein von mir begangenes Unrecht wiedergutmachen will«, gab ich zu.

»Welches Unrecht?«

»Je weniger du darüber weißt, desto besser, glaub mir.« Ich spürte Jops brennenden Blick auf mir, ignorierte ihn aber für den Moment. »Ich muss wissen, welche meiner Figuren am rechtschaffensten ist. Welche hat einen ausgeprägten Gerechtigkeitssinn und würde über ein begangenes Unrecht am schlechtesten hinwegsehen können? Mit hoher Wahrscheinlichkeit ist es eine Frau.«

»Die Ermittler?«, antwortete sie wie aus der Pistole geschossen.

»Ja, aber wer noch? Ich habe das Gefühl, das ist viel zu offensichtlich.«

»In Ordnung, ich sehe mir die Bücher an und schicke dir eine Liste.«

»Ich sende dir gleich eine neue Nummer, verwende die.«

»Eine neue Nummer?«

Ich konnte ihr Stirnrunzeln beinahe hören.

»Kate, wo bist du? Du wirst doch keine Dummheit begehen, oder?«

»Na ja, nicht so eine Dummheit, wie an einem Samstagnachmittag auf die Buchmesse zu gehen, wenn die meisten Besucher dorthin wollen.«

Sie lachte. »Ja, das ist wirklich nicht sehr schlau.«

»Hör mal, Wera, ich wollte nur ...«

»Ich weiß.«

Einen Moment lang trat Stille ein, dann sagte ich: »Mir tut es wirklich leid, dass alles so gekommen ist.«

»Mir tut es auch leid. Dass ich dich nicht vor der Presse beschützt habe und so.«

Ich musste schlucken. »Alles Schnee von gestern, ehrlich. Ich bin einfach froh, dass du mir jetzt hilfst.«

»Dafür bin ich doch da, oder?« Ich konnte die Tränen in ihrer Stimme hören. »Dafür hast du schließlich eine Lektorin.«

»Die beste.«

Wir schnieften beide.

»Pass auf dich auf, Kate«, sagte Wera leise.

»Ich werde es versuchen.«

Als ich das Gespräch beendet hatte, trommelte Jop mit den Fingern auf dem Lenkrad. »Habt ihr euch wieder versöhnt?«

»Ich denke schon.«

Er sah auf die Uhr. »Die Überfahrt dauert noch. Das wäre jetzt der passende Moment, um mir zu erzählen, warum wir so dringend diesen Sean Yu finden müssen.«

Ich atmete tief durch. Ich wollte ihm nicht erzählen, warum ich Sean suchte. Oder Kader. Woher ich Michael kannte und warum ich Rosalies Adresse eben nicht mehr brauchte. Aber ich ahnte, dass in all diesen Dingen der Schlüssel zum Geheimnis meiner Figur lag. Und Estelle hatte recht: Ich schuldete es ihnen beiden, die Wahrheit zu sagen.

Mit klammen Fingern rieb ich mir die Augen. Es wurde Zeit, sich meinen Erinnerungen zu stellen, denn ich konnte nicht ewig vor ihnen davonrennen. Dafür stand zu viel auf dem Spiel.

Ich warf einen Blick auf die große digitale Anzeige, die an einem Pfahl an der Reling befestigt war und die Minuten herunterzählte, die die Fähre noch benötigte, um das andere Ufer zu erreichen.

»Na schön, dann lass mich dir eine Geschichte erzählen ...«, begann ich.

»Von Jungfrauen und Monstern?«, fragte Jop erschöpft.

»Ja. Von Jungfrauen und Monstern.«

DIE GESCHICHTE IN DER GESCHICHTE

1

Es war der Sommer der toten Fliegen. Sie lagen auf Tischen, Fensterbänken und Kissen. Die Sonne verbrannte ihnen die Flügel, und in Dutzenden fielen sie von den Wänden und bedeckten sämtliche Oberflächen. Ich sparte auf meinen ersten eigenen Cityroller, der mir die Fahrten mit der Zirkelbahn ersparen sollte, und wachte nachts häufig auf, weil mir die Schienbeine wegen eines Wachstumsschubs schmerzten.

Während andere Jugendliche in meinem Alter ihre Wochenenden unter dem bunten Stroboskoplicht großer Diskotheken verbrachten, verschlang ich reihenweise Bücher, hörte mir in verranzten Indie-Clubs Texte von Autoren an, die kaum zehn Jahre älter waren als ich und soffen wie die Löcher. Dabei knutschte ich mit viel zu dünnen Jungs in schwarzen T-Shirts vor Toiletten herum, deren Türen nie richtig schlossen. Ich verliebte mich in die Falschen, bekam mein Herz ein paarmal gebrochen und erholte mich stets innerhalb weniger Tage, während ich davon träumte, eine berühmte Autorin zu werden.

Natürlich besaß ich mehrere alt aussehende Notizbücher und die dazu passenden Stifte, die ich bei jeder Gelegenheit aus der Tasche zog, um Gedanken festzuhalten, die ich für tiefgründig hielt, die aber schon Tausende Teenager vor mir ebenfalls in fleckige Hefte geschrieben hatten. Meistens traf ich mich mit Freunden aus Schreibgruppen in Cafés, in denen wir stundenlang traurige, von Selbstzerstörung handelnde Texte verfassten und so taten, als würden wir Kaffee mögen. Für manche von uns waren diese Treffen ein Hobby, für andere eine Überlebensstrategie, weil sie es zu Hause nicht mehr aushielten.

Es war eine ziemlich gute Zeit. Alles erschien mir überlebensgroß, intensiv und gestochen scharf, wie es sich nur in dieser viel zu kurzen Zeitspanne auf der Schwelle zum Erwachsenwerden anfühlt und danach nie wieder.

Ich war sechzehn.

Die Sommerferien bestanden aus einer Reihe unerträglich heißer Tage und kaum besserer Nächte, in denen jede Bewegung anstrengend wurde. Ich hatte einen lausig bezahlten Ferienjob in einem winzigen Freibad in Gründorf ergattert – einem Viertel, das ich nur selten betrat, weil ich niemanden kannte, der dort wohnte.

Es war eines der ältesten Viertel der Stadt (die Leute nennen es die *grüne Lunge* von Kapitolo) und bestand aus einem Gewirr winziger Gassen mit niedrigen Fachwerkhäusern, grauem Kopfsteinpflaster und der gelegentlich breiteren Straße, gesäumt von alten Gaslaternen, deren Licht längst durch Strom erzeugt wurde. Das gesamte Viertel war terrassenförmig angelegt und verlief über einen kleineren Hügel, dessen oberer Rand an den Dunkelbusch grenzte, den Wald, der Kapitolo im Norden umgab und nur auf ausgewiesenen Wegen, Pfaden und Lichtungen betreten werden durfte. Auf diese Weise wollte man verhindern, dass Figuren, die sich möglicherweise im Wald versteckten, auf Einwohner trafen und ihnen schadeten.

In Gründorf gab es kein Haus, dessen Fassade nicht von wildem Wein, Efeu oder anderen Ranken überwuchert war. Die Kronen alter Laubbäume bildeten ein Dach über den Gassen, die stets in dunkle, grüne Schatten getaucht wurden. Dazwischen befanden sich Parks, in denen zahlreiche Bänke standen, im Sommer Boule gespielt und an gemauerten Grillstellen bis spät in die Nacht gefeiert wurde.

Die Leute, die dort wohnten, waren weder arm noch außergewöhnlich vermögend. Häuser und Wohnungen wurden innerhalb der Familie weitervererbt, und so mancher galt auch in der dritten Generation noch als *Zugezogener*. Es hatte etwas sehr Dörfliches an sich, genau wie der Name vermittelte.

Das Freibad, in dem ich in jenem Sommer arbeitete, besaß den klangvollen Namen *Josephine*, und meine Eltern amüsierten sich prächtig darüber. Bis ich einwarf, dass die Namensgeberin möglicherweise Josefine Mutzenbacher gewesen sein könnte, und meine Mutter damit drohte, mir den Bibliotheksausweis zu entziehen, der zur Befriedigung meiner Leseleidenschaft so wichtig war.

»Manchmal sind lesende Kinder anstrengend«, behauptete sie und forderte mich auf, mich nachts mit Freunden auf Partys herumzutreiben so wie andere normale Teenager auch.

»Wer liest, kann nicht schwanger werden«, wandte ich altklug ein, woraufhin sie mich lachend aus der Küche warf.

Wir haben nie herausgefunden, nach wem das *Josephine* wirklich benannt wurde oder ob überhaupt irgendeine interessante Geschichte dahintersteckte – mein Ferienjob jedenfalls war alles andere als spannend.

Von zwei Uhr nachmittags bis abends um acht verkaufte ich aus einem Fenster heraus Eis, Snacks und Getränke an die Badegäste. In der winzigen Küche war es nur wenige Grad kühler als draußen, und so hing ich die meiste Zeit auf einem wackeligen Barstuhl herum, die Arme auf den Fensterrahmen gestützt, und beobachtete die Leute, die sich auf der Wiese um den Pool sonnten oder im Wasser versuchten, den hineinspringenden Kindern auszuweichen. Weil die Sonne auf dem türkisfarbenen Wasser unerträglich blendete, trug ich die meiste Zeit eine Sonnenbrille und sah schon am zweiten Tag aus wie ein Waschbär.

Die Stelle hatte ich über eine Anzeige in einem Stadtmagazin gefunden, in der explizit nach Schülern und Studenten gesucht worden war. Der Betreiber musste uns nur die Hälfte bezahlen, obwohl wir genauso in der Lage waren, die Fritteuse und den Getränkeautomaten zu bedienen, wie alle anderen auch. Ich begriff sehr schnell, dass wir nicht nur für Besen, Kasse und Kaffee angestellt worden waren, sondern auch dafür, junge Leute anzulocken, denen es nichts ausmachte, dass das Freibad seine besten Tage längst hinter sich hatte.

Das Mauerwerk des Gebäudes neben dem Pool besaß zahlreiche Risse, die sich wie Spinnennetze durch die altrosafarbene Fassade und unter dem dichten Efeu entlangzogen. Auch die Steinplatten rings um das Becken herum besaßen Sprünge, an denen sich so mancher Badegast die Zehen stieß. Neben der Kasse stand stets eine Schachtel mit Pflastern bereit, für den Fall, dass sich wieder einmal jemand eine blutige Zehe holte. Die Palmen in den riesigen Terrakottapflanzkübeln waren mehr gelb als grün, und nur wenige Meter hinter dem Drahtzaun begann der Dunkelbusch, der sich wie eine riesige Mauer düster im Hintergrund erhob. Dazwischen lag ein sonnenverbrannter Grasstreifen, für den sich die Stadtverwaltung offenbar nicht zuständig fühlte.

Hin und wieder schickte uns Herr Rawat, der Leiter des Freibads, auf die andere Seite des Zauns, wenn es mit dem hinübergeworfenen Müll zu schlimm wurde und die Abfälle zu riechen begannen. Aber die meiste Zeit überdeckte der Geruch nach Chlor und Sonnencreme ohnehin alles andere.

Im Nachhinein sehe ich noch immer keine Anzeichen dafür, was in jenem Sommer geschehen sollte. Es schien ein Sommer wie jeder andere in Kapitolo zu sein, nichts daran war wirklich ungewöhnlich – bis auf die Fliegen –, und wenn ich über diese Ereignisse nachdenke, so beginnt die Geschichte in der Geschichte wohl an einem Montag vier Wochen nach dem Schuljahresende.

Genau genommen an einem Nachmittag, an dem ich die Plakate mit Schauspielern und Bands von meinen Zimmerwänden riss und sie durch gerahmte Sinnsprüche und Zitate aus berühmten Romanen ersetzte. Ich hielt mich für zu alt für kindische Schwärmereien und nahm meine Kunst sehr ernst. In den Schubladen meines Schreibtischs lagen Dutzende Ausdrucke von Kurzgeschichten, die darauf warteten, bei Ausschreibungen und Nachwuchswettbewerben eingereicht zu werden. Ich hatte bereits erste kleinere Erfolge feiern können, und natürlich ging ich davon aus, dass der Weg zur Erfüllung all meiner Träume ein gerader sein würde. Stets nach oben und ohne Kurven.

Nachdem ich die Neugestaltung meines Zimmers beendet hatte, musste ich jedoch nicht nur Papierschnipsel vom Fußboden aufsaugen, sondern auch ein gutes Dutzend Fliegen, die über Nacht auf dem Teppich verendet waren. Doch am Ende war ich mit dem Ergebnis zufrieden, ich hatte das Gefühl, dass ich nun in eine neue Phase meines Lebens eintreten würde, der ich mit hohen Erwartungen entgegensah.

Als ich eine Stunde später bei Sean klingelte, erhielt meine gute Laune in der stickigen Hitze, die durch die Hausflure kroch, den ersten Dämpfer. Mit dem Handrücken wischte ich mir über die Stirn. Der Schweiß lief mir unter dem gelben Top den Rücken hinunter und sammelte sich unter dem Bund meiner Jeansshorts. In den unklimatisierten Containerhäusern in Neuwest war es kaum auszuhalten. Während draußen die Temperatur der 40-Grad-Marke entgegenkletterte, heizten sich die Räume innerhalb der Container noch weiter auf, und das Atmen brannte in den Lungen.

Es war nicht zu vergleichen mit den Altbauten, in denen meine Familie und deren Bekannte drüben in Mitte-West lebten. Die wenigen Straßen, die beide Viertel trennten, veränderten nahezu alles. Mit anderen Worten: Die Leute hier besaßen kaum Geld.

Fragte man diejenigen, die sich Wohnungen in der Altvorstadt leisten konnten, dem teuersten Viertel Kapitolos, war das natürlich alles dasselbe, der *westliche Rand* eben. Dabei wurde aus einer Ortszuweisung auch eine Bezeichnung für die Menschen, die dort wohnten. Man kam nicht nur von da, man *war* es auch.

Eigentlich bestanden die Häuser in Seans Straße gar nicht aus Containern, aber in der Gleichförmigkeit ihrer Grundrisse, Geschosse und Fassaden ähnelten sie Schiffsbehältern, von denen jemand acht, zwölf oder auch sechzehn übereinandergestapelt hatte. Der einzige Unterschied bestand in den farbigen Rahmen um die Fenster. Manche davon waren grün, andere rosa oder auch gelb. Mit den Jahren färbte das Wetter jedoch auch die zu einem einheitlichen Grau, das für Neuwest so typisch war.

Blinzelnd sah ich den Gang hinunter. Bei jeder noch so kleinen Bewegung quietschten die Sohlen meiner roten Sandalen auf dem Linoleumboden. Irgendwo schrien spielende Kinder, und im Treppenhaus klappte eine Tür. Ich breitete die Arme aus, in der Hoffnung, dass ich mir dadurch Linderung von der Hitze verschaffen könnte, aber es brachte gar nichts. Selbst mein Pferdeschwanz war am Ansatz feucht.

Hinter der Tür, auf der in abblätternder Farbe die Nummer 512 stand, gab es Gemurmel, bevor sie aufgerissen wurde und sich Sean mürrisch an mir vorbei in den Gang drängte. Als er sich bückte, um die abgewetzten Turnschuhe zuzubinden, rutschte ihm der Rucksack von der Schulter aufs Handgelenk, und er fluchte. Nach ihm erschien sein Großvater Paddy im Türrahmen.

Wenn ich dem alten Mann begegnete, wusste ich nie so recht, was ich zu ihm sagen sollte. Die meiste Zeit verstand ich ohnehin nur die Hälfte von dem, was er vor sich hin nuschelte, weil ihm mehrere Zähne fehlten. Doch aus irgendeinem Grund hatte der Alte einen Narren an mir gefressen und versuchte auch dieses Mal wieder, mich in ein Gespräch zu verwickeln.

»Es ist heiß«, sagte er, und ich nickte, während er sich am Oberschenkel kratzte. Dabei rutschte ihm die Trainingshose, die sowieso schon zu tief hing, noch weiter nach unten. »... kann man gar nicht mehr schlafen.«

»Meine Mutter hängt die Fenster ab«, antwortete ich unsicher.

Auch er nickte und blickte zu Sean, der wieder aufgestanden war und den Wohnungsschlüssel in die Hosentasche stopfte.

»Kommst du?«, fragte er mich ungeduldig, ohne seinen Großvater anzusehen.

Unangenehm berührt blickte ich zwischen den beiden hin und her. Ich wollte nicht unhöflich sein, wusste aber auch nicht, was ich zu dem alten Mann noch sagen sollte. Wie die meisten Teenager empfand ich Leute jenseits der fünfzig als uralt und fragte mich, wie sie es zulassen konnten, dass ihr Gesicht Falten bekam, ihr Rücken schmerzte oder sie bei Anbruch der Dunkelheit nicht mehr rausgehen wollten.

»Wann bist du zurück?«, fragte Paddy und umklammerte mit zitternden Fingern das Türblatt.

»Weiß ich noch nicht.« Sean sah ihn nicht an. »Du musst nicht auf mich warten.«

Der Alte wandte sich mit seinem zahnlosen Lächeln an mich. »Ich mache Kartoffelbrei und Klopse. Sein Lieblingsessen.«

Ich lächelte erneut und verkrampfte mir dabei fast die Kiefermuskeln. »Klingt gut.« Dann winkte ich unbeholfen und rannte Sean hinterher, der auf den Fahrstuhl zusteuerte. Doch kurz bevor er ihn erreichte, bog Sean ins Treppenhaus ab und rannte wie getrieben die Stufen hinunter.

»Warte doch mal!«, rief ich ihm nach, aber er hielt erst an, als er die Haustür aufgestoßen und vor dem gleißenden Sonnenschein Zuflucht im Schatten eines großen runden Betonpfeilers gefunden hatte. Dort zündete er sich eine Zigarette an.

Atemlos blieb ich neben ihm stehen. »Du bist so ein Arschloch«, sagte ich. »Dein Großvater versucht doch nur, nett zu sein.«

Er zuckte mit der Schulter, sah mich aber nicht an. Stattdessen fuhr er sich über die kurz geschorenen Haare am Hinterkopf. Über der Stirn schälte sich seine blasse Haut, weil er immer vergaß, sich auch den Kopf mit Sonnencreme einzuschmieren.

Gemeinsam starrten wir einen Moment lang auf den Platz vor dem Haus, auf dem ein paar Skater mit ihren Boards fuhren und sich zwei Mütter neben ihren Kinderwagen unterhielten.

»Es muss dir nicht peinlich sein …«, versuchte ich es erneut, erntete aber nur einen wütenden Blick, weshalb ich verstummte. Ich hatte keine Ahnung, wovon ich sprach, das sagte mir dieser Blick. Natürlich fand ich meine Eltern manchmal peinlich, aber ich hatte mich nie wirklich für sie *geschämt*. Wo Seans Eltern waren oder warum er bei seinem Großvater lebte, wusste ich nicht, und er machte keine Anstalten, es mir zu erzählen. Es gibt Leute, die kann man solche Dinge fragen – Sean gehörte nicht zu ihnen. Er war ein guter Schwimmer, das musste er als Rettungsschwimmer sein, und er trug eine Sicherheitsnadel im Ohr, die kein Schmuckstück war. Das waren die Dinge, die ich über ihn wusste, bei allem anderen hielt er sich bedeckt.

Manchmal ermahnte ihn Kader, Rawats rechte Hand, zu Schichtbeginn wegen des Ohrrings, aber das war Sean egal und unserem Chef wohl irgendwie auch. Es hatte sich nämlich herumgesprochen, dass Sean nicht zögerte, Typen, die Ärger machten, aus dem *Josephine* zu schmeißen, selbst wenn sie doppelt so breit waren wie er. Er hatte seinen Ruf als Terrier des *Josephine* weg, und Herr Rawat war zufrieden, wenn es ruhig blieb.

Kopfschüttelnd zog ich Sean zum Motorroller, den ich mir von unseren Nachbarn geborgt hatte. Wenn wir gemeinsam Schicht hatten, holte ich Sean meistens ab, weil sein Haus ohnehin auf meinem Weg lag. Mit mehr Schwung als nötig knallte ich ihm den zweiten Helm gegen die Brust, und er taumelte einen Schritt zurück, fing sich aber schnell wieder. Dann grinste er mich plötzlich an, und ich rollte mit den Augen. Als er sich hinter mich gesetzt hatte, deutete ich auf den Gepäckträger. Es war viel zu heiß, um zueinander aufzurücken oder die Arme um den Fahrer zu legen. Nur unsere Oberschenkel berührten sich und klebten sofort aneinander. Es war keine bequeme Fahrt, aber Sean beteiligte sich am Sprit, also nahm ich es in Kauf.

Während wir uns mit dem Motorroller durch den Sommerverkehr schlängelten, strich uns der warme Fahrtwind über die Haut, und über uns hing ein blendendes, wolkenloses Hellblau.

Ich mochte die breiten Hauptstraßen von Neuwest nicht besonders, deren grau glitzernder Asphalt Flecken auf meiner Pupille erzeugte, wenn ich zu lange darauf starrte. Doch Sean hatte mir geraten, die weniger befahrenen Seitenstraßen zu meiden. Es kam vor, dass Gangs Fahrer von Rädern und Rollern holten oder sogar aus Autos, wenn diese an Ampeln hielten. Ständig mussten wir anderen Rollern und Autos ausweichen, deren Abgase in der Hitze standen.

In Neuwest wohnten dreimal so viele Leute wie in der Altvorstadt, und das Viertel wimmelte nur so von Menschen. In den Straßen herrschte ein eigener Rhythmus, und als oberstes Gebot galt stets: *Du kannst dich verfahren, aber stehen bleiben darfst du nicht.* Dann brach hinter dir ein lautes Hupkonzert aus.

So schnell es ging, fuhren wir vorbei an einer langen Reihe von Geschäften, die sich rechts und links der großen Verkehrsadern auffädelten. Wir bogen auf den Platz 451 ein, den ein riesiger Kreisverkehr beherrschte, in dessen Mitte das bekannteste Wahrzeichen des Viertels stand. Es waren zwei gusseiserne, acht Meter hohe Statuen von Thomas Morus und Erasmus von Rotterdam, die über die Jahrzehnte zu rosten begonnen hatten wie ihre Utopien von einer besseren Zukunft.

Als wir endlich in die Schatten von Gründorf eintauchten, prallte die Kühle beinahe unangenehm auf unsere verschwitzte Haut, an der kleine Fliegen kleben geblieben waren. Wir hatten unsere Schicht noch vor uns und fühlten uns schon zu Beginn erschöpft.

Die nächsten Stunden verbrachte ich mit denselben eintönigen Handgriffen, die ich schon seit Ferienbeginn ausübte, während ich eine Abneigung gegen den Geruch von Kaffee und Frittierfett entwickelte und lernte, die Launen der Badegäste nicht persönlich zu nehmen.

Nachdem das *Josephine* am Abend seine Tore geschlossen hatte, stand die Sonne bereits tief, doch das Wasser verströmte noch immer einen intensiven Chlorgeruch, den ich auf immer mit der Erinnerung an diesen Sommer verbinden werde. Ich stellte die letzte Maschine aus, reinigte die Küche und taperte anschließend zu dem winzigen nierenförmigen Nichtschwimmerbecken, das schon vor Jahren trockengelegt worden war. Es diente der Spätschicht als Treffpunkt, um nach dem Dienst noch ein paar Minuten zusammenzusitzen. Seine Fliesen überzog ein Schmutzfilm, und im Abfluss wuchsen Blumen.

Ich legte mich an den Rand, die nackten Füße gegen die aufgeheizten Steinplatten gedrückt und den Handrücken auf die Augen gepresst. Im letzten Licht der Abendsonne färbten sich meine Knie rot. Ich lauschte den Geräuschen um mich herum, dem entfernten Autolärm, irgendwo in der Nähe gurrte eine Taube.

Kurz darauf gesellten sich auch die anderen zu mir, wir waren zu fünft, alle ungefähr im selben Alter, und schätzten und verachteten gleichermaßen die Eintönigkeit, die ein Ferienjob meistens mit sich bringt.

»Wollt ihr am Samstag mit zu einer Party kommen?«, fragte Michael, nachdem sich jeder eine Dose Cola genommen hatte, die ich aus der fürs Personal reservierten Kiste am Rand abgestellt hatte. Er rollte träge mit dem Skateboard von einer Seite des flachen Beckens zur anderen und plapperte dabei unablässig vor sich hin. Wieder einmal trug er kein T-Shirt, nur seine roten Bademeistershorts, und das weiße Tattoo auf seinen Rippen hob sich leuchtend gegen die dunkle Haut ab. Er war das, was mein Vater spöttisch einen »Mädchenschwarm« nannte.

Jeden Tag sahen wir atemlos dabei zu, wie er Telefonnummern einsammelte, ohne sich ein einziges Mal anzustrengen. Selbst wenn er sich nie bei den Mädchen meldete, nahmen sie es ihm nicht übel. Niemand erwartete, dass der beliebteste Junge des Sommers sich für einen interessierte. Tat er es dennoch, kam das einem Ritterschlag gleich.

Ähnlich häufig, wie er Telefonnummern angeboten bekam, wurde er auch auf Partys eingeladen. Und obwohl er andere Freunde besaß, waren wir in jenen Wochen diejenigen, mit denen er die meiste Zeit verbrachte. Vielleicht war ihm deshalb der Gedanke gekommen, uns einzuladen.

»Das ist doch lahm, Mann«, erwiderte Sean, der am Beckenrand mit den Händen in den Hosentaschen wie in Zeitlupe die Schuhsohlen gegen die Platten klackern ließ, als wäre er beim Irish Dance. Er hatte schon wieder eine rote Stirn, und ich wettete darauf, dass er sich in der Nacht blutig kratzen würde, weil es so juckte.

»Komm schon, saufen und Mädchen für nix!«, rief Michael und machte einen Ollie am Beckenrand.

»Oh, na dann.« Kader war anzuhören, dass sie sich über ihn lustig machte, auch wenn man nichts von ihrem Gesicht ablesen konnte.

Seit ich hier arbeitete, trug sie die blaue Verbrennungsmaske aus Silikon, die Nasenlöcher, Mund und Augen zwar frei ließ, aber auch Schatten darüber warf. Sie hatte bei einem Wohnungsbrand Verbrennungen zweiten Grades erlitten und musste die Maske viele Monate aufsetzen, um der verstärkten Narbenbildung entgegenzuwirken. Deshalb trug sie auch stets ein Baseballcap mit breitem Schirm, der ihr Gesicht zusätzlich vor der Sonne schützte. Ich wusste nicht, wie sie vor ihrem Unfall ausgesehen hatte, und es fiel mir manchmal schwer, sie anzusehen.

Kader war nur einen Meter sechzig groß und hatte schmale Schultern, genau wie ihre Mutter und ihre Schwester, wie ich später lernen sollte. Die Kleidung, die sie trug, war stets einen Tick zu lang, ich nahm an, dass sie von einer Verwandten geborgt war, da ihre eigenen Sachen im Feuer zerstört worden waren.

Wenn ich sie beobachtete, wie sie ganz still an einer Wand lehnte und das Geschehen um sie herum beobachtete, flößte mir ihr Anblick beinahe Furcht ein, weil sie wirkte, als würden ihr die Blicke der Leute nichts ausmachen. Es war mir unbegreiflich, wie sie so abgeklärt sein konnte.

Acht Wochen zuvor hatte jemand nachts im Keller ihres Hauses ein Feuer gelegt, und beide Wohnungen im Erdgeschoss waren komplett ausgebrannt. Kaders Familie war daraufhin zu ihrem Onkel gezogen, bei dem sie nun vorübergehend zu neunt in einer Vierzimmerwohnung lebten. Sie schluckte jeden Tag ein halbes Dutzend Schmerztabletten und massierte sich immer wieder fahrig die Stellen neben den Augen, um das Spannen der Haut zu lindern. Trotzdem gab sie den Job im Freibad nicht auf. Die Familie war auf das Geld angewiesen, behauptete sie. Kader arbeitete bereits das dritte Jahr während des Sommers im *Josephine* und war inzwischen so etwas wie Rawats Stellvertreterin. Er vertraute ihr sowohl mit der Anlage als auch bei der Sicherheit, wenn er nicht da war, was damals so gut wie immer war, da seine Frau gerade ein Baby zur Welt gebracht hatte.

»Ich würde gern auf die Party mitkommen«, sagte Rosalie vorsichtig von ihrem Platz auf der Treppe aus, die ins Becken führte.

Wir wandten ihr die Köpfe zu, weil keiner von uns an sie gedacht hatte, als Michael die Einladung ausgesprochen hatte, auch er nicht, da war ich mir sicher. Doch zurücknehmen konnte er sie nicht, ohne verletzend zu werden, und Michael war kein schlechter Kerl.

Es war nur so, dass man Rosalie leicht vergessen konnte. Sie besaß dünnes aschblondes Haar, viel zu große Schneidezähne und etwas hervorstehende Augen über der sommersprossigen Nase. Sie war zwar da, aber doch auch wieder nicht. Die meiste Zeit erledigte sie schweigsam Handlangerarbeiten und putzte die Toiletten. Wenn sie doch einmal sprach, war man schnell genervt. Entweder war sie zu langsam oder zu nervös, zu aufgedreht oder zu traurig, zu laut oder zu leise. Sie traf nie den richtigen Ton bei den Leuten und war schlichtweg immer irgendwie ein bisschen daneben. Jemand, der nie richtig passte.

Aber auch sie gehörte in jenen Sommermonaten zu uns, also ließen wir sie am Ende einer Schicht bei uns sitzen. Sean half ihr dabei, die schweren Trennleinen aus dem Wasser zu hieven, und Michael holte ihr die Putzutensilien vom Regal, an die sie nicht herankam, während ich hin und wieder mit ihr plauderte, wenn es vor dem Imbissfenster keine Schlange gab. Es tat uns nicht weh, und wir mussten keine coole Fassade aufrechterhalten, denn uns allen war klar, dass diese Kameradschaft eine Beziehung auf Zeit war. Wenn der Sommer vorbei war, würden wir wieder in unsere eigentlichen Leben zurückkehren und uns nicht wiedersehen.

Doch für ein paar Wochen, in diesem abgeschlossenen Kosmos, waren wir die Bruderschaft der zu engen Badeanzüge, klebenden Badehosen und schlappenden Badelatschen – und für einen kurzen Moment in der Zeit war Rosalie eine von uns.

»Na schön«, sagte Michael und breitete die Arme aus, während die Abendsonne seine Haut rötlich färbte. »Wer kommt mit?«

Zaghaft hob Rosalie die Hand, und ich brachte es nicht über mich, sie zu enttäuschen, weil ich wusste, dass es die einzige Einladung bleiben würde, die sie den ganzen Sommer über erhalten würde. Also hob auch ich die Hand.

Daraufhin zuckte Sean mit den Schultern und nickte. »Na schön.«

»Was ist mit dir, Kader?«, fragte ich.

Sie schüttelte den Kopf und legte eine Badelatsche auf ihre Coladose, um zu verhindern, dass Fliegen hineinflogen.

»Wir haben es versucht.« Michael rollte weiter von einer Seite zur anderen, und ich ließ mich zurück auf den Boden sinken.

Mit geschlossenen Augen lauschte ich wieder den Geräuschen um mich herum. Dem Klatsch und Tratsch, Seans Klackern, Michaels Rollen im leeren Becken und dem Rauschen des Dunkelbuschs jenseits des Zauns. Eine Fliege landete auf meinem Oberschenkel, und ich scheuchte sie träge davon.

Nach einer Weile sammelte Kader unsere leeren Dosen ein, um sie zurück in die Küche zu bringen. Kurz darauf rief sie plötzlich: »Verdammt!«, und blinzelnd öffnete ich die Augen.

Sie stand im Türrahmen und deutete mit dem Daumen hinter sich ins Dunkel der Küche. »Irgendwer hat zwei Kartons Würstchen geklaut.«

»Was?« Langsam setzte ich mich auf.

»Es ist eine Lücke in der Tiefkühltruhe.«

Ich erhob mich und ging zu ihr. »Aber ich war doch die ganze Zeit da.«

»Sicher warst du mal auf Klo.«

»Ja, aber ...« Ich trat über die Schwelle, es dauerte einen Moment, bis sich meine Augen an das Dämmerlicht gewöhnt hatten.

»Ist nicht das erste Mal. In letzter Zeit passiert so was ständig.«

»Da muss jemand wirklich den richtigen Zeitpunkt abgepasst haben. Schnell rein und weg.« Sean trat hinter mir in die Küche und lehnte sich mit verschränkten Armen an den Kühlschrank.

Michael und Rosalie tauchten ebenfalls in der Tür auf und blockierten das hereinfallende Licht.

»Wer klaut denn vier Dutzend tiefgefrorene Bockwürste?«, rief Kader empört, fasste sich aber gleich darauf an die Maske, weil sie offenbar das Gesicht verzogen hatte.

Ich verspürte den Impuls, ihr die Hand auf die Schulter zu legen und sie zu fragen, ob es ihr gut ginge, aber ich hielt mich zurück. Kader mochte keine mitfühlenden Gesten, das hatte sie sehr schnell klargemacht. Sie redete kaum über das Feuer, und es war mir auch recht, da ich nie so genau wusste, was ich zu ihr sagen sollte.

»Leute, die eine Party feiern wollen«, beantwortete Sean ihre Frage mit einem Schulterzucken.

»Das ist doch beschissen«, murmelte sie.

Ich beugte mich über die Kühltruhe, um die Bestände zu überfliegen. »Fehlt sonst noch etwas?«

»Ich glaube nicht.«

Gemeinsam sahen wir uns um, aber die Regale schienen in Ordnung zu sein.

»Müssen wir jetzt die Polizei holen?«

Kader winkte ab. »Der Chef sagt, bei solchen Delikten lohnt sich der Aufwand nicht. Polizei wird nur geholt, wenn du jemanden erwischst, weil du dann zeigen musst, dass du das nicht tolerierst.« Sie stöhnte auf und deutete nach draußen, wo vier Kameras das Gelände des Freibads aufnahmen. »Jetzt muss ich hierbleiben und mir die Bänder ansehen.«

Die Kameras waren vor allem aus Versicherungsgründen da, falls doch einmal ein Badeunfall passieren würde – und als Abschreckung für Jugendliche, die sich nachts ins Bad schleichen wollten.

»Sollen wir bei dir bleiben?«, fragte ich, aber sie schüttelte den Kopf.

»Ich schließe hinter euch ab, und mein Vater kommt gleich, um mich abzuholen. Wir müssen einfach besser aufpassen, damit das nicht noch mal passiert. Und neue Würstchen bestellen.«

»Es ist die Hitze«, sagte Rosalie auf einmal leise. »Die macht die Leute komisch.«

»Und da klauen sie Würstchen?« Michael lachte, aber Rosalie zuckte nur mit der Schulter und stieß mit der Schuhspitze gegen den Türrahmen.

Wenige Minuten später verließen wir das *Josephine*, und Kader schloss hinter uns ab. Die Sonne war inzwischen fast hinter dem Wald untergegangen, und durch ihren roten Schein sah es aus, als würden die Bäume in Flammen stehen. Die Straßenlaternen waren angegangen und durchbrachen mit ihrem Licht die Schatten von Gründorf.

Als ich auf den Roller stieg und sich Sean hinter mich setzte, fröstelte mich auf einmal. Ich sah hinüber zum Dunkelbusch – und in diesem Moment hatte ich das erste Mal das Gefühl, beobachtet zu werden.

Es kam oft vor, dass mich jemand anschaute. Wartende in der Schlange vor dem Imbissfenster; Badegäste, die gelangweilt den Blick schweifen ließen, oder auch andere Jugendliche auf der Suche nach einem Sommerabenteuer. Ich war weder schüchtern noch extrovertiert, manchmal unsicher, manchmal viel zu selbstbewusst. Im Grunde war ich ein typischer Teenager, sah man einmal von der ganzen Leserei und dem beinahe zwanghaften Festhalten meiner Gedanken auf Papier ab.

Die meiste Zeit über störten mich die Blicke nicht. Doch das Gefühl, das mich an jenem Abend zum ersten Mal erfasste, als wir das *Josephine* verließen, war neu. Es beunruhigte mich, weil ich nicht herausfand, woher es kam. Ich spürte deutlich einen Blick aus dem Verborgenen heraus, der an mir klebte wie die Hitze jenes Sommers.

Allerdings war ich mir damals noch nicht sicher, ob ich mir das alles nur einbildete und mich das Gerede über einen Dieb, dem es gelungen war, sich an mir vorbeizuschleichen, vielleicht nur verunsichert hatte. Während ich nach Hause fuhr, versuchte ich, das Gefühl abzuschütteln, aber es verfolgte mich bis in meine Träume.

2

Am nächsten Morgen war ich groggy, weil ich unruhig geschlafen hatte, und diese Nervosität begleitete mich den ganzen Tag über. Am Nachmittag beschwerte sich ein Familienvater lautstark bei mir, weil die Bockwürste ausgegangen waren, deren Nachschub noch nicht geliefert worden war. Nachdem er mich endlich in Ruhe ließ, sank ich wieder auf den Hocker am Ausgabefenster. Die Hitze verwandelte die Luft in Melasse, und bereits nach wenigen Minuten war ich durchgeschwitzt, und mein Hintern klebte am Stuhl fest.

Rosalie leistete mir eine Weile Gesellschaft. Sie trug grüne Shorts, die aussahen, als würden sie ihrem Vater gehören, und dazu ein beiges T-Shirt, das ihr den Teint einer Leiche verpasste.

»Was wirst du am Samstag für die Party anziehen?«, fragte sie mich, während ich, den Kopf in die Hand gestützt, nach draußen starrte und mir die Sonnenbrille langsam die Nase nach unten rutschte.

»Weiß ich noch nicht. Rock und Shirt vielleicht.«

»Was, denkst du, soll ich anziehen?«

Irritiert sah ich sie an. »Woher soll ich das wissen, ich weiß doch gar nicht, was du im Schrank hängen hast.«

Sie nickte und knabberte am Fingernagel herum.

Angeekelt blickte ich wieder nach draußen.

»Denkst du, es gibt dort etwas zu essen?«

»Wahrscheinlich.«

»Und sicher auch Alkohol.«

Ich schnaubte. »Davon kannst du ausgehen.«

»Sollen wir gemeinsam hingehen?«

Dazu hatte ich eigentlich keine Lust, aber bevor sie mich noch fragte, ob sie zum gemeinsamen Schminken zu mir kommen könnte, antwortete ich hastig: »Wir treffen uns in der Zirkelbahn, ich schreibe dir, wenn ich eingestiegen bin.«

Erleichtert nickte sie. »Ich weiß gar nicht, worüber ich mit den Leuten sprechen soll. Ich meine, ich kenne da ja niemanden außer euch.«

»Herrje, Rosalie, wir doch auch nicht. Das ist eine Party. Du isst, trinkst, tanzt, und irgendwie ergibt sich der Rest.«

»Bei Leuten wie dir ergibt sich der Rest«, erwiderte sie leise. »Bei mir ergibt sich nie etwas.«

»Mhm?« Ich schob mir die Brille hoch.

»Leute wie du«, wiederholte sie.

»Leute wie ich? Was soll das heißen?«

»Na, hübsche Leute.«

Ich verjagte eine Fliege, die mir vor dem Gesicht kreiste. »Was glaubst du, wie viele hübsche Leute ich kenne, die total schüchtern sind und nie den Mund aufkriegen, wenn sie irgendwo sind. Das heißt doch gar nichts.« Ich sah ihr an, dass sie mir widersprechen wollte, es dann aber nicht tat. Das nervte mich beinahe noch mehr als ihre Äußerung.

»Glaubst du, dass es der Dieb noch mal versuchen wird?«, wechselte sie das Thema.

Reflexartig warf ich einen Blick über die Schulter auf die Hintertür, die auf die Rückseite des Gebäudes führte. Dort draußen standen die Mülltonnen, und bis zum Zaun waren es höchstens zwei Meter.

»Wer weiß«, murmelte ich.

Ich fragte mich, wie der Dieb am Tag zuvor hereingekommen war. Kader hatte die Videoaufzeichnungen der Überwachungskameras angesehen, aber nichts entdecken können. Sie filmten ohnehin nur den Außenbereich. Irgendwie hatte es der Dieb geschafft, stets im toten Winkel zu bleiben. Die Hintertür war tagsüber durchgehend geöffnet, aber kaum jemand verirrte sich auf diese Seite des Gebäudes.

Vielleicht war er auch über die anderen Räume von innen gekommen? Der Gedanke, dass er mich beim nächsten Mal überraschen könnte, verstärkte meine Nervosität.

»Vielleicht war es wirklich nur jemand, der spontan etwas wollte«, sagte Rosalie und deutete nach draußen. »Ich mach mich mal wieder an die Arbeit.«

Ich nickte und sah ihr nach, wie sie am Beckenrand entlanglief und sich ihre Hose durch die Wasserspritzer dunkel färbte.

Danach wurde es noch einmal hektisch, und erst als die meisten Badegäste wieder gegangen waren, um pünktlich zum Abendessen zu Hause zu sein, entspannte sich die Lage im *Josephine* ein bisschen. Es kamen kaum noch Leute an das Imbissfenster, daher beschloss ich, Rosalie beim Aufräumen zu helfen. An mir nagte das schlechte Gewissen, weil ich zuvor so kurz angebunden gewesen war, dabei wusste ich doch, dass sie selten auf Partys ging. Ich nahm mir eine Plastiktüte, schloss die Küche ab und lief über die Wiese, um Müll einzusammeln. Die wenigen Badegäste, die noch hier waren, beachteten mich nicht. Ein leichter Wind kam auf, der kaum Kühlung brachte, und über uns flatterten die Palmenwedel geräuschlos vor sich hin. Ich musste mich immer wieder bücken, um den Abfall aufzuheben, auch die eine oder andere Badelatsche und das gelegentliche Handtuch. Dabei lief ich in einigem Abstand zu dem Maschendrahtzaun entlang, hinter dem sich der Dunkelbusch befand.

Auf einmal erfasste mich wieder dieses merkwürdige Gefühl, beobachtet zu werden. Ruckartig richtete ich mich auf, die Tüte fest in der Hand. Ich sah mich um, aber die anderen waren mit ihren eigenen Aufgaben beschäftigt, und die letzten Badegäste packten ohne Hast ihre Sachen zusammen. Niemand sah zu mir herüber.

Trotzdem kribbelte es mir zwischen den Schulterblättern, und irritiert trat ich langsam näher an den Zaun heran. Ich steckte die Finger in die Maschen und starrte in das dunkle Dickicht jenseits des Grasstreifens, aber ich konnte nichts Ungewöhnliches erkennen. Ich kniff die Augen zusammen und hob den Blick in den wolkenlosen Himmel, aber auch dort gab es nichts zu entdecken.

»Was machst du denn da?«, fragte mich plötzlich Kader, die neben mich getreten war, um die Schlösser an den beiden Türen im Zaun zu überprüfen, so wie sie es jeden Abend tat. Neugierig betrachtete sie mich von der Seite.

Zögerlich deutete ich auf den Wald. »Siehst du da etwas?«

Sie starrte hinüber. Doch hinter dem Zaun war nichts zu sehen außer den krummen Bäumen, die jeden Tag dort standen. Ihre Wipfel bewegten sich sanft hin und her, aber zwischen den Stämmen regte sich nichts.

»Alles wie immer«, antwortete sie, und ich seufzte.

»Es war nur so ein Gefühl ...«

Sie schaute mich an, als wäre mir die Hitze nicht bekommen, und unter der Sonnenbrille lief ich rot an.

Hastig wandte ich mich ab. Doch das Gefühl ließ mich nicht los. Es war wie ein unangenehmer Juckreiz, der schlimmer wurde, wenn man kratzte. Ich beeilte mich damit, den Müll einzusammeln, in den Wald blickte ich nicht mehr.

»Wahrscheinlich waren es nur Spaziergänger«, sagte Sean eine halbe Stunde später, als wir wieder um das alte Nichtschwimmerbecken saßen und eine letzte Cola tranken.

»Das ist abseits der Wege doch verboten, oder?«, wandte ich skeptisch ein. »Und es führt auch kein Wanderweg hier hinten am *Josephine* vorbei.«

Kader schluckte eine ihrer Schmerztabletten mit Cola und setzte sich in einen pinken Schwimmring, den ein Badegast vergessen hatte. Sie sah aus wie eine Puppe, deren Glieder vom Mittelteil abgespreizt worden waren.

»Passiert trotzdem hin und wieder«, sagte sie. »Abenteuerlustige, die Nervenkitzel suchen. Oder Pilzsammler, die sich nicht an die ausgewiesenen Plätze halten, weil die Ausbeute tiefer drin größer ist.«

»Jetzt ist doch gar keine Pilzsaison«, erwiderte Rosalie und fing sich einen genervten Blick ein.

»Vielleicht war es eine Figur«, sagte Michael auf einmal grinsend. »Ein Bär! Oder ein Wolf! Ich habe gehört, der Wald soll voll davon sein. Deshalb erlaubt die Stadt auch nicht, dass man abseits der Wege läuft.«

Rosalie nickte eifrig. »Oder Rotkäppchen.«

»Klar, Frankensteins Monster«, warf Sean trocken ein.

»Hört doch auf«, erwiderte ich. Es ärgerte mich, dass Kader den anderen erzählt hatte, was ich zu ihr gesagt hatte. Es war keine große Sache, aber sie hätte wissen können, dass sie mich damit aufziehen würden. »Das sind doch alles nur Urban Legends.«

»Hast du vergessen, dass in dieser Stadt auch Urban Legends wahr werden können? Was war mit dem als Hund gehaltenen Braunbären? Über den hat jemand geschrieben, und schwups, ist er in diese Bäckerei gelaufen.«

»Es gab schon ewig keine Figuren mehr im Wald. Statistisch gesehen kommen die meisten Figuren im Hafenviertel vor. Das habe ich neulich erst gelesen.«

»Kann schon sein«, sagte Kader in einem seltsamen Ton, der mich dazu brachte, die Sonnenbrille nach oben zu schieben und sie anzusehen.

»Das meinst du doch nicht ernst, oder?«

»Warum denn nicht? Hier ist doch alles möglich.« Sie hob die Arme in die Luft und meinte wohl die Stadt, dabei stieß sie an das Baseballcap, das ihr vom Kopf rutschte. Das kurze braune Haar, das gerade erst wieder nachwuchs, stand wild vom Kopf ab. Es überdeckte noch nicht überall die kahlen Stellen, wo das Feuer ihr die Haut verbrannt hatte. Hastig setzte sie das Cap wieder auf. Der pinke Badereifen bildete einen seltsamen Kontrast zu dem Anblick, den sie bot.

»Das hätte doch irgendjemand gemerkt«, erwiderte ich. »Die Forstwacht oder so.«

Träge streckte sie die Beine aus und wackelte mit den Zehen, sodass ihre Badelatschen schief hingen. Ihre Beine waren im Feuer unversehrt geblieben, die Flammen hatten nur das Gesicht erfasst.

»Soll ich dir mal sagen, was in Kapitolo alles nicht bemerkt wird?«, flüsterte sie. »Von denen treiben sich hier noch sehr viel mehr rum, als man denkt.«

Sean verdrehte die Augen und kratzte sich an der Stirn, aber Kader ließ sich nicht beirren.

»Habe ich euch schon mal von der Nacht des Feuers erzählt?« Sie wartete unsere Antworten nicht ab. »Die Feuerwehr war gerade dabei, uns durchs Küchenfenster zu evakuieren, da ist mein kleiner Bruder vor Angst zur Wohnungstür gerannt. Es war eine Panikreaktion, er ist uns einfach entwischt. Aber dieser Ausgang war versperrt, es war schon eine riesige Feuerwand davor, weil die Flammen vom Keller aus das Treppenhaus erfasst haben. Ich war am dichtesten an ihm dran, deshalb bin ich ihm nachgerannt, um ihn davon abzuhalten, die Tür zu öffnen. Aber es war schon zu spät. Als er die Tür geöffnet hat, hat er sich an der Klinke fürchterlich die Hand verbrannt, und eine Stichflamme ...« Sie deutete auf ihr Gesicht. »Irgendwie hat er Glück gehabt, weil er kleiner war als ich. Die Flamme kam auf meiner Höhe hereingeschossen.« Sie machte eine Pause und atmete tief durch, bevor sie weitersprach. »Meine Eltern haben mich von der Tür weggezogen, ich kann mich nicht mehr an alles erinnern, es ging ja zu schnell. Angeblich habe ich wie am Spieß geschrien. Meine Schwester ...« Wieder brach sie ab.

Was auch immer ihrer Schwester passiert war, sie konnte nicht darüber reden. Wir wussten nur, dass sie noch immer im Krankenhaus lag.

Eine Weile schwiegen wir, dann räusperte sich Kader.

»Hat nicht lange gedauert, bis sie den Brandstifter gefunden haben.« Sie sah uns nacheinander an, als wolle sie sicher sein, dass ein jeder von uns ihr auch wirklich zuhörte. »Es war eine Figur aus einem Regionalkrimi. Elfter Band einer Reihe«, sagte sie verächtlich. »Die muss sich schon seit Wochen bei uns versteckt haben. Von wegen, das müsste jemand merken.«

Sean kickte mit den Fersen an die Fliesen. »Glaubst du, die hat das Feuer absichtlich gelegt?«

»Für die VdF sah es jedenfalls so aus.«

»Was war mit dem Autor?«, fragte ich.

»Verhaftet. Die Autorin wird sicher einsitzen. Und zu Recht, wenn ihr mich fragt!«

Zögerlich nickte ich. Ich wollte keinen Streit beginnen.

»Schätze, es wird keinen zwölften Band mehr geben«, sagte Michael und lachte unbeholfen.

»Es sei denn, es findet sich irgendein Kleinverlag, der die Lizenz übernimmt! Nur weil die Autorin nicht weiterschreiben kann, heißt das doch nicht, dass die Reihe tot ist. Gibt es doch immer wieder, dass abgesetzte Reihen von großen Verlagen in kleinere wandern. Erinnert ihr euch an die *Blutigen Gutenachtgeschichten*? Nach sieben Bänden sind die auch völlig neu herausgegeben worden und danach noch mal richtig durchgestartet. Und dann ist da so ein Typ mit der Axt in Kapitolo aufgetaucht!« Kader sah wieder zum Wald hinüber, als erwarte sie, dass jeden Moment eine Figur daraus erscheinen würde. »Ich mag Bücher einfach nicht. Und ich verstehe nicht, wie jemand das Risiko eingehen kann, solche Kreaturen auf die Leute loszulassen. Meines Erachtens sind das alles Verbrecher, diese Autoren!«

»Na ja, sicher nicht alle«, warf ich ein, aber sie hob nur stur das Kinn. »Nicht jede Figur ist ein Monster«, versuchte ich es noch einmal vorsichtig.

Kader schnaubte. »Aber meine war es.«

Der Satz hing über uns wie ein drohendes Gewitter, und was konnte ich schon dagegen sagen, sie hatte ja recht. Mir war klar, dass sie meine Argumente nicht hören wollte, und ich im Gegenzug wollte ihr nicht wehtun, also wechselten wir das Thema. Das Gespräch hatte jedoch ein unangenehmes Gefühl in mir hinterlassen.

Niemand hatte mich je für mein Hobby kritisiert oder mich darauf angesprochen, was passieren würde, wenn eine meiner Figuren nach Kapitolo gelangen sollte. Zum fünfzehnten Geburtstag hatten mir meine Eltern eine Figurenhaftpflichtversicherung für Minderjährige geschenkt, aber selbst sie gingen davon aus, dass diese nie zum Einsatz kommen würde. Im Grunde glaubten wir wie die meisten Leute daran, dass verbrecherische Figuren von Leuten kamen, die es mit dem Gesetz selbst nicht so genau nahmen. Außerdem war es in der Geschichte der Stadt bisher sehr selten dazu gekommen, dass sich minderjährige Autoren vor der VdF rechtfertigen mussten. Ein halbes Dutzend Mal vielleicht. Das Thema kam also so gut wie nie auf den Tisch.

Kaders offener Hass Figuren und Autoren gegenüber war etwas völlig Neues für mich. Ich wusste nicht, was ich davon halten sollte, beschloss aber, über mein Hobby zu schweigen.

3

Als ich Sean am nächsten Tag abholen wollte, stand er bereits vor dem Haus. Allerdings nicht allein. Zwei uniformierte Polizeibeamte redeten auf ihn ein, während er mit den Händen in den Hosentaschen auf seine Füße starrte. Er hatte die Schultern hochgezogen und die Lippen fest aufeinandergepresst.

Ich hielt mich im Hintergrund, erst als sie ihn stehen ließen, ging ich zu ihm hinüber. »Was wollten die von dir?«, fragte ich und reichte ihm den zweiten Helm.

»Nicht von mir. Von Paddy.« Mehr sagte er nicht dazu, und ich drängte ihn nicht, denn auch in dieser Nacht hatte ich nicht besonders gut geschlafen.

Die Hitze und die Schmerzen in meinen Schienbeinen hielten mich wach. Von zwei Uhr bis vier Uhr hatte ich Fernsehen geschaut, ohne dass es meine Eltern merkten. Am Morgen begrüßten mich Augenringe und wirres Haar im Spiegel und Mutters Kommentar »Hast du wieder zu lange gelesen?« am Frühstückstisch.

Als Sean und ich ins *Josephine* kamen, blieb er schweigsam. Wortlos verzog er sich in die Mitarbeiterkabinen, um sich umzuziehen, und auch Kader grüßte nur einsilbig. Der Tag schien für uns alle nicht besonders gut begonnen zu haben. Wir hatten noch eine halbe Stunde, bis das Freibad geöffnet wurde, daher ging ich in die Küche, um mit den Vorbereitungen zu beginnen. Wieder einmal schmiss ich die Kaffeemaschine an, erhitzte das Frittierfett und befüllte den Bockwurstkocher mit Würstchen.

Außerdem wischte ich ein Dutzend Fliegen von der Theke und öffnete die Hintertür, um noch einmal durchzulüften. Viel brachte es nicht.

Auf einmal flatterte ein Vogel herein und landete mitten auf dem großen Kühlschrank. Vor Schreck ließ ich eine Industriepackung Zuckerbeutel fallen, die ich gerade aufschneiden wollte.

Es war eine braune Taube, die mit wackelndem Kopf neugierig auf mich herunterstarrte. Genervt hob ich die Zuckerpackung auf und legte sie an der Spüle ab. Ich sah mich schon den Dreck wegwischen, den der Vogel hinterlassen würde. Die Taube war schön, groß und mit glänzendem Gefieder und roten Augen, aber in der Küche hatte sie trotzdem nichts verloren.

Ich wollte Sean rufen, damit er mir half, das Tier nach draußen zu navigieren, als mir auffiel, dass die Taube gar keine Taube war, sondern eine Figur.

Ich starrte das Tier an. Es war ein Stück nach vorn gehopst und beugte den Kopf neugierig über den Rand nach unten. Dann flatterte die Taube auf einmal auf den Wasserhahn des Waschbeckens, das sich nur eine Armlänge von mir entfernt befand. Stolpernd wich ich einige Schritte zurück und warf dabei erneut die Zuckerpackung um. Die Taube flatterte mit den Flügeln, und mir entwich ein Keuchen.

Vorsichtig tastete ich nach dem Handy, das in der Hosentasche steckte, doch irgendetwas hielt mich davon ab, es herauszuziehen. Ich wusste, dass ich jemanden über das Erscheinen der Taube informieren sollte, am besten die Polizei, aber aus irgendeinem Grund konnte ich es nicht.

War es wirklich notwendig, das Tier zurückzuschicken? Schrieb jemand ausgerechnet eine Taube in seinen Text, wenn er damit etwas Schlimmes vorhatte? Was konnte ein solches Tier schon anrichten? Bei dem Gedanken daran, was Kader möglicherweise mit dem Tier anstellen würde, wenn sie es in die Finger bekam, überlief mich eine Gänsehaut.

Bis heute weiß ich nicht, warum ich tat, was ich dann tat, ich war nie besonders rebellisch gewesen, ich suchte keinen Ärger und verursachte auch keinen. Alles, was ich wollte, war schreiben. Doch an jenem Tag tat ich etwas für mich völlig Untypisches. Ich folgte diesem Drängen in mir, das mich dazu brachte, leise die Tür neben dem Ausgabefenster zu schließen und stattdessen die Hintertür sperrangelweit zu öffnen. Dabei bewegte ich mich langsam und vorsichtig, um die Taube nicht aufzuschrecken. Doch sie schien mein Handeln nicht zu irritieren, ihr Blick folgte weiter nur neugierig meinen Bewegungen.

Als die Tür an der Hauswand angeschlagen war, nahm ich die große Plastikabdeckung, unter der die Kuchen aufbewahrt wurden, und schwenkte diese in Richtung der Taube, um sie zum Fortfliegen zu bewegen. Ich hatte Angst, dass jeden Moment jemand in die Küche kommen und mich erwischen würde. Mir zitterten wieder die Hände, so aufgeregt war ich. Ich kam mir vor, als würde ich ein fürchterliches Verbrechen begehen.

Zuerst geschah gar nichts. Das Tier blieb unbeeindruckt an seinem Platz auf der Spüle, und ich stand etwas lächerlich in der Imbissküche und wedelte mit einem Deckel. Doch nach mehreren vergeblichen Versuchen und dem langsamen Immer-näher-Treten, flatterte die Taube schließlich nach oben und hinaus.

Wie eine losgelassene Marionette sank ich am Tresen in mich zusammen, den Rücken an das billige Holzimitat gepresst, und ließ die Stirn gegen die Knie sinken. Ich musste nach Luft schnappen, der Schweiß lief mir an den Schläfen übers Gesicht zur Nase, und mein Herz beruhigte sich nur langsam. Ich konnte nicht fassen, was ich eben getan hatte.

»Was machst du denn da?«, fragte Sean plötzlich.

Mühsam hob ich den Kopf. Er stand vor dem Ausgabefenster und sah mit einem Stirnrunzeln auf mich herab.

»Gar nichts«, antwortete ich flach.

»Alles klar bei dir?«

Ich nickte. »Ist nur die Hitze.«

»Warum hast du denn die Tür zugemacht?«

Ich muss ein bisschen dümmlich daraufgestarrt haben, denn er fragte noch einmal: »Bist du sicher, dass alles okay ist?«

»Die muss zugefallen sein.« Wie eine alte Frau kam ich auf die Beine und öffnete die Tür. Die Hitze davor hüllte mich sofort ein.

Der erste Badegast trat ans Fenster heran, und Sean ging einen Schritt zur Seite, damit die Frau auf die Angebotstafel schauen konnte. Er deutete hinter mich und murmelte: »Die Kuchen.«

Ich hatte noch immer den Plastikdeckel in der Hand, und inzwischen schwirrte ein halbes Dutzend Fliegen um die Kuchen herum. Schnell verscheuchte ich sie und bedeckte das Essen. Während ich die Frau bediente, herrschte in meinem Kopf ein riesiges Durcheinander.

Hatte ich mich gerade strafbar gemacht, weil ich die Taube nicht gemeldet hatte? Es war zumindest ein moralisches Vergehen, da waren sich die meisten Leute sicher einig. Ich verspürte gleichzeitig ein schlechtes Gewissen und ... Euphorie? Was stimmte nicht mit mir, dass ich mich darüber freute, die Taube vor dem Einfangen gerettet zu haben?

An diesem Tag sah ich das Tier nicht wieder. Wie besessen lauschte ich den stündlichen Nachrichten aus dem kleinen blauen Radio, das schon ewig in dem Regal über der Kaffeemaschine stehen musste, so fettig war es. Doch die Taube wurde in den Fahndungslisten nicht erwähnt. Wahrscheinlich war sie in den Wald geflogen. Unweigerlich musste ich an das denken, was Kader gesagt hatte, aber eine Taube war nun wirklich kein Monster.

Der Tag ging weiter wie alle anderen davor, abgesehen davon, dass ich zweimal die falsche Bestellung ausführte, noch dreimal etwas fallen ließ und Dutzende fahrige Antworten gab.

»Sag mal, hast du deine Tage?«, fragte mich Rosalie schließlich, als sie einen vollen Müllbeutel in die Küche brachte. »Du bist so nervös.«

Ich bediente gerade zwei Jungs, die Eis und Cola bestellt hatten, und alle drei verzogen wir unangenehm berührt das Gesicht. Mit hochrotem Kopf schob ich ihnen das Wechselgeld über die Theke und bat Rosalie, einen Moment die Stellung zu halten, um auf die Toilette gehen zu können. Ich musste gar nicht, ich saß einfach eine Weile auf dem geschlossenen Deckel und versuchte, mich zu beruhigen.

In den nächsten Stunden konzentrierte ich mich auf meine Aufgaben und hörte nur langsam damit auf, mich nach der Taube umzusehen oder aufzuschrecken, wenn ich einen Vogel über uns hinwegflattern hörte. Dabei kam ich mir wie der Veteran Nat Hocken in Daphne du Mauriers Geschichte *Die Vögel* vor, wenn er die Möwen auf dem Wasser beobachtete. Es lag etwas in der Luft, das konnte ich spüren. Ich konnte den anderen kaum noch in die Augen sehen und war froh, als sich die Schicht dem Ende zuneigte.

Erschöpft nahm ich den letzten Müllsack und trat hinter das Gebäude. Mir fiel sofort auf, dass auf einer der Tonnen eine Feder lag. Braun und glänzend und nicht *real*. Panisch sah ich über die Schulter zurück, aber es war niemand in der Küche. Die anderen saßen schon am Nichtschwimmerbecken und warteten auf mich.

Ich war hin und her gerissen, doch dann streckte ich wie in Trance den Arm nach der Feder aus und berührte zaghaft mit den Fingerspitzen die Federäste. Ein sanftes Kribbeln erfasste meine Hand, beinahe, als würde Strom hindurchfließen. Es hieß, dass man einen leichten Schlag bekam, wenn man eine Figur berührte. Das war mein erstes Mal. Erneut sah ich nervös über die Schulter, aber ich war immer noch allein.

Hastig trug ich die Feder hinein und versteckte sie in meinem Rucksack. Ich wusste nicht, was in mich gefahren war, dass ich alles immer noch schlimmer machte! Ich war einmal mit einem Vergehen davongekommen und behielt nun auch noch einen

Beweis dafür? Rosalie hatte wohl recht, die Hitze verleitete die Leute zu komischen Sachen.

Anschließend erzählte ich den anderen, dass ich eine Nachricht erhalten hätte und schnell nach Hause müsse. Ich bot Sean an, ihn trotzdem mitzunehmen, aber er lehnte ab und wollte noch bleiben, weil er ohnehin eine Verabredung im Hafenviertel hatte. Überstürzt verabschiedete ich mich, der Rucksack erschien mir auf einmal sehr viel schwerer.

Zu Hause holte ich die Feder vorsichtig heraus und kletterte auf den wackeligen Schreibtischstuhl, um sie in meinem Bücherregal hinter die Bücher von Elif Shafak zu legen, die ganz oben im Regal standen. Ich wollte die Feder nicht mehr in der Hand halten, aus Angst, jemand könnte mich damit erwischen. Doch immer wieder wanderte mein Blick zu der Stelle, an der nun hinter den noch wie ungelesen aussehenden Taschenbuchausgaben mein Geheimnis lag.

Andere Jugendliche rauchten heimlich oder hatten unpassende Beziehungen zu älteren Partnern, ich hingegen versteckte etwas, das gar nicht in diese Welt gehörte. Die Feder übte eine eigenartige Faszination auf mich aus, aber damals verstand ich noch nicht, warum. Mir war nicht klar, dass dem Schreiben eines Textes stets etwas Verbotenes innewohnte, weil er etwas offenlegte, das andere zu verbergen suchten – Teile unseres Selbst.

Vielleicht war das Verscheuchen der Taube der erste Schritt, den ich vom Weg abwich, und das Verstecken der Feder der zweite. Wie Rotkäppchen von den Blumen abseits des Wegs verlockt worden war, so verlockte mich das Fremde der Figuren.

Daran, dass das Verlassen des Wegs zur Begegnung mit dem Wolf führte, erinnerte ich mich in jenem Moment nicht.

4

Am Nachmittag des folgenden Tages kam Kaders Mutter im *Josephine* vorbei. Sie war eine schmale, kleine Frau. Ihre Haut wirkte fahl, und sie lächelte nicht. Sie hatte etwas Gehetztes an sich, was kein Wunder war, bei dem, was der Familie gerade widerfahren war. Sie brachte Koshari vorbei, aus dem Kader später die Zwiebeln herausfischen würde, so wie jedes Mal.

Die meisten Tage aß Kader das gleiche Gericht aus einer kleinen ehemaligen Eisverpackung, die sie stets ordentlich ausspülte und wieder mitnahm. Sie kaufte sich auch nie Limonade oder Fast Food für ihre Pausen im *Josephine*. Ich nahm an, dass sie sparen mussten, um die zerstörten Sachen zu ersetzen, weshalb mir meine Mutter manchmal eine Schale Erdbeeren und Schüsseln mit Obstsalat für alle mitgab.

Kaders Mutter erkundigte sich, wie es uns ginge. Ich fand sie sehr nett, und es tat mir leid, wie schwer es die Familie hatte. Sie berichtete auch von Kaders Schwester, die immer noch krankgeschrieben sei. Es ginge ihr ein bisschen besser, behauptete sie, aber an der Art, wie Kader die Schultern hochzog, erkannte ich, dass sie das nur sagte, um Kader aufzuheitern. Die ganze Zeit über, während ihre Mutter bei uns war, wirkte Kader nervös. Sie zupfte an ihrer Maske herum und gab einsilbige Antworten auf alles, was ihre Mutter sagte. Ich hatte den Eindruck, sie wollte sie so schnell wie möglich loswerden.

»Sie ist wirklich sehr nett«, sagte ich zu ihr, nachdem ihre Mutter gegangen war, doch sie erwiderte nur: »Seit dem Brand ist sie überhaupt nicht mehr sie selbst. Da kannst du sehen, was diese Monster anrichten.« Sie verstaute das Essen im Kühlschrank und trat dann neben mich, um zu begutachten, was ich mit Kreidestift auf die Anzeigentafel schrieb, die ich auf den Knien balancierte.

Ich saß auf dem Barhocker vor dem Fenster und führte in winziger Schrift unser Tagesangebot auf. Im Grunde änderten sich ohnehin nur die Kuchenangebote, die wir täglich von einem Bäcker drei Straßen weiter geliefert bekamen. In diesem Sommer waren das meistens Streusel- und Rührkuchen, weil alles andere zerlief, bevor es Kaffeezeit wurde.

Ich konnte Kader nicht in die Augen blicken, weil ich Angst hatte, sie könnte mir ansehen, dass ich am Tag zuvor die Taube freigelassen hatte.

Sie verschränkte die Arme und deutete durch das offene Fenster hinüber in den Wald. »Wer weiß, was da drinnen noch lauert.«

Auch ich sah nun zu den Bäumen. Bisher war der Dunkelbusch für mich ein Wald wie jeder andere gewesen. Ein bisschen unheimlich, aber nicht richtig bedrohlich. Es gab Dutzende wie ihn in diesem Land, und um die meisten rankten sich irgendwelche Legenden. Ich war nie ein großer Fan von Wandern oder Campen gewesen, daher drängte es mich auch nicht hinein. Meine Eltern waren ein paar Mal mit mir auf den ausgeschilderten Wegen spazieren gegangen, aber mein Interesse an diesen Ausflügen hielt sich in Grenzen.

Doch nach ihrem Unfall war der Dunkelbusch für Kader zu etwas anderem geworden. Etwas, das in seiner undurchdringlichen Dichte Kreaturen verbarg, vor denen man Angst haben und die man vernichten musste. Sie war überzeugt, dass dort etwas auf uns alle lauerte, und bekam dabei selbst etwas Lauerndes.

Während wir aus der Wärme der Küche in das kalte Dunkel starrten und sich unsere Schultern dabei berührten, wusste ich plötzlich sehr genau, dass ich das Richtige getan hatte. Wenn Kader die Taube gefunden hätte, hätte sie ihr den Hals umgedreht.

Eine Stunde später ging ich in den kleinen Lagerraum, der an die Küche anschloss, um weitere Burgerbrötchen zu holen, und stellte fest, dass sich dort, wo die Pakete im Regal gelegen hatten, nun eine Lücke befand. Ich war mir sicher, dass die Lücke am Vortag noch nicht existiert hatte, weil ich die Bestände am Ende einer Schicht kontrollierte und es Vorschriften gab, wie viel von jeder Sache vorhanden sein musste.

»Das darf doch nicht wahr sein«, schimpfte Kader, als ich ihr das Regal zeigte. »Nicht schon wieder!«

»Ich war doch die ganze Zeit hier.« Hilflos hob ich die Hände. »Ich schwöre dir, als ich auf Toilette gegangen bin, habe ich Rosalie gefragt.«

»Es muss nachts passiert sein.«

Skeptisch sah ich zur Hintertür. »Müsste man dann nicht Einbruchsspuren sehen?«

»Nicht, wenn jemand einen Schlüssel hat.«

»Was machen wir jetzt? Doch die Polizei rufen?«

Sie seufzte. »Lass mich das mal mit Rawat bereden, dann sehen wir weiter.« Sie zückte das Handy und verließ die Küche, um im Büro in Ruhe zu telefonieren, während ich mit einem Klemmbrett bewaffnet die Bestände kontrollierte. Es fehlte nichts weiter.

Warum nahm der Dieb immer nur einige wenige Sachen mit und nie die Dinge, die er vielleicht noch zu Geld machen konnte? Er vergriff sich weder an den technischen Geräten noch an den wenigen Medikamenten, die sich im Erste-Hilfe-Schrank befanden, er stahl immer nur Essen.

Ich suchte die Küche nach Spuren ab, fand aber nichts, das mir verdächtig erschien. Alles stand genau da, wo es immer gestanden hatte, und ich konnte weder am Fenster noch an den Türen Kratzspuren erkennen. Kader hatte vermutlich recht, der

Dieb besaß einen Schlüssel. Das bedeutete, dass der Besitzer sämtliche Schlösser austauschen lassen musste. Davon war er sicher nicht begeistert.

Ich ging durch die Hintertür hinaus und schaute auf den eingestampften Lehmboden, der sich hinter dem Gebäude befand. Zum Zaun waren es nur wenige Meter. Der Geruch der Mülltonnen überdeckte hier hinten sogar das Chlor. Es waren Fußabdrücke im Boden zu erkennen, allerdings konnte ich nicht sagen, von wem, immerhin liefen wir ja auch hier draußen herum.

Ich schaute sogar rauf zum Dach, aber es war kein Efeu heruntergerissen worden oder sonst irgendeine Beschädigung zu sehen. Wahrscheinlich war es viel einfacher, einen Schlüssel zu entwenden, als ich annahm. Die Badegäste mussten ständig ins Gebäude, schließlich befanden sich hier die Umkleiden und Toiletten, und wer ein bisschen geschickt war, konnte sich leicht an den Mitarbeitern vorbeischleichen. Vielleicht war auch kein Schlüssel nötig, und der Dieb war am helllichten Tag hereingekommen und hatte seinen Moment abgepasst.

Wie bei einem überraschenden Niesen, das einem aus dem Nichts heraus überfiel, erfasste mich auf einmal erneut das Gefühl, beobachtet zu werden, das ich inzwischen schon so gut kannte. Ich konnte den neugierigen Blick so plötzlich auf mir spüren, als hätte mir jemand die Hand auf die Schulter gelegt.

Ich wich in den Schatten des Hauses zurück und stand dicht bei der Wand neben der Tür. Mein Blick versuchte, das Dunkel des Waldes jenseits des Zauns zu durchdringen. Und diesmal war ich mir sicher, dass ich dort etwas sah! Eine Bewegung. Eine Silhouette. Vielleicht jemanden, der im Wald spazieren ging. Oder einen Spanner.

»Hallo!«, rief ich, aber es antwortete niemand. Ich rief ein zweites Mal. »Ich weiß, dass du da bist. Und nur damit du es weißt, wir werden die Schlösser austauschen!«

Es knackte im Unterholz.

Ich trat näher an den Zaun heran, um meinen Beobachter auf frischer Tat zu ertappen und zur Rede zu stellen.

Es raschelte, und der Schatten bewegte sich tiefer ins Dunkel des Waldes.

Schnell ging ich noch ein paar Schritte voran. Vielleicht würde ich einen Blick auf denjenigen erhaschen können, der sich dort versteckte.

»Was machst du denn schon wieder?«, ertönte da hinter mir Seans Stimme. »Erst hockst du neben der Spüle, und dann schreist du den Wald an. Bist du sicher, dass bei dir alles in Ordnung ist?« Er klang amüsiert, als er nach draußen trat, winkte mich jedoch hektisch herein. »Vor dem Fenster wartet eine Schlange darauf, dass du ihnen labberige Bockwürste in mehlige Brötchen legst.«

Angewidert verzog ich das Gesicht.

»Was denn?«, fragte er nur und zündete sich eine Zigarette an.

»Du hättest sie bedienen können.«

»Ich habe Pause.« Grinsend lehnte er sich an die Hauswand und winkelte das Bein an.

Nach einem letzten enttäuschten Blick in den Wald beeilte ich mich, meinen Platz am Fenster wieder einzunehmen. Den Rest der Schicht verbrachte ich grübelnd, ob ich die Einzige war, die dieses seltsame Gefühl überkam, oder ob es noch einer der anderen verspürte. Hatten sie wirklich nichts bemerkt, oder trauten sie sich wie ich einfach nicht, etwas davon zu erzählen, weil sie Angst hatten, jemand würde sie damit verspotten?

Diese Überlegungen verfolgten mich bis nach Hause. Das Abendessen war eine schweigsame Angelegenheit, weil meine Eltern zu jener Zeit beruflich sehr eingespannt waren. Eine lähmende Erschöpfung hatte uns erfasst, die zur Hälfte der Hitze geschuldet war und zur anderen Hälfte den Dingen, die uns jeweils beschäftigten.

Nach dem Essen zog ich mich in mein Zimmer zurück, telefonierte eine Weile mit Olga, die ich in jenem Sommer nur selten zu Gesicht bekam, weil wir beide jobbten. Anschließend schrieb ich an einer Kurzgeschichte weiter, die von einem Erdbeben handelte, das einen kleinen Laden erfasste, der mit Glaswaren handelte. Ich hatte vor, den Text bei einem Nachwuchswettbewerb einzureichen, der überregionale Aufmerksamkeit erhielt. Darüber vergaß ich die Zeit, bis kurz nach zehn Uhr mein Handy klingelte.

Es war Michael. »Mach mal das Fenster auf«, sagte er.

Als ich mich aus dem Fenster lehnte, um nach unten auf die Straße zu sehen, winkte er zu mir herauf. Er stand an eine Laterne gelehnt, ein dünner Hoodie über dem T-Shirt.

»Kann ich raufkommen?«

»Jetzt?«

Er senkte den Kopf und murmelte ins Telefon: »Ich bräuchte einen Platz zum Schlafen.«

Ich winkte ihn herauf und schloss verwundert das Fenster. »Ich frage meine Eltern«, sagte ich ins Telefon.

Zuerst öffnete ich ihm die Tür, und als seine Schritte im Treppenhaus erklangen, ging ich rüber ins Wohnzimmer, um mit meinen Eltern zu reden. Sie waren von der Idee, dass ein fremder Junge spontan bei uns übernachtete, nicht begeistert, ließen sich aber breitschlagen, als ich ihnen erzählte, Michael hätte es zu Hause nicht leicht, und ich würde ihnen alles am nächsten Morgen erklären. Ich hoffte, bis dahin hätte er mir ebendiese Erklärung gegeben, denn bisher hatte ich nicht den Eindruck gehabt, dass es bei ihm zu Hause großen Ärger gab.

Er war das jüngste von vier Kindern, alles Jungs, seine Eltern hatten ihre eigene Praxis in Mitte-West, nur wenige Straßen von uns entfernt, und soweit ich wusste, war die ganze Familie ziemlich erfolgsverwöhnt.

Er stellte sich meinen Eltern kurz vor, wobei ich das erste Mal seinen Nachnamen hörte. Jones. Wie in *Tom Jones*, dem Roman von Henry Fielding. Im *Josephine* hatte sich keiner von uns mit vollständigem Namen vorgestellt, und ihn nun von Michael zu kennen, war irgendwie merkwürdig, als hätte der Nachname beinahe einen anderen Menschen aus ihm gemacht. Der Einzige, von dem ich bisher den Familiennamen gekannt hatte, war Sean, weil ich an seinem Klingelschild läuten musste.

Nach der obligatorischen Vorstellungsrunde zog ich Michael in mein Zimmer, wo er sich neugierig umsah. Er nahm dieses und jenes in die Hand und las die Sinnsprüche an der Wand.

»Nett hast du es hier«, sagte er schließlich, und ich zuckte nervös mit den Schultern.

Ich hatte nicht allzu oft Jungs bei mir, Benny hatte zwei Monate zuvor mit mir Schluss gemacht, und seitdem hatte niemand mehr hier übernachtet. Ich ging nicht davon aus, dass Michael sich bei mir einschleichen wollte, um einen Annäherungsversuch zu starten. In den letzten Wochen hatte er ein paarmal mit mir geflirtet, so wie es eben seine Art war, aber er hatte nie mehr versucht und mich auch nicht zu Dates eingeladen. Die *Bruderschaft der Badelatschen* datete nicht untereinander.

Einen Moment lang herrschte eine eigenartige Stimmung zwischen uns, dann mussten wir beide lachen, und ich sagte: »Du kannst auf dem Fußboden schlafen.«

Er grinste, und das war es. Danach stellte sich die alte Leichtigkeit zwischen uns wieder ein. Michael war nett, aber er war nicht mein Typ, und ich wohl auch nicht seiner.

»Willst du etwas trinken? Saft? Tee?«

»Saft.«

»Kommt sofort.«

Als ich kurz darauf mit zwei Gläsern zurück ins Zimmer kam, legte er schuldbewusst das Notizheft auf den Schreibtisch zurück, das dort noch aufgeschlagen gelegen hatte.

»Entschuldige, ich wollte nicht schnüffeln«, sagte er, das schlechte Gewissen stand ihm deutlich ins Gesicht geschrieben.

Verunsichert zuckte ich mit der Schulter und räumte das Heft zur Seite. »Schon okay, es ist nur ein Hobby.«

»Ich hab's mit dem Lesen nie so gehabt. Ich bin mehr der körperliche Typ.« Er grinste mich an.

»Lesen ist körperlich, du Scherzkeks. Wusstest du, dass beim Lesen genau die Hirnareale aktiviert werden, die wir für das bräuchten, was die Figur tut? Wenn wir also über eine Figur lesen, die weint, reagieren auch bei uns die Synapsen, die aktiviert werden, wenn wir weinen. Auf diese Weise entstehen neue Wege in unseren Gehirnen. Der alte Spruch, dass wir durchs Lesen lernen, stimmt tatsächlich.«

»Wenn ich also über eine Figur lese, die Sex hat ...«

»Das nennt man Pornografie, aber ja, vermutlich gilt das auch dafür. Eigentlich wollte ich darauf hinaus, dass es kein Wunder ist, dass uns Bücher manchmal so real erscheinen und Figuren wie Freunde.«

»Bitte sag mir, dass du richtige Freunde hast und nicht nur eingebildete.«

Ich verdrehte die Augen. Diese Reaktion war ich schon gewohnt von Leuten, die meine Liebe zu Büchern nicht teilten. Ich ließ mich aufs Bett fallen, und er streckte sich auf dem Fußboden neben mir aus.

Abwechselnd langten wir in eine Schale Cashewkerne, die zwischen uns auf dem Boden stand, unsere Gläser balancierten auf dem Kopfteil meines Betts, Bierdeckel schützten die Getränke vor den Fliegen, die sich in alles stürzten, das keinen festen Aggregatzustand besaß. In jenem Sommer perfektionierten wir alle die Kunst, mit dem Mittelfinger tote Fliegen aus unseren Gläsern, Tassen und Schüsseln zu fischen und sie mit einem Schnipsen von uns fortzutransportieren.

»Willst du mir erzählen, warum du hier bist?«, fragte ich nach einer Weile, weil er nicht damit anfing, und knüllte mir das Kissen unter dem Kopf zurecht.

»Zu Hause gab es Stress mit meinen Brüdern.« Er zögerte einen Moment, dann zog er sich das T-Shirt über den Kopf und zeigte mir seinen nackten Rücken. Er war übersät mit blauen Flecken.

Entsetzt richtete ich mich auf. »Sie verprügeln dich?«

»Das würde ich nicht sagen.« Er zog sich wieder an, ich konnte sehen, dass es ihm schwerfiel, die Arme zu heben. »Das ist einfach ihre Art. Sie ringen ständig miteinander oder boxen oder sonst irgendeinen Scheiß. Sie wollen mich abhärten.«

»Abhärten? Wofür denn?«

»Fürs Leben.«

»Was sagen denn deine Eltern dazu?«

»Dass das ihre älteren Brüder auch mit ihnen gemacht haben.« Er zog sich die Ärmel des Hoodies über die Hände, obwohl es dafür viel zu warm war.

»Und wie oft passiert das?«, fragte ich vorsichtig. »Ich meine, seit ich dich kenne, sehe ich dich immer ohne Shirt, mir ist das noch nie aufgefallen.«

Er blickte mich nicht an, als er antwortete. »Es ist schon okay, meine Brüder wohnen nicht mehr bei uns, sie sind ja alle älter. So was passiert nur manchmal, wenn wir alle aufeinandertreffen. Sie meinen es nicht böse.«

Ich wusste nicht, was ich darauf sagen sollte. Mein Umgang mit Sean hatte mich gelehrt, vorsichtig mit Ratschlägen zu sein, wenn ich die Situation nicht richtig verstand. Wieder einmal fiel mir auf, wie viel Glück ich bisher gehabt hatte und wie gut es mir im Grunde ging.

»Warum bist du zu mir gekommen?«, fragte ich leise.

»Weil meine Freunde …« Er zuckte mit der Schulter. »Du weißt doch, wie das ist, Kate, man kennt sich schon ewig … Meine Brüder, meine Freunde, deren Brüder, alles ein Umfeld …« Er seufzte. »Ich brauchte einfach mal eine Pause. Morgen gehe ich wieder zurück, aber heute …«

Ich nickte zögerlich. »Was hast du deinen Eltern gesagt?«

»Dass ich bei einem Mädchen bin.« Er grinste schwach. »Stimmt doch, oder?«

Ich verdrehte die Augen.

»Die anderen kamen nicht infrage. Ich meine, Kaders Familie hat im Moment wirklich keinen Platz für einen Übernachtungsgast, und Sean hält sich dermaßen bedeckt, was seine Familie betrifft, dass er mich garantiert nicht reingelassen hätte. Und Rosalie ...« Er verzog das Gesicht, und ich nickte.

»Was willst du jetzt machen?«

»Im Herbst bewerbe ich mich bei verschiedenen Universitäten. Ich will Augenarzt werden, vielleicht bei meinem Vater einsteigen. Meine Eltern wollten, dass ich nach der Schule erst mal eine kleine Pause habe, sozusagen meinen Sommer genieße. Der Job sorgt für ein bisschen finanzielle Unabhängigkeit. Aber im nächsten Sommer geht es dann richtig los, Ernst des Lebens und so.«

»Und dann bist du zu Hause raus?«

Er nickte. »Sobald ich weiß, welche Uni mich annimmt, suche ich mir eine Wohnung. Meine Eltern haben für jedes Kind ein Sparkonto angelegt, außerdem habe ich vor, weiter nebenbei als Rettungsschwimmer zu arbeiten.«

»Klingt nach einem Plan«, sagte ich, weil es das Einzige war, das mir einfiel. Ich war nicht gut darin, Ratschläge zu erteilen, schon gar nicht im Moment, während ich offenbar den Verstand verlor und Figuren zur Flucht verhalf.

Ich konnte Michael nur das aufblasbare Gästebett anbieten, das zwar über die Zeit so bequem wurde wie ein Sack Stroh, aber für eine Nacht würde es schon gehen. Das schien ihm zu genügen.

Eine Weile unterhielten wir uns über Belanglosigkeiten, den Dieb im *Josephine*, die anstehende Party und die Fliegenplage. Dann gab ich ihm eine Salbe, die meine Mutter nahm, wenn sie sich beim Fahrradfahren einen Muskel gezerrt hatte, und eine Ersatzzahnbürste, die wir immer im Haus hatten.

Als ich das Licht neben dem Bett löschte, flüsterte Michael unvermittelt: »Vielleicht solltest du das Kader nicht sagen ...«

Müde hob ich den Kopf vom Kissen. »Was denn?«

»Dass du schreibst. Ich glaube, die Familie hat es gerade nicht leicht, das Geld ist knapp, und Kader steht ganz schön unter Druck und so. Jedenfalls hat sie gestern eine Petition unterschrieben, um einen Buchclub in der StraPo schließen zu lassen, gegen den die VdF ermittelt wegen angeblicher Fluchthilfe für einen Autor und seine Figur. Sie nimmt diese Sache mit den Figuren ganz schön ernst.«

»Ja, verständlich.«

»Ich denke nicht, dass sie es gut aufnehmen würde, wenn sie erfährt, was du so machst.«

Mir war klar, dass er das Schreiben und nicht den Vorfall mit der Taube meinte, trotzdem setzte mein Herz einen Schlag aus. Michael drehte sich um und sagte nichts mehr dazu, aber ich verstand seine Worte auch so.

Sie waren eine Warnung.

5

Am nächsten Morgen versorgten wir Michael mit einem reichhaltigen Frühstück, nach dem er sich verabschiedete und ging. Ich konnte ihm nicht helfen, und ich glaube nicht, dass er es erwartete, aber er tat mir trotzdem leid. Nachdenklich schloss ich hinter ihm die Tür und drehte mich um. Meine Eltern standen in der Tür zur Küche, meine Mutter mit verschränkten Armen, mein Vater mit den Händen in den Taschen seines Bademantels. Erwartungsvoll sahen sie mich an.

Ich verdrehte die Augen.

»Wird er jetzt öfter vorbeikommen?«, fragte meine Mutter.

»Ich denke nicht.«

»Also war das eine Ausnahme?«, setzte mein Vater nach.

»Das habe ich doch schon gesagt. Michael hat uns für morgen auf eine Party eingeladen.«

»Und du willst hingehen.«

»Die anderen aus dem *Josephine* gehen auch.« Ich drängte mich zwischen ihnen hindurch und trank den letzten Rest meines Tees, der inzwischen lauwarm geworden war.

»Was für eine Party?«, wollte meine Mutter wissen.

»Eine ganz normale Party. Irgendwo in Gründorf.«

»Mit Alkohol?«

»Vermutlich.«

»Und Tanzen?«, fragte mein Vater.

»Auch das.«

Sie warfen sich einen Blick zu.

»Keine Bange«, erwiderte ich, bevor sie mir einen Vortrag halten konnten. »Nicht mehr als zwei Bier, ich bin spätestens um zwei Uhr nachts zu Hause, und ich gehe mit niemandem mit.«

»Um Mitternacht!«

Ich fuhr auf. »Das ist lächerlich! Halb zwei.«

»Eins. Das ist mein letztes Wort.«

Meine Mutter und ich starrten uns an, während mein Vater die Marmelade vor den Fliegen rettete.

»Na schön. Spätestens um eins«, gab ich schließlich nach.

Sie hob schon wieder den Finger. »Und du nimmst nicht irgendwelche Drogen.«

»Nur die, die ich kenne, versprochen.«

»Sehr witzig, mein Fräulein.«

Ich grinste. »Ich mache keinen Ärger, das weißt du doch.« Schon während ich es sagte, bekam ich ein schlechtes Gewissen, weil ich an die versteckte Figurenfeder hinter meinen Büchern denken musste.

Mein Vater nickte. »Na schön, du kannst gehen. Wir sind am Samstag bei Afeni und Ermias, wir kommen also selbst erst spät zurück. Wenn etwas ist, ruf uns über Handy an. Und nimm dir Taxigeld mit.«

»Wenn ich einen eigenen Roller hätte, bräuchte ich kein Taxigeld«, murmelte ich, und er erwiderte trocken: »Wenn du einen eigenen Roller hättest, könntest du keine zwei Bier trinken.«

Gemeinsam räumten wir das Frühstück ab, bevor meine Mutter zur Arbeit fuhr und mein Vater sich ins Arbeitszimmer verzog. Ich hingegen verbrachte den Vormittag damit, Artikel und Beiträge über die Figuren in Kapitolo anzuschauen.

Ich las mich durch das ganze Desaster mit Blaubart, dem die Polizei vier Monate lang auf der Spur gewesen war, bevor sie ihn in einem Haus gefunden hatten – in Gesellschaft von vier Frauen, die jeden seiner Wünsche erfüllten. Wie sich herausstellte, waren zwei der Damen polizeibekannt, da sie in der Vergangenheit bereits mehrfach versucht hatten, Kontakt zu inhaftierten Figuren herzustellen, indem sie ihnen lange ausführliche Liebesbriefe schrieben. Die beiden anderen Frauen waren bisher unauffällig gewesen, sie gaben später an, sich einfach auf der Stelle in den charmanten Mann im mittleren Alter verliebt zu haben. Eine von ihnen war eine Grundschullehrerin, die andere arbeitete für einen örtlichen Radiosender.

Blaubart war eine der am längsten unerkannt in Kapitolo lebenden Figuren gewesen. Er war kaum ausgegangen, die Frauen hatten ihn versorgt, und wenn er das Haus verließ, dann stets nachts und in Begleitung mindestens zweier Frauen. Auf diese Weise hatten die Leute keinen Verdacht geschöpft. Schließlich war ihm ein Postbote zum Verhängnis geworden, der ein Paket im erhöhten Fenster abstellen wollte und dabei ins Haus geschaut und Blaubart gesehen hatte.

Dann gab es da noch den Mann, der beinahe eine Figur geheiratet hätte, doch die Hände hatten beim Ringüberstreifen verraten, was eigentlich unter dem Schleier steckte. Das Video der Verhaftung sah ich mir ein gutes Dutzend Mal an, der Anblick des weinenden Bräutigams erschütterte mich.

In einem Blogeintrag stieß ich schließlich auf ein Gerücht über einen angeblichen Untergrund, der Figuren dabei helfen sollte, sich vor der VdF zu verstecken, aber es schien nur ein Gerücht zu sein, keine ernst zu nehmende Zeitung berichtete darüber, und es blieb auch der einzige Eintrag, den ich dazu fand.

Natürlich wussten wir alle, dass es Aktivisten gab, die sich für die Rechte der Figuren einsetzten, aber im Grunde wurden sie belächelt. Die Leute wussten, dass es die VaF als Schwesterabteilung zur VdF gab, ihre Pressemitteilungen waren allerdings so selten wie ein kühler Sommer in Kapitolo.

Die Recherche machte mir eines klar: Es war besser, wenn ich über das, was ich getan hatte, schwieg. Alles, was ich tat, würde auch auf meine Eltern zurückfallen. Und auch wenn wir uns nicht immer einig waren, wann ich zu Hause sein sollte, kamen wir im Grunde doch gut miteinander aus. Ich wollte nicht, dass sie meinetwegen Ärger bekamen und wir uns deswegen verstritten, sodass ich irgendwann auch lieber bei anderen übernachtete.

Einmal war ich vom Weg abgekommen, aber ich nahm mir fest vor, es nicht wieder zu tun. Ab jetzt wollte ich mich an die Regeln halten, die in Kapitolo galten!

Wie sich herausstellen sollte, hatte ich die Rechnung jedoch ohne den Wolf gemacht.

Freitagmittag beschloss ich spontan, mir die Haare abschneiden zu lassen, weil ich es nicht mehr ertrug, wie sich der Schweiß darunter im Nacken sammelte und dann langsam nach unten rann. Der Sommer befand sich auf seinem Höhepunkt. Sobald das *Josephine* seine Tore öffnete, strömten die Badegäste herein und besetzten die Wiesen rund um das alte Becken.

Ich ging zu einem Ohne-Termin-Friseur, wartete eine halbe Stunde, in der ich zum Sommer passend meine zerfledderte Ausgabe vom *Herr der Fliegen* zum vierzehnten Mal zu lesen begann, und versuchte, die furchtbare Musik auszublenden, die unangenehm laut aus den Boxen drang.

Als ich an der Reihe war, sagte ich zu der gepiercten Friseurin, sie solle mir das Haar in Nackenhöhe abschneiden. Daraufhin sah sie mich irritiert an.

»Frisch getrennt?«, fragte sie.

»Noch zu viel Sommer vor mir. Es ist die Hitze.«

Das schien ihr als Erklärung zu reichen. Sie zuckte mit der Schulter und ging ans Werk. Als ich eine Dreiviertelstunde später den Salon verließ, genoss ich die Brise, die mir über den Nacken strich, und bereute nichts.

Zu Hause machte mein Vater mit dem Handy ein Foto von mir, das er meiner Mutter schickte. Daraufhin hinterließ sie mir eine fünfminütige Sprachnachricht, die mein Vater und ich uns anhörten, während wir Sandwichs aßen.

Die Nachricht schloss mit: »Also, wenn bei dir alles in Ordnung ist, dann finde ich, dass dir die neue Frisur sehr gut steht. Und falls es irgendein Problem gibt, weißt du ja, dass du mit uns reden kannst.«

»Gibt es ein Problem?«, fragte mein Vater mit vollem Mund.

Ich schüttelte den Kopf und deutete auf das Fenster. »Es ist zu heiß, das ist alles.«

»Das ist wahr«, stimmte er mir zu und wischte sich die Hand an der Hose ab.

Grinsend deutete ich mit dem Daumen auf die Spüle. »Himmel, Kind, geh dir die Hände waschen.«

»Ja, Mutter«, sagte er.

»Du kannst froh sein, dass die nicht hier ist.«

»Wenn sie hier wäre, würde sie mit dir über deine Frisur reden, und niemand würde sich dafür interessieren, ob ich dreckige Finger habe.«

Ich rollte mit den Augen, und wir grinsten uns an. Das Leben erschien mir leicht; wenn dieser Sommer erst vorbei war, würde ich mir endlich den City Roller kaufen können und meiner Freiheit ein großes Stück näherkommen.

Zum Schichtbeginn Stunden später stellte ich fest, dass Sean nicht mehr der Einzige mit einem Sonnenbrand war. Auch ich schälte mich an den Schultern. Während ich an meinem Platz am Fenster saß und die Leute beobachtete, fiel mir auf, dass sich die Stimmung im Freibad auf schwer zu benennende Weise veränderte. Die Trägheit der ersten heißen Sommertage wich langsam einer nervösen Ungeduld, die die Menschen erfasste; es war ein beständiges Gefühl von *zu viel*. Zu viel Sonne, zu viel Blau am Himmel, zu viel sommerliche Aktivitäten. Wenn ich mit zusammengekniffenen Augen auf meinem Hocker saß und hinausblinzelte, verschwamm meine Umgebung zu einem blau-grün-blauen Streifen – Himmel-Wald-Wasser. Sean musste öfter einen Streit schlichten, Michael hatte schlechte Laune, weil er noch ein paar Tage lang T-Shirts tragen musste, in denen er schwitzte, und Kader kämpfte gegen die Müdigkeit an, die ihre Schmerztabletten mit sich brachten.

Nur Rosalie schien einigermaßen gute Laune zu haben, die Aufregung wegen der Party sorgte dafür, dass sie ungewöhnlich viel redete. Die meiste Zeit nickte ich einfach träge, wenn sie mir etwas erzählte, obwohl ich gar nicht richtig zuhörte.

Eine kleine Abwechslung gab es, als mich endlich Olga im *Josephine* besuchte und sich darüber beklagte, warum ich keinen Ferienjob bei uns im Viertel angenommen hatte. Sie selbst arbeitete in einem alten Programmkino, das ihrer Tante gehörte und durch dessen Eingang angeblich vor vierzig Jahren einmal Hammetts *Malteser Falke* geflogen sei und dem Liebchen eines bekannten Mafioso den Hut vom Kopf gerissen hätte.

Ich fragte sie, ob sie mich zur Party begleiten wolle, aber sie lehnte ab. Dabei stützte sie sich von außen auf die Theke des Ausgabefensters, und ich konnte sehen, wie ein älterer Mann, der mit seiner Familie hier war, ihr auf den Hintern starrte. Ihr rotes Haar leuchtete in der Sonne wie Kupfer.

»Morgen muss ich arbeiten«, sagte sie. »Die Nachtvorstellungen an den Wochenenden. Meine Tante hat sich den Fuß verstaucht, und Carl ist auch beschäftigt.« Sie schob sich die Sonnenbrille ins Haar und biss von ihrem Stieleis ab, das ich ihr spendierte. »Ich habe dir übrigens etwas mitgebracht.« Sie steckte sich das Eis in den Mund, damit sie die Hände frei hatte, und zog ein Magazin aus dem Rucksack.

»Was ist das?«

»Der Stadtanzeiger, Dummerchen.« Sie knallte mir das zusammengerollte Magazin auf den Kopf. »Weißt du nicht mehr, wie du vor zwei Monaten deine Kurzgeschichte eingereicht hast?

Dieser komische Text über zwei verliebte Kannibalen.« Sie schüttelte sich.

Ich hatte vorsichtig sein müssen, der Text durfte nicht zu explizit sein, weil jede Form von Body Horror einer Genehmigung bedurfte. In der sechsten Klasse hatten wir die wichtigsten Gesetze zu den verbotenen und lizensierten Sujets gelernt, damit wir als Minderjährige nicht aus Versehen einen rechtswidrigen Text verfassten. Das war peinlicher gewesen, als im Biologieunterricht die Sexualorgane durchzugehen.

»Ich dachte, du magst den Text?«, fragte ich empört.

Sie grinste. »Ich habe gelogen.«

Ich verdrehte die Augen.

»Ist doch egal, die Leute vom Magazin mochten ihn, das muss reichen. Immerhin haben sie ihn abgedruckt. Das Magazin lag bei uns im Kartenraum aus, da dachte ich mir, ich bringe es dir mit. Glückwunsch!«

Ich freute mich riesig, dass es mit der Veröffentlichung geklappt hatte. Mit der Einreichung hatte man auch sein Einverständnis zum Abdruck gegeben. Die Autoren bekamen kein Geld dafür, und mein Vater hatte mich gewarnt, dass Magazine auf diese Weise unerfahrene Autoren abzockten, um kostenlos an Texte heranzukommen, aber das war mir in dem Moment egal. Ich wollte nicht professionell sein, ich wollte meinen Namen abgedruckt sehen! Ich grinste bis über beide Ohren.

In diesem Augenblick betrat Kader die Küche. Ich wusste sofort, dass sie unsere Unterhaltung gehört hatte. Die Art, wie sie sich gegen die Theke lehnte und auf das Heft in meiner Hand starrte, ließ nichts Gutes erahnen. Michael hatte mich gewarnt, aber es sah ganz so aus, als wäre die Katze aus dem Sack.

»Interessant«, sagte sie, und bei ihrem Ton überlief mich eine Gänsehaut.

»Kader«, stotterte ich. »Ich kann das erklären ...«

»Was denn erklären?« Ihre Stimme klang eisig.

»Ich wollte es dir nicht verheimlichen, aber du warst so sauer …«

Ihr Kopf zuckte vor wie der einer Schlange. »Du weißt genau, was ich davon halte!«

»Es ist doch nicht verboten, Kader«, entgegnete ich leise, aber sie winkte zornig ab.

»Du bist ein ganz schönes Miststück«, zischte sie. Dann trat sie auf mich zu und riss mir das Magazin aus der Hand. Bevor ich reagieren konnte, war sie mit schnellen Schritten zur Hintertür hinausgegangen und hatte es über den Zaun Richtung Wald geworfen.

»Bist du verrückt?«, rief ich, als sie wieder hereingestürmt kam, aber Kader reagierte nicht, sondern lief einfach wieder hinaus.

»Was stimmt denn nicht mit der?«, fragte Olga perplex.

Ich seufzte. »Ich habe dir doch erzählt, wieso sie die Maske trägt. Das Feuer wurde von einer Figur gelegt, daher ist sie nicht allzu gut aufs Schreiben zu sprechen.«

»Autsch.« Olga blickte ihr nach, bevor sie sich wieder an mich wandte. »Tut mir leid, dass ich dich da in eine blöde Situation gebracht habe.«

»Es ist nicht deine Schuld. Du wusstest es ja nicht.«

Sie bot an, mit Kader zu reden, aber ich lehnte ab. Das musste ich selbst mit ihr klären.

Nachdem Olga ihr Eis gegessen hatte, musste sie wieder gehen, und auch ich hatte zu tun. Die nächste halbe Stunde war ich damit beschäftigt, Badegäste zu bedienen; Kader ließ sich nicht mehr bei mir blicken.

Als es endlich ein wenig ruhiger wurde, ging ich zum Schlüsselfach, um den Schlüssel für die Tür im Zaun zu holen, an der eine riesige Kette hing. Ich wollte das Magazin zurück, immerhin hatte ich noch nicht einmal einen Blick auf meinen Abdruck werfen können.

Es war nicht direkt verboten, dass wir die Tür im Zaun öffneten, trotzdem beeilte ich mich, um so schnell wie möglich wieder in die Küche zurückzukommen. Schließlich konnten jederzeit Badegäste ans Fenster treten. Ich hatte etwas Mühe, das rostige Schloss zu öffnen, aber nach zwei vergeblichen Versuchen klappte es.

Ich trat auf den gelben Grasstreifen und hob das Magazin auf. Das Cover war dreckig, mehrere Seiten waren eingeknickt, und ich versuchte, es oberflächlich mit der Hand zu säubern. Plötzlich hörte ich über mir ein Flattern. Ich sah auf und erblickte die braune Taube. Sie saß auf dem Zaun und schaute mich an.

Bei ihrem Anblick blieb mir beinahe das Herz stehen. Und da war es auch schon wieder, dieses Gefühl, beobachtet zu werden. Doch es kam nicht von der Taube, da war ich mir sicher.

Ich hätte umkehren und die Tür wieder schließen sollen, ich hatte mir doch geschworen, keine Dummheiten mehr anzustellen. Stattdessen trat ich mit zitternden Knien auf den Wald zu. Vergessen war mein Vorsatz, mich von jetzt an an die Regeln zu halten. Mein Herz raste, aber Schritt für Schritt trat ich näher. Es gab nun keinen Zaun mehr zwischen mir, den Bäumen und dem, was sich dahinter versteckte.

Ich starrte ins Dunkel, und obwohl ich Aufregung und Angst verspürte, konnte ich nicht umdrehen. Da war etwas! Diesmal war ich mir sicher, und ich wollte endlich herausfinden, was hinter dem Gefühl steckte, das mich seit einer Weile verfolgte. Ich warf einen Blick über die Schulter, aber in der Küche war noch alles ruhig. Also trat ich noch einen Schritt weiter nach vorn und noch einen und noch einen, bis ich zwischen den ersten Bäumen stand.

»Hallo«, rief ich leise. Das Magazin hielt ich zwischen zitternden Fingern, während sich die Schatten des Walds über mich legten und meinen erhitzten Körper kühlten. Ich schob mir die Sonnenbrille ins Haar, um besser zu sehen.

Hinter mir hörte ich die Taube.

Rechts von mir bewegte sich etwas.

»Ich weiß, dass du da bist!«

Ein paar Herzschläge später trat jemand langsam hinter einem Baumstamm hervor.

Es war ein Junge. Er war nicht viel älter als ich, trug eine schmutzige Jeans und ein grünes T-Shirt. Seine dunklen Haare sahen struppig und ungepflegt aus, und das Gesicht mit der großen Nase war dreckig und auf der Stirn blutverkrustet – und er war kein Mensch.

6

Wir starrten uns an.

Ich war so überrascht, dass kein Platz mehr für Angst blieb. Wenn neben uns ein Feuer ausgebrochen wäre, hätte ich mich ebenso wenig rühren können.

Er war mir so ähnlich, Arme, Beine, er sah aus wie die Jungs, mit denen ich zur Schule ging. Und doch auch wieder nicht. Da war wieder dieses Zittern, diese leichte Verschiebung an den Rändern wie bei einem überbelichteten Foto. Unwillkürlich streckte ich neugierig die Hand nach ihm aus und merkte es erst, als er die Augenbrauen zusammenzog. Sofort ließ ich die Hand wieder sinken. Ich war offenbar nicht mehr Herrin meiner Sinne.

»Hallo«, sagte ich.

Er schwieg.

Vielleicht verstand er mich nicht. Ich wusste ja nicht, aus welchem Buch er gekommen war; es war möglich, dass er weder meine Sprache noch überhaupt sprach.

Ich legte mir die Hand auf die Brust. »Ich bin Kate.«

Noch immer sagte er nichts.

Ich atmete tief durch und sah in die Baumkronen. »Was mache ich hier eigentlich?«, murmelte ich.

Da trat er einen Schritt auf mich zu und deutete auf das Magazin in meiner Hand.

»Das?« Verwundert hielt ich es in die Höhe.

Er nickte.

Vorsichtig näherte ich mich ihm mit ausgestrecktem Arm.

Er kam mir entgegen und nahm mir das Magazin ab, drehte es in den Händen, blätterte hinein und blieb einen kurzen Moment an meiner Geschichte hängen, denn ich erkannte mein Foto, das ich mit dem Text eingesandt hatte.

Dann standen wir uns wieder schweigend gegenüber. Ich konnte ihn etwas besser betrachten, und aus der Nähe verstärkte sich der Eindruck des Fremden noch. Ihn umgab eine seltsame Aura, die ich wahrnahm, aber nicht beschreiben konnte. Ich erkannte, dass er dunkle Augenringe hatte, und die Knöchel seiner Hände waren blutig aufgeschürft. Ich begriff, dass er in diesem Wald lebte, er versteckte sich darin.

»Du holst dir die Lebensmittel aus dem Freibad.«

Er nickte. Offenbar verstand er mich doch.

Plötzlich landete die braune Taube auf einem Ast über ihm, und ich deutete auf das Tier. »Gehört sie zu dir?«

Wieder erfolgte ein kurzes Nicken. Er sah die Taube an, und ich hatte das Gefühl, als würden sie sich über etwas verständigen. Wer konnte schon sagen, wozu die beiden in der Lage waren; der Autor konnte ihnen alles Mögliche angedichtet haben.

Mir wurde meine Lage bewusst. Ich war allein mit einer Figur, über die ich nichts wusste, außer dass sie in der Lage war, allein in einem Wald zu überleben – und deren Geheimnis ich nun kannte. Wieso hatte ich nur geglaubt, dass diese Situation ungefährlich für mich war?

Ich deutete hinter mich. »Ich muss ...«

Er trat auf mich zu, und ich wich ein paar Schritte zurück.

»Ich tue dir nichts«, sagte er so plötzlich, dass ich vor Überraschung beinahe auf den Hintern gefallen wäre. Seine Stimme klang kratzig, als hätte er länger nicht mehr gesprochen.

»Was willst du mit dem Magazin?«, sprach ich den ersten Gedanken laut aus, der mir durch den Kopf schoss.

Er schwieg wieder. Offenbar hatte er keine Lust, jede Frage zu beantworten, die ich stellte. Also versuchte ich es mit einer anderen.

»Hast du mich in den letzten Tagen beobachtet?«

Zum ersten Mal wirkte er unsicher und sah zur Seite.

»Warum?«

Keine Antwort.

»Bist du verletzt? Brauchst du Hilfe?«

Er runzelte die Stirn. Dann schaute er auf seine Hände und wieder zu mir, langsam schüttelte er den Kopf. Die Taube schlug mit den Flügeln, und beinahe widerwillig trat er den Rückzug an und vergrößerte die Entfernung zwischen uns.

»Warte!«, rief ich, dabei hatte ich selbst gerade erst behauptet, wieder hineingehen zu müssen.

Er blieb stehen.

»Wie ist dein Name? Darf ich das wissen?«

Ein weiteres Kopfschütteln.

Natürlich. Warum sollte er mir auch irgendetwas über sich verraten? Er musste ja damit rechnen, dass ich ihn verriet. Vielleicht wollte er auch nicht, dass ich herausfand, aus welcher Geschichte er stammte.

»Ich werde niemandem etwas sagen«, versprach ich und wusste, dass es die Wahrheit war.

Sein Blick lag brennend auf mir, als er nickte. Er schien mir zu glauben, vielleicht weil ich seine Taube hatte ziehen lassen, vielleicht weil ich schrieb. Trotzdem zog er sich langsam zurück; Schritt für Schritt verschwand er mehr in den Schatten, bis ich ihn nicht mehr sehen konnte. Auch die Taube flog tiefer in den Wald hinein.

Sollte ich ihm folgen, oder war das Unsinn?

Wie benommen sah ich zurück zum *Josephine*. Eine eigenartige Ruhe überkam mich, als hätte irgendetwas in mir entschieden, dass es völlig in Ordnung sei, gegen alles zu verstoßen, was in dieser Stadt recht und gut war. Es war ja nun nicht mehr zu ändern, geschehen war geschehen.

Erst als ich wieder in der Imbissküche stand, zitterte ich auf einmal am ganzen Körper. Ich hatte mit einer Figur gesprochen! Ihr in die Augen gesehen und sie beinahe berührt. Was zum Henker hatte ich mir nur dabei gedacht?

Jemand klopfte auf die Theke, und ich hob langsam den Kopf. Ein Kind wollte ein Eis. Wie aufgezogen führte ich die Bewegungen aus, nahm das Eis aus der Tiefkühltruhe, legte es auf die Theke, nahm den Schein und schob das Wechselgeld zurück. Dann setzte ich neuen Kaffee an.

Ich erwartete, dass die anderen mir ansehen würden, was geschehen war, aber niemand sprach mich auf mein merkwürdiges Verhalten an. Äußerlich wirkte ich vielleicht wie immer, aber in meinem Inneren hatte sich etwas grundlegend verschoben, das wusste ich. Als hätte es ein Erdbeben gegeben, das einen Riss in den Grundfesten verursacht hatte.

Am Ende des Tages entschuldigte ich mich wortreich bei Kader und versicherte ihr, dass mir das Schreiben gar nicht so viel bedeuten würde. Es sei nur eines von vielen Hobbys, und den Text hätte meine Mutter eingereicht. Ich behauptete, dass ich in letzter Zeit kaum noch schreiben würde, vor allem nach dem, was ihr passiert sei. Ich log und log, um den Frieden nicht zu stören, den wir im *Josephine* aufgebaut hatten – und stellte fest, dass mir das Lügen erstaunlich leichtfiel. Lügen war auch nur eine andere Art von Geschichtenerzählen, sagte ich mir, und darin war ich gut.

Heute begreife ich natürlich, dass ich mir die Sache damit einfacher machte, und auch, dass diese Art, mit Problemen umzugehen, schuld daran war, dass so viele meiner Beziehungen zerbrachen.

Offenbar hatte ich die richtigen Worte gewählt und meine Geschichte glaubwürdig vorgebracht, denn einen Moment ließ mich

Kader noch schmoren, dann nickte sie und stieß mit ihrer Coladose an meine, während wir wieder einmal am Nichtschwimmerbecken saßen und die Abendsonne hinter den Baumwipfeln unterging.

Michael warf mir einen langen Blick zu, aber er ließ meine Lüge über das Schreiben nicht auffliegen. Ihm war wohl auch klar, dass die nächsten Wochen sehr unangenehm für uns alle werden würden, wenn Kader sauer auf mich war.

Nachdem wir die Cola ausgetrunken hatten, stand ich auf und sammelte die Dosen ein, um sie in die Küche zurückzubringen. »Ich schließe die Küche ab«, bot ich an, und die anderen nickten.

Hinter mir schob ich unauffällig die Tür zu, sodass sie nicht in die Küche sehen konnten. Dann nahm ich aus dem Regal im Vorratsraum einen Packen Brötchen, Würste und Schokoriegel, für die ich bereits bezahlt hatte, trat hinter das Gebäude und warf sie in einem hohen Bogen über den Zaun Richtung Wald. Hastig schloss ich die Hintertür und beeilte mich, zu den anderen zurückzukehren, während ich versuchte, so auszusehen, als wäre nichts Außergewöhnliches geschehen.

Während Sean und ich durch Gründorf und Neuwest fuhren und die Lichter der Stadt erwachten, gestand ich mir ein, dass ich dieses Mal nicht nur den Weg verlassen hatte – ich war so weit davon abgekommen, dass ich ihn nicht einmal mehr sehen konnte. Aber ich bedauerte es nicht, und das war möglicherweise der Grund, warum alles so kam, wie es kommen musste.

Ich redete mir ein, dass ich jederzeit die Polizei rufen könnte, wenn sich herausstellen sollte, dass der Junge im Wald, der mir seinen Namen nicht nennen wollte, gefährlich war. Wahrscheinlich hatte er jedoch mehr Angst vor uns als wir vor ihm. Das war es schließlich, was wir seit der Grundschule lernten: Die Figuren waren nicht wie wir, wir mussten keine Angst vor ihnen haben, weil sie uns nicht gleich waren.

Aber ich wollte mehr über ihn erfahren. Woher kam er, was machte er im Wald? Ich wollte ihn wiedersehen, und vielleicht war es jugendlicher Leichtsinn, der mich dazu trieb, dieses Geheimnis für mich zu behalten. Wenn wir jung sind, bilden wir uns immer ein, eine Situation beurteilen und die Gefahren abschätzen zu können.

Eine seltsame Aufregung überkam mich, während ich über die grauen Straßen Kapitolos fuhr, die Sonne im Nacken. Ich bedauerte nur, dass ich das Magazin mit meiner Geschichte verloren hatte. Mir war schleierhaft, was der Junge damit wollte und ob er überhaupt lesen konnte. Vielleicht wollte er aber einfach ein bisschen Abwechslung, schließlich gab es im Wald keinen Fernseher. Ich würde mir ein neues Heft besorgen, sagte ich mir, immerhin lagen sie in der ganzen Stadt kostenlos in Cafés, Theatern, Kinos und Geschäften aus.

Doch auch damit sollte ich mich irren.

Ich habe den Text nie zu Gesicht bekommen, denn schon der nächste Tag sollte alles ändern.

7

Die Party fand in einem alten Fachwerkhaus mit sommerhimmelblauer Fassade statt. Das Grundstück war umsäumt von Eiben, die verhinderten, dass jemand von außen hineinschauen konnte. Überall im Garten standen merkwürdige Skulpturen aus bemaltem Holz, die offenbar Orchideen in unterschiedlichen Stadien des Blühens zeigten. Es war furchtbar kitschig, aber aus den offenen Fenstern schallte basslastige Clubmusik, und überall standen Leute mit Bechern, die lachten und sich im Takt der Musik bewegten.

Rosalie klammerte sich an meinen Arm, ihre Finger bohrten sich dabei unangenehm in meinen Muskel. Ein paarmal versuchte ich, sie abzuschütteln, aber sie hatte einen Griff wie ein Affenbaby auf dem Rücken seiner Mutter. Ich spürte ihre Fingernägel noch in meinem Oberarm.

»Jetzt entspann dich mal«, zischte ich ihr zu, während wir das Haus durch die niedrige Tür betraten. Ich zog sie hinter mir her, während Sean und Michael vor uns liefen und den Weg in die Küche suchten, weil dort immer die Getränke zu finden waren.

Wir hatten uns auf einem Platz zwei Straßen weiter getroffen und waren gemeinsam hergelaufen. Wie abgemacht war Rosalie in die Zirkelbahn zugestiegen, und ich hatte die vier Haltestellen dauernde Fahrt damit verbracht, ihr Outfit partymäßig aufzupeppen. Hier ein Knopf auf, dort ein Ärmel hochgekrempelt und die Haare zu einem lockeren Knoten hochgebunden. Lippenstift auf Lippen und Wangen, Mascara doppelt, Augenbrauen nach oben gekämmt und meine schwere Goldimitatkette um den Hals, weil ich noch immer die großen Kreolen und das breite Armband mit dem Bienenanhänger trug. Als wir ausstiegen, lachten wir so laut, dass sich die Leute nach uns umdrehten – und ich fragte mich, warum Rosalie nicht immer so sein konnte? Jemand, mit dem man Spaß hatte.

Doch in diesem blauen Haus wurde sie wieder zu dem Mädchen, das wir alle kannten: unsicher, mit hochgezogenen Schultern. Ein bisschen hasste ich sie beinahe dafür. Das Leben, das sie sich wünschte, war näher, als sie glaubte, doch sie war zu ängstlich, danach zu greifen.

Erst Jahre später verstand ich, dass der Unterschied zwischen Menschen wie Rosalie und mir oder Sean und Michael weniger mit der Wahl des passenden Partyoutfits zu tun hatte, sondern mehr damit, welche Bestätigung sie als Kind in ihrem Umfeld erhielten. Als Teenager können wir uns schwer vorstellen, dass diese Jahre als unwissende, stets belächelte Kinder uns etwas antun können, das sich später so schwer ausbügeln lässt.

In der Küche nahmen wir Becher mit einer undefinierbaren grünen Flüssigkeit entgegen, die stark nach Schnaps roch, und tranken anschließend aus Flaschen, die bunte Etiketten und nach Kaugummi schmeckende Mixgetränke enthielten. Wir tanzten und unterhielten uns mit Leuten, die genau wie wir keine Ahnung hatten, wer eigentlich der Gastgeber dieser Party war.

Natürlich fanden wir sofort Anschluss, dafür sorgte Michael. Er war wie eine Fackel, deren Licht niemand widerstehen konnte, aber den ganzen Abend über entfernte er sich nie mehr als ein paar Meter von uns und verschwand nie vollständig aus unserem Sichtfeld.

Irgendwann entdeckten wir im Keller einen Tischkicker und traten *Jungs gegen Mädchen* an. Rosalie und ich verloren sieben zu zehn, was gar nicht verkehrt war, wenn man bedachte, dass ich keine Ahnung hatte, wie man Tischkicker spielte. Auf Lesungen tauchten Tischkicker eher selten auf.

Wir schrien, lachten, zeigten mit Fingern aufeinander und stießen an, wenn wir ein Tor schossen, und selbst dann, wenn es das gegnerische war. Wir hatten Spaß!

Bis Leute auf Rosalie aufmerksam wurden.

Weil ein paar offene Knöpfe, eine Kette und das hochgesteckte Haar eben nicht darüber hinwegtäuschen konnten, dass sie nicht wie alle anderen war. Dass sie nicht so herausgeputzt war, nicht so glatt, nicht so schlagfertig – einfach anders.

In dem Moment begannen die Bemerkungen. Gerade laut genug, dass wir sie hören konnten. Nicht fies genug, um sofort zu explodieren, nur wie Nadelstiche, die sich in sie bohrten, während wir versuchten, Spaß zu haben.

Ich sah, wie Sean die Fäuste ballte.

»Lass es«, sagte ich und drehte nervös an meiner Kickerstange.

Wütend funkelte er mich an.

»Wir sind doch hier, um Spaß zu haben«, warf Michael ein, sah dabei aber keinen von uns an.

»Leicht für dich zu sagen«, erwiderte Rosalie, und für einen Moment waren wir alle überrascht, dass sie so deutlich wurde. Es musste am Alkohol liegen.

»Ignorier sie einfach«, sagte ich und schoss den Ball mit einem Männchen in Richtung des gegnerischen Tors.

»Ich möchte wetten, dass sie trotzdem in anderen Dingen gut ist. Sieh dir doch nur mal ihr Gesicht an. Dumm fickt gut«, schwebte es zu uns herüber.

Rosalie erstarrte. Ich sah, wie ihre Unterlippe bebte.

»Du darfst nicht darauf hören«, sagte Michael und klang fast flehentlich. Er hatte uns eingeladen und wollte, dass wir Spaß hatten. Außerdem wusste er, was man in einer solchen Situation auf keinen Fall tun durfte – verletzt wirken.

Sean schoss den Ball zurück, aber Rosalie hielt ihn auf und kickte ihn zu mir. Ich holte aus, nahm Schwung und schickte die Kugel weit über das Feld. Michael stöhnte, und Rosalie und ich grinsten uns zu.

»Wer hat die denn eingeladen? Ich wette, die hat sich durch die Hintertür reingeschlichen, so was würde Rowen doch nicht selbst einladen.«

Rosalie verschoss den Ball. Sean kickte das nächste Tor. Doch der Jubel blieb aus. Wir verloren die Lust am Spiel, das als Spaß begonnen hatte und nun ein Spektakel für andere war.

Ich richtete mich auf, mein Blick suchte die Gruppe, die es auf Rosalie abgesehen hatte. Sie waren nicht viel älter als wir; Jungs, ordentlich angezogen, coole Leute, die sich dann doch als Arschlöcher herausstellten. Zu betrunken, um noch mit ihnen zu diskutieren.

»Lass sie«, sagte Rosalie, und sofort ärgerte ich mich wieder über sie. Es ging hier immerhin um sie.

»Das sind solche Hohlköpfe«, erwiderte ich.

Sie zuckte mit den Schultern, sie war es gewohnt. Aber das machte es nicht besser.

»So was hätte man früher einfach rausgeschmissen«, tönte es von dem Tisch nur wenige Meter von uns entfernt.

Das war der Moment, in dem Sean hinübermarschierte und einen von ihnen am T-Shirt packte, von der Sitzbank herunterzerrte und zu Boden schmiss. Sofort standen wir im Mittelpunkt der Aufmerksamkeit.

Rosalie klammerte sich schon wieder an mich, doch ich schob sie zur Tür, um so schnell wie möglich von hier zu verschwinden. Ich war nicht scharf darauf, Erfahrungen mit brenzligen Situationen in halb beleuchteten Kellerräumen zu sammeln.

Die anderen Gäste machten keine Anstalten, Sean anzugreifen, während er sich die lautesten Angreifer vornahm. Doch als wir das Zimmer verließen, rief uns einer hinterher: *»Eure Visagen merke ich mir!«*

Sean zeigte ihm den Mittelfinger.

»Wir gehen«, sagte ich und schob Rosalie weiter den Flur hinunter.

»Die Party ist scheiße«, rief Sean. »Und die Leute hier auch!«

Auf dem Weg nach draußen machte Michael einen kurzen Abstecher in die Küche, wo er ein Sixpack Dosenbier klaute, und folgte uns dann ins Treppenhaus.

»Du musst nicht gehen«, sagte Rosalie leise zu ihm. »Dich wollen sie doch hier haben.« Sie meinte es ernst, aber er winkte ab.

»Schon okay. Die nächste Party kommt bestimmt.«

Damit hatte er recht, für ihn würde es immer eine nächste Party geben, trotzdem sah ich ihr an, dass sie ihm dankbar war, dass er mit ihr ging. Als wir vor dem Haus standen, löste ich Rosalies Hand von meinem Arm und schob sie ein Stück von mir weg. Über uns hing eine leuchtende Mondsichel an einem wolkenlosen Himmel. Gründorfs Gartenlichter in allen Farben des Regenbogens erhellten sanft die Nacht.

Rosalie schniefte. »Tut mir leid, dass ich euch alles verdorben habe ...«

»Du warst doch gar nicht das Problem«, erwiderte ich lahm.

Die Jungs nickten, und Michael stemmte die Hände in die Hüften. »Was machen wir jetzt mit dem angefangenen Abend? Ich will noch nicht nach Hause!«

»Wir könnten ins *Josephine* gehen«, schlug Sean vor. »Da können wir in Ruhe unser Bier trinken, ohne dass uns wer dazwischenfunkt.«

Ich tippte mir an die Stirn. »Da ist doch geschlossen, du Spinner.«

Er grinste und zog einen Schlüssel aus der Hosentasche. »Müssen immer zwei Leute haben, falls einer ausfällt.«

Sofort dachte ich an den Jungen im Wald und begann zu schwitzen. Es gab wirklich zu viele Schlüssel für dieses Freibad!

Michael zuckte mit den Schultern. »Na schön. Dann los.«

Einen Moment lang sahen Rosalie und ich den beiden ratlos nach, während sie schon weitergingen, dann zog ich Rosalie mit mir, die wie ein begossener Pudel hinterhertrottete.

»Es gibt doch Kameras«, sagte sie skeptisch, als wir zwanzig Minuten später vor dem Tor standen, doch Sean winkte ab.

»Die schalte ich aus, wenn wir drin sind.«

»Das wird Rawat nicht gefallen.«

»Er muss es ja nicht erfahren, oder?«

Wir schlüpften durch das Tor und schlossen hinter uns wieder ab. Das Gelände war nachts gut beleuchtet und das Wasser spiegelglatt. Doch wie sich herausstellte, waren wir nicht die Einzigen, die in jener Nacht unerlaubterweise ins *Josephine* gekommen waren. Im Küchenbereich brannte noch Licht, und als wir durch das Fenster spähten, winkte uns Kader genervt zu.

»Ehrlich? Einbruch?«, fragte sie.

»Es ist kein Einbruch, wenn du den Schlüssel benutzt«, antwortete Michael.

»Nachts soll hier doch keiner mehr sein, Leute. Wenn das der Chef erfährt ...«

»Und was machst du dann noch hier?« Sean verteilte das Bier unter uns, und wir stießen an.

Sie deutete auf die Bücher, die aufgeschlagen auf der Theke lagen. »Ich lerne für meine Ausbildung.«

»Welche Ausbildung? Du hast doch schon eine.«

Sie zog das Cap tiefer in die Stirn. »Ich bilde mich weiter, und in der Wohnung ist einfach zu viel Lärm. Was ist mit euch? Wolltet ihr nicht auf einer Party sein?«

»Lief nicht wie geplant«, antwortete ich.

Wir erzählten ihr, was passiert war, und Rosalie, die sich auf die Türschwelle gesetzt hatte, schlang die Arme um die Knie.

»Solche Typen braucht kein Mensch«, war Kaders abschließendes Urteil. Doch dann fügte sie an Rosalie gewandt hinzu: »Was lässt du dir auch immer alles gefallen. Es ist doch kein Wunder, dass sie es immer wieder bei dir versuchen, wenn du dich nicht dagegen wehrst.«

Unglücklich sah Rosalie zu ihr auf. Im Licht der kahlen Glühlampe wirkte ihr Gesicht wie aus Porzellan. Sie tat mir leid, auch wenn Kader recht hatte. Aber es fiel ihr nun einmal schwer, sich gegen andere Leute durchzusetzen. Es war nicht ihre Schuld, dass diese Typen sich einen Spaß daraus machten, sie zu ärgern.

Um die Stimmung zu heben, wechselte ich das Thema: »Wollen wir eine Runde schwimmen gehen?«

»Kommt nicht infrage!«, fuhr mich Kader an.

»Ach komm schon. Es kann doch nicht sein, dass wir hier nur arbeiten und niemals nachts ins Becken gesprungen sind«, erwiderte Sean und grinste sie an.

Ohne auf ihre Proteste zu achten, gingen wir in die Umkleidekabinen und zogen uns Badehosen und Badeanzüge der Mitarbeiter an. Dann rannten wir hinaus und sprangen ins Becken. Laut schreiend und mit erhobenen Fäusten. Für einen kurzen Moment sprang ich mir in der spiegelnden Oberfläche selbst entgegen und berührte mit den Füßen die meines Spiegelbilds.

Kader blieb am Rand sitzen und steckte die Beine ins Wasser. Mit ihrer Maske konnte sie nicht ins Chlorwasser. Ich ließ mich auf den Grund sinken, die Welt wurde ganz still, und all die Fragen, die mich tagsüber beschäftigten, verschwanden. Das Wasser war kühl, doch die aufgestaute Hitze des Tages sorgte dafür, dass der Übergang zwischen Luft und Wasser angenehm blieb. In der zitternden Oberfläche des Beckens spiegelte sich der Mond. Immer wieder sprangen wir ins Wasser, tauchten ab, verharrten auf dem Beckenboden und stemmten uns davon ab, um nach oben zu schießen und die Oberfläche zu durchstoßen und einen neuen Atemzug zu nehmen. Dieses Gefühl, das wir empfanden, während wir langsam auskühlten, kam dem von Freiheit sehr nahe.

Nachdem wir ausreichend herumgealbert hatten und ein bisschen erschöpft waren, zogen wir uns um, setzten uns auf die wenigen Liegen neben dem Becken und starrten in den Nachthimmel, an dem in dieser Nacht unzählige Sterne leuchteten.

Sean holte aus dem Kühler in der Küche Biernachschub, für den am nächsten Tag irgendwer bezahlen musste, und schon nach kurzer Zeit waren wir alle angenehm betrunken.

»Und jetzt?«, fragte Rosalie, während sie am Beckenrand auf dem Bauch liegend mit dem Zeigefinger Muster ins Wasser malte.

»Gehen wir in den Wald und fangen ein Monster«, flüsterte Kader und schaute uns auffordernd an. Ihrem Blick haftete etwas Fiebriges an, das nicht vom Alkohol stammte – der Funken für dieses Feuer war vor langer Zeit entzündet worden.

»Was willst du machen?« Ich musste ein paarmal heftig husten.

Sie deutete auf das Dickicht hinter uns. »Wir gehen rüber und fangen das Monster.«

»Es gibt kein Monster.«

»Woher willst du das wissen?«

Ich zuckte zusammen. Niemand wusste, was ich gesehen hatte. *Wen* ich gesehen hatte. Sie konnte meine Gedanken nicht lesen, sagte ich mir, aber ganz sicher war ich mir nicht. Ich konnte sie nicht ansehen.

»Komm schon, wenn das nichts ist, worüber du schreiben kannst, was dann?«, fragte sie spöttisch. »Außerdem schuldest du mir etwas.« Ihre Stimme schlang sich um mich wie Schlingpflanzen um den Knöchel eines nichts ahnenden Tauchers.

Wir starrten uns an. Ihre Maske ließ nicht zu, dass ich irgendetwas von ihrem Gesicht ablesen konnte. Das Licht war zu schwach, um ihre Augen zu erkennen. Sie versuchte, mir ein schlechtes Gewissen einzureden, weil ich ihr nichts über mein Hobby erzählt hatte, und das ärgerte mich. Trotzdem konnte ich nicht verhindern, dass mir die Schamesröte ins Gesicht stieg.

Doch bevor ich etwas erwiderte, wandte sie sich schon an Michael. »Was ist, bist du dabei?« Sie wusste, dass er ein sicherer

Kandidat war, wenn es darum ging, Grenzen auszuloten. Immerhin glaubte er, dass er nur diesen einen Sommer dafür hatte, wenn danach der Ernst des Lebens für ihn beginnen sollte.

»Warum nicht. Dann erleben wir wenigstens noch etwas an diesem Samstagabend, wenn wir schon keine Party feiern.«

»Michael!«, versuchte ich, ihn zur Vernunft zu bringen.

»Komm schon, Kate, der Sommer geht bald zu Ende, und ich habe noch kein einziges richtiges Abenteuer erlebt. Ich meine, das ist ja quasi das, was meine Eltern von mir erwarten, bevor ich studiere. Ich muss mich austoben, damit ich später mal meinen Kindern etwas zu erzählen habe.«

»Was ist mit dir?« Auffordernd sah Kader Sean an, der sich daranmachte, eine Zigarette zu rollen.

»Ist ohnehin viel zu früh, um nach Hause zu gehen.«

Kopfschüttelnd hob ich die Hände. »Seid ihr alle verrückt geworden? Steigt euch die Hitze zu Kopf? Ihr wisst doch genau, dass da keine Monster im Wald sind. Und selbst wenn ... Wie wollt ihr ein Monster besiegen?«

»Damit.« Seelenruhig zog er ein Klappmesser aus der Hosentasche.

»Das ist doch nicht dein Ernst.«

Er zuckte mit der Schulter und steckte sich die Zigarette zwischen die Lippen.

Kader legte Rosalie den Arm um die Schultern. »Und du kommst auch mit.«

»Ich weiß nicht ...« Rosalie sah zwischen Kader und mir hin und her und wirkte wie ein in die Enge getriebenes Tier.

»Keine Widerrede. Es wird Zeit, dass du dich mal etwas traust. Du wirst sehen, das wird dir guttun.«

Aber war das wirklich das, was Rosalie brauchte? »Du musst das nicht tun«, sagte ich.

»Jetzt hör doch auf!«, fuhr mich Kader an. »Dann bleib eben hier, wenn du nicht willst. Wir brauchen dich nicht.«

Wütend verschränkte ich die Arme. Ich hatte keine Lust, in den Wald zu gehen und mich vielleicht darin zu verirren oder von der Forstwacht aufgegriffen zu werden, die dann die Polizei informierte, weil wir in einem verbotenen Bereich gewesen waren. Und am wenigsten hatte ich Lust darauf, Figuren zu jagen. Der Junge, dem ich am Zaun begegnet war, war nicht das Monster, das Kader suchte, davon war ich überzeugt.

»Wolltest du nicht lernen?«, versuchte ich es noch ein letztes Mal, aber sie winkte nur ab.

»Das kann warten.«

Irgendetwas war über sie gekommen. Die Wut und die Schmerzen, die sie in den letzten Wochen verspürt hatte, waren zu etwas angewachsen, das sich nun Bahn brach. Selbst damals war mir schon klar, dass sie jemanden suchte, den sie für das bestrafen konnte, was ihr und ihrer Familie passiert war. Sie kam weder an die verantwortliche Figur noch ihre Autorin heran, also suchte sie an anderer Stelle – wir waren nur zufällig da, während es passierte. Aber Kader hatte etwas an sich, das es uns schwer machte, Nein zu ihr zu sagen.

Heute denke ich, dass die Stärke, die sie jeden Tag demonstrierte, indem sie trotz ihrer Schmerzen zur Arbeit kam, uns anzog, als würden wir hoffen, dass sich diese Stärke auch auf uns übertrug. Kader schien so genau zu wissen, was sie wollte, dass wir gar nicht auf die Idee kamen, es infrage zu stellen.

Gespannt sahen die anderen mich an.

Ich hätte absagen können. Ich musste nicht mit ihnen in den Wald gehen. Immerhin hatte ich Rosalie noch eine Stunde zuvor gesagt, dass man sich nicht von einer Gruppe zwingen lassen sollte.

Trotzdem hörte ich mich antworten: »Na schön.«

Ich bildete mir ein, Rosalie beizustehen, damit Kader sie nicht zu etwas zwang, das sie nicht wollte. Und ich bildete mir auch ein, auf Kader aufzupassen, weil ich spürte, dass sie die Kontrolle über sich verlor. Ich redete mir ein, verhindern zu können, dass Kader dem Jungen im Wald schadete, sollte sie auf ihn treffen.

Auf jeden Fall glaubte ich, dass ich die Sache irgendwie steuern könnte, wenn ich nur mitging.

Ich sollte mich in allen Punkten täuschen.

8

Wir trugen nicht gerade die praktischste Kleidung, um in den Wald zu gehen. Aber ich nahm an, dass wir ohnehin nicht lange bleiben würden, weil das Unterholz zu dicht und es in der Nacht auch zu kühl war.

»Weißt du denn überhaupt, an welcher Stelle du in den Wald willst?«, fragte ich Kader, als wir vor dem *Josephine* standen. Der Dunkelbusch besaß an vielen Stellen dichtes Unterholz, und es war schlicht unmöglich, einfach so hineinzulaufen.

Sie deutete die Straße hinunter. »Hinter dem Supermarkt am Ende der Straße führt ein ausgewiesener Weg in den Wald. Der ist für die Pferde aus dem Cordova-Stall gedacht, wenn sie hier ausreiten. Von dort aus können wir dann weiter. Es gibt da einige Trampelpfade, die in das unausgewiesene Gebiet führen.«

Mir kam der Verdacht, dass sie das Ganze schon länger geplant und die Gelegenheit an diesem Abend nur beim Schopf gepackt hatte. Nervös blickte ich mich um, aber es war niemand zu sehen.

Die anderen gingen los, und widerwillig folgte ich ihnen. Die Straße war menschenleer. Reiter traf man um diese Uhrzeit ohnehin nicht mehr, außerdem befanden sich die schöneren Wege durch den Dunkelbusch in Höhe der alten Wind- und Wassermühlen, deren Standort sich am anderen Ende des Viertels befand. Das *Josephine* lag buchstäblich am Rand der Stadt, auf der Rückseite der Wohnhäuser. Es war also nicht verwunderlich, dass wir um diese Uhrzeit niemandem mehr begegneten. Ich hoffte nur, dass es auch so bleiben würde.

Wir liefen an dem kleinen Supermarkt vorbei, dessen Parkplatzbeleuchtung die Vorgärten der benachbarten Häuser erhellte. Auch hier war alles ruhig. Von den Häusern aus war die Straße nicht einzusehen, zu viele Bäume, Büsche und Ranken versperrten die Sicht.

Nicht weit davon entfernt stand ein mit Stickern beklebtes Hinweisschild, das darüber informierte, dass es sich bei dem dahinterliegenden Pfad um einen Reitweg handelte und das Verlassen der ausgewiesenen Strecken eine Ordnungswidrigkeit darstellte. Schon nach wenigen Metern war auf dem Weg nichts mehr zu erkennen, der Eingang in den Wald wirkte wie eine dunkle Höhle.

»Bist du sicher, dass hier nachts niemand Streife läuft?«, fragte Rosalie flüsternd, während sie mal wieder am Fingernagel kaute.

Ungeduldig zog Kader ihr den Arm herunter und führte sie auf den Pfad. »Nun mach dir mal nicht ins Hemd. Es ist nicht verboten, nachts spazieren zu gehen. Nur weil es niemand macht, heißt das nicht gleich, dass man es nicht darf.«

Doch Rosalie schienen die Worte nicht zu beruhigen, das erkannte ich an den hochgezogenen Schultern und den nervösen Blicken, die sie um sich warf. Wütend auf Kader, folgte ich den beiden, Michael und Sean schlossen sich an.

Kaum hatten wir den Wald betreten, fiel die Temperatur, mit jedem Meter nahm unser Geplauder ab, bis die Gespräche ganz verstummten. Wir spähten rechts und links in den Wald und lauschten den nächtlichen Geräuschen. Es war ein unbestimmtes Scharren, Knacken und Fiepen. Zwischen den Bäumen lag eine sich bewegende Dunkelheit, und das Rauschen des Winds in den Baumwipfeln hörte sich an wie ein Flüstern. Um diese Uhrzeit war der Dunkelbusch faszinierend, aber auch unheimlich und machte seinem Namen alle Ehre. Gespannt hielt ich

Ausschau nach dem Jungen mit der Taube, doch es geschah nichts, außer dass uns langsam kalt wurde. Die Hitze des Sommers besaß zwischen den Tannen keine Macht.

Nach einer halben Stunde verengte sich der Pfad, und nach weiteren zehn Minuten kamen wir an eine Gabelung, an der sich der Weg in einen breiteren und einen schmaleren Pfad trennte. Dazwischen stand eine verwitterte Bank mit einem Mülleimer, der bereits überquoll. Der breitere Pfad war der ausgewiesene Reitweg, der schmalere stark zugewachsen und kaum einsehbar. Ein Schild warnte vor dem Weitergehen in diese Richtung.

Natürlich zeigte Kader auf den verbotenen Weg. »Da entlang«, entschied sie, ohne stehen zu bleiben. Rosalie zog sie einfach weiter mit sich.

»Kader«, rief ich ihr nach, aber sie hörte nicht auf mich, und innerhalb weniger Augenblicke hatte das Dunkel sie bereits verschluckt.

Sean klopfte mir auf die Schulter. »Komm schon«, sagte er amüsiert, »ist doch nichts dabei. Wir streifen eine Weile mit ihr durch den Wald, damit sie beruhigt ist, und dann gehen wir wieder zurück ins Warme.« Er zwinkerte mir zu und ging voran, als wäre der Wald nichts weiter als ein Hinterhof, den man schon hundertmal überquert hatte.

Noch immer beunruhigt, folgte ich ihm, doch ich war froh, dass ich nicht die Einzige war, die begriff, warum Kader das tat. Er hatte recht, wir würden ihr einfach noch eine Weile ihren Willen lassen und dann zurückkehren.

Nach kurzer Zeit hatten wir Kader und Rosalie eingeholt, denn allein kamen die beiden nur schwer voran. Sean musste die größeren Zweige zur Seite biegen, wir stemmten uns gegen die Äste und konnten nur mit erhobenen Armen durch das Gestrüpp laufen. Wie sich herausstellte, war es eine gute Idee gewesen, das langärmelige Sweatshirt überzuziehen, das das Schlimmste abhielt. Trotzdem schrammten mir Äste und Zweige über die Arme und das Gesicht. Ich hörte Michael hinter mir stöhnen, so hatte er sich seinen Samstagabend sicher nicht vorgestellt.

Unter unseren Füßen knackten Zweige, über uns hörten wir gelegentlich Vögel schreien, doch eine Taube war nicht darunter. In der Luft lag der Geruch von Moder, und über den Baumkronen hing der grafitfarbene Nachthimmel. Das Mondlicht reichte nicht aus, den Boden zu erhellen, und auch unsere Handylampen zerschnitten das Dunkel nur punktuell. Unser Vorankommen war langsam und anstrengend.

Ich rechnete damit, dass die anderen bald die Lust verlieren und aufgeben würden; die Bereitschaft, Kader zuliebe nachts in das verbotene Gebiet zu laufen, musste Grenzen haben. Außerdem fürchtete ich, dass wir uns verlaufen würden.

Die Stimmung wurde zunehmend schlechter. Rosalie hatte eine Blase am Fuß und Michael eine Schramme unter dem Auge, wo ihn ein zurückschnellender Zweig getroffen hatte. Auch Kaders schweigsame Verbissenheit verlor sich im Dunkel zwischen den Bäumen, unter der Maske musste sie furchtbar schwitzen. Uns war allen klar, dass wir ihr Monster nicht finden würden, und wir warteten darauf, dass sie es zugeben würde.

Schließlich stießen wir auf eine Lichtung mitten im Dickicht. Sie war nicht sehr groß, nur ein paar Meter im Durchmesser, ein paar Bäume waren umgeknickt und Unterholz niedergedrückt, vielleicht durch einen Sturm oder ein Wildschwein.

»Wir machen eine Pause«, legte Sean fest, und niemand widersprach ihm. Wir waren müde und erschöpft.

Schweigend räumten wir ein paar Äste zur Seite, Gras und Moos waren an dieser Stelle dicht gewachsen und eigneten sich als Sitzfläche. Kaum saßen wir auf dem kalt-feuchten Boden, rissen wir die Chipstüten auf, und Sean zog eine Flasche Whisky aus dem Rucksack.

»Wo hast du die denn her?«, fragte ich überrascht.

»Aus Paddys Beständen. War eigentlich für die Party gedacht, aber dafür war sie mir dann zu schade.« Er grinste, und nacheinander tranken wir aus der Flasche das billige Zeug, dessen Geschmack uns damals egal war.

Die Handys hatten wir als Lichtquelle in die Mitte gelegt. Hin und wieder hörten wir Knacken im Unterholz, doch im Gegensatz zur Stadt war es hier ruhig und friedlich. Für einen Moment schienen unsere Probleme weit weg. Was eben noch ungemütlich und ermüdend gewesen war, wurde plötzlich zu etwas Besonderem, als hätte jemand einen Zauber über uns und die Lichtung mitten im Wald gelegt. Rosalie vergaß die Blase am Fuß und Michael die Schramme im Gesicht, Kader wartete nicht mehr auf ein Monster, Sean nicht darauf, sich nicht mehr für seine Familie zu schämen, und für einen kurzen Augenblick hatte ich keine Angst mehr, dass jemand mein Geheimnis entdecken würde.

Für diese kurze Zeitspanne wurde der Samstagabend zu dem, was wir erwartet hatten: ein Vergnügen.

Als der Alkohol seine Wirkung zeigte, schaltete Sean auf seinem Handy Musik an und begann, um uns herumzutanzen, als wäre das Gras eine Bühne, während Michael ausgelassen dazu klatschte. Sein Lachen trieb über den Bäumen dem Himmel entgegen, und Rosalie lächelte versonnen mit geschlossenen Augen. Für eine Weile vergaßen wir, dass diese Freundschaft den Sommer nicht überleben würde, und Rosalie fragte Sean, wie er es schaffte, keine Angst zu haben.

»Jeder Mensch hat Angst«, sagte er, doch sie schüttelte den Kopf.

»Du nicht, wenn du dich mit diesen Typen anlegst.«

»Das ist doch leicht.«

»Für mich nicht.« Ihr Blick bekam etwas Flehendes.

Sean seufzte und hörte auf zu tanzen. Stattdessen setzte er sich Rosalie im Schneidersitz gegenüber und zeigte mit dem Finger auf sie. »Du musst ihm in die Augen sehen«, sagte er und packte sie an den Schultern, um ihr in die Augen zu starren. »Wenn du blinzeln musst, tu es langsam. Unterbrich auf keinen Fall den Blickkontakt. Stell dir einfach vor, wie du ihn fertigmachst. Wenn du dich ihm physisch unterlegen fühlst, stell dir vor, wie du ihn überfährst oder vergiftest, ist völlig egal. Hauptsache, das Gefühl in dir stimmt. Das wird er in deinen Augen sehen.«

Ich lachte. »Das ist ein furchtbarer Ratschlag.«

»Wirkt jedes Mal.«

»Nein, mein Lieber, es wirkt, weil du ihnen tatsächlich eins drüberziehst.« Grinsend schüttelte ich den Kopf, und er streckte mir die Faust entgegen, damit ich mit meiner dagegenstoßen konnte.

»Du musst sie einfach ganz laut anbrüllen. Männer mögen es nicht, wenn sie von Frauen angeschrien werden. Dann gehen sie«, sagte Kader.

»Gilt auch für Beziehungen«, warf Michael trocken ein.

Rosalie sah mich fragend an. »Was machst du, wenn dich jemand ärgert?«

Das klang wie bei einem Kleinkind, und am liebsten hätte ich ihr gesagt: *Du bist doch nicht vier!* Aber ich wollte die friedliche Stimmung nicht kaputt machen, also verkniff ich mir die Bemerkung. Die ehrliche Antwort lautete, dass es mich nicht interessierte, wenn mich jemand nicht leiden konnte, weil ich bereits Freunde hatte. Ich bildete mir ein, dass ich eines Tages eine erfolgreiche und berühmte Autorin sein würde, weshalb mir diese Leute, die etwas gegen mich hätten, egal sein konnten.

Aber beides war bei Rosalie nicht der Fall. Ihr fehlte dieses Etwas, an dem sie sich festhalten konnte.

»Ich glaube einfach, dass sie merken, wenn du Angst hast«, wich ich aus und wiederholte damit nur, was meine Eltern mir früher auch immer erzählt hatten. »Du darfst ihnen nicht zeigen, dass es dich verletzt.«

Das war auch eine Wahrheit, aber eine, die für Menschen wie Rosalie schwer umzusetzen war. Niedergeschlagen blickte sie zu Boden, es war nicht der Rat, den sie sich erhofft hatte, weil das genau die Unmöglichkeit war, der sie nicht entkam: Sie konnte nicht verbergen, dass sie getroffen war.

»Oder du stellst dir vor, dass du sie mit einem Bus überfährst, wenn das besser hilft«, ergänzte ich seufzend, und Sean lachte laut auf.

Ich zwinkerte ihm zu, und auch Rosalie musste lächeln, zog aber gleich darauf fröstelnd die Schultern hoch.

»Was ist jetzt, Kader, beenden wir die Suche nach dem Monster?«, sprach Michael schließlich aus, was wir alle dachten.

Auf ihrem Platz auf einem Baumstumpf zog sie die Knie an. Sie schlang die Arme darum, dadurch sah es aus, als würde ihre Maske merkwürdig darüber schweben.

»Meine Schwester kann immer noch nicht richtig atmen«, sagte sie leise, als hätte sie seine Frage gar nicht gehört. »Ihre Lunge ist durch den Rauch zu geschädigt, und es wird noch Monate dauern, bis das besser wird. Sie hat Asthma, deshalb hat sie das so getroffen. Und ich«, sie deutete auf ihr Gesicht, »sehe auf ewig aus wie ein Ding aus einem Horrorfilm. Da hilft auch kein Make-up mehr.« Sie starrte ins Dunkel. »Ich werde nie aufhören, nach dem Monster zu suchen.«

Schlagartig kippte die Stimmung. Keiner von uns wusste, was er darauf sagen sollte, wir waren zu jung und mit dem Schmerz, den sie offenbarte, hoffnungslos überfordert. Alle Freude, die wir eben noch empfunden hatten, war mit einem Mal ausgelöscht, denn dieser Schmerz übertrug sich auf uns, als wäre es unser eigener. Einem Impuls folgend, sprang ich auf, kniete mich neben sie und umarmte sie, so fest ich konnte.

Erst wurde sie stocksteif, dann überlief sie ein Schauer, und sie erwiderte die Umarmung ebenso fest. Ich konnte hören, wie sie schluckte, aber Tränen spürte ich nicht, doch für einen kurzen Moment wurde sie weich und anschmiegsam. Die anderen kamen herüber und legten die Arme um uns, und die Wärme in dieser Umarmung drang mir bis auf die Knochen.

Beendet wurde dieser Moment durch Rosalie, die mich am Ärmel zupfte und flüsterte: »Ich muss mal pinkeln.«

Es kam so unvermittelt, dass wir alle in Gelächter ausbrachen. Der Bann war gebrochen, wir lösten uns voneinander, und ich deutete hinter uns. »Dann geh doch.«

Skeptisch sah Rosalie ins Dunkel, und ich verdrehte die Augen. »Komm schon, du hörst uns doch. Wir sind nur ein paar Meter von dir entfernt. Da passiert überhaupt nichts. Außer dass dich vielleicht eine Zecke in den nackten Hintern beißt.« Ungeduldig winkte ich sie fort, aber sie stand unschlüssig und zögerlich auf.

Eine andere Möglichkeit als den Busch gab es jedoch weit und breit nicht, und das Bedürfnis war offenbar zu dringend, weshalb sie nach wenigen Sekunden doch langsam ins Dunkel trat. Kaum hatte sie den Lichtkegel der Handys verlassen, griff sich Michael eines davon und leuchtete ihr nach. Sie war gerade dabei gewesen, sich die Hose herunterzuziehen.

»Lass das!«, rief sie, doch er lachte nur und wackelte mit dem Handy in ihre Richtung.

»Brauchst du vielleicht mehr Licht?«, fragte Sean spöttisch und richtete ebenfalls sein Handy in ihre Richtung.

Unruhig hüpfte sie hin und her. »Hört doch auf!«

»Meine Güte, dann geh halt noch ein Stück weiter«, rief Kader, wieder ganz die Alte.

Wir waren aufgedreht, die Szene nur Momente zuvor hatte uns aufgewühlt zurückgelassen, und die Anspannung suchte einen Weg nach draußen.

»Was denkst du denn, was dich hier überfällt, ein Bär?«, fragte Kader kopfschüttelnd, während sie sich eine Chipstüte heranzog. Sie war wie ausgewechselt. Hatte sie vor Kurzem noch selbst geglaubt, der Wald beherberge alle Arten von Monstern, schien sie sich jetzt in seiner kühlen Dunkelheit wohlzufühlen. Vielleicht war ihr die eigene Verbissenheit selbst zu anstrengend geworden – oder sie hatte einfach eine Pause und etwas zu lachen gebraucht.

Rosalie warf einen Blick über die Schulter ins Dunkel, aber weil die Jungs nicht aufhörten, ging sie schließlich tiefer in den Wald hinein.

»Ihr könnt es einfach nicht lassen, oder?«, sagte ich, aber selbst in meinen Ohren klang die Ermahnung ein bisschen amüsiert.

Sean kickte mit der Fußspitze an meine. »Wir ziehen sie doch nur ein bisschen auf, entspann dich.«

»Du weißt doch, dass sie bei so was empfindlich ist.«

»Eben, und deshalb muss sie sich daran gewöhnen, wenn einer nur einen Scherz macht. Sie muss sich eine dickere Haut zulegen.«

»Aber vielleicht nicht alles an einem Abend, du Held. Du bist auch nicht über Nacht so hart geworden.«

Desinteressiert winkte er ab. »Gib doch zu, dass dir Rosalies Empfindlichkeit genauso auf die Nerven geht«, flüsterte er.

Damit hatte er recht, deshalb erwiderte ich nichts darauf. Ich verpasste ihm nur eine Kopfnuss, bevor auch ich mir eine Handvoll Chips in den Mund stopfte.

Plötzlich ertönte hinter uns ein Schrei. Erschrocken fuhren wir herum, aber es war schon wieder still.

Ich stand auf. »Rosalie?«, rief ich.

Es kam keine Antwort.

»Sollen wir nachsehen? Vielleicht ist sie gestürzt.«

Kader schüttelte den Kopf. »Sie wird sich erschreckt haben. Vielleicht hat sie sich auf die Hose gepinkelt.«

Die anderen lachten.

Nach einem Moment rief ich noch einmal nach Rosalie.

»Das ist die Retourkutsche für unseren Streich mit dem Licht«, erwiderte Sean. »Ihr geht's gut, Kate, sie will uns nur ärgern. Du weißt doch, dass hier nichts ist, noch nicht mal Wildschweine. Oder hast du schon eins gesehen?«

Wusste ich das? Ich wusste zumindest von einer Figur, die nicht hier sein sollte.

»Lange hält sie das nicht aus, da draußen im Dunkeln. Sie kommt gleich wieder, wetten?«

Doch als sie nach fünf Minuten immer noch nicht zurück war, sagte ich: »Wir sollten nachsehen«, und nahm mein Handy vom Boden auf.

Sean stöhnte, erhob sich aber und leuchtete ins Dunkel. Ich rief ein weiteres Mal nach Rosalie, wieder erfolgte keine Antwort.

»Wir sollten jetzt nachsehen«, forderte ich drängender. Irgendwann ging ein Scherz zu weit.

Dieses Mal erhoben sich auch Kader und Michael und leuchteten zwischen die Bäume.

»Rosalie! Komm jetzt her«, rief Kader. »Es tut uns leid mit dem Licht.«

Langsam bewegten wir uns vorwärts und leuchteten dabei mit den Handytaschenlampen ins Dickicht. Das eine oder andere kleine Tier nahm Reißaus vor uns.

»Was ist, wenn sie sich verlaufen hat?«, fragte ich, worauf Sean schnaubte.

»Nun mach mal halblang, Kate. Wie weit soll sie denn allein gekommen sein in diesem Dickicht? Sie kann nicht plötzlich fliegen, oder?«

Wir krochen unter Ästen durch, der Wald war hier noch dichter bewachsen als auf der anderen Seite der Lichtung, aus der wir gekommen waren. Hin und wieder leuchteten Augen auf, wenn der Strahl unserer Lampen auf nachtaktive Tiere traf, und mir wurde zunehmend mulmiger.

Auf einmal erfasste mich ein intensiver Geruch nach rohem Fleisch und Blut, vermischt mit Gardenie. Mir wurde augenblicklich übel. Die anderen schienen es ebenfalls zu bemerken, Sean drückte das Gesicht in die Armbeuge, und Michael schrie laut: »Wäh, was ist das denn?«

Vorsichtig liefen wir weiter, das Dickicht öffnete sich ein Stück, es war keine Lichtung, eher eine Lücke im Unterholz.

Und dort hockte im Schein unserer Lampen das Monster.

9

Es war eine Figur. Sie besaß den Körper eines Löwen, doch die Mähne umrundete ein beinahe menschliches Gesicht eines älteren Mannes. Der Mund war weit aufgerissen, als wäre das Monster in dieser Haltung erstarrt, und wir konnten drei Reihen spitzer Zähne erkennen. Am Ende seines Schwanzes, der mehr einer Schlange ähnelte als dem eines Löwen, befand sich eine stachelbesetzte Kugel, die unruhig hin und her schwenkte.

Unter seiner riesigen Pranke lag Rosalie.

Sie bewegte sich nicht. Genauso wenig wie ich. Ich konnte das Monster nur anstarren, ich vergaß zu atmen und zu blinzeln. Nichts hatte mich auf den Anblick dieses Monsters vorbereitet, nicht der sterbende Wal oder der Junge mit seiner Taube, kein einziges Bild über den Schwarzen Tempel aus dem Fernsehen.

Es war eine Figur zum Fürchten. Etwas, das einer Horrorgeschichte entsprungen war. Das Monster fletschte die Zähne, und Michael ließ das Handy fallen.

»Scheiße …«, flüsterte er, und ich konnte die Angst in seiner Stimme hören.

Das Monster knurrte, und Kader wich zurück. Schritt für Schritt, immer weiter. Als das Monster das Maul aufriss und brüllte, ergriffen Michael und Kader die Flucht, während sich das Monster wie zum Sprung duckte. Doch ich konnte mich nicht regen.

Sean rief meinen Namen, ich hörte ihn wie unter Wasser, dann drehte auch er sich um und stürmte durch das Unterholz in die Richtung zurück, aus der wir gekommen waren. Meine Füße wollten sich noch immer nicht bewegen, wie festgefroren und am ganzen Leib zitternd stand ich dem Monster gegenüber, erstarrt zur Salzsäule. Mein Kopf war wie leer gefegt, ich dachte nicht an Flucht, ich dachte nicht daran, mich zu verteidigen, stattdessen sah ich dem Monster ins Auge wie einst dem Wal – doch dieses Mal konnte ich mich nicht darin spiegeln.

Mein Blick fiel auf Rosalie, auf all das Blut, das sie umgab. Was sollte ich nur tun? Sie war verletzt, unter der Pranke quoll weiter Blut hervor, schwarz wie die Erde. Aber Menschen können viel bluten, und sie können auch viel überleben, sagte ich mir, noch war nichts verloren, wir mussten sie nur retten.

Da stupste das Monster sie mit der Schnauze an und rollte sie auf den Bauch, ihr Kopf rollte nicht mit, und ich begriff, dass ihr Genick gebrochen war. Eine beißende Kälte erfasste meine Glieder. Ich übergab mich. Kotzte mir einfach vor die Füße und schnappte nach Luft, weil sich mir der Brustkasten schmerzhaft zusammenzog, während mein Herz zu platzen drohte.

Langsam trottete das Monster auf mich zu, ich konnte die Zweige unter seinen Pranken knirschen hören. Ich wischte mir mit dem Ärmel über den Mund und wusste, dass ich jetzt ebenfalls fliehen musste, wenn ich auch nur den Hauch einer Chance haben wollte. Aber der Blick aus diesen seltsam menschlichen Augen hielt mich gefangen. Jedes Gefühl in mir schrumpfte zusammen auf diese eine schmerzhafte Empfindung in der Höhe meines Herzens: Angst. Noch nie in meinem Leben hatte ich eine solche Angst verspürt und auch nie wieder danach. Sie war allumfassend und ließ keinen Raum für vernünftige Gedanken. Ich wurde auf etwas beinahe Tierisches reduziert, allein beherrscht vom Instinkt.

Das Monster war nur zwei Armlängen von mir entfernt, ich konnte es bereits riechen, seinen nach rohem Fleisch und Blut stinkenden Atem auf mir spüren. Es setzte zum Sprung an – und in dieser Sekunde traf es ein Pfeil ins Auge. Das Monster heulte fürchterlich und bäumte sich auf. Es war riesig. Jemand packte mich am Arm, zerrte mich fort, zwischen den Bäumen hindurch. Zweige peitschten mir ins Gesicht, aber ich spürte keinen Schmerz, es ging nur vorwärts, stolpernd und ängstlich. Der Griff um meinen Arm löste sich, nur um sich an meiner Hand wiederzufinden. Ich wurde mehr gezogen als geleitet, wir rannten durch das Dunkel, und ich sah kaum, wohin ich trat.

Doch auch ohne ihn zu erkennen, wusste ich, wer den Pfeil abgeschossen hatte und mit mir rannte. Es war der Junge mit der Taube. Er hatte einen einfachen Bogen in der Hand, der wie selbst geschnitzt aussah, und im Dunkel der Nacht wirkte er zwischen den Bäumen selbst wie ein Schatten.

Als wir gerade die Lichtung erreichten, auf der die anderen und ich Pause gemacht hatten, ertönte hinter uns ein markerschütterndes Heulen. Der Junge deutete zwischen die Bäume, als wolle er mir eine Richtung angeben, dann wandte er sich um und rannte dem Monster entgegen. Meine Hand fühlte sich ohne seine merkwürdig leer an.

Die Angst trieb das Adrenalin durch meinen Körper, und dieses Mal rannte ich weiter, ohne zurückzusehen. Ich konnte einfach nicht. Ich stolperte voran, fiel hin, stand wieder auf und rannte. Ich stieß mit den Schultern gegen Baumstämme, aber ich blieb nicht stehen. Hinter mir ertönte erneut Geheul, doch ich lief ohne Pause. *Niemals umsehen,* das war schon immer die Regel gewesen, schon seit Orpheus in der Unterwelt. Die Angst verlieh mir Kräfte, von denen ich nicht gewusst hatte, dass sie in mir steckten.

Irgendwann kam ich auf den ausgewiesenen Reitweg zurück und rannte weiter, so schnell ich konnte. Der Weg wurde ebener, das Laufen ging einfacher, doch ich hatte Seitenstechen und bekam kaum noch Luft. Erst als ich an der Straße ankam, blieb ich heftig atmend stehen. Mir taten die Beine weh, und in meiner Brust brannte es wie Feuer. Ich konnte einfach nicht mehr weiter.

Zum ersten Mal wagte ich es, mich umzublicken.

Hinter mir war niemand.

Der Eingang in den Wald wirkte wie zuvor. Ein dunkler Schlund. Ich stand auf der Straße; nur fünf Minuten entfernt befand sich das *Josephine*. Die Laternen warfen ihr warmes Licht auf mich, und der Duft von Engelstrompeten hing in der Luft. Panisch sah ich mich nach den anderen um, aber von ihnen war keine Spur zu entdecken. Waren sie aus dem Wald herausgekommen? Hatten sie es geschafft? Was war mit dem Jungen?

Ich blieb stehen und wartete, schaute an mir hinunter. Mein Sweatshirt war an mehreren Stellen zerrissen, an den Beinen lief mir Blut hinunter, sie sahen aus, als hätte ich sie mit Sandpapier bearbeitet, und mir brannte fürchterlich das Gesicht. Als hätte jemand plötzlich einen Schalter umgelegt, verspürte ich die Schrammen, die meine Flucht durch den Wald auf der Haut hinterlassen hatten.

Rosalie. Rosalie. Rosalie, schallte es in meinem Kopf.

Zitternd, blutend und fröstelnd stand ich unter einer Laterne und starrte auf das Dunkel des Walds. Was war nur geschehen? Wie konnte sich etwas von einer Sekunde auf die andere so katastrophal verändern? Wir hatten doch gerade noch auf der Lichtung gesessen. Niemand hatte an Kaders Monster im Wald geglaubt! Wahrscheinlich nicht einmal sie selbst. Und dann hatte es plötzlich vor uns gestanden. Es sollte doch nur ein lustiger Samstagabend werden!

Ich weiß nicht, wie lange ich dort wartete, aber irgendwann tauchte der Junge hinter einem Baum auf. Sein Gesicht war blutbeschmiert, und er humpelte. Doch er lebte.

Zwischen uns streckte sich die Zeit. Ich sah ihn an, als könnte er rückgängig machen, was gerade geschehen war.

»Ist es tot?«, flüsterte ich schließlich mit zitternder Stimme.

Er nickte.

»Und Rosalie?«

Er blickte zur Seite, und ein stechender Schmerz fuhr mir durch die Brust. Ich konnte es nicht glauben. »Wusstest du, dass es hier war?«, fragte ich.

»Nein.« Seine Stimme klang heiser. »Es war ein Mantikor.«

Eine Sagengestalt. Eine Figur, erschaffen in einem Text zur Unterhaltung der Leute. Jemand hatte sie aufgeschrieben, und sie war nach Kapitolo gekommen. Deshalb war Rosalie jetzt tot.

Ich wollte mich zusammenkauern, fest die Augen schließen und nichts mehr davon hören. Was hätte ich darum gegeben, die Zeit zurückdrehen zu können. Mit unsicheren Schritten trat ich auf den Jungen zu und wollte ihn an der Schulter berühren, doch er wich vor mir zurück, da ließ ich die Hand wieder sinken.

»Warum wart ihr im Wald?«, fragte er beinahe vorwurfsvoll, und ich konnte sein Misstrauen auf der Haut spüren.

»Es war nicht deinetwegen. Wir wollten nur ...« Hilflos zuckte ich mit den Schultern. »Kader hat gesagt ... Es sollte doch nur ein Spaß sein ...« Mit jedem Wort war ich lauter geworden, als könnte ich gegen das Geschehene anschreien. Aber es änderte sich gar nichts. Stumm starrten wir uns an, beide blutbesudelt und verstört.

Als ich begriff, dass er nicht als Erster reden würde, sagte ich: »Danke«, als würde das irgendwie reichen für das, was er für mich getan hatte.

»Du solltest jetzt gehen«, erwiderte er emotionslos und sah die Straße hinunter. Langsam wich er zurück, Schritt für Schritt, aus dem Licht der Laternen heraus und zurück in das Dunkel des Waldes. Fort von mir.

»Aber wir müssen doch ...«, rief ich.

»Ihr dürft niemandem sagen, dass ihr hier wart und was ihr gesehen habt«, fiel er mir ins Wort.

»Was?« Wie vor den Kopf gestoßen, stolperte ich zurück.

»Das Mädchen ... Ich werde sie an einen anderen Ort bringen. Damit man sie findet. Genauso wie den Mantikor. Wenn sie anfangen, hier nach ihr zu suchen, bin ich nicht mehr sicher.«

Meine Gedanken überschlugen sich. Ich wusste nicht, was ich tun sollte, und war völlig überfordert.

Da hob er die Hand. »Ich kümmere mich darum.«

»Was soll das heißen? Ich verstehe nicht. Wir müssen doch ... Rosalie ...«

»Ich kümmere mich darum.« Es klang endgültig.

In mir kämpften zwei gegensätzliche Empfindungen. Einerseits wollte ich nichts lieber tun, als seiner Anweisung zu folgen, einfach nach Hause zu gehen und so zu tun, als wäre nichts geschehen. Andererseits wusste ich, dass das nicht möglich war. Nichts würde je wieder so sein wie zuvor.

»Am besten vergisst du alles, was du gesehen hast.«

»Vergessen? Wie soll ich irgendetwas davon vergessen?«

»Vergiss mich, den Mantikor ... das Mädchen.«

Wie stellte er sich das vor? Ich würde nichts vergessen können. Keine Sekunde. »Ihr Name ist Rosalie.«

»Geh nach Hause.« Seine Stimme war nur noch ein Flüstern.

Sollte ich das wirklich? Ich sah nach rechts und links, ich musste doch die anderen finden und mit ihnen sprechen. Wo waren sie nur? Hatten sie vielleicht längst die Polizei gerufen? Ich lauschte, aber ich konnte keine Sirenen hören.

»Werde ich dich wiedersehen?«, fragte ich.

»Nein.«

»Wirst du jemals in die Stadt kommen?«

Er antwortete nicht.

»Willst du für immer in diesem Wald bleiben?«, rief ich, weil ich auf irgendeine Reaktion wartete, aber auch das brachte nichts, er beantwortete meine Frage nicht.

Stattdessen sagte er: »Versprich mir, dass du niemandem von mir erzählst. Du weißt, was sonst mit mir passiert.«

Ich stellte mir vor, wie sie ihn zum Schwarzen Tempel brachten und in den Brunnen stießen, und in mir zog sich alles zusammen. »Du willst nicht zurück?«

»Ich gehe nie mehr zurück.« Er klang entschlossen, und mir graute vor dem Gedanken, aus welcher Geschichte er gekommen war, um es vorzuziehen, hier im Wald zu leben, allein und verfolgt. Er war gezwungen, Essen zu stehlen, konnte nicht in einem richtigen Bett schlafen und musste immer auf der Hut sein. Er hatte niemanden, der ihm half, ihn tröstete oder mit ihm lachte. War er in der Fantasiewelt eine Hauptfigur gewesen? Oder nur eine Nebenfigur, die der Autor dafür gebraucht hatte, um den Plot voranzubringen? Was war mit ihm geschehen?

»Versprich es«, forderte er mich drängend auf.

Ich wollte ihm nichts versprechen, es schien mir nicht richtig. Ich musste an Rosalie denken und ihren verdrehten Körper, der noch immer im Wald lag, im Dunkeln auf dem kalten Boden, und ich schämte mich fürchterlich, sie im Stich zu lassen. Aber er hatte mir gerade das Leben gerettet, wie sollte ich ihm also seine Bitte abschlagen? War ich ihm das nicht schuldig?

Also sagte ich: »Ich verspreche es«, obwohl ich nicht wusste, ob ich mir das je verzeihen würde.

Erleichtert atmete er auf, und auf einmal sah er sehr erschöpft und müde aus. »Geh jetzt«, wiederholte er, und etwas an der Art, wie er es sagte, weckte eine beißende Verzweiflung in mir.

Ich stellte mir vor, wie er in diesen Wald zurückkehren würde, um das zu tun, was er gesagt hatte. Allein und ohne Hilfe. Er war stets allein und immer auf der Flucht. War das wirklich ein Leben? War das so viel besser als die Geschichte, aus der er gekommen war?

Mein Blick bohrte sich in seinen, und plötzlich hielt ich es nicht mehr aus. Ich sprang auf ihn zu und umarmte ihn. Der leichte elektrische Schock erfasste mich, aber das störte mich nicht, der Junge fühlte sich an wie ein Mensch. Wenn ich die Augen schloss, konnte ich mir einbilden, dass er einer war.

Doch im Gegensatz zu Kader erwiderte er meine Umarmung nicht, ließ sie nur einen Augenblick über sich ergehen, dann schob er mich sanft von sich. Mit dem Kinn deutete er in Richtung des *Josephine*, bevor er sich abwandte und im Wald verschwand. Wenige Sekunden lang konnte ich noch das Knacken der Zweige hören, dann war es wieder still, als wäre er nie hier gewesen.

Ich drehte mich um und rannte die Straße hinunter, ohne mich noch einmal umzusehen.

10

Als ich vor dem *Josephine* stand, konnte ich sehen, dass in einer Umkleidekabine Licht brannte. Das Tor war nur zugeklinkt, aber nicht verschlossen. Wie benommen ging ich über die gesprungenen Platten hinein ins Gebäude bis in die Mitarbeiterumkleidekabine. Die Angst davor, was ich vorfinden würde, schnürte mir beinahe die Luft ab.

Doch sie waren alle drei da.

Kader saß auf einer Bank vor den Spinden. Sie trug eine Trainingshose und ein Rettungsschwimmer-T-Shirt. Sean stand ebenfalls mit neuen Sachen neben ihr, während sich Michael gerade noch umzog. Ihre Haut war mit Kratzern übersät, Kader zitterten die Schultern, und sie wiegte sich vor und zurück. Alle drei waren blass und sahen mich an, als würden sie einen Geist sehen.

Wortlos nahm ich mir eine Hose und ein T-Shirt aus dem Schrank und ging duschen. Das Wasser brannte mir auf der Haut, aber das war mir egal. Ich ließ es einfach mit gesenktem Kopf über mich rauschen. Ich konnte an nichts denken, ich war innerlich wie erstarrt.

Ich weiß nicht, wann ich mich endlich abtrocknete, anzog und zu ihnen zurückging. Es musste einige Zeit vergangen sein. Trotzdem saßen sie noch immer auf den Bänken, Michael hatte den Kopf zwischen den Händen, Sean eine Dose Bier, die er aus dem Kühlschrank geholt hatte. Wortlos rollte er eine weitere über den Boden zu mir. Ich hob sie auf, ließ mich neben Kader auf die Bank fallen und öffnete die Dose. Dann trank ich die Hälfte in einem Zug.

Wir hatten an diesem Abend schon so einiges getrunken, aber ich fühlte mich so nüchtern wie am frühen Morgen. Ich hoffte, das Bier würde die Panik vertreiben, und beinahe hysterisch musste ich an die Abmachung mit meinen Eltern denken. Ich hatte viel mehr als nur zwei Bier getrunken.

»Sieht so aus, als hättest du recht gehabt«, sagte ich zu Kader, »da war ein Monster im Wald.«

Sie zuckte zusammen und schaute auf die dreckigen Sachen zu meinen Füßen.

»Wie hast du es geschafft?« Michaels Frage war nicht mehr als ein Flüstern.

»Ich bin gerannt. Genau wie ihr.« Das war nicht gelogen.

Eine Weile schwiegen wir, und nur unser Atmen war zu hören, doch irgendwann sagte Sean: »Wir können die Polizei nicht informieren.«

Lange betrachtete ich ihn, und er starrte zurück. Er rieb sich mit den Händen über den geschorenen Kopf und ließ ihn hängen. Ich wusste, warum ich versprochen hatte, nichts zu erzählen, aber welchen Grund hatte er?

Er musste die Frage von meinem Gesicht ablesen, denn er sagte: »Wir waren in dem Gebiet unterwegs, das für Besucher nicht erlaubt ist. Paddy und ich ... Kate, die Polizei ist nicht so gut auf uns zu sprechen.« Beinahe flehentlich sah er mich an.

Was sollte ich darauf antworten? Was erwartete er von mir? Ich kannte seine Familiengeschichte nicht, er hatte ja nie etwas gesagt.

Michael räusperte sich. »Wenn ich mich auf die guten Unis bewerben will, um hier rauszukommen, brauche ich eine weiße Weste. So eine Geschichte kann ich mir nicht leisten.«

So eine Geschichte?

Was sollte das heißen? Als ich ihn ansah, blickte er beschämt zur Seite. Waren sie sich etwa schon einig gewesen, als ich hier angekommen war? Hatten sie das alles schon besprochen?

Mein Blick wanderte zu Kader. Ich ging davon aus, dass sie protestieren würde, dass sie auf jeden Fall zur VdF gehen würde. Ich mochte mir nicht vorstellen, wie es gerade in ihrem Kopf aussah. Ein zweites Mal war sie einer Figur nur knapp entkommen, die Angst musste sie doch verrückt machen.

Aber sie widersprach den beiden nicht. Starrte nur weiter stumm auf ihre Füße.

»Kader?« Meine Stimme zitterte genauso wie meine Hände.

»Keine Polizei«, antwortete sie brüsk, und ich hörte, wie Michael erleichtert aufatmete.

Fassungslos bohrte sich mein Blick in die Seite ihres Kopfs, als könnte ich so irgendwie hineinsehen. Doch was immer auch ihre Gründe dafür waren, dass sie nicht zur Polizei wollte, sie behielt sie für sich.

»Dann ist es entschieden.« Sean nickte jedem von uns zu. »Wir gehen nach Hause und halten den Mund.«

»Was ist mit Rosalie?«, fragte Michael, und ich erkannte ihn kaum wieder. Von dem charmanten Mädchenschwarm war nichts mehr übrig, wie wir war er verängstigt und hilflos.

»Sie ist tot«, antwortete ich überflüssigerweise. Das alles fühlte sich so falsch an. Als würden wir sie im Stich lassen. Ich hatte Angst, dass ich gerade einen kolossalen Fehler machte. Es war eine Sache, eine Feder zu verstecken oder eine Taube freizulassen oder sogar, sich nachts im Wald herumzutreiben – aber eine ganz andere, ein totes Mädchen zu verschweigen. Was, wenn das alles doch herauskam?

Der Junge im Wald verließ sich auf mein Wort, aber durfte ich es unter diesen Umständen auch halten? War ich nicht auch Rosalie etwas schuldig? Etwas Würde?

»Was ist mit ihren Eltern?«, fragte ich in die Runde, aber niemand sah mir in die Augen. »Was werden sie denken, wenn sie nicht nach Hause kommt? Sollen sie tagelang hoffen, dass sie noch am Leben ist?« Der Gedanke war mir zuvor nicht gekommen, doch jetzt stellte ich mir plötzlich vor, wie meine Eltern darauf reagieren würden, wenn mir etwas passieren würde, und übergab mich erneut.

Ohne ein Wort stand Sean auf, holte Eimer und Lappen und wischte stumm die Sauerei auf, während ich den Kopf an den Spind hinter mir lehnte und die Augen schloss.

»Wir können ja gar nichts mehr daran ändern«, sagte Kader beinahe beschwörend, als würde dadurch irgendetwas leichter.

Sie hatte recht, wir konnten nichts mehr für Rosalie tun, trotzdem wusste ich, dass das hier falsch war. Ich konnte mir einreden, dass ich es für den Jungen im Wald tat, aber das machte es nicht besser. Im Gegenteil, ich versuchte, eine Figur zu schützen, über die ich nichts wusste und die sonst was sein konnte.

Die Trauer schnürte mir die Kehle zu. Ich trauerte um dieses Mädchen, das es nie leicht gehabt hatte, das mir die meiste Zeit auf die Nerven gefallen war und das ich nie richtig verstanden hatte und das ich auch nicht verstehen hatte wollen. Das ich im Grunde gar nicht richtig gekannt hatte.

Dieses Gefühl durchdrang mich wie Wasser einen Schwamm, die Scham und das Bedauern setzten sich in meinen Zellen fest. Etwas in mir war mit Rosalie in diesem Wald geblieben, vielleicht eingesickert in den Erdboden wie ihr Blut, und ich ahnte, dass ich mich nie wieder davon erholen würde.

»Es war nicht unsere Schuld, oder?«, flüsterte Michael auf einmal und hob den Kopf. »Ich meine, wir konnten doch nicht wissen …«

Wir hatten sie mitgenommen, und Rosalie war uns gefolgt, weil sie sich eine gute Zeit erhofft hatte. Und dann hatten wir sie ins Dunkel getrieben, in dem das Monster lauerte.

»Es war nicht unsere Schuld«, antwortete Kader. Sie klang beinahe hysterisch. »Das Monster war schuld!«

Sean nickte. »Ich mache morgen einen anonymen Anruf bei der VdF, damit sie wenigstens wissen, dass da draußen im Wald etwas lauert. So finden sie Rosalie vielleicht auch schneller.«

»Was ist, wenn die Polizei uns zu ihrem Verbleib fragt, ich meine, irgendwer weiß doch bestimmt, dass sie heute mit uns unterwegs war«, gab Michael zu bedenken. »Die Leute auf der Party haben uns doch gesehen.«

»Wir werden sagen, dass wir zusammen hingegangen sind und uns vor der Tür getrennt haben.«

»Das ist unsere Geschichte«, sagte Kader.

Auch Michael nickte, und erwartungsvoll blickten sie mich an. Auf einmal kamen sie mir vor wie Fremde, als hätte ich sie noch nie in meinem Leben gesehen. Ich kam mir selbst wie eine andere vor. Es war bittere Ironie, dass Kader nun etwas benutzte, das sie eigentlich verachtete und fürchtete: das Geschichtenerzählen. Und wieder einmal verband es sich mit dem Lügen, als wäre das ein und dasselbe.

Ich widersprach nicht.

11

Gegen elf Uhr am Vormittag des nächsten Tages fand man Rosalies Leiche und die des Mantikor im Wasserbecken eines großen stillstehenden Mühlrads. Die Zinnober-Mühlen grenzten an den Dunkelbusch, der Junge musste sie also bis dorthin gebracht haben. Wie, war mir schleierhaft, selbst wenn er Rosalie tragen konnte, der Mantikor musste viel zu schwer gewesen sein. Aber was wusste ich schon über diese Figur, die aussah wie ein Junge und möglicherweise etwas ganz anderes war? Ich kannte nicht einmal seinen Namen.

Das *Josephine* blieb drei Tage lang geschlossen, doch auch nach seiner Öffnung kehrte ich nie wieder dorthin zurück. Meine Eltern boten mir an, einen Psychologen aufzusuchen, der auf Trauerbewältigung spezialisiert war, aber das lehnte ich ab. Stattdessen schloss ich mich tagelang in meinem Zimmer ein; sie versuchten nicht, mich herauszulocken, sondern gaben mir die Zeit.

Eine ganze Woche lang berichteten die Medien über den Fall. Spekulierten über die Hintergründe und verfolgten die Jagd nach dem Autor. Als seine Identität schließlich bekannt gegeben wurde, stellte sich heraus, dass es eine Frau war, die historische Fantasy schrieb, und der Mantikor das Monster war, das ihr Held in einem dieser Romane besiegen musste, um die Stadt und seine große Liebe vor dem Untergang zu retten. Die Frau bekam fünf Jahre Gefängnis wegen fahrlässiger Tötung, ihr Geschöpf war ja schon tot. Danach schrieb sie nie wieder und verschwand aus der Öffentlichkeit.

Eine Weile zuckte ich bei jedem Klingeln an der Tür zusammen, weil ich Angst hatte, die Polizei würde nun doch noch kommen, um mich zu befragen. Aber das tat sie nicht. Es stellte sich heraus, dass Rosalie zu Hause nur erzählt hatte, sie würde mit Freunden auf eine Party gehen. Wer diese Freunde waren, hatte sie nicht erwähnt. Und offenbar hatte auch niemand danach gefragt.

Unsere Geschichte war überflüssig geworden.

Die gesamte Belegschaft des *Josephine* ging zur Beerdigung, nur ich nicht. Stattdessen verbrachte ich den Tag mit Fieber im Bett und lehnte es ab, von meinen Eltern umsorgt zu werden. Ich ignorierte Seans Nachrichten und Michaels Anrufe, bis sie es aufgaben, sich bei mir zu melden, und ich ihre Nummern aus dem Handy löschte.

Ich sah sie nie wieder. Ich erkundigte mich nicht nach ihnen und mied Gründorf, wo ich nur konnte. Auch ins Freibad konnte ich etliche Jahre nicht mehr gehen. Mit der Zeit lernte ich jedoch, die Bilder jenes Sommers aus meinem Bewusstsein zu schieben. Ich sehnte mich danach, in mein altes Leben zurückzukehren, als wäre all das nicht passiert. Ich unterdrückte die Scham, das schlechte Gewissen und die Angst, und langsam, Stück für Stück, erhielt mein Leben seine alte Form zurück, während ich lernte, nicht nur andere, sondern auch mich selbst zu belügen.

Ich ging wieder aus, traf mich mit Freunden, las Bücher, ohne mich zu fragen, wie es den Figuren in der Fantasiewelt mit ihren Geschichten erging; ich beendete die Schule, begann mit dem Studium der Kulturwissenschaften und zwei Jahre nach Rosalies Tod wieder mit dem Schreiben. So lange benötigte ich, bis ich eines der alten Notizbücher aufschlagen konnte. Eine Weile hatte ich jeden Gedanken an die Fantasiewelt und ihre Figuren abgelehnt, doch eines Tages überfiel mich plötzlich das Bedürfnis, etwas aufzuschreiben und meine Gedanken festzuhalten. Also hatte ich zögernd das Notizheft aus der Schreibtischschublade gezogen und mit zitternder Hand einen Satz hineingeschrieben. Dabei hatte ich geschwitzt, mein Herz hatte wild geklopft, und ich hatte mich vor Magenschmerzen gekrümmt. Aber ich hatte etwas aufgeschrieben.

Danach hörte ich nicht mehr auf. Ich sagte mir, dass das Monster im Wald nicht meine Figur gewesen war. Dass meine Figuren nie nach Kapitolo kommen würden und dass das, was in jenem Sommer geschehen war, eine Ausnahme darstellte. Ein tragisches Ereignis, das eigentlich nichts mehr mit mir zu tun hatte. Ich war nicht die Hüterin fremder Figuren, auch nicht des Jungen im Wald. Außerdem war ich noch ein Kind gewesen.

Doch in manchen Nächten träumte ich unruhig von dem, was geschehen war, und in meinem Inneren nagte eine fürchterliche Schuld an mir, die mich nie ganz verließ. In der Stille dieser Nächte, in denen ich nicht schlafen konnte, gestand ich mir ein, was ich niemals laut aussprach, obwohl ich wusste, dass es wahr war: Im Sommer der toten Fliegen hatten wir Kaders Monster nicht gefunden – doch jeder von uns war selbst zu einem geworden …

ZWEITER TEIL

19

Wie konntest du je wieder schreiben?«, war die erste Frage, die mir Jop stellte, nachdem ich die Geschichte beendet hatte. Es war die Frage, vor der ich mich am meisten fürchtete.

»Ich habe zwei Jahre lang keine einzige Zeile geschrieben. Nichts außer Einkaufszetteln und Schulaufsätzen. Und selbst die nur so unzureichend, dass meine Noten völlig den Bach runtergegangen sind.« Ich sah ihn nicht an, während ich sprach. Stattdessen blickte ich aus dem Wagenfenster in den Winterhimmel über dem Fluss. »Am Anfang glaubten meine Eltern noch, ich wäre wegen Rosalies Tod schockiert, aber irgendwann hatten sie das Gefühl, dass noch mehr dahinterstecken müsste, weil ich nicht wieder zu meinem alten Leben zurückfand. Sie dachten, ich hätte den schlimmsten Liebeskummer der Weltgeschichte, und ich ließ sie in dem Glauben, weil er mir Fragen ersparte.« Mir kamen die Tränen, ich hörte Jop schlucken. »Ich habe wie besessen Bücher gelesen, in der Hoffnung, auf eine Spur des Jungen im Wald zu stoßen, weil ich mehr über ihn wissen wollte. Ich wollte herausfinden, ob ich etwas falsch gemacht hatte, indem ich ihn schützte.« Ich seufzte. »Aber natürlich habe ich keinen Hinweis gefunden. Das war, wie eine Nadel im Heuhaufen zu suchen. Und dann bin ich eines Tages aufgewacht und habe begriffen, dass es so nicht weitergehen konnte. Man kann nicht sein Leben lang darauf warten, dass etwas Schlimmes passiert. Ich wusste, dass die Polizei nicht mehr bei mir klingeln würde, und ich wollte wieder am Leben teilhaben.« Ich nahm den Kopf zwischen die Hände, ich erwartete keine Antwort und bekam auch keine. »Ich habe beschlossen, die ganze Sache hinter mir zu lassen.«

»Ich glaube nicht, dass es so funktioniert.«

»Nein.« Es steckte so viel mehr dahinter, über das ich nicht reden konnte. Die Kraft, die es mich gekostet hatte, die schlaflosen Nächte, die Albträume, der brennende Wunsch, wieder *normal* zu sein, nachdem ich für eine Zeit lang verstummt war. »Die simple Wahrheit ist: Das Schreiben hat mir gefehlt. Das war wie ein Brennen unter der Haut, das ich nicht länger ignorieren konnte. Ich musste meine Gedanken festhalten, als wären sie erst dann verständlich, wenn ich sie zu Papier gebracht hatte. Für mich selbst.« Mit einem Ruck richtete ich mich auf und sah ihn an. »Damals ging es doch noch nicht ums Geldverdienen! Darum, den nächsten Vertrag zu ergattern oder was die Leser zu den Texten sagen würden. Das kam doch alles erst später.« Da war einfach etwas gewesen, das rausmusste. Aus mir. Und am Ende war dieses Gefühl stärker als jedes andere. Als die Schuldgefühle. »Ich wusste, dass ich für alles verantwortlich bin, was meinen Figuren geschieht, aber ich konnte es trotzdem nicht lassen.«

Zum ersten Mal sprach ich aus, was ich schon so lange über mich gewusst und für das ich mich immer geschämt hatte. Kein Verstecken mehr, keine Entschuldigungen.

Danach herrschte Stille im Wagen. Draußen begann das rote Anzeigenlicht zu blinken. Es kündigte an, dass wir im Münzviertel anlegten. Das Viertel lag dem Hafen gegenüber, und wir mussten es durchqueren, um unser eigentliches Ziel zu erreichen.

Meine Worte hingen zwischen uns wie der Geruch von verdorbenem Obst, als Jop zu begreifen versuchte, was ich ihm gerade offenbart hatte. Ich hatte Angst davor, was er nun über mich denken würde. Als die ersten Autos die Fähre verließen, startete er stumm den Wagen, seine Miene blieb unergründlich.

»Sag etwas«, bat ich, als ich es nicht mehr aushielt.

Er räusperte sich, den Blick stur auf die Straße vor uns gerichtet. Ein Auto hupte, und am Straßenrand warteten die Menschen, die auf die Fähre wollten. An den Bordsteinkanten war der Schnee durch Räumfahrzeuge aufgetürmt worden.

»Das ist die Stadt der Figuren. Ihre Geschichte ist eine blutige«, zitierte er flüsternd Shakespeare.

»Wir hätten Rosalie nie so zurücklassen dürfen«, murmelte ich und klemmte mir die zitternden Hände zwischen die Knie.

»Nein, das hättet ihr nicht. Ihr Tod war ein Unfall, dafür seid ihr nicht verantwortlich, Kate. Ihr wart Kinder, ungeduldig und unerbittlich, so wie Kinder eben zuweilen sind, aber für das Monster im Wald konntet ihr nichts. Alles, was danach geschehen ist, hingegen ...«

»Vielleicht sollte ich zu Driessen gehen und ihm alles gestehen.«

Er gab Gas und umklammerte das Lenkrad. »Sie werden dir nicht glauben, dass du vom Übertritt deiner Figuren nach Kapitolo nichts wusstest. Wenn die VdF erfährt, dass du bereits einmal eine Figur gedeckt hast ...« Er schüttelte den Kopf. »Dass du niemanden über die Figur im Wald informiert hast, ist längst verjährt. Außerdem warst du minderjährig, und es hatte mit der eigentlichen Tat nichts zu tun. Trotzdem wirft es ein schlechtes Licht auf dich. Du hast bereits einmal gelogen, sie werden annehmen, dass du es wieder tust. Und nachdem die VdF vom Untergrund weiß, werden sie auch da eine Verbindung ziehen und annehmen, dass du womöglich darin verwickelt bist.«

Wir bogen in das Druckerviertel ein, direkt auf die Bi-Sheng-Straße mit ihren wie Keramiktöpfen aussehenden Hochhäusern, in denen sich einige der wichtigsten Zweigstellen international agierender Agenturen befinden. Alle paar Meter stehen mannshohe Plakatwände, die für die neuesten Spitzentitel der Verlage, Literatursendungen im Fernsehen und junge Bücherpodcasts werben. Die Nebenstraßen, die von der Bi Sheng abgehen, sind fast alle nach Autoren benannt, die meisten davon schon über hundert Jahre tot. Zwei der wichtigsten Lehrstätten für Kreatives Schreiben befinden sich hier, daher sieht man auf den Straßen nicht nur Kulturschaffende mit viel zu großen Taschen, in die mindestens zwei ausgedruckte Manuskripte passen, sondern auch Studenten, die zu jeder Uhrzeit unterbezahlt und verkatert wirken.

Jop hielt an einer Ampel und nickte einem jungen Mann zu, der an uns vorüberging und Jop erhobene Daumen entgegenstreckte, um ihm die Begeisterung für den Wagen anzuzeigen.

»Wir wissen nicht, warum deine Figur tut, was sie tut«, sagte er, ohne mich anzusehen.

»Sie hat schon zwei Leute umgebracht.«

»Ich will nicht verteidigen, was sie getan hat, aber hat sie deshalb eine Kugel in den Rücken verdient?«

Ich hatte keine Antwort für ihn.

»Wir suchen weiter und bringen die Geschichte zu Ende«, sagte er nach einem Moment entschlossen.

Wieder sah ich aus dem Fenster. »Ehrlich gesagt habe ich schon vor einer ganzen Weile den Überblick über diese Geschichte verloren.«

Er trat aufs Gas. »Ist okay, dann improvisieren wir eben von hier an.«

20

Das Druckerviertel bestand zu großen Teilen aus neu errichteten Gewerbeflächen und alten Fabriken, Lagerhallen und Werkstätten, die häufig in moderne Lofts und Penthäuser umgebaut worden waren. Auch einige Künstlerateliers und Off-Theater befanden sich darunter. Das Viertel bildete beinahe eine eigene kleine Stadt, ein geschlossenes System mit nach Einkommen gestaffelten Geschäften, die in die Wohnhäuser integriert waren, ebenso wie Cafés und Arztpraxen, die den Bewohnern zur Verfügung standen und in die Außenstehende nur hineinkamen, wenn sie jemanden kannten.

Das Spa, in dem Sean angeblich arbeitete, befand sich ironischerweise in den Räumen einer alten Fleischerei. Es erstreckte sich auf vier Etagen und beherbergte ein Schwimmbecken, eine Saunalandschaft, Massageräume und ein Kosmetikstudio. Wollte man einen Termin ergattern, musste man Monate im Voraus buchen; leisten konnten sich die Behandlungen ohnehin nur Leute mit einem sehr guten Einkommen.

Jop und ich parkten den Wagen gegenüber und ließen die grüne Tasche auf dem Boden hinter dem Fahrersitz liegen. Als wir das Spa betraten, hielt ich mich im Hintergrund, während er an der Anmeldung nach Sean fragte. Er sei ein Cousin und wolle ihn überraschen, behauptete er mit überschwänglichem Charme und Lausbubengrinsen. Ich hingegen versuchte, trotz hochgeschlagenem Kragen und heruntergezogener Mütze dem

Gespräch zu folgen und möglichst unauffällig zu wirken. Die Räume waren gut beheizt, und schon nach kurzer Zeit begann ich zu schwitzen.

Die Frau an der Anmeldung nahm es mit dem Datenschutz nicht so genau, vielleicht weil Jop mit seinem jugendlichen Gesicht einen solch harmlosen Eindruck machte. Sie schickte uns in die dritte Etage, wo sich die finnische Sauna befand. Offenbar bereitete Sean sie für die ersten Gäste vor, die sich noch in der zweiten Etage im Schwimmbecken befanden.

In einem gläsernen Außenfahrstuhl fuhren wir nach oben, und mit jedem Meter, den wir uns vom Boden entfernten, wurde mir schwindliger. Nicht etwa, weil ich plötzlich an Höhenangst litt, sondern weil mir die Aufregung auf den Kreislauf schlug. Als wir die Kabine wieder verließen, schlug uns bereits die nach Kiefernnadeln riechende Hitze entgegen.

»Du lieber Himmel«, sagte ich und lockerte Schal und Mantel.

Wir waren in einem Wartebereich angekommen, in dem gepolsterte Stühle in Form von Blütenblättern und mehrere Palmen in großen Übertöpfen standen, an den Wänden waren großflächige Fototapeten angebracht. Außer uns war niemand zu sehen, und aus verborgenen Lautsprechern drang Harfenmusik. Es war ein ziemlicher Mischmasch an Stilen.

Wir hatten den Raum noch nicht einmal zur Gänze durchquert und hörten schon gedämpfte Schreie und lautes Pochen. Ohne nachzudenken, rannten wir den Gang hinunter auf die Quelle des Lärms zu. Als wir um die Ecke bogen, wallten uns heiße Dampfwolken entgegen.

»Dort!«, rief Jop und zeigte auf die geschlossene Tür, hinter der vermutlich die finnische Sauna lag.

Durch die Schlitze zwischen Türblatt und Rahmen drang der Dampf hervor, von innen klopfte jemand wild dagegen und rüttelte an der Tür, die sich nicht öffnen ließ. Wir stürzten darauf zu.

Von außen war ein Holzkeil unter die Tür geschoben und mit einer langen Schraube schief in die Dielen geschraubt worden, da die Saunatür weder über Schloss noch Klinke verfügte. Vermutlich war es in wenigen Sekunden mit einem Akkuschrauber geschehen. Außerdem war der Regler der äußeren Steuerung aufs Maximum gestellt. Sofort schalteten wir den Ofen aus, doch der Raum kühlte nicht schnell genug herunter.

In der Tür befand sich ein rechteckiges Fenster, durch das ich Sean sehen konnte, wie er knallrot im Gesicht gegen die Scheibe hämmerte und versuchte, mit der Schulter die Tür aufzustemmen.

»Wir müssen die Schraube lösen!«, sagte Jop, während er erst mit dem Fuß und dann mit der Hand versuchte, den Keil zu bewegen. Doch die Schraube hielt.

»Am Ende des Gangs ist der Technikraum, dort ist ein Akkuschrauber!«, rief Sean von innen.

Jop rannte den Gang hinunter, während ich mit dem Fuß gegen die Tür trat, um sie nach innen zu öffnen. Es funktionierte nicht.

»Kate?«, rief Sean, der aufgehört hatte, sich gegen die Tür zu schmeißen. Er trug T-Shirt und Shorts mit dem Logo der Einrichtung und sah nicht gut aus. Sein Gesicht war knallrot, genauso wie Arme und Beine. Er war immer noch schlank und zäh, sein Haar hingegen länger als vor fünfzehn Jahren. Auch die Ohrringe waren verschwunden, er sah älter aus und wirkte in diesem Moment, als könnte er jede Sekunde zusammenbrechen.

»Ist dir übel?«, rief ich.

Er nickte. »Ich bin schon zu lange hier drin. Mein Schädel zerspringt gleich.«

»Wir holen dich raus!« Wie besessen rüttelte ich an der Tür, doch das verdammte Ding gab nicht nach. Ich sah über die Schulter den Gang hinunter, Jop war noch nicht zu sehen. »Du musst durchhalten, Sean!«

Er übergab sich, und ich zog wie wild an der Tür. Da tauchte Jop am Ende des Gangs auf. In der Hand hielt er einen Akkuschrauber und einen kleinen Kasten mit Aufsätzen. Er hockte sich vor die Tür und suchte hastig nach dem passenden Aufsatz, ich konnte sehen, dass ihm wie mir die Hände zitterten. Als er den richtigen gefunden hatte, atmete er erleichtert durch, setzte ihn an und hatte die Schraube innerhalb weniger Sekunden aus dem Boden geholt.

Ich riss die Tür auf, und Sean stolperte nach vorn in meine Arme. Ich konnte ihn kaum halten, gemeinsam taumelten wir bis zur Wand, an der er herunterrutschte und erschöpft sitzen blieb.

Doch Jop packte ihn sofort unter den Armen und zog ihn wieder nach oben. »Du brauchst Wasser. Kannst du dich irgendwo hinlegen?«

Sean deutete schwach auf eine Tür, die der Sauna gegenüberlag. »Duschen. Beine hoch, kaltes Wasser drauf.«

Gemeinsam schleppten wir ihn in den Duschraum, in dem sich luxuriöse Kabinen mit Steinsockeln und auf alt getrimmte Armaturen befanden. Ein künstliches Oberlicht erhellte den Raum in abwechselnden Farben.

Wir legten Sean auf einem der Steinsimse ab, nahmen zwei gerollte Handtücher, die sich in einer Wandhalterung befanden, und legten sie ihm unter die Beine. Dann feuchtete ich ein weiteres Handtuch mit kaltem Wasser an und deckte die Beine damit zu. Mit den Händen fing ich Wasser auf, das ich Sean langsam in den Mund laufen ließ.

Währenddessen warf Jop einen Blick in den Gang. »Ich glaube nicht, dass sie noch da ist.«

»Sie hat nicht abgewartet, was passiert«, sagte ich düster.

»Oder ist geflüchtet, als wir gekommen sind.«

»Was zum Teufel geht hier vor, Kate?« Sean warf mir einen matten Blick zu. Er klang noch immer schwach, aber besser als noch vor einem Moment.

Ich sah Jop an, aber der erwiderte meinen Blick nicht. Verzweifelt suchte ich nach Worten, die die Situation adäquat erklären würden, aber mir fielen keine ein. Stattdessen murmelte ich: »Es tut mir so leid, Sean ... Ich glaube, eine meiner Figuren hat versucht ... dich ... umzubringen.«

Auf seinem Gesicht erkannte ich Ungläubigkeit. »Warum?«

»Wegen der Sache mit Rosalie.«

Was auch immer dieses Eingeständnis in ihm auslöste, ich konnte die Emotionen nicht von seinem Gesicht ablesen. Mit einem Ruck drehte er den Kopf zur Wand und schloss die Augen.

Er hatte ein Recht darauf zu erfahren, was hier geschah, daher fuhr ich fort: »Wahrscheinlich hast du die Nachrichten gehört und weißt, dass nach einer meiner Figuren gefahndet wird. Es gibt inzwischen ein zweites Opfer, aber das ist noch nicht öffentlich.« Ich schluckte. Ich konnte den Namen kaum aussprechen. »Es ist Michael ...«

Kaum hatte ich ihn erwähnt, wandte sich Sean wieder zu mir und blinzelte mich an. Ich war mir nicht sicher, ob er verstanden hatte, was ich gesagt hatte.

»Ich habe das Gefühl, dass es etwas mit damals zu tun hat. Es sei denn, du hast noch jemanden in Verdacht, der eventuell versuchen könnte, dir zu schaden?«

Eindringlich beobachtete er mich, während ich das Handtuch auf seinen Beinen erneuerte. »Überrascht wäre ich nicht, wenn das jemand versuchen würde«, gab er krächzend zu. Dann hustete er und musste eine Pause machen, bevor er weitersprach. »Ich habe mir schon gedacht, dass ich dich vielleicht wiedersehe, als sie deinen Namen in den Nachrichten genannt haben.«

»Warum?«

»Nur ein Gefühl ...« Wieder schwieg er und schloss die Augen.

»Hast du irgendjemanden gesehen?«, fragte Jop vorsichtig.

»Nein ... Ich habe die Sauna vorbereitet.« Er kniff die Augen fester zusammen. »Ich habe den Akkuschrauber gehört ... aber ich bin nicht … zur Tür gerannt.« Seine Brust hob und senkte sich schneller. »Ich habe doch nicht an so etwas gedacht.«

»Das ist verständlich«, sagte ich. »Wenn ich im Treppenhaus ein Geräusch höre, renne ich ja auch nicht sofort nach draußen.«

»Denkst du, die Figur wird es noch einmal versuchen?«

Ich konnte Jops Blick auf mir spüren, als ich leise antwortete: »Ich weiß es nicht. Kannst du irgendwo untertauchen?«

Sean öffnete die Augen und sah mich direkt an. »Hast du eine Ahnung, wer es ist?«

»Nein. Wir vermuten, jemand, der Rosalie rächen will.«

Er hustete. »Ich muss nach Hause, meinen Hund holen.«

»Wir begleiten dich.«

Er protestierte nicht dagegen, richtete sich nur langsam auf. Das Handtuch rutschte ihm von den Beinen, als er sich erhob. Mit unsicheren Schritten stakste er zur Tür, und wir folgten ihm. Wir verließen die Duschen, dabei ließ ich Sean nicht aus den Augen, aber er schwankte nur kurz. Sein Kreislauf schien sich schnell zu erholen.

»Wartet auf der Straße«, sagte er. »Ich melde mich krank und ziehe mich um, dann können wir gehen.«

»Solltest du nicht zum Arzt?«, gab Jop zu bedenken, aber Sean winkte ab.

»Hab schon Schlimmeres erlebt. Das ist nichts, was ein kaltes Bier nicht beheben kann.«

Ich bezweifelte, dass Bier das war, was er auf einen Beinahekollaps trinken sollte. Besorgt verließen Jop und ich die alte Fleischerei und warteten auf der gegenüberliegenden Straßenseite in einer Toreinfahrt. Immer wieder sahen wir uns um, aber von meiner Figur war keine Spur zu entdecken.

Ob sie uns beobachtete? War sie noch in der Nähe? Ich kam mir schutzlos vor und tastete nach dem Pfefferspray in der Manteltasche. Mir war klar, dass ich der Figur in einer Auseinandersetzung körperlich unterlegen sein würde, sie war einfallsreich, unberechenbar und zu allem entschlossen.

Keine zwanzig Minuten später kam Sean heraus, eingehüllt in eine dicke, schon abgenutzte Winterjacke. Er deutete auf einen rostigen Wagen, der nur wenige Meter entfernt von der Fleischerei parkte. »Das ist meiner. Seid ihr mit dem Auto da?«

Jop nickte.

»Dann fahrt mir hinterher. Ich muss zurück nach Neuwest.«

»Wohnst du noch in Paddys alter Wohnung?«

Er lachte, aber es klang nicht freundlich. »Um Gottes willen, nein, das würde mir gerade noch fehlen. Ich habe meine Bude in der Nähe des Zoos, auf der Grenze zu Mitte-West.«

Wir teilten uns auf, und als ich mich noch einmal nach ihm umdrehte, sah ich, dass er sich neben seinen Wagen bückte, um darunterzuschauen. Dann stand er wieder auf und stieg ein. Vielleicht hatte er nach einer Bombe geschaut. Auf diesen Gedanken war ich gar nicht gekommen. Dass er es tat, sagte einiges über ihn aus.

Wir warteten, bis Sean ausgeparkt hatte, und setzten uns anschließend hinter ihn. Es war nicht einfach, ihm mit dem Oldtimer zu folgen, aber der dichte Verkehr um diese Uhrzeit half dabei. Sean nahm nicht die Fähre, sondern fuhr über die Nordbrücke, auf der es nur im Schritttempo voranging.

»Wir müssen deine Figur aufhalten«, sagte Jop, während wir Stück für Stück über den Fluss krochen.

»Ich weiß.« Wenn wir nur ein paar Minuten später ins Spa gekommen wären, wäre Sean tot gewesen.

Inzwischen war ich mir sicher, dass die ganze Geschichte mit Rosalie zusammenhing. Erst Michael, dann Sean – das konnte kein Zufall sein. Doch wie passte Damla Abbas in die Geschichte?

»Wir müssen Kader finden«, sagte ich bestimmt, und Jop nickte. »Die Figur wird es auch auf sie abgesehen haben.«

»Ich versuche noch mal mein Glück.«

Nach einer halben Stunde hielten wir in einer breiten Allee, die auf jeder Seite vier Spuren hatte. Der Mittelstreifen war mehrere Meter breit und mit Rasen, Büschen und Blumen bepflanzt. Rechts und links säumten sich lang gezogene Wohnkomplexe, die in den Zwanzigerjahren des letzten Jahrhunderts gebaut worden waren, alles wirkte sehr klobig und monumental. Die Balkone lagen nach innen, und auch die Fenster waren klein und ließen nicht viel Licht herein. An einigen Scheiben hingen Fahnen, in der untersten Etage befanden sich Läden, vom Secondhandgeschäft über Fahrradwerkstätten bis hin zu Imbissen, die rund um die Uhr geöffnet hatten. Auf den Gehwegen war viel Trubel, und der Verkehr wurde von einem beständigen Hupen und Schreien begleitet.

Dieses Mal nahm Jop die grüne Tasche mit. Sean winkte uns zu einem Wohnhaus, das über sechs Etagen, aber keinen Fahrstuhl verfügte. Vorsichtig stiegen wir in den vierten Stock, wobei wir uns immer wieder umsahen und lauschten, ob uns jemand folgte. Als wir vor der Tür standen, konnten wir dahinter schon einen Hund bellen hören. Es war ein aufgeregter Drahthaarterrier, der Sean enthusiastisch begrüßte und an ihm hochsprang, als dieser durch die Tür kam. Sean kraulte ihn ausgiebig hinter den Ohren.

Während Sean ein paar Sachen in eine Sporttasche packte, als wäre das eine alltägliche Situation, sahen Jop und ich immer wieder aus den Fenstern des kleinen Wohnzimmers auf die Straße hinab, aber wir konnten nichts Auffälliges entdecken.

Anschließend ließ Sean die Tasche laut neben dem Sofa fallen und deutete auf einen Stuhl, der wahllos im Raum stand. Sessel oder Couchtisch gab es nicht. Ich setzte mich.

»Wie hast du das damals eigentlich gemacht?«, fragte er und fixierte mich.

»Was denn?«

»Rosalie aus dem Wald zu schaffen.« Er verschränkte die Arme. »Ich bin immer davon ausgegangen, dass du deinen Vater gefragt hast.«

»Wie kommst du denn darauf?«

»Ist das nicht das, was Kinder aus intakten Familien machen? Sie fragen ihre Eltern um Hilfe.«

»Wahrscheinlich.« Ich sah wieder zum Fenster, neben dem Jop stand und immer noch auf die Straße schaute.

»Und? Hast du?«

»Nein. Rosalies Auffinden hatte nichts mit mir zu tun. Ich meine, ich habe sie nicht ... umgebettet ...«

»Wer war es dann?«

»Das kann ich dir nicht sagen.«

Sein Gesichtsausdruck verdüsterte sich. »Deine Figur hat Michael umgebracht und dann dasselbe bei mir versucht, und das ist der Zeitpunkt, an dem du den Mund halten willst, Kate?«

»Ich ...«

»Wir müssen die Zusammenhänge herausfinden«, sagte Jop, bevor ich mich um Kopf und Kragen reden konnte. Er kam zum Sofa und packte die grüne Tasche aus. Er öffnete den Laptop, stellte ihn zwischen sich und Sean und drehte den Bildschirm so, dass wir ihn sehen konnten. Darauf waren mehrere Fotos angeordnet. »Das ist das, was ich bisher zu Damla Abbas herausfinden konnte. Ein bisschen Hintergrund und so weiter.« Er deutete auf drei Fotos, auf denen Abbas in unterschiedlichem Alter zu sehen war. Die Narbe war dabei deutlicher zu erkennen, je jünger sie war. »Hier sind noch einige Bilder mit Familienmitgliedern.«

»Kommt dir irgendjemand darauf bekannt vor? Vielleicht gibt es eine Verbindung mit Kader?«, fragte ich Sean, der mich noch immer wütend musterte. »Wir müssen sie unbedingt finden, aber ich habe nie ihren Nachnamen erfahren. Du vielleicht?«

Er schüttelte den Kopf. »Kam nie auf.«

Wir betrachteten die Fotos, den Vater, den Bruder und auch die Mutter. Ordentlich gekleidet und frisiert, darauf bedacht, was die Nachbarn von einem hielten. Nicht übertrieben herausgeputzt, für die Kamera lächelnd und mit freundlichen Gesichtern. Eine Familie, wie es sie viele gab, nichts an ihr war auffällig.

Doch auf einmal stutzte Sean. »Ich kenne die Frau!« Er zeigte auf Damlas Mutter.

Ich beugte mich vor und vergrößerte das Bild, legte den Zoom auf ihr Gesicht. Er hatte recht! Auch ich hatte sie einige Male gesehen, wenn sie mit Plastikdosen voller Essen ins *Josephine* kam – es war Kaders Mutter.

»Du hast gesagt, dass Abbas Geschwister hatte.« Atemlos deutete ich auf ein Bild ihrer Schwester. »Wie hieß die Schwester?«

Er blätterte in den Unterlagen und schnappte plötzlich nach Luft. »Kader Abbas. Drei Jahre älter. Das gibt's doch nicht …«

Mir blieb fast das Herz stehen, während Jop das Papier sinken ließ.

»Unsere Kader?«, fragte Sean verwirrt.

Ich deutete auf den Laptop. »Kannst du herausfinden, ob die Familie vor fünfzehn Jahren eine Entschädigung erhalten hat? Im Zusammenhang mit einer Verurteilung wegen Brandstiftung und fahrlässiger Tötung?«

Jop griff sich sein Handy und lief auf den Flur, um zu telefonieren. Ich sah auf die Uhr. Mein Zeitfenster schloss sich unerbittlich. Doch im Moment konnte ich nichts weiter tun, als zu warten, bis Jop mit einer Antwort zurückkam.

»Wie geht es deinem Großvater?«, fragte ich Sean, das Erste, was mir einfiel, um das anklagende Schweigen zu brechen, das von ihm ausging.

»Vor fünf Jahren gestorben. Leberzirrhose.«

»Das tut mir leid.« Das tat es wirklich.

Er sah zur Seite. »Der alte Kerl mochte dich, weil du so nett zu ihm warst.«

»Das war doch nichts«, wiegelte ich ab.

»Du hast mit ihm geredet, das haben nicht viele Leute getan.«

»Mhm.«

Wieder fixierte er mich. »Warum hast du damals nicht auf unsere Anrufe reagiert, Kate? Ich weiß, dass Michael auch versucht hat, dich anzurufen. Mehrfach.«

»Ich ... konnte nicht damit umgehen ...«

»Wir waren alle an dieser Geschichte beteiligt, nicht nur du, Kate«, erwiderte er und klang auf einmal wieder sehr erschöpft. Es war eine Erschöpfung, die schon alt war, die tief in den Knochen steckte, und als wir uns ansahen, erkannte ich, dass es dieselbe Erschöpfung war, die auch mich manchmal niederdrückte. Müde zog ich mir die Perücke vom Kopf, damit ich endlich wieder ich selbst war.

Wir schwiegen, bis Jop ins Zimmer zurückkam. Er hatte sich Notizen auf zerknitterten Zetteln gemacht, die er triumphierend in die Höhe hielt. »Meine Kollegin sagt, die Familie bekam eine Entschädigung zugesprochen. Nicht nur, weil die Wohnung zerstört wurde, sondern vor allem wegen Personenschaden. Die älteste Tochter, Kader Abbas, hat einen schweren Lungenschaden davongetragen, der sie für über ein Jahr arbeitsunfähig gemacht hat. Damla Abbas erlitt Verbrennungen zweiten Grades im Gesicht, kam aber schneller auf die Beine. Sie muss noch mehr Narben gehabt haben, aber die sind entweder sehr gut kaschiert oder auf den Fotos retuschiert. Bis auf die prominenteste, bei der beides nicht gelungen ist.«

Vielleicht hatte sie später auch einen guten Chirurgen gefunden; das, was ich auf den Tatortfotos für eine Pigmentstörung gehalten hatte, waren möglicherweise Spuren der alten Vernarbungen gewesen.

Sean runzelte die Stirn. »Aber Kader hatte die Verbrennungen. Sie hat mit uns im Freibad gearbeitet.«

»Zumindest hat sie sich uns mit diesem Namen am ersten Tag vorgestellt, als wir alle im *Josephine* angefangen haben«, entgegnete ich.

»Denkst du, das war eine Lüge? Warum?«

Grübelnd lief ich im Zimmer umher, der Terrier folgte mir neugierig. »Vielleicht weil die echte Kader in jenem Sommer zu Hause gelegen und sich von einem Lungenschaden erholt hat. Es wäre möglich, dass Damla diejenige war, die mit uns gearbeitet hat.« Ich blieb stehen, die Tragweite meiner Behauptung legte sich wie ein Bleimantel über mich und drückte mir die Schultern nach unten. »Sie war diejenige, die mit uns nach dem Abschließen am Pool gelegen hat. Und die mich wegen des Schreibens angeschrien hat.« Ich hob den Blick und sah Sean in die Augen. »Und sie war es wohl auch, die in der Nacht, als Rosalie starb, mit uns im Wald war …«

»Damla muss den Platz ihrer Schwester eingenommen haben.«

»Und Kader war diejenige, die die Familie mit ihrem Einkommen aus der Arbeit im Freibad unterstützt hat. Es war ein guter Job, Rawat hat sie protegiert, sie hat gut verdient. Erinnere dich daran. Damla«, es fiel mir schwer, den Namen für die Frau auszusprechen, die ich nur als *Kader* gekannt hatte, »hat es uns selbst erzählt. Die Familie konnte nach dem Brand nicht auf das Einkommen verzichten, sie haben alles verloren. Ich habe es nur nicht verstanden …«

»Also hat Damla die Identität ihrer Schwester angenommen?«, fragte Sean skeptisch.

»Warum nicht?« Erschöpft rieb ich mir übers Gesicht, das zu einer Grimasse verzogen war. »Du hast sie doch erlebt, sie war zäh. Keiner von uns wäre mit diesen Schmerzen tagein, tagaus jobben gegangen, aber sie schon. Sie hat die Zähne zusammengebissen und ihren Beitrag geleistet. Wir haben es jeden Tag gesehen. Vielleicht war sie deshalb manchmal so ungeduldig mit Rosalie. Sie hat all das ertragen und ihre eigene Gesundheit riskiert, da blieb nicht mehr viel Verständnis für die Schwächen der anderen.«

Im Treppenhaus waren Stimmen zu hören, angespannt lauschten wir, doch es waren nur Nachbarn, die die Treppe hinunterpolterten.

»Vielleicht hatte die Familie Bedenken, dass Rawat Kader ersetzen würde, wenn sie zu lange ausfiel?«, spekulierte Jop.

Sean sah nicht überzeugt aus. »Hätte er sie nicht erkennen müssen? Ich meine, er hat doch drei Jahre mit Kader zusammengearbeitet. Hätte er nicht merken müssen, wenn plötzlich ihre Schwester vor ihm steht?«

»Nicht unbedingt.« Ich zog noch einmal die Fotos heran und deutete darauf. »Die Schwestern haben eine ähnliche Statur, und Damlas Haare waren abgeschnitten, das Gesicht von einer Maske bedeckt. Wenn er davon ausging, dass sie durch die Maske und Raucheinwirkung auch etwas anders klang, kam er vielleicht nicht auf die Idee, eine andere vor sich zu haben. Er ist damals gerade Vater geworden und war so gut wie nie da. Damit rechnet doch auch niemand, du hast es vorhin selbst gesagt, man kommt einfach nicht auf die Idee.«

Sean schüttelte den Kopf, doch diesmal wohl über sich selbst.

»Manchmal steht das Wichtigste zwischen den Zeilen«, flüsterte ich düster. »Das war wahrscheinlich auch der Grund, warum sie nach Rosalies Tod nicht zur Polizei wollte, obwohl sie die Figuren so hasste. Es sollte nicht herauskommen, dass sie gar nicht im *Josephine* hätte arbeiten dürfen.«

»Es muss sie unwahrscheinlich viel Kraft gekostet haben, diesen Akt aufrechtzuerhalten«, ergänzte Jop, und ich nickte.

Innerhalb kürzester Zeit hatte sie sich in die Aufgaben, die die Arbeit ihrer Schwester mit sich brachte, hineingefunden und war dabei so überzeugend gewesen, dass niemand auch nur daran zweifelte, dass sie war, wer sie vorgab zu sein. Doch ihr fehlten Ausbildung und Abschluss; wäre der Schwindel aufgeflogen, hätten sie und ihre Schwester mit einer Anzeige rechnen müssen.

Nach all diesen Jahren erhielt ich nun endlich eine Antwort auf die Frage, die ich mir damals gestellt hatte, und auch darauf, ob all die Geschehnisse der letzten Tage damit zusammenhingen.

Sean und ich sahen uns an; die letzten Überlebenden einer Gruppe von Kindern, die die Begegnung mit einer Figur nicht unbeschadet überstanden hatten. Der Mantikor hatte Rosalie getötet – meine Figur hingegen Kader und Michael. Es war die blutige Fortsetzung einer Geschichte, die nie ein richtiges Ende gefunden hatte.

Eine unfassbare Wut überrollte mich. Weder Rosalie noch Damla oder Michael hatten es verdient zu sterben! Wieso nur hatte meine Figur sie umgebracht? Wer war diese Figur? Und warum war ich noch am Leben? Ich war mir sicher, dass die Figur längst versucht haben könnte, mich zu töten, wenn sie es gewollt hätte. Ich war leicht zu finden, meine Adresse stand im Impressum der Webseite, und ich absolvierte öffentliche Auftritte, die vorher angekündigt wurden. Es hätte reichlich Gelegenheiten gegeben, sich mir zu nähern.

Aber bedeutete das nun, dass sie mich nicht umbringen wollte, oder nur, dass ich die Letzte sein sollte? Sie hatte bereits zwei von uns getötet, bei Sean hatte sie es immerhin versucht – wollte sie uns zur Rechenschaft ziehen?

»Glaubt ihr, dass das hier eine Rachegeschichte ist?«

»Hast du je über Rosalie geschrieben?«, fragte Sean.

»Nein. Keine meiner Figuren war ihr ähnlich. Das konnte ich nicht ...«

Wieder warf ich einen Blick auf die Uhr an der Wand, ich musste eine Entscheidung treffen. »Sollten wir Hensen anrufen? Das Ganze wird eine Nummer zu groß für uns. Wir wissen doch überhaupt nicht, was wir hier tun!« Als ich es laut aussprach, gestand ich mir auch ein, dass ich mit meinem ursprünglichen Plan, die Figur irgendwie aus Kapitolo zu schaffen, völlig überfordert war. Es ging mir nicht mehr darum, bestmöglich aus der Sache herauszukommen, ich wollte sie einfach beenden.

»Dann fliegt aber auch die Geschichte von damals auf.«

»Vielleicht wird es Zeit dafür. Ich bin lange genug weggerannt.«

»Wenn du deshalb anrufst, wird sie wissen wollen, woher du von dem zweiten Mord weißt«, warf Jop ein.

»Ich glaube nicht, dass Hensen nicht über den Untergrund Bescheid weiß. Ich bin mir sogar ziemlich sicher, dass sie Kontakte zu ihm hat.«

»Ich hoffe, du weißt, was du da tust«, sagte Jop, und ich schloss für einen kurzen Moment die Augen und legte den Kopf in den Nacken.

»Das hoffe ich auch.« Als ich die Augen wieder öffnete, flatterte auf einmal eine Taube auf das Fensterbrett und starrte zu uns herein. Wie gebannt starrte ich auf ihre Färbung.

Sie war braun.

Ich zeigte mit dem Finger auf sie, und Jop flüsterte: »Verdammt ...«

»Was denn?«, fragte Sean irritiert, dann bemerkte auch er, dass die Taube eine Figur war. Der Terrier rannte zum Fenster und bellte das Glas an.

»Ist das«, flüsterte Jop, »die Taube von damals?«

Ich nickte und beobachtete, wie das Tier auf und ab lief und uns dabei mit roten Augen beobachtete. Aufgeregt stand ich auf, trat ans Fenster und starrte hinunter auf die Straße. Doch er war nirgendwo zu sehen. Er musste in der Nähe sein, wenn seine Taube hier war. Fieberhaft suchte ich mit den Blicken die Häusereingänge ab.

»Was zum Henker geht hier vor?«, fragte Sean, als er neben mich trat.

Die Vergangenheit vermischte sich mit der Gegenwart, aber ich konnte nicht sagen, ob sich gerade meine Sehnsüchte oder meine Albträume erfüllten. Auf einmal wurde mir schlagartig klar, wen meine Figur im Untergrund gesucht hatte – und auch, warum.

»Wir waren damals nicht nur zu fünft, Sean, in diesem verdammten Sommer. Wir waren zu sechst in dieser Geschichte.«

Er runzelte die Stirn. »Wer …«

»Der Junge im Wald«, ergänzte Jop hinter uns, und ich fuhr zu ihm herum. Er war bleich wie die Wand. »Wenn die Figur sich an allen rächt, die in jener Nacht im Wald dabei waren, dann steht er auch auf ihrer Liste.«

»Wir müssen zurück zum *Josephine*!«

»Das ist im Winter geschlossen.« Sean sah immer noch verwirrt aus, kein Wunder, ihm fehlte ein wesentlicher Teil der Story.

»Das spielt keine Rolle, wir müssen einfach von dort aus in den Wald. Zu der Lichtung, auf der wir damals waren.«

Sean schüttelte heftig den Kopf und hob die Hände. »Vergiss es, da gehe ich nie wieder hin!«

»Das verlange ich auch nicht. Es liegt nicht in deiner Verantwortung, diese Sache zu Ende zu bringen.« Ich trat dicht an ihn heran und fasste nach seinen Händen. »Ich will nicht, dass dir etwas passiert.«

»Denkst du vielleicht, ich nehme das einfach so hin?«, fragte er beinahe bitter. »Dass irgendwer versucht, mich umzubringen? Auch Typen wie ich haben ein bisschen Stolz.«

Ich zog ihn am Ohrläppchen, dort, wo vor Jahren die Sicherheitsnadel gesteckt hatte. »Typen wie du tanzen im Sonnenuntergang am Rand eines leeren Wasserbeckens, so habe ich dich in Erinnerung.«

Wir starrten uns an, und eine merkwürdige Emotion zeigte sich auf seinem Gesicht, die ich nicht einordnen konnte. Etwas

Kompliziertes. Doch genauso schnell, wie es gekommen war, verschwand es auch wieder.

»Ich komme mit dir, wenn du willst«, sagte er leise, aber ich schüttelte den Kopf.

»Ich melde mich, sobald das hier vorbei ist, versprochen. Dann …« Ich brach ab, ich wusste nicht, was dann sein würde und was ich überhaupt hatte sagen wollen. Es kam mir vor, als wäre ich in meiner eigenen Geschichte längst die Antagonistin.

Wir umarmten uns, dann verließen wir die Wohnung. Die Taube war nirgendwo zu sehen, doch ich konnte ihre Anwesenheit noch immer spüren. Vor dem Haus tippte ich wie in Zeitlupe in Estelles Telefon Hensens Nummer ein und ließ das Telefon eine Verbindung aufbauen. Aber es war nicht Hensen, die den Anruf entgegennahm, sondern ihr Kollege Sanders.

»Ich muss mit Ihrer Kollegin reden«, sagte ich drängend, doch Sanders antwortete nicht sofort. Ich hörte, wie er ein Zimmer verließ und die Tür hinter sich schloss.

Als er sprach, war es leise und hastig. »Das ist im Moment nicht möglich.«

»Ich weiß von dem zweiten Mord«, fiel ich ihm ins Wort.

»Woher?«

»Das kann ich Ihnen nicht sagen, aber …«

»Sie verstehen nicht, Kate. Hier ist im Moment die Hölle los, und uns fliegt gerade alles um die Ohren. Hensen wurde suspendiert.«

»Wie bitte?« Schockiert sah ich Jop an, der stumm »Was?« formulierte.

»Driessen geht gegen uns vor. Das haben wir schon eine Weile vermutet, aber wir haben nicht damit gerechnet, dass es so schnell gehen würde. Die ganze Abteilung steht unter Beobachtung, unsere Telefone, Computer, alles. Die Interne nimmt uns unter die Lupe.« Er atmete tief durch. »Jedenfalls kann ich Ihnen im

Moment nicht helfen. Wenn ich auch nur die Zehe über die Linie schiebe, schlagen sie mir hier den Kopf ab.«

»Können Sie wenigstens Hensen eine Nachricht zukommen lassen?«

Es dauerte einen Moment, bis er flüsterte: »Wissen Sie, welche Figur wir suchen?«

»Nein, aber wir wissen eventuell, wo wir sie finden können.«

»Wo?«

»Werden Sie es Driessen sagen?«

Ich hörte, wie er schwer atmend umherlief, plötzlich gab es einen scheppernden Knall. Offenbar hatte er eine Tür zugeschlagen, vielleicht von einem Spind.

»Hensen wollte Ihnen helfen, und ehrlich gesagt, bin ich mir nicht sicher, was hier gerade passiert. Irgendetwas kommt auf uns zu …«

Ich hatte nur wenige Augenblicke, um eine Entscheidung zu treffen. »Ich verstehe, dass Sie nicht wegkönnen, ohne Aufmerksamkeit auf sich zu ziehen, aber wenn Sie Hensen sagen könnten, dass wir nach Gründorf fahren, kann sie vielleicht zu uns kommen. In die Nähe des *Josephine*, das ist ein altes Freibad. Von dort aus werden wir in den Dunkelbusch gehen, um meine Figur zu suchen. Wenn sie sich melden will, soll sie es über diese Nummer tun.«

»Warum ausgerechnet dorthin?«

»Das kann ich Ihnen jetzt nicht erklären, aber wenn Hensen meine Figur vor Driessen finden will, sollte sie kommen, und zwar so schnell wie möglich.«

Er versprach, es ihr auszurichten, dann legte er auf, und ich nickte Jop zu. Der Stein war ins Rollen gebracht. Während Sean mit seinem Hund Richtung Bahnhofsviertel fuhr, schlugen wir den Weg nach Gründorf ein.

Kaum waren wir losgefahren, rief Estelle an. Folkvar war bei ihr aufgetaucht. Es ging ihm gut, Jack hatte ihn nach der Öffnung der Türen ins Freie geführt und ihn durch einen eingeweihten Taxifahrer zu Estelle bringen lassen. Vor Erleichterung hätte ich in Tränen ausbrechen können. Ich stellte das Handy laut, damit Jop mithören konnte.

»Er besteht darauf, dass er zu dir kommt«, sagte Estelle und klang dabei äußerst frustriert. Offenbar hatte sie schon eine Weile mit ihm darüber diskutiert.

»Was ist, wenn Hensen wirklich kommt? Oder Sanders doch Driessen informiert?«, gab Jop zu bedenken.

»Im schlimmsten Falle wird Folkvar durch den Schwarzen Tempel wieder zurückgeschickt. Wenn uns Sanders allerdings an Driessen verrät …«

»Ich fürchte«, wandte Estelle ein, »es spielt keine Rolle, was wir sagen, Folkvar wird sich auf jeden Fall auf den Weg zu euch machen, Kate, ich kann ihn nicht davon abhalten.«

»Wir können seine Kampfkraft auf jeden Fall gebrauchen«, fügte Jop hinzu.

»Er ist mehr als nur eine nutzbare Waffe«, erwiderte ich heftiger, als ich beabsichtigte, und sofort hob er entschuldigend die Hand. Ich seufzte. »Na schön. Kannst du den Taxifahrer noch einmal anrufen?«, fragte ich Estelle.

»Sicher. Er hat mir seine Karte hiergelassen.«

»Dann schick Folkvar damit zum *Josephine*. Das geht am schnellsten, und auf diese Weise läuft er wenigstens nicht Gefahr, als Figur erkannt zu werden. Außerdem musst du deine Kontakte im Untergrund darüber informieren, dass Driessen gerade die VaF attackiert, irgendetwas liegt in der Luft.«

Kurz erzählte ich ihr, was mit Sean geschehen war, und ihr schnelles Atmen am anderen Ende verriet, wie aufgebracht sie war. Ich konnte sie kaum davon abhalten, zu uns zu kommen, erst Jops leise Bitte, in der Wohnung zu bleiben, zeigte Erfolg. Mit dem Versprechen, uns regelmäßig zu melden, legten wir auf.

Wir hatten gerade die halbe Strecke hinter uns, als die Nachrichten im Radio vermeldeten, dass es einen zweiten Mord gegeben hatte, bei dem die Fingerabdrücke meiner Figur auf der Mordwaffe gefunden worden waren – und ich von der VdF zur Befragung gesucht wurde. Augenblicklich stellte ich mein Handy aus und ließ lediglich Estelles Ersatztelefon weiter an. Ich konnte jetzt keine Anrufe meiner Eltern oder aller anderen annehmen, die nichts mit dieser Sache zu tun hatten.

Meine Zeit war abgelaufen.

21

Als wir vor dem *Josephine* hielten und ausstiegen, wurde mir bei seinem Anblick schwindlig.

Die Zeit war nicht freundlich zu ihm gewesen, es sah noch heruntergekommener aus als damals vor fünfzehn Jahren. Die kahlen Zweige der Büsche und Bäume ringsum verstärkten noch den Eindruck der Trostlosigkeit. Jop und ich waren weit und breit die einzigen Menschen, vereinzelt fuhren Autos an uns vorüber auf dem Weg zum Supermarkt, aber der ganze Ort wirkte beinahe wie eine Kulisse.

»Ist das überhaupt noch in Betrieb?«, fragte Jop skeptisch.

Ich rüttelte am Eingangstor, das wie zu erwarten verschlossen war. Im Winter hatte das Freibad seinen Betrieb schon immer eingestellt, allerdings konnte ich mir nur schwer vorstellen, dass es im Sommer seine Tore wieder öffnen würde. Ich spähte durch die Gitter, das zugeschneite Gelände sah ungepflegt aus, und im Infokasten neben dem Tor waren keine Zettel angeschlagen.

»Und nun?«, fragte Jop.

»Lass uns mal einen Blick auf die Rückseite werfen.«

Wir liefen um das Gelände herum, bis wir auf der Seite ankamen, die zum Wald hin zeigte. Hier sah es noch schlimmer aus. Die Fassade war mit Rissen überzogen, der Efeu verschwunden, die Scheiben gesprungen. Ich lief zu der Tür im Zaun, die uns am nächsten lag, und fand das Schloss aufgebrochen vor.

Am Zaun hing zwar ein Schild, das auf Kameras hinwies, doch die waren längst abgeschraubt worden.

Langsam öffnete ich die Tür. Sie quietschte, und ich musste sie gegen den Schnee dahinter drücken.

»Bist du sicher?«, fragte Jop wieder einmal, und auch dieses Mal nickte ich, als wüsste ich, was ich tat.

»Ich will nur einen Blick hineinwerfen.«

Er zog einen Teleskopschlagstock aus der Hosentasche und zog ihn auf.

»Lass mich raten, der gehört eigentlich Estelle«, sagte ich trocken, und er grinste. Kopfschüttelnd stapfte ich über den schneebedeckten Rasen und näherte mich dem Gebäude. Der Hintereingang besaß ein neues Türblatt, aber es fehlte das Schloss.

»Nach dir«, sagte Jop und deutete darauf.

Ich verzog das Gesicht und holte das Pfefferspray aus dem Mantel. Sicher war sicher. Langsam wagte ich mich voran, das Spray hielt ich mit ausgestrecktem Arm vor mich, falls mich die Figur überraschen sollte. Oder sonst irgendwer auf Erkundungstour, der genau wie wir die Gunst der Stunde nutzte, weil sich offenbar niemand mehr um dieses alte Gebäude scherte.

Mit dem Fuß schob ich die Tür auf. Ein Blick in die Küche bestätigte, dass das Freibad nicht nur für den Winter geschlossen worden war. Bis auf die eingebauten Schränke war sie leer geräumt. Der Kühlschrank fehlte, ebenso wie der Herd, nur die Spüle und ein alter Wasserkocher standen noch da. Über allem lag eine Schmutz- und Staubschicht, abgesehen von einigen wenigen Stellen an der Spüle. Der Fußboden sah aus, als hätte jemand Schnee und Dreck hereingetragen und nie gewischt. Die Fliesen waren grau.

»Das erklärt wohl die niedrige Sicherheitsstufe.« Jop zog angewidert die Nase kraus. »Hier gibt es einfach nichts mehr zu stehlen.«

Ich lauschte und ging weiter, außer uns schien niemand hier zu sein. Einige Türen waren eingetreten, aber die Räume dahinter ähnlich leer wie die Küche. Alles, was nicht unmittelbar eingebaut war, war fortgeschafft worden. Während ich durch die Flure lief, kam es mir beinahe so vor, als würde ich schlafwandeln. Erinnerungen an die Vergangenheit überlagerten das, was ich direkt vor mir sah. Ich hörte Stimmen, lauschte Gesprächen, die wir längst geführt hatten, und kniff die Augen gegen das grelle Licht zusammen, das die Wintersonne an diesem Tag gar nicht abstrahlte. Der Geruch von Chlor und Sonnencreme kroch mir mit jedem Meter mehr in die Nase.

Als ich die Mitarbeiterkabine betrat, Jop dicht auf den Fersen, entdeckte ich in einer Ecke eine Art Schlaflager aus alten Decken. Daneben lagen Essensreste und Unrat. Mir stach Schweißgeruch in die Nase, der mich vollständig in die Gegenwart zurückholte. Jop hockte sich neben das Lager. Mit angewidertem Gesicht hob er die Decken ein Stück nach oben. Darunter lagen dreckige Kleidungsstücke, alles roch muffig und ungewaschen.

»Die Figur hat hier ihr Lager aufgeschlagen«, sagte ich. »Vielleicht ist sie genau hier nach Kapitolo gekommen.«

»Bist du wirklich sicher, dass du nie über Rosalie geschrieben hast?«

»Nicht als Figur, nicht mal in *Untergehen bei Ebbe*«, sagte ich verzweifelt. »Und das war das erste Buch danach. Es handelt doch irgendwie davon, ich meine, das waren meine Gefühle aus dieser Zeit, aber ich schwöre dir, Jop, ich habe nie daran gedacht, Rosalie als Vorlage zu verwenden. Das wäre mir einfach nicht richtig vorgekommen.«

Grübelnd erhob er sich. »Aber ist es nicht logisch, dass die Figur aus diesem Buch stammt, wenn es so eng mit der Geschichte von damals verwoben ist?«

Ich fuhr mir durch die Haare. »Ich weiß es doch auch nicht, Jop! Nichts ergibt hier irgendeinen Sinn. Ich …« Doch ich kam nicht dazu, den Satz zu Ende zu sprechen, denn Estelles Handy klingelte.

Es war Wera. »Ich habe zwei für dich«, sagte sie ohne Begrüßung. Im Hintergrund konnte ich ihre Tochter quengeln hören. »Lass das!«, rief Wera, es schepperte, sie fluchte, dann atmete sie tief durch und fragte: »Bist du noch dran?«

»Ja. Hör mal, Wera, was da in den Nachrichten ...«

»Ich habe keine Zeit, Kate. Das können wir alles später klären. Hör mir jetzt einfach zu. Zwei deiner Figuren passen meines Erachtens in deine Beschreibung. Nicht in der Lage, getanes Unrecht zu ignorieren. Pakuna aus *Auf Messers Schneide.*«

»Sie hat den Protagonisten beim Ermitteln geholfen ...«

»... und am Ende dafür gesorgt, dass die Verantwortlichen zur Rechenschaft gezogen wurden, weil sie das Grundwasser in der Gemeinde mit Chemiemüll vergiftet haben. Dabei hat sie ein Bein verloren. Sie wusste genau, was sie riskiert, und sie hat es trotzdem getan. Obwohl sie eine kleine Tochter hatte.«

»Sie war Witwe und hat den Protagonisten geheiratet, der das Kind adoptiert hat. Ich glaube, das Mädchen hieß Yona.«

»Ja, aber das ist alles unerheblich. Wichtig ist nur, dass sie es nicht ertragen hat, diese Leute davonkommen zu lassen. Schon im zweiten Kapitel des Romans sagt sie, dass sie nachts nicht schlafen kann, weil es sie verfolgt, wie sie mit den Menschen umgehen. Sie verliert ihr verdammtes Bein!«, schrie sie in den Hörer, doch ich hatte den Eindruck, dass sie vor allem gegen den Lärm im Hintergrund anschrie.

»Aber kann sie so auch zwei Morde begehen und in einer fremden Stadt flüchtig sein?«

»Es gibt olympische Rennen mit Beinprothesen, Kate, ich glaube nicht, dass das ein Hindernis darstellt.«

»Das ist wahr. Und die Zweite?«

»Frederike Hofstätter.«

»Das ist die Reitlehrerin aus dem ersten Rosenfelder-Roman«, erwiderte ich überrascht.

»Ich weiß, aber sie ist noch nicht zu alt, um etwas dermaßen Herausforderndes körperlich zu bewältigen. Außerdem ist ihr Sohn bei einem Gondelunglück ums Leben gekommen. Sie verachtet alle Menschen, die sich aus der Verantwortung stehlen, schreibt lange Briefe an die, die sie für schuldig hält, und setzt ihr gesamtes Einkommen dafür ein, den Schuldigen für dieses vertauschte Adoptionsbaby zu überführen. Nimm die Finger aus der Steckdose!«

Ich zuckte zusammen, dann begriff ich, dass sie nicht mit mir redete.

»Denk darüber nach, Kate. So wie du sie geschrieben hast, sind sie beide extrem von Gerechtigkeit besessen. Mehr als alle anderen deiner Figuren. Bei Frederike fällt es nur nicht sofort auf, weil du sie eher humorig aufgebaut hast mit ihrer ewigen Briefeschreiberei, aber die Geschichte dahinter ist hochtragisch. Ich habe das überprüft. Siebenundzwanzig Mal fällt bei Pakuna das Wort Gerechtigkeit, bei Frederike sogar zweiunddreißig Mal!«

Die Figuren standen mir sofort vor meinem geistigen Auge, obwohl sie keine Protagonisten waren, nur ein Love Interest und eine Art Beste-Freundin-Figur. Ich hatte sie als Beispiele rechtschaffener Menschen entworfen, die lernen mussten, mit ihrer Wut über die erlebten Ungerechtigkeiten umzugehen. Sie waren Symbolbilder einer lähmenden Ohnmacht, die gute Menschen dabei empfinden, wenn sie zur Untätigkeit im Angesicht schlechter Taten verdammt sind. Je länger ich darüber nachdachte, desto wahrscheinlicher erschienen sie mir als Täter.

»Überleg doch, wie du sie damals geschrieben hast. Sie sind beide zornig und verletzt und fühlen sich mit ihrem Schmerz nicht ernst genommen. Sie wollen verstanden werden.«

»Und deshalb rächen sie sich an uns? Ich weiß nicht, Wera …« Das kam mir doch ein bisschen simpel vor.

»Kate, streng dich an, versetz dich in ihre Lage. Ihnen fehlt das Gefühl des Abschlusses. Zumindest in ihren eigenen Geschichten.«

»Aber ich habe ihnen doch ein positives Ende geschrieben! Sie entwickeln sich beide weiter und finden neuen Inhalt im Leben.«

Ungehalten schnalzte Wera mit der Zunge. »Die eine heiratet, und die andere hört auf, Briefe zu schreiben. Das ist keine Trauma-Aufarbeitung, das ist ein Zum-Schluss-Kommen, weil die erforderliche Seitenzahl erreicht ist.«

Diese direkte Offenheit kannte ich an ihr noch nicht, ich musste mich wohl erst daran gewöhnen, offenbar hatten wir eine neue Stufe unserer Beziehung erreicht. »Willst du damit sagen, dass es mir an Empathie mit diesen Figuren gemangelt hat?«

»Empathie ist der Versuch einer Kommunikation, und ich denke, dass du die Kommunikation vorzeitig abgebrochen hast.«

Ihre Worte trafen mich wie ein Faustschlag, und die Scham trieb mir die Wärme in die Wangen. Ich spürte, dass sie wahr waren.

Erneut schepperte es. »Kate, ich muss ...«

»Ja, natürlich. Danke, du hast mir sehr geholfen, wirklich!«

»Alles wird gut, du wirst sehen«, sprach sie endlich die Worte aus, die ich so dringend von ihr hören wollte, aber ich ahnte, dass sie zu spät kamen.

Plötzlich überkam mich wieder einmal das Gefühl, beobachtet zu werden, genauso wie vor fünfzehn Jahren. Das Gefühl war mir immer noch so vertraut, dass ich nicht überrascht war, wenige Sekunden später die Taube rufen zu hören. Ich drängte mich an Jop vorbei ins Freie. Wie im Fieber rannte ich zum Zaun zurück und starrte schwer atmend hinüber in den Wald. Hinter mir kam Jop aus dem Gebäude, während über uns ein weiterer Taubenruf erklang.

Ich schaute zum Wald, kniff die Augen zusammen. Die Bäume bildeten dunkle Silhouetten über der blendenden Schneedecke.

Und genau dort stand er, zwischen ihnen, und blickte mich an. Ich wusste sofort, dass es der Junge aus dem Wald war.

Allerdings war er kein Junge mehr.

Inzwischen trug er die Haare kurz, dafür Bart. Er war noch ein Stück gewachsen und in den Schultern breiter geworden; seiner Haut sah man an, dass er viel Zeit im Freien verbrachte. Seine Kleidung wirkte uneitel und zweckmäßig; Jeans, Wanderstiefel und der dicke Winterparka waren nicht mehr ganz sauber. Er war ein Mann geworden, aber ich erkannte ihn.

Zwischen unseren Blicken schrumpfte die Zeit, ich wurde wieder sechzehn, ängstlich und neugierig. Was er wohl dachte, wenn er mich ansah? Auch ich war älter geworden. Das Blond meiner Haare dunkler, meine Wangen schmaler. Ich hatte erste Falten um die Augen, nur meine Ohren standen noch immer ein bisschen ab.

Wie hypnotisiert ging ich durch die Tür im Zaun, überquerte den vereisten Grasstreifen, näherte mich dem Jungen mit der Taube, der nun ein Mann war, Schritt für Schritt, während mir das Herz bis zum Hals schlug. Hinter mir hörte ich Jop warnend meinen Namen rufen, aber ich hörte nicht auf ihn. Erst als uns nur noch zwei Armlängen trennten, blieb ich stehen.

»Das ist nicht meine Figur«, sagte ich, meine ganze Aufmerksamkeit galt dem Mann vor mir. »Warst du die ganze Zeit über hier?«, fragte ich ihn.

Er nickte. Vielleicht hätte ich ihn gefunden, wenn ich in den Wald zurückgekehrt wäre, aber vielleicht meinte er gar nicht den Dunkelbusch, sondern ganz Kapitolo.

»Wirst du mir dieses Mal deinen Namen verraten?«

»Du kannst mich Te nennen«, sagte er. Auch seine Stimme klang tiefer.

Ich ahnte, dass das nicht sein richtiger Name war; möglicherweise ein Spitzname, eine Abkürzung, ich drängte nicht in ihn. Offenbar wollte er immer noch nicht, dass ich herausfand, für welche Geschichte er geschaffen worden war, und ich hatte kein Recht darauf, es zu erfahren.

»Du weißt, was hier geschieht, nicht wahr?«, fragte ich, und er nickte. »Wirst du uns sagen, wer die Figur ist? Wir wissen, dass es eine Frau ist. Ist es Pakuna? Frederike? Was will sie?«

Statt mir zu antworten, winkte er mich zwischen die Bäume, tiefer in den Wald, und ohne zu zögern, machte ich einen weiteren Schritt auf ihn zu.

»Warte!«, rief Jop erneut. »Du denkst hoffentlich nicht daran, diesem Kerl in den Wald zu folgen?«

»Ich muss das jetzt zu Ende bringen«, erwiderte ich. »So kann es nicht weitergehen.«

»Ich traue der Sache nicht.«

Ich wandte mich zu ihm um. »Wenn ich ihm jetzt nicht folge, werde ich nie erfahren, wie die Geschichte ausgeht.«

Frustriert hob Jop die Hände. »Dann hat sie eben ein offenes Ende und offene Fragen, Kate.« Er klang aufgebracht. »Hauptsache, du bist in Sicherheit.«

»Aber das bin ich nicht, solange die Figur frei herumläuft und Driessen Jagd auf sie macht.« Meinem schlechten Gewissen konnte ich ohnehin nicht entkommen.

Er warf einen düsteren Blick auf den Wald. »Nach allem, was dort geschehen ist ...«

»Und genau deshalb muss ich noch einmal hinein, verstehst du das nicht?«

»Wir müssen uns beeilen«, unterbrach uns Te. »Deine Figur wird sich zeigen, wenn du mit mir kommst.«

»Was soll das heißen? Dass sie so eine Art Köder ist?«, empörte sich Jop, doch Te ließ sich nicht provozieren. Stumm wartete er darauf, dass ich mich entschied, und ich spürte, dass er recht hatte.

Entschlossen nickte ich. »Bleib hier und warte auf Folkvar«, sagte ich zu Jop. »Wenn er hier auftaucht, folgt ihr uns.«

»Woher soll ich wissen, wo ihr seid?«

»Folg den Spuren im Schnee.«

»Willst du mich veralbern?«

Ich zuckte mit den Schultern. »Das hier ist Kapitolo. Wir machen es wie in den Geschichten.«

Er schüttelte den Kopf. »Langsam glaube ich, du bist einfach übergeschnappt.«

»Kann schon sein.« Aufmunternd grinste ich ihn an. »Es wird schon schiefgehen.«

»Eben. Darum mache ich mir ja Sorgen.«

Ich legte ihm kurz die Hand auf die Schulter, bevor ich mich umdrehte und zu Te zwischen die Bäume trat.

Im Winter sah der Wald anders aus. Kontrastreicher. Das Dunkel der Äste, Zweige und Nadeln hob sich gegen den Schnee und das Grau des Himmels ab, doch alles wirkte genauso undurchdringlich wie im Sommer. Der Dunkelbusch hatte lediglich sein Kleid geändert, aber nicht das Skelett, das darunter lag.

Wir waren damals an einer anderen Stelle in den Wald gegangen. Te mied die ausgetretenen Wege, trotzdem erahnte ich die Richtung, die er einschlug. Wir näherten uns der Lichtung, auf der wir Rosalie das letzte Mal lebend gesehen hatten. Nervös sah ich mich um, Te hatte behauptet, die Figur würde sich mir zeigen, also rechnete ich mit jedem Schritt, dass sie durch die Büsche brechen würde. Meine Hand schloss sich fest um das Pfefferspray.

Je tiefer wir in den Wald eindrangen, desto dichter wurde er, die kahlen Äste und Zweige bildeten ein unregelmäßiges Netz, und mit jedem Schritt fiel mir das Atmen schwerer. Es lag nicht nur an der Anstrengung, die das Stapfen durch den Schnee darstellte, sondern auch an den Erinnerungen, die mich überfielen. Es war gleichzeitig kalt und hell, ich schwitzte, es war ruhig, trotzdem hörte ich entferntes Gelächter. Während wir weiterliefen, verlor ich jegliches Gefühl für die Zeit; ich überlegte, was ich zu Pakuna oder Frederike sagen würde. In meiner Vorstellung waren sie längst zu diesem doppelköpfigen Monster herangewachsen, dem ich mich stellen musste wie der Held dem Drachen.

Erwarteten sie eine Entschuldigung von mir? Sollte ich versuchen, mit ihnen zu reden und ihnen zu erklären, warum wir damals so gehandelt hatten? Würde das etwas ändern? Würde ich begreifen, was sie mir erzählten? Vielleicht sogar die Gründe für ihr Handeln verstehen? Ich musste es jedenfalls versuchen, schon Sean zuliebe, damit ich die Figur davon abbrachte, Jagd auf ihn, Te oder mich zu machen.

Während wir vorangingen, beobachtete ich Te. Er wirkte hier zu Hause und war es wahrscheinlich auch, aber dieser Gedanke erfüllte mich mit beißender Traurigkeit. Wie viele Jahre lebte er nun schon hier im Wald? Oder hatte er einen anderen Unterschlupf gefunden? Wann hatte er sich das letzte Mal richtig in Sicherheit gefühlt? Oder mit jemandem geredet?

»Warum hilfst du mir?«, fragte ich in die drückende Stille zwischen uns, während unter unseren Sohlen Schnee und Eis knirschten. Es war eine von vielen Fragen, die ich ihm stellen wollte.

»Die Figur tötet Menschen.«

»Du hast Folkvar gesagt, dass wir ins *Kaufhaus der Wünsche* gehen, nicht wahr?«, sagte ich ihm auf den Kopf zu, und er nickte. »Woher wusstest du das?«

Er sah nach oben zu seiner Taube.

Natürlich, sie spionierte für ihn.

»Aber wie hat sie mich gefunden?«

»So wie immer.«

»Wie immer«, wiederholte ich atemlos. »Was soll das heißen?« Mein Blick bohrte Löcher in seinen Hinterkopf.

Er wandte sich nicht um, wich nur geschickt den Hindernissen aus. »Ich wusste immer, wo du bist.«

Diese kryptische Antwort ließ mich sprachlos zurück. Meinte er damit etwa die letzten Jahre? Die ganze Zeit seit Rosalies Tod? Ich wollte ihn packen und schütteln, damit er mir Antworten gab, aber der Abstand zwischen uns war zu groß, und ich kam nicht schnell genug im Schnee voran.

»Die Figur sucht nach dir, weil du mir schon damals geholfen hast, ist es nicht so?«, versuchte ich es erneut.

Über uns schlug die Taube wild mit den Flügeln, bevor sie in Tes Nähe auf einem Ast landete. Finster betrachtete er sie, bevor er weiterlief. Wir stiegen über einen umgestürzten Baumstamm.

»Warum hast du dich mir damals offenbart?«

Er schwieg.

»Ich weiß, dass du mich beobachtet hast. Ich konnte es spüren. Jedes Mal. Warum gerade ich?«

Abrupt blieb er stehen und hob die Schultern, als würde er sich wappnen. Langsam drehte er sich zu mir um. Sein Blick war nicht freundlich.

»Sag etwas!«, rief ich. »Fünfzehn Jahre, verdammt noch mal! Hast du mir hinterherspioniert? Was willst du von mir? Ich hätte doch nie erfahren, dass du da bist, mitten in diesem riesigen Wald. Du hast dich *mir* gezeigt. Warum?«

Die Taube flog auf seine Schulter und sah mich aus ihren roten Augen an, als wüsste sie all meine Geheimnisse. Vielleicht tat sie das auch, was wusste ich schon über diese Figur, die aussah wie ein Tier und vermutlich viel mehr als das war.

»Ich habe dich gesehen«, sagte Te gedankenversunken. »Die Tür stand immer offen ... wie du an diesem Fenster gesessen und die Leute beobachtet hast. Hinter dir war der Pool zu sehen. Du sahst ganz still aus ...« Er räusperte sich, als wäre ihm dieses Eingeständnis peinlich. »Ich wusste, dass du schreibst.«

Was sollte das bedeuten? Hatte er mich dabei beobachtet? Aber ich hatte im *Josephine* nie geschrieben, weil ich wusste, wie sehr es Kader hasste. Hatte er es mir etwa an der Nasenspitze angesehen? Das war doch absurd. War es nicht viel wahrscheinlicher, dass er einfach Kontakt gesucht hatte? Ein Junge in seinem Alter hatte ein Mädchen gesehen, das ihm gefiel – das klang nach einer glaubwürdigen Geschichte.

»Als ich noch in meiner eigenen Buchwelt war, haben wir Gerüchte gehört«, sprach er weiter, ohne mich anzusehen, »von Figuren, die ihre Geschichte korrigieren konnten, nachdem sie nach Kapitolo gekommen sind. Aber mein Schöpfer ist nicht mehr hier …«

»Also hast du nach jemandem gesucht, der deine Geschichte für dich umschreibt?«, riet ich.

Brüsk nickte er.

»Kennst du daher Ylvi?«

»Ja.«

»Hat sie jemanden für dich gefunden, der deine Geschichte schreibt?« Diese Frage ließ mich eigenartig atemlos zurück.

Sein Blick streifte mich. »Nein. Ich wollte meine Geschichte in ihrem Haus niemandem anvertrauen. Ylvis Gastfreundschaft kommt immer zu einem Preis.«

Aber mir hätte er sie erzählt, wenn wir mehr Zeit miteinander gehabt hätten? Warum? Weil wir damals im selben Alter waren? »Du hast mir nie verraten, aus welcher Geschichte du kommst.«

»Es ist keine sehr schöne Geschichte«, flüsterte er, und ich konnte die Wut und den Schmerz dahinter deutlich spüren. Möglicherweise hatte Driessen in diesem Fall recht: Manche Geschichten blieben besser unerzählt.

»Warum hast du nicht versucht, selbst deine Geschichte zu ändern?«, fragte ich vorsichtig und rieb mir über die Stirn. Die Kälte spannte mir die Haut im Gesicht.

»Weil ich nicht kann.« Es klang beinahe wie eine Frage, als wäre er sich seiner Antwort nicht sicher.

»Jeder kann schreiben. Frag mal die Dozenten von Schreibkursen«, versuchte ich, die Stimmung aufzuhellen, aber er schüttelte nur den Kopf.

Möglicherweise hatte das Können weniger mit einer Befähigung als mehr mit dem Selbstbewusstsein zu tun, das man dafür benötigte. Es war kein Geheimnis, dass man die eigenen Texte nicht selbst lektorieren konnte – vielleicht konnte auch nicht jeder die eigene Geschichte erzählen.

Die Taube flog weiter zum nächsten Ast, und Te setzte sich wieder in Bewegung. Es ärgerte mich, dass er wie früher bestimmte, wann unsere Gespräche beendet waren, aber ich konnte ihn auch nicht zwingen, mit mir zu reden.

Eine Weile liefen wir weiter durch den Schnee, immer tiefer in den Wald hinein. Die Figur musste in meiner Nähe sein, das konnte ich spüren. Es war seltsam, in diesem Moment verspürte ich keine Angst, nur frustrierende Erwartung. Ich wollte sie sehen! Ich wollte endlich wissen, wer sie war und warum sie hier war.

Doch plötzlich klingelte mein Handy. Ich zuckte zusammen, das Geräusch zerschnitt die Stille. Es war Estelle. Sie klang völlig aufgelöst.

»Sie haben Josie verhaftet! Und noch drei weitere Leute, die für den Untergrund arbeiten. Driessen lässt in der gesamten Stadt Razzien durchführen, es ist alles von langer Hand geplant.«

»Was?«

»Der Angler, die Figur, die sie gesucht haben, er hat offenbar geredet, ich weiß noch nichts Genaueres. Aber es sieht schlimm aus.«

»Glaubst du, Driessen wird es gelingen, in den Untergrund einzudringen?«

»Das weiß ich nicht. Wir haben versucht, unsere Kontakte bei der VaF zu erreichen, aber die ganze Abteilung ist lahmgelegt.« Sie atmete flach. »Kate ... ich weiß nicht ...«

»Hensen ist suspendiert. Ihr Kollege hat es mir erzählt.«

»Nein!«

»Was willst du jetzt machen? Estelle, du darfst nicht in den Untergrund, hörst du. Halt dich davon fern.«

»Du verstehst das nicht. Ich habe die Befürchtung, dass Driessen den Untergrund öffentlich machen wird.«

»Aber du hast mir doch gesagt, dass er auf eine günstige Gelegenheit wartet! Warum ausgerechnet jetzt? Ich dachte, ihm ist daran gelegen, den Untergrund geheim zu halten?«

»Ich weiß auch nicht, warum, aber es sieht alles danach aus. Vielleicht ist er es leid, auf eine Gelegenheit zu warten.«

Mir wurde schlecht. »Glaubst du, er will meine Figur dafür verwenden?«

»Wenn er die Öffentlichkeit um Mithilfe bei der Suche nach den verborgenen Eingängen bittet, muss er die öffentliche Meinung über das Thema bestimmen. Nichts eignet sich dafür besser als eine Figur, die Menschen tötet.«

»Wolltest du nicht, dass der Untergrund offenbart wird?«

»Nicht auf diese Weise! Das wird kein vorsichtiges Annähern, es wird ein Blutbad, Kate. Unzählige Rückführungen und Gefängnisstrafen. Von der Zerstörung ganz zu schweigen. Sie werden alles einreißen, was über Jahrzehnte mühevoll aufgebaut wurde. Familien trennen, Kinder von ihren Eltern. Und was das für die Autoren in Zukunft bedeutet, möchte ich mir gar nicht ausmalen.«

Zensur.

»Was wird der Untergrund jetzt tun?«, fragte ich tonlos.

»Der Untergrund wird seine Tore schließen.«

Bei diesen Worten lief mir ein eisiger Schauer den Rücken hinab. »Dann darfst du erst recht nicht zurück. Wer weiß, wie lange die Tore diesmal geschlossen bleiben.«

Es kam keine Antwort. Mit Schrecken dachte ich an das, was folgen würde. Der Untergrund würde praktisch zu einem riesigen Gefängnis werden. Hatten die Figuren vorher noch die Chance gehabt, an die Oberfläche zu gehen, wenn auch nur kurzfristig und getarnt, mussten sie nun unter Tage bleiben. Dauerhaft. Außerdem würden ihnen die Ressourcen ausgehen, die Versorgung war dann nicht mehr gesichert.

»Du musst deine Figur finden, Kate. Driessen darf sie nicht für seinen Kreuzzug einsetzen. Bring sie zu mir, egal, wie, und dann bringe ich sie zu Ylvi, dort wird sie vorerst sicher sein.«

»Aber, Estelle ...«

»Uns bleibt keine andere Wahl, es geht jetzt nicht mehr nur um sie, dich oder mich.« Sie legte auf, und ich starrte grimmig auf das dunkel werdende Display.

Ich erzählte Te, was ich erfahren hatte, und mit jedem Wort sah er wütender aus. Die Taube schlug aufgeregt mit den Flügeln.

»Verdammt!« Er schlug gegen einen Baumstamm. »Driessen kann uns einfach nicht in Ruhe lassen!«

»Aber warum?«

Er warf mir einen finsteren Blick zu. »Darüber gibt es nur Gerüchte. Manche behaupten, er habe seine Frau an eine Figur verloren, andere sagen, sein Bruder sei von einer Figur getötet worden. Manche glauben sogar, er sei selbst eine Figur.«

»Das ist unmöglich, ich habe mit dem Mann gesprochen, er ist ein Mensch.«

Te nickte. »Ich weiß, aber eines der anderen Gerüchte ist vielleicht wahr, nur weiß bisher niemand, welches.«

Gerade als er noch etwas hinzufügen wollte, brach plötzlich etwas durch das Gebüsch und stürzte sich auf ihn. Sie fielen zu Boden und rangen miteinander. Zuerst sah ich nicht, was es war, dann erkannte ich menschenähnliche Formen, eine Gestalt in einem dunklen Mantel. Sie versuchte, mit einem Messer auf Te einzustechen, er konnte sie abwehren. Sie trat und schlug nach ihm und gab dabei Laute wie ein Tier von sich. Sein Gesicht spiegelte blankes Entsetzen wider.

Die Taube stürzte sich aus der Luft auf die Gestalt, das Tier verlor alles Sanfte, was ihr je von Menschen angedichtet worden war, und bewies, warum sie so gefährlich war. Die Rufe der Taube vermischten sich mit den Schreien der Gestalt.

Panisch zog ich das Pfefferspray heraus, während ich näher rannte. Ich hatte Angst, Te zu erwischen, aber als er die Gestalt mit einem Schlag abwehrte und sie zurücktaumelte, hielt ich mit dem Spray direkt auf sie und drückte ab. Schreiend hielt sie sich das Gesicht, rieb sich die Augen und stolperte weiter von Te fort. Doch er ließ sie nicht entkommen. Stattdessen packte er sie, zwang sie auf die Knie und riss ihr die Arme nach oben. Wieder entfuhr ihr ein Schrei, mehr Zorn als Schmerz.

In Windeseile fesselte er ihr mit einer Schnur die Hände hinter dem Rücken, die er in der Jackentasche gehabt hatte, vielleicht von der Jagd, vielleicht für etwas anderes. Alles ging so schnell, dass ich es kaum nachvollziehen konnte. Dann stand er schwer atmend über der Gestalt. Er sah schlimm aus, hatte blutige Kratzer im Gesicht, aufgeplatzte Brauen und eine dicke Lippe. Schon in wenigen Stunden würde sein Auge vollständig zugeschwollen sein.

Doch all das verunsicherte mich nicht so sehr wie die Angst, die ich in seinem Blick sah, während er die Gestalt beobachtete. Er hatte zwar den Kampf gewonnen, im Schnee kniend und aus der Nase blutend, hockte sie vor ihm, doch er fürchtete sich vor ihr.

Das Heulen der Gestalt wurde lauter. Sie versank beinahe in dem Mantel, der viel zu groß für sie war und sie trotzdem kaum zu halten schien. Sie war wie aus Schatten geformt, das Zittern an den Rändern war bei ihr stärker als bei jeder anderen Figur, die ich je gesehen hatte. Alles an ihr wirkte blass und verschwommen, als könne sie sich jede Sekunde vor meinen Augen auflösen wie eine Fata Morgana, und es haftete ihr ein in die Knochen schleichendes Grauen an, das sich nicht abschütteln ließ. Es war dasselbe Grauen, das einen überkommt, wenn man einem Krokodil ins Auge blickt.

Dabei sah sie keineswegs monströs aus. Sie war etwa so groß wie ich, mit einer ähnlichen Haarfarbe und ähnlicher Statur – und ich begriff, dass es meine Figur war. Ich spürte das Band zwischen uns, so wie es bei Folkvar gewesen war. Aber ich wusste auch, dass diese Figur nicht wie meine anderen war. Sie war weniger. Und mehr. Aber ich erkannte sie sofort.

Es war weder Frederike noch Pakuna oder sonst eine Figur, die ich in Verdacht gehabt hatte, sondern Tinka, die Protagonistin aus *Untergehen bei Ebbe*. Ich erkannte sie an den Piercings in beiden Augenbrauen und der Tätowierung am Hals, die beinahe wie ein Schal aussah. Ich erkannte es an der Art, wie sie das lange blonde Haar als geflochtenen Seitenzopf trug, wie ich es oft tat, wenn es schnell gehen musste. Und ich war mir sicher, dass sie in der linken Hosentasche passendes Kleingeld für die Verkäufer der Obdachlosenzeitung hatte, schließlich war es so von mir im Text erwähnt worden.

Als sie den Kopf hob, waren ihre Augen rot und geschwollen. Auf seltsame Weise waberte ihr Gesicht, als würde es jeden Moment zerfließen. Es schien sich vor meinen Augen zu verschieben und wieder zusammenzufügen. Der Blick, der mich traf, war das einzig Klare an ihr. Stechend bohrte er sich in meinen.

Ich wich zurück. »Sie ist eine von ihnen, nicht wahr?«, flüsterte ich. »Eine Haderin?« Ich hatte Angst, es laut auszusprechen, als könnte ich es auf diese Weise wahr werden lassen. »Wie ist das möglich?«

Ich erinnerte mich an Ylvis Worte. Sie hatte mich gewarnt: *Es wird immer einen Ersten seiner Art geben.* Jemand, der das Unmögliche schafft. Ylvi musste erkannt haben, was Tinka war. Eine

Haderin, die den Übertritt nach Kapitolo geschafft hatte, die Erste ihrer Art.

Tes Blick war starr auf Tinka gerichtet, als erwarte er irgendein Zauberstück von ihr, einen Trick, der es ihr ermöglichte, ihn doch noch zu überwältigen, obwohl er ihr offensichtlich körperlich überlegen war.

Irgendwie war es ihm gelungen, ihr immer wieder zu entschlüpfen, während sie auf der Suche nach ihm war und im *Josephine* ihr Lager aufgeschlagen hatte. Vermutlich hatte ihn seine Taube gewarnt. Te war gut darin, im Verborgenen zu agieren. Jahrelang hatte er an der Oberfläche Kapitolos gelebt, ohne entdeckt worden zu sein.

Tinka versuchte, auf die Beine zu kommen, er drückte sie wieder nach unten, doch ich konnte sehen, wie er vor Konzentration die Zähne aufeinanderbiss.

Tinka heulte vor Wut auf.

»Was willst du von mir?«, rief ich, aber sie antwortete nicht.

Wir starrten uns an, und das Grauen bei ihrem Anblick trieb mir das Zittern in die Finger. Sie war wirklich etwas ganz anderes.

»Warum hast du Damla und Michael umgebracht? Wieso hast du Sean angegriffen? Sie haben dir nichts getan.«

»Aber du«, sprach sie die ersten Worte, heiser, aber auch seltsam vertraut – wie die Stimme in meinem Kopf.

»Ich?«

»Du hast mich geschrieben ...«

»Aber deine Geschichte endet hoffnungsvoll!«, erwiderte ich. »Das ist die Entwicklung der Figur. Deine Entwicklung! So ist die Geschichte angelegt. Ich habe dich nicht als Mörderin geschrieben!«

»Deinetwegen ... bin ich, was ich bin ...«

Ich suchte Tes Blick, der den Wortwechsel mit blassem Gesicht verfolgte und genauso wenig zu verstehen schien wie ich.

»Du warst nicht ehrlich ...«

Erst begriff ich gar nichts, doch dann überkam mich eine Ahnung. »Weil ich nicht erzählt habe, was damals mit Rosalie geschehen ist?«, fragte ich ungläubig.

»Alles! Du bist nie ... ehrlich!« Ihre Sprechweise klang abgehackt. Vielleicht war das Wabern und Zittern nicht nur etwas, das nach außen sichtbar war, vielleicht hatte es auch Auswirkungen darauf, wie sie ihre Zunge und Lippen bewegen konnte.

»Das stimmt nicht.«

»Du lügst! Du erzählst nicht ... was wehtut.«

»Warum muss es immer wehtun?«, erwiderte ich. »Haben wir damals nicht genug gelitten? Rosalie, er«, ich deutete auf Te, der vielleicht niemals ein Junge gewesen war, weil das Leben und sein Schöpfer es nicht erlaubt hatten, und der mir geholfen hatte, eine Tote umzubetten. »Manche Leute wollen darüber sprechen, andere nicht. Du kannst niemandem vorschreiben, wie er seinen Schmerz zu verarbeiten hat. Was ich in deiner Geschichte erzählt habe, war nicht gelogen!«

Heftig schüttelte sie den Kopf. Das Haar hatte sich längst aus dem Zopf gelöst und hing ihr ins Gesicht.

»Es war die Wahrheit. Ich habe viel zu viel getrunken damals«, gab ich zu. »Ich war jung, jede Party war mir recht, ich habe kaum geschlafen, das war doch alles nicht gelogen.«

Wieder versuchte sie, auf die Beine zu kommen, und diesmal ließ Te sie gewähren. Sie kam mir näher, und ich wich zurück, bis mein Rücken gegen einen Baumstamm stieß.

»Du hast trotzdem gelogen! Du hast nicht aufgeschrieben ... von der Geburtstagsfeier deiner Mutter ... du hast sie verpasst, weil du ... neben einer Tankstelle aufgewacht bist ... ausgeraubt und Hundekacke am Kleid.«

Die Bilder von damals überschwemmten meinen Kopf, und das Zittern meiner Hände wurde stärker.

»Ein Fremder hat dich nach Hause gefahren ... Du hast ihm ins Auto gekotzt ...«

Ich schüttelte den Kopf, aber sie war noch nicht fertig.

»... betrunken hast du mit einem Mann geschlafen ... dem Freund deiner Freundin ... Sie hat versucht, sich umzubringen ... Deinetwegen!«

»Das war nicht meine Schuld!«, schrie ich.

»In meiner Geschichte war es nur ein Kuss ... Die Szene sollte lustig sein ...«

Ich wusste genau, von welcher Szene sie sprach. Kapitel 24. Tinka küsst den Freund ihrer Freundin und wird von dieser mit gefrorenem Hackfleisch, das für ein Chili con Carne verwendet werden soll, durchs Haus auf die Straße gejagt. Die Freundin wirft das Hackfleisch nach Tinka, und letztendlich wird es von einem vorbeilaufenden Hund geklaut.

Es ist eine komische Szene. Niemand schluckt darin Tabletten, niemand schämt sich dermaßen, dass er drei Tage lang durchsäuft und die beste Freundin damit droht, alles den Eltern zu erzählen, damit sie einen in die Entziehungsklinik einweisen. Es ist eine Szene, wie man sie später den eigenen Kindern erzählen wird, wenn man ihnen erklärt, dass man früher auch mal über die Stränge geschlagen hat.

Aber so war es nicht.

Tinka hatte recht. Die Wahrheit hinter dieser Szene ist düsterer und hätte Tinka zu dem gemacht, was Autoren noch mehr fürchten als alles andere: eine unsympathische Figur. Eine Figur, der die Leser nicht verzeihen wollen und deren Schicksal sie nicht berührt.

Bis heute trieb es mir die Schamesröte ins Gesicht, wie ich mich damals verhalten habe. Alles war mir recht, um mich abzulenken. Was ich Jop über die Zeit nach Rosalies Tod erzählt hatte, war wahr, nach zwei Jahren habe ich beschlossen, mein Leben wieder in die Hand zu nehmen. Ich hatte ihm nur verschwiegen, weshalb oder wie lange ich gebraucht habe, um die Erinnerungen an jenen Sommer tief in mir zu vergraben.

Tinka hatte auch recht, davon stand in ihrer Geschichte kein einziges Wort.

Ich sah zu Te, aber sein Gesicht verriet nichts.

»Du hast nicht aufgeschrieben, dass die Leute nicht mehr mit dir sprechen wollten ... weil sie es satthatten. Weil du jede Nacht angerufen hast ... wenn das Wetter so heiß war, dass die Menschen baden gegangen sind ... Du hast nicht aufgeschrieben, dass dich alles an Rosalie erinnert hat.« Sie schluckte und würgte. »Meine Erinnerungen an meinen toten Bruder sind ... schön.«

Weil ich über Rosalie nicht hatte schreiben können, hatte ich einen anderen Toten erfunden. Eine Figur, die es nie in die Existenz geschafft hat, weil sie von Anfang an tot war. Aber Tinka trug Erinnerungen an ihn in sich. Durchweg schöne, denn wie soll der Leser begreifen, dass sie ihn nach seinem Tod vermisst, wenn er vorher nicht als perfekt beschrieben wird? Es ist ein billiger Trick, um sich Sympathien zu sichern. Alle Autoren sind von Natur aus manipulativ.

Ich selbst habe nie zugeben können, dass ich Rosalie niemals richtig gemocht habe, weil es mir nach ihrem tragischen Tod nicht fair erschien, so über sie zu sprechen – also konnte es Tinka auch nicht.

Irgendwie hat sie es trotzdem gewusst. Aber woher und wie? Folkvar hatte nichts davon erwähnt. Wusste auch er um diese intimen Details aus meiner Biografie? Wussten alle meine Figuren davon?

»Niemandem tat die Geschichte weh ... nicht einmal dir, als du sie geschrieben hast ...«

»Die Leute wollen so etwas doch gar nicht lesen«, wandte ich trotzig ein. »Die Geschichte muss gut ausgehen, alle wollen immer ein Happy End!« Meine Stimme wurde lauter, weil ich wütender wurde. »Weißt du, welcher Satz am häufigsten fällt, wenn Leser ein Buch nicht mögen? *Mir war die Hauptfigur nicht sympathisch.* Die Figuren müssen sympathisch sein, das wird dir jeder Verleger sagen!«

»Warum glaubst du, dass es deine Aufgabe ist, den Lesern zu geben, was sie wollen?«, fragte auf einmal Te, und die Frage nahm mir allen Wind aus den Segeln.

Ich sah ihn an und spürte dabei Tinkas Atem auf meinem Gesicht, so nah stand sie vor mir. Ihr Anblick war kaum erträglich, als wäre sie meine verkörperte Schuld. »Wozu bin ich sonst gut?«, flüsterte ich.

Die Taube schlug erneut mit den Flügeln, dann landete sie auf seiner Schulter. Sein Blick wurde sanfter, zum ersten Mal seit unserer Wiederbegegnung. »Um ihnen zu geben, was sie brauchen«, wiederholte er, was auch Tognazzi so ähnlich zu mir gesagt hatte.

»Brauchen?« Ich schüttelte den Kopf. Auf einmal fühlte ich mich sehr erschöpft. »Woher soll ich das wissen?« Ich lehnte den Hinterkopf gegen den Baumstamm, das Pfefferspray steckte ich wieder in die Tasche.

Doch Te schien weitere Fragen zu haben, seine Angst vor der Haderin für einen Moment vergessen. »Warum hast du damals am Fenster gesessen?«

»Was?«

»Warum hast du im *Josephine* am Fenster gesessen und die Leute beobachtet?«

»Was willst du von mir hören?«

»Die Wahrheit ...« Tinka wischte sich das Blut von der Nase.

»Weil es langweilig war. Und heiß.« Ich starrte in den Himmel, der zwischen den Baumspitzen hindurchschimmerte.

»Das ist nicht die Wahrheit!«, schrie sie mich wieder an.

Ich richtete den Blick auf sie, dieses verzerrte Ebenbild meiner selbst, das seine Anfänge möglicherweise schon lange vor seinem Roman zwischen den Zeilen meiner Tagebucheinträge gefunden hatte. »Weil ich neugierig war.«

»Worauf?«, fragte Te.

»Auf die Leute.«

»Warum?«

»Warum? Keine Ahnung. Du beobachtest Menschen, du stellst dir Fragen über sie, du willst wissen, wie sie ticken und wie ihre Geschichte lautet. Das macht doch jeder.«

»Nein.«

Ich erinnerte mich an die immer wiederkehrende Frage von Freunden und Fremden, woher ich diese oder jene Sache über andere Menschen wüsste. Und an meine Irritation darüber, weil das Beobachten von Menschen mir so alltäglich und banal erschien, dass ich nicht glauben konnte, dass es andere nicht auf dieselbe Weise taten. War es das, was meine Eltern gemeint hatten? Diese brennende Neugier?

»Warum hast du mit dem Schreiben begonnen?« Te stand nun Schulter an Schulter mit der Figur, vor der er noch vor wenigen Augenblicken Angst gehabt und mit der er gekämpft hatte. Sie trugen das Blut des anderen unter den Fingernägeln, trotzdem standen sie vor mir wie Zwillinge.

»Weil ich eine Geschichte erzählen wollte«, antwortete ich schließlich, doch wieder schüttelte Tinka zornig den Kopf.

»Weil ich eine Geschichte erzählen musste!« Ich ballte die zitternden Hände zu Fäusten. »Zufrieden?«

»Und?«, drängte Te.

»Weil ich ...«

»Ja?«

»Reden wollte«, stieß ich hervor. »Ist es das, was du hören wolltest?«

»Mit wem wolltest du reden?«

»Wer immer zuhörte.«

Tinka nickte, als hätte ich endlich die richtige Antwort gegeben.

»Wir sind eure Rufe in die Welt«, flüsterte Te, als wäre er ihr Übersetzer.

»Und dann?«

»Hofft ihr auf Antwort.«

Ich überwand mich, Tinka in die Augen zu sehen. Eine Welt tat sich darin auf. »Und das bist du? Du bist die Antwort auf meine Frage?«

Sie blieb stumm.

»Nein, das ist sie nicht«, sagte Te.

»Was ist sie dann?«

Ihre Antwort war kaum zu verstehen, so leise sprach sie. »Ich bin ein Schrei ohne Ton ...«

22

Du bist ein Monster«, erwiderte ich flüsternd. »Du hast zwei Menschen umgebracht. Denkst du, das kann ich vergessen?«

Bevor ich ihn daran hindern konnte, schnitt Te Tinka auf einmal die Fessel mit einem Messer durch. Panisch wich ich zur Seite und brachte Abstand zwischen mich und meine Figur. Doch sie machte keine Anstalten, mich anzugreifen.

»Wir sind allesamt Monster«, erwiderte Te, während er das Messer wieder in die Jacke steckte. »Jede Figur beginnt so wie sie.«

»... ein aus Teilen unseres Schöpfers zusammengeflicktes Ding ...« Eindringlich sah sie mich an.

»Wir werden erst nach und nach lebendig.«

»Wie Frankensteins Monster ...«

Te ging ebenfalls ein paar Schritte zur Seite, als könne er es nicht mehr ertragen, uns beiden so nah zu sein. »Je besser ihr uns vor euch seht, desto ähnlicher werden wir euch.«

»Du hast dir nie ... die Mühe gemacht, genau hinzusehen«, sagte Tinka. »... bei mir. Du wolltest ... diese Teile von ... dir ... nicht an mich weitergeben.«

»Also ist sie das Monster geblieben, das sie am Anfang war«, sagte Te. »Eine unfertige Figur.«

»Eine Haderin«, flüsterte ich.

War das also das Geheimnis, wie Haderer entstanden? Sie waren die von ihren Schöpfern ignorierten Kreaturen? Die gedankenlos aufs Papier gebannten Figuren?

»Du warst so viel mehr als eine Nebenfigur«, erwiderte ich. Wie konnte sie weniger sein als eine Figur im Hintergrund, als *Krieger Nummer siebzehn*?

Ärgerlich knurrte sie mich an.

»Es ist nicht dasselbe«, antwortete Te wieder für sie. »Es geht darum, wie ihr uns seht.«

»Also sind wir doch verantwortlich für unsere Figuren?« Selbst in meinen Ohren klang es verbittert. Hatten Driessen und all die Leute, die wie er dachten, doch recht?

»Natürlich seid ihr das. Aber ihr seid nicht unsere Hüter, ihr seid unsere Mütter und Väter, und es ist eure Pflicht, euch um uns zu kümmern, uns ernst zu nehmen ...«

»... euch zu lieben?«, beendete ich die Aufzählung.

Widerwillig nickte er. »Trotz allem.«

Ich wusste, dass er nicht mehr über Tinka sprach, dass er im Grunde nicht einmal mehr zu mir sprach. Wen immer er vor sich sah und an wen diese Worte gerichtet waren, ich war nicht der Adressat.

Ich wandte mich an Tinka. »Wie ist es dir gelungen, nach Kapitolo zu kommen?«

»Ich bin ... deinem Ruf gefolgt ...«

»Meinem Ruf?«

»Deiner Schuld ... Du wolltest sie bestrafen ... genauso wie dich. Deine Mörder ... glichen ihnen.«

Lee, Deborah und Rocco.

»Sie waren ganz anders.«

»Sie trugen Züge von ihnen ...«

Lee war leidenschaftlich Skateboard gefahren, genau wie Michael. Deborah hatte kein offenes Feuer gemocht, und Rocco war ein guter Tänzer gewesen ... Hatten mein Zorn und meine Schuld diese Figur wirklich nach Kapitolo geführt und zu diesen schrecklichen Taten gebracht? Hatte der Instinkt, seiner Schöpferin zu gefallen, meine Figur dazu verleitet, die zu bestrafen, denen ich tief in mir drin all die Jahre über nicht hatte verzeihen können – genauso wenig wie mir selbst?

»Aber ich wollte nie, dass jemand stirbt.« Ich stützte die Hände auf die Knie und versuchte, ruhig zu atmen und gegen den Schwindel anzukämpfen, der mich erfasste.

Tinka hockte sich vor mich hin und tippte mir gegen die Brust. Der leichte elektrische Schlag erfasste mich. Ich sah ihr in die Augen, aber ich konnte mich nicht darin spiegeln.

In diesem Moment rannten Folkvar und Jop gemeinsam mit Hensen auf die Lichtung. Folkvar hatte sein Schwert zwar nicht zurückerhalten, in der Hand hielt er jedoch ein Messer, das sicher Estelles unerschöpflichem Vorrat an Waffen entstammte. Als ich ihn sah, war ich für einen Moment unglaublich erleichtert, weil es ihm gut ging.

Sofort erkannte er Tinka als das, was sie war, wurde leichenblass und hob das Messer. In der Fantasiewelt gibt es nur eines, vor dem alle Figuren Angst haben, ganz gleich, aus welcher Buchwelt sie stammen. Die Haderer – diese unfertigen Figuren, die dem, was sie sein sollten, nie gerecht geworden sind. Vielleicht weil es sie daran erinnert, dass auch sie dazu hätten werden können. Folkvar nahm sie als Bedrohung wahr.

Und sie ihn. Vielleicht weil er ein Messer hielt, vielleicht aufgrund seiner Statur oder einfach, weil er eine meiner fertigen Figuren war. Bevor einer von uns sie davon abhalten konnte, sprang Tinka auf ihn zu. Sie hätte ihm nicht gewachsen sein dürfen. Er war ein Krieger, ein Held – der Kampf hätte schnell beendet sein müssen, mit ihm als Sieger. Aber er konnte sich nicht rühren. Ihr Anblick lähmte ihn.

Ohne nachzudenken, stürzte ich ihr hinterher, um sie davon abzubringen, ihm zu schaden, da brach sie plötzlich zusammen. Regungslos lag sie am Boden zu Folkvars Füßen. Ich fiel neben ihr auf die Knie, suchte nach der Wunde, doch es war keine zu erkennen. Es dauerte einen Augenblick, bis ich die beiden Fäden sah, die zu Tinkas Brust führten und mit dem Taser in Hensens Hand verbunden waren. Tinka krampfte, hustete und sah mich dabei an wie ein Kind seine Mutter, wenn es Schmerzen hat. Ihre Hände waren zu Fäusten geballt, sie konnte sie nicht öffnen. Ich wollte ihr sagen, dass alles gut werden würde, aber es wäre eine weitere Lüge gewesen. Nichts würde gut werden.

Hensen drängte mich zur Seite, riss Tinka den Mantel auf und begann mit Erste-Hilfe-Maßnahmen, aber es war zu spät. Das Husten wurde leiser und leiser, bis es schließlich ganz aufhörte, Tinka wurde von einem letzten Krampf geschüttelt, dann blieb sie still liegen und starrte mit leblosen Augen in den Himmel.

Es gab keine lange Sterbeszene mit wichtigen letzten Worten, niemand machte ein Geständnis, niemand vergab irgendwem, nichts wurde geklärt, um die Dramatik zu erhöhen oder einen Figurenbogen zu beenden. Mit einem Mal war es einfach still und vorbei, und ein Schmerz erfasste mich, wie ich ihn nie zuvor verspürt hatte. Als hätte mich jemand lebendig ins Feuer gestoßen.

Ich sah auf, in Hensens Gesicht, die fassungslos auf die tote Figur neben sich blickte. Ausgerechnet sie, die der Figur hatte helfen wollen, hatte sie am Ende getötet. Frankensteins Monster war durch Strom zum Leben erweckt worden, meine Figur durch ihn umgekommen.

Eine Weile sprach niemand. Wie paralysiert standen wir auf der Lichtung. Die Geschichte hatte ein gerechtes Ende gefunden: Die Mörderin war bestraft worden, sie würde niemandem mehr schaden. Oder vor Gericht gegen mich aussagen, und es konnte auch kein aussagekräftiges Gutachten über sie erstellt werden. Driessen würde mit ihr keinen Schauprozess mehr veranstalten, den er gegen den Untergrund verwenden konnte. Was auch immer er vorhatte, sie würde kein Teil davon werden. Wir hatten gesiegt.

Aber nichts davon fühlte sich gut oder nach einem Sieg an.

Damla und Michael waren immer noch viel zu früh gestorben, ich immer noch verantwortlich dafür, und Driessen würde seinen Kreuzzug gegen die Figuren nicht beenden, nur weil ihm ein Marketingmittel genommen worden war.

Ich verspürte den Impuls, mich umzudrehen und fortzurennen. Ein Buch konnte man zuklappen und zurück ins Regal stellen, wenn es einem nicht gefiel, aber diese Geschichte hier ließ sich nicht so einfach beenden.

»Es tut mir leid«, sagte Hensen, und ich konnte ihr ansehen, wie sehr sie das Geschehene mitnahm.

Ich nickte. Mir fehlten die Worte. Jop legte mir die Hand auf die Schulter.

»Nehmen Sie Kate mit nach Hause«, sagte Hensen zu ihm. »Ich werde mich hier um alles Weitere kümmern. Die VdF wird sie bei Ihnen abholen. Bereiten Sie sich darauf vor.«

Er nickte.

»Was ist mit Folkvar?«, fragte ich und beobachtete, wie Jop und Hensen düstere Blicke wechselten.

»Driessen hat vor einer halben Stunde eine Pressekonferenz begonnen«, antwortete Jop.

»Was hat er verkündet?«

»Den Untergrund.«

Mein Blick suchte Folkvar, der regungslos zurückstarrte, noch immer geschockt von dem, was geschehen war. »Dann sind die Eingänge ab jetzt geschlossen«, murmelte ich. Jacks von der Magie ungeschützten Zugang wollte ich in Hensens Beisein nicht erwähnen.

»Und hier oben bricht Chaos aus. Die Leute werden nach den Figuren Ausschau halten«, sagte Jop düster. »Von jetzt an gibt es kein Zurück mehr.«

»Wir haben Driessen unterschätzt, er wird sich die Angst der Menschen zunutze machen, um die Mittel der VdF weiter aufzustocken. Es ist nur eine Frage der Zeit, bis er einen Weg in den Untergrund findet. Die Ressourcen der Figuren werden irgendwann aufgebraucht sein, wenn sie keinen Nachschub von oben erhalten«, ergänzte Te.

»Kannst du ihm helfen?« Ich deutete auf Folkvar, der die Stirn runzelte.

Te nickte. »Er kann bei mir bleiben, hier im Wald. Ich werde versuchen, ihn in den Schwarzen Tempel zu schleusen.«

Es brach mir das Herz, meiner Figur nicht mehr helfen zu können, aber ich wusste, dass Te seine beste Chance war. Ich musste zurück, Hensen würde ihre Kollegen über Tinka informieren, bald würde es hier nur von Polizisten wimmeln. Ich konnte nicht weiter davonlaufen oder es Driessen überlassen, die Geschichte aus seiner Perspektive zu erzählen. Ich musste Verantwortung übernehmen.

Ich umarmte Folkvar, und am liebsten hätte ich ihn nie wieder losgelassen. »Pass auf dich auf. Und sag Hulda schöne Grüße von mir. Sag ihr, es tut mir leid, dass ich ihr abstehende Ohren geschrieben habe.«

Er sah mich traurig lächelnd an. »Eigentlich mag ich ihre Ohren ganz gern«, erwiderte er und zog mich am Ohrläppchen.

Noch einmal drückte ich ihn fest, dann wandte ich mich an Te. »Ich weiß nicht, was jetzt geschehen wird«, sagte ich, »aber wenn ich wieder frei bin, werde ich deine Geschichte zu Ende schreiben. Wenn du es dann immer noch willst.«

Stumm nickte er. Einen Moment lang sahen wir uns nur an, wir spürten beide, dass die Geschichte zwischen uns noch nicht beendet war, da jede Menge Kapitel fehlten. Sie befand sich immer noch im Entstehen, war ein *work in progress*, wie es so schön hieß. Aber eines Tages würden wir daran weiterarbeiten.

Jop nahm mich am Oberarm. Als er mich durch die Bäume lotste, warf ich einen Blick zurück auf Te, Folkvar und Hensen, wie sie neben Tinkas Leiche standen, und ich dachte an all das Leid, das dieser Wald schon gesehen hatte und wie passend sein Name war.

Ich wusste, dass es lange dauern würde, bis ich sie alle wiedersehen würde.

23

Sechs Monate später wurde ich verurteilt.

Es war einer der spektakulärsten Prozesse in der Geschichte der Stadt, und er wurde live im Fernsehen übertragen. Jeder, der auch nur ansatzweise mit mir zu tun hatte, konnte sich vor Anfragen der Presse kaum retten. Ich bin mir sicher, Sie erinnern sich an die Bilder. Innerhalb weniger Wochen wurde mein Name zu einem Synonym für den Widerstand, zu dem ich gar nichts beigetragen hatte. Meine Geschichte verband sich mit dem Bekanntwerden des Untergrunds, und so entluden sich an mir sowohl Zustimmung als auch Ablehnung, Erleichterung und Ängste. Ich benötigte rund um die Uhr Personenschutz und musste mit ansehen, wie jedes noch so kleine Detail meiner Vergangenheit unter die Lupe genommen wurde.

In dieser Zeit waren wir alle überfordert. Meine Verteidigerin genauso wie der Richter und die Staatsanwältin. Im Sinne des Verantwortungsgesetzes war ich mitschuldig am Tod von zwei Menschen. Aber Tinka war keine Figur. Zumindest keine vollständige.

Das sagte auch Driessen während des Prozesses aus. Es stellte sich heraus, dass der Angler, der mit der VdF zusammengearbeitet hatte, Driessen von der Figur erzählt hatte, über die im Untergrund Gerüchte in Umlauf waren. Von ihrer Einzigartigkeit und auch der Gefahr, die von ihr ausging. Offenbar war sie Grund genug, dass Driessen darauf gedrängt hatte, den Untergrund öffentlich zu machen. Natürlich arbeitete er nicht allein, aber das ist eine andere Geschichte.

Meine Verteidigung argumentierte, dass Tinka vermindert schuldfähig war aufgrund meines eigenen erlittenen Traumas in Bezug auf Rosalies Tod. Die Staatsanwaltschaft bestritt das, doch der Richter gab uns recht, und am Ende dieser quälenden Wochen, in denen ich mich weniger als Mensch als jemals zuvor gefühlt hatte, lautete das Urteil: Freiheitsstrafe von einem Jahr, wovon vier Monate zur Bewährung ausgesetzt wurden.

Meine Mutter saß in der ersten Reihe und hat vor Erleichterung geweint. Mein Vater hat den Arm um sie gelegt und konnte das erste Mal, seit diese Geschichte begonnen hat, wieder richtig atmen. Sie waren die ersten Menschen, die ich umarmt habe. Im Anschluss meine Anwältin, die genauso überrascht wirkte wie ich, dass das Urteil vergleichsweise mild ausgefallen war. Sie war mir von dem Verein zur Verfügung gestellt worden, den mir Hensen bei unserer ersten Begegnung empfohlen hatte.

Jop ist bis heute der Meinung, dass die Zeit einfach reif für ein mildes Urteil war. Die Leute wollten ein Happy End. Kein Wunder, nach dem, was die Monate davor geschehen war. Denn Estelle sollte recht behalten, es wurde blutig. Innerhalb eines halben Jahrs gab es vier tote Figuren, zahlreiche Übergriffe, aber auch lautstarke Proteste der Gegenseite. Die Widerstandsbewegung, die für mehr Rechte der Figuren eintrat, gewann an neuem Schwung und wurde öffentlicher.

Und das Wichtigste: Es ist der VdF nach wie vor nicht gelungen, in den Untergrund einzudringen. Zumindest nicht bis zur Drucklegung dieses Buchs. Die Zustände sind nicht die besten, aber wie sich herausgestellt hat, gelingt es hin und wieder Figuren und ihren Verbündeten, Ressourcen in den Untergrund zu schmuggeln. Jacks Zugang am Friedhof ist längst verschlossen worden (außerdem ist es natürlich nicht der Friedhof gewesen,

Sie verstehen sicher, dass ich mir mit den genauen Ortsangaben manchmal ein paar Freiheiten nehmen musste).

Aber Driessen gibt natürlich nicht auf. Seit der Bekanntgabe des Untergrunds wurden die Mittel der VdF verdoppelt, es werden Befragungen im Figurengefängnis durchgeführt, und es werden mehr Figuren durch den Schwarzen Tempel zurückgeführt als jemals zuvor.

Auch die VaF konnte ihr Personal erweitern, allerdings erholt sich die Abteilung immer noch von dem Schlag, eine Handvoll der alten Mitarbeiter durch eine Reihe Entlassungen verloren zu haben. Unter anderem auch Hensen.

Bis heute hat sie sich nicht vergeben, dass Tinka ihretwegen zu Tode gekommen ist. Was manche später als gottgegebene Gerechtigkeit bezeichnet haben, ist in meinen Augen ein tragischer Unfall gewesen. Tinka befand sich in einem Zustand höchster Erregung, und Hensens Taserpfeile, die sie eigentlich in den Unterbauch hatten treffen sollen, trafen sie in die Brust, weil sie sich in dem Moment duckte. Das alles zusammen löste einen tödlich verlaufenden Herzinfarkt aus. Hensen, die ihre Schusswaffe aufgrund ihrer Suspendierung hatte abgeben müssen, hat danach den Dienst quittiert. Sie arbeitet jetzt als Beraterin für den Verein, den sie mir empfohlen hat. Hin und wieder telefonieren wir.

Die Stadt der Figuren liegt im Wandel, aber was am Ende herauskommen wird, weiß niemand.

Auch ich mache einen Wandel durch. Verglichen mit dem, was mir hätte passieren können, hatte ich mit meinem Urteil Glück. Verstehen Sie mich nicht falsch, acht Monate hinter Gittern sind keine angenehme Erfahrung, aber auch das ist eine andere Geschichte. Nach meiner Entlassung bin ich erst einmal umgezogen. Es war mir unmöglich, in meiner alten Wohnung zu bleiben, deren Adresse bekannt war. Ich blieb dem Gartenviertel allerdings treu, zog ans andere Ende in eine deutlich preiswertere Wohnung, die weder über eine Dachterrasse noch ein begrüntes Foyer verfügt. Dafür aber über Nachbarn, die es nicht interessiert, dass da seit Neuestem im dritten Stock diese Frau wohnt, die kaum Besuch bekommt und stets mit gesenktem Blick grüßt.

Ich schaffte mir eine Katze an, oder wie das mit Katzen so ist: Sie entschied sich für mich. Eines Tages saß sie in meinem Türrahmen und weigerte sich zu gehen. Also ließ ich sie erst in die Wohnung, anschließend aufs Sofa und zum Schluss in mein Bett, nannte sie Möbius und verabschiedete mich von der Vorstellung, bestimmte Klischees über Autoren vermeiden zu können.

Einmal im Monat traf ich mich mit Wera. Meistens gingen wir zwischen den Windmühlen um die Felder spazieren. Wir redeten nicht über die Arbeit oder Literatur überhaupt. Stattdessen sprachen wir über unsere Mütter und deren Eigenheiten, die wir zwar teilweise abstoßend fanden, aber teilweise auch an uns selbst feststellten, je älter wir wurden. Wir sprachen über die Mietsituation in Kapitolo, die seit Jahren immer schlimmer wurde, weil so viele Leute in die Stadt drängten und die Immobilienhaie jegliches Maß verloren. Manchmal sprachen wir über Beziehungen und wie dankbar Wera war, dass sie nach sieben vergeblichen Jahren doch noch schwanger geworden war. Gemeinsam holten wir ihre Tochter vom Kindergarten ab, einen quirligen Freigeist mit roten Gummistiefeln und einem Lachen, das einen allen Kummer vergessen ließ. Danach verstand ich Wera etwas besser, obwohl ich nie richtig begriffen habe, was das Lachen ihrer Tochter mit mir zu tun hat. Diese Treffen waren für uns beide auf eine seltsame Art therapeutisch.

Ich musste mich einschränken und habe mir einen Aushilfsjob gesucht, denn es war ein schwieriger Kampf mit dem Amt, um meine Schreiblizenz zurückzuerhalten. Solange meine Bewährungszeit lief, war es mir ohnehin untersagt, mehr zu Papier zu bringen als einen Einkaufszettel und Grußkarten. Einmal die Woche erschien eine Mitarbeiterin des Gerichts, die sich von mir durch die Wohnung führen ließ, um sich Papiere, Computer und Laptop zeigen zu lassen. Sie kontrollierte, was ich aufgeschrieben und gespeichert hatte. Mir stand nicht der Sinn danach, zu erkunden, wie ernst sie ihre Aufgabe tatsächlich nahm, also schrieb ich einfach nichts. Außer hin und wieder Geburtstagskarten.

Doch ich hatte einen prominenten Fürsprecher. Oliver Tognazzi. Als sich die Gerüchte verdichteten, dass er selbst Verbindungen zum Untergrund hatte, wagte er den Schritt nach vorn und begann damit, öffentlich mit diesen Gerüchten zu kokettieren. Es dauerte eine Weile, aber heute hat er die Öffentlichkeit wieder auf seiner Seite. Es gibt einfach etwas an ihm, das es den Leuten schwer macht, ihm längere Zeit böse zu sein. Nachdem er sich jedenfalls dafür ausgesprochen hat, mir meine Schreiblizenz zu erneuern, ist genau das auch passiert.

Außerdem hat er mir einen Besuch abgestattet. Selbstverständlich spöttische Bemerkungen über den Zustand der Wohnung abgegeben und mich dann bei Tee und Gebäck gefragt, ob ich hinter das Geheimnis gekommen wäre, warum die Figuren nach Kapitolo kommen.

»Weil ihre Autoren sie brauchen«, habe ich geantwortet, und er hat wieder einmal gelächelt.

»Fast. Sie kommen, wenn es die Geschichte erfordert.«

»Mein Leben ist wohl kaum eine Geschichte«, erwiderte ich scharf. Möbius strich mir beruhigend um die Beine.

»Was ist das Leben anderes als eine Geschichte, meine Liebe? Zugegeben, die meisten Geschichten sind nicht sehr interessant und schnell vergessen, aber hin und wieder ...«

»Und meine Geschichte brauchte eine Haderin? Eine Mörderin? Jemanden, der so traumatisiert ist, dass er diesen Impulsen nachgibt?«

Tognazzi stellte die Tasse auf dem Tisch zwischen uns ab und lehnte sich zurück. »Die Protagonistin musste sich weiterentwickeln, darum ging es. Und das ist doch geschehen, oder etwa nicht?« Sein Blick wurde sezierend.

Widerwillig nickte ich. Der Preis für diese Entwicklung schien mir zu hoch, aber darüber sprach ich nicht mit Tognazzi, er würde es nicht verstehen. Für ihn kam die Geschichte immer zuerst, und jedes Mittel war ihm recht, um sie zu Ende zu bringen.

»Was Ihre Geschichten benötigen, kann ich mir vorstellen«, sagte ich trocken, woraufhin Tognazzi in lautes Gelächter ausbrach und Möbius auf dem Schrank verschwand. Kaum hatte Tognazzi die Tasse geleert, erhob er sich und ging. Was er hatte sagen wollen, hatte er gesagt.

Beinahe täglich erreichen mich Nachrichten von Menschen, die meine Geschichte gehört oder darüber gelesen haben. Natürlich sind auch solche darunter, die der Meinung sind, dass ich viel wiedergutmachen müsse und zu leicht davongekommen sei. Das war zu erwarten. Keine Geschichte ist gut genug, um nicht eine Reihe Verrisse zu kassieren, deren Verfasser sich ganz offensichtlich mehr an meiner Person als am Text selbst stören. Zwischenzeitlich ist es ein richtiges Politikum geworden, wenn es in Gesprächen darum ging, mir zu vergeben oder mich zu verbannen. Dabei kannte kaum jemand von diesen Leuten die wahre Geschichte, die hinter den Schlagzeilen stand.

Doch da waren auch die anderen. Menschen, die spürten, dass da noch mehr sein musste als das, was in den Zeitungen abgebildet wurde. Einer von ihnen war Bodhi Parmar, der selbst für eine mittelgroße Tageszeitung schrieb und mir über drei Monate lang ausführliche E-Mails schickte, auf die ich die meiste Zeit nicht antwortete. Er war auch der Erste, dem ich nach meiner Verurteilung ein Interview gab und der die Idee eines Buchs aufbrachte.

»Warum schreibst du nicht darüber?«, hat er gefragt, und auf einmal wurde ich den Gedanken nicht mehr los, meine Seite darzustellen, die bisher niemand erzählt hatte. Meine eigene Geschichte mit meiner eigenen Stimme.

Und das führt uns wieder zu Te, nicht wahr? Der seiner Geschichte ein anderes Ende geben lassen will. Es vergeht kein Tag, an dem ich nicht darüber nachdenke, was er wohl gerade tut. Ob er noch im Wald oder längst weitergezogen ist und ob es ihm gelungen ist, Folkvar in den Schwarzen Tempel zu bringen. Sicher fragen Sie sich, warum ich nicht einfach in den Dunkelbusch gehe und nach ihm suche. Die Antwort ist, dass das Risiko zu hoch ist. Ich weiß, dass die VdF mich nach wie vor im Auge hat, uns alle, die wir hier eine Rolle gespielt haben. Daher kann ich es nicht riskieren, sie zu ihm zu führen. Ich warte darauf, dass er mich findet – oder eben auf eine günstige Gelegenheit. Ich halte nach ihm Ausschau. In den Spiegelungen von Schaufenstern; mit hastig über die Schulter geworfenen Blicken; und in schweigenden Momenten, wenn ich in Gesellschaft bin. Ich warte auf den Ruf einer Taube.

Aber zurück zum Schreiben. Bis zum letzten Tag der Bewährung war es mir unmöglich. Doch um Mitternacht, in der ersten Minute des neuen Tages, griff ich wieder zum Stift, um den ersten Satz eines Textes aufzuschreiben, der mir schon seit Monaten im Kopf herumspukte. Ich schrieb ihn auf das Etikett der leeren Weinflasche, mit der Jop, Estelle und ich angestoßen haben, während wir darauf warteten, dass sich die Zeiger der Uhr am obersten Punkt trafen.

Es war nicht der erste Satz des hier vorliegenden Buches. Nein, das, was auf diesen Seiten stand, schrieb ich innerhalb von sechs Wochen, in denen ich so gut wie niemanden traf und mich hauptsächlich von Fertigsalat und Imbissessen ernährte.

Was Sie hier lesen, ist eine Erinnerung. Doch was ich damals nachts aufschrieb, mit zitternden Fingern, als würde ich etwas

Verbotenes tun, war etwas anderes. Ein anderer Text. Ein anderer erster Satz.

Er lautete: *Es war der Sommer der toten Fliegen.*

Es war dieselbe Geschichte, die ich bereits einmal erzählt hatte, doch diesmal wollte ich sie richtig aufschreiben. Ehrlich und wahr. Und ich hoffe, dass ... Vielleicht kann ich auf diese Weise gutmachen, was ich einst versäumt habe. Dann erhält Tinka ein neues Leben, eine zweite Chance. Weniger kaputt und mit Aussicht auf ein Happy End.

Schließlich – und da hat Jop schon recht – wollen wir im Grunde doch alle nur eines: ein Happy End. Selbst wenn wir wissen, dass wir es eigentlich nicht verdient haben, nicht wahr?

DANKSAGUNG

Es ist mir unmöglich, meinen Dank in einer Hierarchie aufzustellen, daher versuche ich es vielleicht am besten mit einer zeitlichen Reihenfolge.

Und beginne mit meinen Eltern, weil jede Geschichte, die mit mir zu tun hat, natürlich mit ihnen anfängt. Sie waren immer für mich da, selbst wenn sie nicht verstehen, was ich tue oder warum. Was kann man als Kind mehr verlangen, als dass die eigenen Eltern stets eine Fluchttasche vorbereitet halten?

Mein Dank geht auch an die VaF, die unermüdlich daran arbeitet, nicht nur uns, sondern auch unseren Figuren gerecht zu werden. Es ist, wie Jasmin Hensen einst zu mir gesagt hat: *Gerechtigkeit arbeitet für alle, nicht nur für die, die wir für die Guten halten.*

Natürlich heißt sie in Wirklichkeit nicht *Jasmin Hensen*. Ich habe ihren Namen (und den ihres Kollegen) zu ihrem Schutz geändert. Mir ist bewusst, dass Polizisten das Recht nicht zu ihren Gunsten biegen sollen, aber in diesem Fall bin ich weder Richter noch Ankläger, und selbst Polizisten verzweifeln manchmal an einem System, das die Starken stützt und die Schwachen benachteiligt.

Ich danke Jop, meinem Ritter mit dem wilden Haar. Du bist ein echter Freund, und so simpel dieser Satz klingt, so kompliziert ist die Wahrheit, die darin steckt, zu erreichen. Du bist nicht von meiner Seite gewichen, selbst als es schwierig wurde, die

Erde unter jedem unserer Schritte brannte und der Boden bebte. Mehr kann sich niemand wünschen. Außer vielleicht einen ordentlichen Küchentisch. Mögest du die Liebe erfahren, die du anderen zuteilwerden lässt.

Wera! Ach, meine Wera. Auch dir danke ich, weil du getan hast, was du getan hast. Niemanden wird es wundern, dass du auch diesen Text gelesen und verbessert hast. Dass du ihn gnadenlos auseinandergenommen und seine Schwächen aufgedeckt hast, um das Beste aus ihm herauszuholen. Was wäre ich ohne dich? Alles ist verziehen und irgendwann auch vergessen, schließlich sind wir ein Team – eine Autorin und ihre Lektorin. Richtig?

Estelle – du hast mir geholfen, als ich Hilfe so dringend benötigte. Dein täglicher Kampf wird mir stets ein Vorbild sein. Du verhilfst Verfolgten zu einer Zuflucht, und es ist dir gleich, woher sie kommen und was ihre Ziele sind. Du hast so vielen zu einem weichen Kissen verholfen, auf dem sie ihren Kopf betten können und sich nicht um ihre Sicherheit sorgen müssen, weil du Wache hältst. Manchmal ist das ein größeres Geschenk als alles andere.

Es gibt so viele andere, die meinen Weg kreuzten, während sich diese Geschichte entfaltete – auch ihnen schulde ich Dank!

Wer fehlt noch?

Richtig, die Kritiker und Sie, liebe Leser. Manchmal ist das ein und dasselbe. Ich danke allen, die uns begleitet haben, mich und meine Figuren. Wir geben unser Bestes. Es ist nicht immer leicht. Aber Sie dürfen nicht vergessen, dass wir Autoren zwar Gründe haben, warum wir uns auf eine Geschichte einlassen, die nichts mit Ihnen und alles mit uns zu tun haben, dass wir aber auch immer gefallen wollen, nämlich Ihnen. Seien Sie also gnädig.

Was bleibt zum Schluss?

Ein Wunsch.

Für Sie und mich.

Ich wünsche mir, dass wir die nächste Geschichte finden, die uns fesselt, für Sie zu lesen, für mich zu schreiben. Die Welt ist voll von unerzählten Geschichten, die nur darauf warten, entdeckt zu werden. Und mit ihnen die Welt dahinter. Glauben Sie mir, es lohnt sich, sich darauf einzulassen. Mit ihnen zu sprechen. Ihnen Fragen zu stellen. Dies ist Kapitolo, die Stadt der Figuren – was wären unsere Straßen ohne sie?

WEITERE ROMANE VON KATE KOWALSKI

»Die Melodie der Jugend als drängendes
Geräusch, das man so wenig
ignorieren kann wie einen Tinnitus!«

Johannes Molzahn über
Untergehen bei Ebbe in der Sendung
BÜCHER, BAST UND BUDENZAUBER

Untergehen bei Ebbe

Der Schatten des siebten Mondes

Die Krone der letzten Insel

Thron ohne Land

Das Lied der magischen Höhlen

TJ Klune

Mr. Parnassus' Heim für magisch Begabte

Das Fantasy-Highlight des Jahres!

Ein biederer Bürokrat erlebt in einem magischen Waisenhaus ein gefährliches Abenteuer und findet dabei nicht nur zu sich selbst, sondern auch seine große Liebe

978-3-453-32136-6

HEYNE

Leseprobe unter **www.heyne.de**

Jonathan Carroll

Das Land des Lachens

Der große Klassiker der amerikanischen Fantastik endlich wieder auf Deutsch – Mit einem Nachwort von Denis Scheck

978-3-453-32104-5

Leseprobe unter **www.heyne.de**

HEYNE

Der neue Roman der Bestsellerautorin
von *Jonathan Strange & Mr. Norrell*

ISBN: 978-3-89667-672-6

Piranesi lebt in einem riesigen Gebäude, in dem sich endlos Räume aneinanderreihen, verbunden durch ein Labyrinth aus Korridoren und Treppen. An den Wänden stehen Tausende Statuen, im Erdgeschoss wogt ein Ozean. Doch je weiter sich Piranesi in die Zimmerfluchten vorwagt, desto näher kommt er der Wahrheit – der Wahrheit über die Welt jenseits des Gebäudes. Und der Wahrheit über sich selbst …

Leseprobe unter blessing-verlag.de

| **BLESSING VERLAG** |